唐诗鉴赏

曾肖——著

江西人民出版社
Jiangxi People's Publishing House
全国百佳出版社

图书在版编目(CIP)数据

唐诗鉴赏／曾肖著. --南昌：江西人民出版社，2022.9

ISBN 978-7-210-14041-2

Ⅰ. ①唐… Ⅱ. ①曾… Ⅲ. ①唐诗-鉴赏 Ⅳ. ①I207.227.42

中国版本图书馆 CIP 数据核字(2022)第 124477 号

唐诗鉴赏
TANGSHI JIANSHANG

曾 肖 著

责任编辑：张志刚
封面设计：白立冰

江西人民出版社
Jiangxi People's Publishing House
全国百佳出版社
出版发行

地　　址：江西省南昌市三经路 47 号附 1 号(邮编:330006)
网　　址：www. jxpph. com
电子邮箱：jxpph@tom. com　web@jxpph. com
编辑部电话：0791-86898873
发行部电话：0791-86898815
承　印　厂：南昌市红星印刷有限公司
经　　销：各地新华书店

开　　本：787 毫米×1092 毫米　1/16
印　　张：20.75
字　　数：340 千字
版　　次：2022 年 9 月第 1 版
印　　次：2022 年 9 月第 1 次印刷
书　　号：ISBN 978-7-210-14041-2
定　　价：32.00 元
赣版权登字-01-2022-363

前　言

本书是我在暨南大学任教十多年来给全校本科生开设通识课《唐诗鉴赏》的教学用书，原来只有数万字的教案，此次出版对全书进行了大量的修订和增补。

我在授课时，同时面向国家统招生和来自我国港澳台地区的学生，并有部分海外的外招生，学生的学科专业、知识结构不一样，中文水平参差不齐，需要兼顾知识传授与能力培养两方面：一是注重知识性，讲述一些唐诗的基本常识；二是启发式讲解作品，有意识培养学生的诗歌感受力与鉴赏力。因此，本书共有十五讲，第一、二讲介绍唐以前的诗歌成就、唐诗的格律特点和唐诗鉴赏的方法，让学生了解我国的诗歌发展史、唐诗繁荣的文学内部因素，基本掌握诗歌欣赏的技巧；第三至十五讲，以唐诗史为纲，大致按照初、盛、中、晚的时间顺序，分为十三个单元，对各时期的主要诗人及代表诗作进行鉴赏与评析，在一些单元设置专题，讲解不同题材的诗歌类型或相关的诗歌问题。这样的设置有利于整体把握唐诗的发展与成就，加深对唐诗分类的认识。本书注重普及性与学术性、知识性与趣味性的结合，既是一部唐诗鉴赏的入门书，也可作为大中院校教师讲授与学生考研的参考书，其中融汇了我在多年教学科研中对唐诗的见解和体味，可视为一部小型的唐诗史。

本书的写作目的和教学目标是为了提高大学本科生及普通诗歌爱好者的文学鉴赏能力，从中自觉而愉悦地汲取有益的知识营养，学会欣赏我国传统优秀文学的精华，享受诗歌的美感与无穷魅力，体味唐人丰富细腻的情感和深邃的思想，进而思考人生、文学与社会、时代的关系，并学习格律诗的写作，培养起个人对待生活、品味人生的诗意情怀。读者在使用本书时，要注意阅读、吟诵、欣赏与练习相结合，掌握基本的声律知识，采用五、七绝和五、七律的体式尝试创作格律诗，学会用古代诗学批评方法与现代学术研究方法相结合，对唐诗进行评论。

回顾我对唐诗的系统研读，始于硕士阶段，在广西师范大学师从张明非教授学习汉魏六朝隋唐文学，每两个月研习一个专家的别集，写一篇读书报告。张老师是北京大学陈贻焮先生的大弟子，精研唐诗，尤对三李（李白、李贺、李商隐）研究有独到心得，指导学生特别用心、细心，我得以立雪受业多年，认真受教，点滴铭记。毕业后我到南京大学跟随曹虹教授攻读博士，在课堂上倾听了程千帆先生的高足莫砺锋教授讲《杜诗研究》，畅聆麈教，何其幸运！我能在名师门下研习唐诗，恭领亲炙，却限于才质驽下，难窥堂奥，仅培养了一颗喜爱唐诗的诚挚之心。随后我到暨南大学中文系做博士后，出站后留校任教，工作多年，受到导师蒋述卓教授从生命意识和文化、美学等角度解读诗词的影响，用心来体悟唐诗。我在登上讲台后，尽管力薄才疏，也大胆开设了《唐诗鉴赏》这门课程，借以弘扬老师们的教泽，献上心香一瓣！

本书获暨南大学教学质量与教学改革工程项目、文学院中文学科的高水平建设经费和社科处提供的“宁静致远工程项目”资助，得以顺利出版。感谢授业恩师们的无私教导和倾情关爱！感谢江西人民出版社社领导的特别关照和本书责任编辑张志刚副编审的鞭策与宽容，本书才能以较快的速度完成并面世！

林庚先生说：“唐诗的可贵处就在于它以最新鲜的感受从生活的各个方面启发着人们。它的充沛的精神状态，深入浅出的语言造诣，乃是中国古典诗歌史上最完美的成就。”中国是诗的国度，唐诗就是国度中最绚丽的花圃。希望广大的唐诗爱好者，能够通过本书的阅读与学习，迈进唐诗的花圃，尽情地欣赏与采撷这绚丽而迷人的花朵！

曾肖于暨南园及时斋
2022 年 6 月 2 日

目　录

第一讲　何为唐诗

唐诗在今天仍然具有长久不衰的魅力。上至国家政治外交场合，下至幼儿启蒙教育，处处都有唐诗的存在。2007 年 3 月 16 日，温家宝总理在第十届全国人大五次会议举行的记者招待会上，引用刘禹锡《酬乐天扬州初逢席上见赠》的诗句“沉舟侧畔千帆过，病树前头万木春”，来强调海峡两岸和平发展是大势所趋，是任何人无法改变的。2019 年 4 月 30 日，习近平主席在纪念五四运动 100 周年大会上的讲话，引用权德舆《放歌行》的诗句“青春虚度无所成，白首衔悲亦何及”，勉励新时代的中国青年要练就过硬本领，珍惜韶华，不负青春，苦练本领，增长才干，使自己的思维视野、思想观念、认识水平跟上越来越快的时代发展。电视节目《中国诗词大会》《经典咏流传》的广受欢迎，牙牙学语的稚童念着骆宾王的《咏鹅》、孟浩然的《春晓》、李白的《静夜思》，都充分展示了唐诗蓬勃的生命力和永久的魅力。自古至今，中国人对唐诗的学习、吟诵、引用、改编，代代连绵不绝，历久弥新。

一、先唐诗歌的发展

学习唐诗，首先要了解什么是诗歌？清人叶燮的《原诗》

指出:“可言之理,人人能言之,又安在诗人之言之？可征之事,人人能述之,又安在诗人之述之？必有不可言之理,不可述之事,遇之于默会意象之表,而理与事无不灿然于前者也。”诗歌是诗人对外部景、物、事的摄取与个人情、理、意的体会的独特结合体。《毛诗序》:“诗者,志之所之也。在心为志,发言为诗。”诗歌是一种用节奏、韵律的语言来抒情言志的文学体裁。胡适的《梦与诗》:“都是平常经验,都是平常影像,偶然涌到梦中来,变幻出多少新奇花样！都是平常情感,都是平常言语,偶然碰着个诗人,变幻出多少新奇诗句！醉过才知酒浓,爱过才知情重。你不能做我的诗,正如我不能做你的梦。”用梦与诗来比拟,两者都具有化平常为新奇的特点。诗歌来源于生活,通过诗人的奇思妙想而成,语言凝练,音调谐和,节奏鲜明,富于音乐美和抒情性。

鲁迅先生在《致杨霁云》信中提到:“一切好诗,到唐已被做完。”对唐诗做出了极高的评价:诗到唐代已达盛极难继的境地。这话说得过于绝对,却可知唐诗的地位之高。清人焦循认为“一代有一代文学之胜”,诗歌是唐代文学之胜。闻一多先生讲唐诗,风趣地说:“一般人爱说唐诗,我却要讲‘诗唐’。诗唐者,诗的唐朝也。懂得了诗的唐朝,才能欣赏唐朝的诗。”中国是诗的国度,唐代是诗国的高峰、诗海的高潮。高峰的屹立需要山脉的绵延,高潮的掀起需要浪涛的奔涌。唐诗之所以能成为诗海中最璀璨的明珠,必定经历了长久的发展,我们回顾一下唐以前诗歌史的发展脉络:《诗经》—《楚辞》—汉魏乐府、古诗—新体诗,就能理解诗国高潮形成的文学原因。

《诗经》《楚辞》是我国诗歌发展的两大源头。《诗经》又称《诗三百》,是我国最早的一部诗歌总集,西汉时被尊为儒家经典,收入自西周初年至春秋中叶五百多年的诗歌三百零五篇(此外有目无诗的笙诗六篇,共三百一十一篇)。按照用途和音乐分为《风》《雅》《颂》三部分,《风》是“十五国风”,共一百六十篇,包括了周代以黄河流域为主的十五个地方民间歌谣,描写丰富复杂的情感和事物,常用复沓的手法来反复咏叹,富于民歌特色。《雅》是周王朝国都及附近的正声雅乐,共一百零五篇(不含六篇笙诗),分《大雅》《小雅》,多为贵族宴享或朝会时的诗歌。《颂》是周王庭和贵族宗庙祭祀的乐歌,共四十篇,分为《周颂》《鲁颂》和《商颂》。《诗经》的诗篇以四言为主,普遍运用赋、比、兴的手法,“赋”是铺陈直叙,叙物以言情,如《伐檀》:“坎坎伐檀兮,置之河之干兮。河水清且涟猗。不稼不穑,胡取禾三百廛(chán)兮？不狩不猎,胡瞻尔庭有县貆

(xuán huán)兮？彼君子兮，不素餐兮！”这一节用铺陈、排比的方法来写劳动者在河边砍伐树木，反诘王公贵族不劳而获的剥削。“比”是类比、比喻，索物以托情，如《硕人》：“手如柔荑(tí)，肤如凝脂，领如蝤蛴(qiú qí)，齿如瓠犀(hù xī)，螓(qín)首蛾眉，巧笑倩兮，美目盼兮。”其中用了一连串的比喻来形容庄姜的美貌。“兴”是先言他物来起兴，触物以起情，如《关雎》：“关关雎鸠，在河之洲。窈窕淑女，君子好逑。”以水鸟的求偶声来引出苗条淑女是男子倾慕的对象。《诗经》的诗歌通过赋、比、兴手法，描写生动，语言朴素优美，音节自然和谐，全面展现了周王朝从兴盛到衰败的社会生活，对后世文学发展有深广的影响。《楚辞》是楚国文学的一部诗歌总集，由西汉末年刘向辑录成集，收战国时期屈原、宋玉及汉代淮南小山、东方朔、王褒、刘向等人的辞赋十六篇，东汉时王逸增入己作《九思》，共十七篇。《楚辞》以屈原的作品为主，代表作《离骚》《九歌》《天问》等篇，引用了楚地的风土物产、方言词汇、历史传说、神话故事和风俗习尚，具有浓郁的楚文化色彩。《楚辞》在四言句式的基础上，吸收楚地民歌形式，创造了以六言为基础，五言、七言等多种句式，大量使用“兮”字，以强调情感的起伏动势和节奏的抑扬顿挫，如《离骚》：“惟草木之零落兮，恐美人之迟暮……长太息以掩涕兮，哀民生之多艰……众女嫉余之蛾眉兮，谣诼谓余以善淫……路漫漫其修远兮，吾将上下而求索……”使用香草美人的象征手法，拓展意境，对后世影响深远。后人将《诗经》与《楚辞》并称为“诗骚”或“风骚”。

诗歌发展到汉代，出现了乐府诗。乐府是秦汉时期朝廷设立管理音乐的机关，后成为一种带有音乐性的诗体名称。既有文人诗歌，又有民间歌诗，主要保存在北郭茂倩编的《乐府诗集》中，内容丰富，多采用五言、七言和杂言的句式，风格刚健、清新。汉魏晋南北朝时期的乐府对唐诗的发展有直接影响和促进作用。出色的乐府诗人有曹操、曹丕、曹植、王粲、陈琳、鲍照等。乐府民歌的代表作品有《上邪》《陌上桑》《木兰诗》《孔雀东南飞》《西洲曲》等。

东汉时期，一批文人创作了数量不少的五言古体诗。在各种句式的诗歌创作中，五言诗逐渐成为主流。诗人选用五言作为主要句式，在于五言诗的语言容量和节奏变化比四言诗要丰富，比六言诗、七言诗要精练，故钟嵘《诗品序》称“五言居文词之要，是众作之有滋味者也”，“指事造形，穷情写物，最为详切者”。代表作为《古诗十九首》，包括《行行重行行》《青青河畔草》《今日良宴会》《西北有高楼》《涉江采芙蓉》《客从远方来》《明月何皎皎》等诗篇，内容基本是游子思妇之辞,多写离愁别恨和彷徨失意,使用了白描、比兴、象征等多种手法,描写生动,情感真醇,情景交融,语言质朴自然,淡而有味,具有浑然天成的艺术风格,被刘勰称为“五言之冠冕”,钟嵘叹为“惊心动魄”“一字千金”,其题材内容、表现手法、艺术风格为后人师法,深刻影响着后世诗词的创作。

南朝齐武帝永明时期出现了新体诗的创作,故称“永明体”,代表作家是沈约、谢朓、王融等诗人,依据汉字平、上(shǎng)、去、入四种声调,按一定规则组织排列,追求抑扬顿挫的声韵美。新体诗讲究四声,避免八病(平头、上尾、蜂腰、鹤膝、大韵、小韵、旁纽、正纽),讲求骈偶和辞藻的形式美。从齐永明至梁陈百余年间,包括江淹、何逊、吴均、徐陵、阴铿、庾信等九十余人对新体诗进行过有益的探索,为唐代格律诗的产生和发展奠定了基础。

诗歌在唐以前历经了一千多年的发展,无论是诗歌的创作还是诗学的探索,在实践与理论两方面都给唐代诗人留下了丰富而宝贵的遗产。在此基础上发展起来的唐诗,迎来了繁荣兴盛的局面,流派纷呈,群星灿烂,佳作迭出,层出不穷,成就了一个绚丽辉煌的文学时代,一座难以企及的诗歌高峰!

二、唐诗的格律

从诗歌体裁来看,唐诗可分为两大类:古体诗和格律诗。古体诗,亦称古诗,句数、字数不定,句式灵活,无严格限制,用韵灵活自由,平仄、对仗无要求,语言可俗可雅。古体诗可采用四言、五言、六言、七言、杂言等句式,唐人继承前代诗体而仿作的四言诗、骚体诗、乐府诗等都归属于古体诗。唐代古体诗四言、六言数量很少,大部分是五古和七古,字数不定的杂言诗通常划归七古。五言比七言较为质朴些,七言比五言更加俚俗些。因此,五古的风格古朴;七古长篇是最具有个性解放的一种诗体,大开大阖的变化,一气呵成的气派。李白的古风皆五古,乐府多七古。

格律诗在唐初又称近体诗、今体诗,从名称来看,即有意区别于古体诗。格律诗讲究平仄、对仗和用韵,分为律诗、绝句两类,字有定数,顿有常规。绝句每首以四句、律诗每首以八句为常规,以五言、七言为主,有少数六言诗。唐诗的主要成就之一在于格律诗的成熟。

1. 汉字的四声和平仄

根据字音的高低长短、缓急升降，古人将汉字分为平、上、去、入四种声调，如“天子万福”四字，再如“好好学习，天天向上”八字，也可分平、上、去、入四声。明朝释真空的《玉钥匙歌诀》曰：“平声平道莫低昂，上声高呼猛烈强，去声分明哀远道，入声短促急收藏。”可作为我们辨别四声的一个入门钥匙。

诗歌的平仄，平即古代的平声，包括普通话中的阴平、阳平；仄包括了古代的上、去、入三声。入声在今天的普通话中情况较复杂，要注意辨别那些归入了阴平、阳平的入声字，如“一”“得”“白”等。现代南方地区有很多方言依然保留了入声，包括江浙沪、山西、湖南、华南等片区的方言里，很容易能分辨出哪些是入声字。

常见的入声变平声字有：一、七、八、十、兀、孑、勺、习、夕、仆、曰、什、及、扑、出、发、札、失、石、节、白、汁、匝、竹、伏、戌、伐、达、杂、夹、杀、夺、舌、诀、决、约、芍、则、合、宅、执、吃、汐、秃、足、卒、局、角、驳、别、折、灼、伯、狄、即、吸、劫、叵、叔、竺、卓、帛、国、学、实、直、责、诘、佛、屈、拔、刮、拉、侠、狎、押、胁、杰、迭、择、拍、迪、析、极、刷、觉、急、罚、逐、读、哭、烛、席、敌、疾、积、脊、捉、剥、哲、捏、酌、格、核、贼、鸭、族、渎、孰、斛、淑、啄、脱、掇、郭、鸽、舶、职、笛、袭、悉、接、谍、捷、辄、掐、掘、菊、犊、赎、幅、粥、琢、厥、揭、渤、割、葛、筏、跋、滑、猾、跌、凿、博、晰、棘、植、殖、集、逼、湿、黑、答、插、颊、福、牍、辐、督、雹、蹶、歇、搏、窟、锡、颐、楫、睫、隔、谪、叠、塌、漆、竭、截、牒、碣、摘、察、辖、嫡、蜥、熟、蝠、膝、瘠、骼、德、蝶、瞎、额、橘、辙、薛、薄、缴、激、擢、蟋、檄、蹶、籍、黩、嚼。

熟悉这些常用的入声字，在格律诗的吟诵和写作中都有帮助。

平仄声的交错使用，像马蹄声那样双双成对，平声字音长而无升降，仄声字音短而有升降，使诗歌的声律铿锵和谐，悦耳动听，有一种节奏感。节奏感可以追溯到最初原始人类抬木头时发出的“杭育杭育”声，前呼后应，一唱一和。（鲁迅《且介亭杂文·门外文谈》）

2. 诗歌的用韵

格律诗要押韵。按照标准的格律要求，要用“平水韵”中列在同一韵部的平声韵来押韵。汉字的韵部，隋唐时期的韵书都分得很细，如隋代陆法言《切韵》有一百九十三韵；北宋时在《切韵》《唐韵》的基础上编修《广韵》，有二百零六韵。韵部过细过窄，不便于写诗者用韵。南宋末年出现的韵书合并了一些韵部，使之简便。公元1223年，山西平水（今临汾）官员金人王文郁编《平水新刊韵略》，有一百零六韵；1252年（宋理宗淳祐十二年），平水人刘渊编《壬子新刊礼部韵略》，分一百零七韵；元初，阴时夫编《韵府群玉》，以一百零六韵的版本定名为“平水韵”，明清人皆沿用。

平水韵共有一百零六韵，其中平声三十韵，上声二十九韵，去声三十韵，入声十七韵。近体诗押平声韵，我们看看平声韵各部的韵目（每韵的第一个字），分上平、下平各十五部：

上平声：一东、二冬、三江、四支、五微、六鱼、七虞、八齐、九佳、十灰、十一真、十二文、十三元、十四寒、十五删

下平声：一先、二萧、三肴、四豪、五歌、六麻、七阳、八庚、九青、十蒸、十一尤、十二侵、十三覃、十四盐、十五咸

有些韵目在古代属于不同韵部，而现在的发音已看不出差别，比如东和冬、鱼和虞、真和文、先和咸、寒和删等。古人写格律诗，不能混用邻近韵部的韵，一旦误用即为出韵。试看东和冬的韵部：

一东：东、同、童、僮、铜、桐、峒、筒、瞳、中、衷、忠、盅、虫、冲、终、忡、崇、嵩、菘、戎、绒、弓、躬、宫、穹、融、雄、熊、穷、冯、风、枫、疯、丰、充、隆、窿、空、公、功、工、攻、蒙、濛、朦、瞢、笼、胧、栊、咙、聋、珑、砻、泷、蓬、篷、洪、荭、红、虹、鸿、丛、翁、嗡、匆、葱、聪、骢、通、棕、烘、崆

二冬：冬、咚、彤、农、侬、宗、淙、钟、钟、龙、茏、舂、松、凇、淞、冲、容、榕、蓉、溶、庸、佣、慵、封、胸、凶、匈、汹、雍、邕、痈、浓、脓、重、从、逢、缝、峰、锋、丰、蜂、烽、葑、纵、踪、茸、蛩、邛、筇、跫、供、蚣、喁

如果我们具体看一看各个韵部里面的字，又会发现一个相反的情况：古人认为属于同一韵的，在今天读来并不押韵，如一东中的冯、风、枫、疯、丰、蒙、濛、

朦、瞢、蓬、篷、翁、嗡等，二冬中的封、逢、缝、峰、锋、丰、蜂、烽、葑等，用普通话读与东、冬并不押韵，但用南方方言来诵读，则合韵。试看杜甫《三绝句》其一：

楸树馨香倚钓矶，斩新花蕊未应飞。
不如醉里风吹尽，可忍醒时雨打稀。

“飞”和“稀”在平水韵中同属五微，如果用粤语读是押韵的，用普通话读却不押韵。对于现代说北方方言和普通话的人来说，如何通过吟诵来感受唐诗的声律美，如何使用平水韵来写作诗歌，有较大的困难。

民国时期及建国后，都有一些机构进行诗韵改革，大大合并、简化了一百零六韵。1965 年，中华书局上海编辑所出版《诗韵新编》，按照现代汉语规范化读音用韵而编写总结的一套“新韵”，合并为十八韵：一麻（a、ua、ia），二波（o、uo），三歌（e），四皆（ie、ue），五支（i，属声母 zh、ch、sh、z、c、s），六儿（er），七齐（i，属声母 b、p、m、f、d、t、n、l、j、q、x、y），八微（ei、ui），九开（ai、uai），十姑（u），十一鱼（ü），十二侯（ou、iu），十三豪（ao），十四寒（an、ian、uan），十五痕（韵母 en、in、un、ün），十六唐（ang、uang、iang），十七庚（eng、ing），十八东（ong、iong）。《诗韵新编》保留了入声字，这十八个韵不包括那些归入普通话中的平声字。2005 年，中华诗词学会推出《中华新韵简表》，进一步简化为十四韵：麻、波、皆、开、微、豪、尤、寒、文、唐、庚、支、齐、姑。又用两句七言韵语来代表：“中华诗国开新岁，又谱江涛写玉篇。”新韵只分平仄，不辨入声。2019 年，国家语委发布了《中华通韵》，按照现代汉语拼音的韵母顺序排列，有十六个韵部：啊 a、喔 o、鹅 e、衣 i、乌 u、迂 ü、哀 ai、欸 ei、熬 ao、欧 ou、安 an、恩 en、昂 ang、英 eng、雍 ong、儿 er。在普通话日益普及、方言逐渐萎缩的今天，新韵和通韵的提出，对于旧诗的写作提供了更大的简便，却引发了社会上的热烈争议，一部分高校教师、古诗词写作者、爱好者予以排斥。

学习唐诗，不能不知古韵；古往今来，时移势易，亦须了解新韵。因此，我们在学习当中，要追古明今，一方面知道、了解、熟悉平水韵，分辨入声字，更好地吟诵、理解、赏析唐诗；尽可能使用平水韵来写作格律诗，刚开始时可以对照着韵部来写诗，慢慢积累经验，再加上现在网络发达，可以通过搜索或软件检测，很快知道自己的诗歌是否合韵，使优秀的诗歌文化得到真正的传承。另一方面，今古有变化，宽严不相碍，许多现代人的母语即普通话，不懂方言，难以辨别入声字，又苦于一百零六韵的记忆困难，不妨按照新韵或通韵来写诗，入门简单，写作便利，但这样的诗歌不免失却古典的韵味，很难达到较高的水平，吟诵起来也缺乏抑扬顿挫的音韵美，审美效果较差。

3. 诗歌的对仗

律诗还要讲究对仗，绝句可以不用对仗。对仗也称对偶，常见的有正对、反对和流水对。五律、七律中间两联必须对偶。生活中常见的春联、喜联、楹联即是一种对偶文学。

正对是指意思相近或相补，如“两个黄鹂鸣翠柳，一行白鹭上青天”；反对是指意思相反或相对，如“梅须逊雪三分白，雪却输梅一段香”；流水对，又称串对，是指意思相关相连，上下两句往往是承接、递进、因果等关系，如“欲穷千里目，更上一层楼”，“即从巴峡穿巫峡，便下襄阳向洛阳”。这是从句意上的联系来划分。

从对仗的整齐角度来划分，有工对和宽对。对仗比较严格，上下两句在词性、词类、句型方面都整齐相对，称之为工对或严对。工对的词性相同，名词对名词，代词对代词，形容词对形容词，动词对动词，副词对副词，虚词对虚词；在词性相同的基础上细分门类，须门类相同，如名词又可分为天文、时令、地理、器物、衣饰、饮食、文具、文学、草木、鸟兽虫鱼、形体、人事、人伦等门类，上下两句须用同一门类的字词为对。如“白日依山尽，黄河入海流”，即是工对。使用工对时须忌“合掌”，合掌就是两句完全同义或基本同义，如王世懋《艺圃撷余》说：“郎士元诗起句云：‘暮蝉不可听，落叶岂堪闻？’合掌可笑。”有的把句型结构相同也认为是合掌。如果对仗的词性、句型相同，但门类不同，称之为宽对，如“下药远求新熟酒，看山多上最高楼”。

还有借对，就是借音、借义相对。借音而对的，如“西山白雪三城戍，南浦清江万里桥”，“白”和“清”不算工对，但“清”和“青”同音。借义而对的，如“酒债寻常行处有，人生七十古来稀”，“寻常”与“七十”似乎不对，其实“寻”“常”两字在古代可做数目字，“八尺曰寻，倍寻曰常”，这样一来，“寻常”与“七十”就对上了，这种借用别义或典事来对，往往出人意料，却又巧妙、工整。

一般来说，律诗（五律、七律）的首联、尾联不要求对仗，颔联、颈联必须对仗；长篇排律除首尾两联外均需对仗。律诗的首联、尾联也可以用对仗，有的律诗全篇用对，如杜甫的《登高》。有的律诗会出现颔联不对仗的情况，毕竟少见，属于别体。绝句不必讲究对仗，但可以用对仗，如杜甫的《八阵图》，也有全篇用对的，如《登鹳雀楼》。

要想迅速掌握格律诗在声律、字义上的对仗，可以参考清人车万育的《声律启蒙》和李渔的《笠翁对韵》。这两本书是清人用来训练儿童应对、掌握声韵格律的启蒙读物，按韵分编，包罗天文、地理、花木、鸟兽、人物、器物等的虚实应对。从单字对到双字对，三字对、五字对、七字对到十一字对，声韵协调，朗朗上口，如唱歌般，颇有韵味，从中可以得到语音、词汇、修辞的训练。如一东的部分：

声律启蒙

云对雨，雪对风，晚照对晴空。来鸿对去燕，宿鸟对鸣虫。三尺剑，六钧弓，岭北对江东。人间清暑殿，天上广寒宫。两岸晓烟杨柳绿，一园春雨杏花红。两鬓风霜，途次早行之客；一蓑烟雨，溪边晚钓之翁。

笠翁对韵

天对地，雨对风。大陆对长空。山花对海树，赤日对苍穹。雷隐隐，雾蒙蒙，日下对天中。风高秋月白，雨霁晚霞红。牛女二星河左右，参商两曜斗西东。十月塞边，飒飒寒霜惊戍旅；三冬江上，漫漫朔雪冷渔翁。

这类读物，既能帮助初学者很快熟悉诗歌的声韵，也有助于掌握常见景物人事的对仗，在清代广为流传，今天也有重要的参考价值。但在具体写作中，不能困囿于这些常用的对仗，用得好的对仗还需诗人的巧妙构思。

4. 常见的诗歌声律

格律诗以五绝（五言四句）、七绝（七言四句）、五律（五言八句）、七律（七言八句）占主体，绝句是四句，只有首尾两联；律诗是八句，分别是首联、颔联、颈联、尾联，对应人体的上下部位来命名；另有长篇排律，按照律诗的格式铺排延长而成，短则十句，长可百句以上。

闻一多先生说：诗歌是“戴着镣铐跳舞”。格律诗的写作有一定的规范和规律,即“回忌声病,约句准篇”。五言的基本句型有四种:平平仄仄平,仄仄平平仄,平平平仄仄,仄仄仄平平。七言则在每句前面加一个节奏单位:仄仄平平仄仄平,平平仄仄平平仄,仄仄平平平仄仄,平平仄仄仄平平。以上八种句型按照规范来变化,要注意以下的声律问题:

第一,每一联有两句,包括出句(上句,即第一句)和对句(下句,即第二句),对句的最后一个字通常要押平声韵,即格律诗的偶数句末字应押同一个韵部的平声韵。

第二,每一联的两句要讲究“对”,即每联之中的出句和对句必须是相反的类型,如出句“平平仄仄平平仄”,对句应该是“仄仄平平仄仄平”。不合乎对的规则,即“失对”。主要看上下句的第二个字,即能迅速判断出是否失对。

第三,每两联之间要讲究“粘”,即相邻两联中,上一联的对句和下一联的出句的平仄类型必须一致,也是看第二个字,如上联对句是“平平仄仄仄平平”,则下联出句应该是“平平仄仄平平仄”,平粘平,仄粘仄,把两句粘起来。不合乎粘的规则,即“失粘”。

第四,“一三五不论,二四六分明。”一般说来,七绝或七律的平仄,每一句当中处于第一、第三、第五个字的平仄可以不拘,即可平可仄;而第二、第四、第六个字的平仄必须分明,该平则平,该仄则仄。

第五,忌“孤平”和“下三平”。“孤平”的理解有两种:一是韵句中除韵之外只有一个平声字(王力的观点),有“仄平仄仄平”和“仄仄仄平仄仄平”两种情况;二是句子中出现两仄夹一平,就算是犯孤平,如“仄平仄仄仄平平”“平平仄仄仄平仄”等,这类情况较多。“下三平”,又叫三平尾、三平脚,指的是韵句最后三字连续为三个平声。

第六,会使用“拗救”。如果平仄不依常格的句子,称为“拗句”,必须在当句或对句中补救,这才合律。该用平声的地方用了仄声,即“拗”,就在本句或对句中该用仄声的地方换用平声,即“救”,这叫仄拗平救;该用仄声的地方用了平声,即“拗”,就在本句或对句中该用平声的地方换用仄声,即“救”,这叫平拗仄救。“救”的字不能在句末。如果出句犯了孤平,就是拗,必须在对句救。

按照这些声律要求,格律诗主要有四种基本结构,以五绝为例:

平起平收式:平平仄仄平,仄仄仄平平。仄仄平平仄,平平仄仄平。

平起仄收式：平平平仄仄，仄仄仄平平。仄仄平平仄，平平仄仄平。

仄起平收式：仄仄仄平平，平平仄仄平。平平平仄仄，仄仄仄平平。

仄起仄收式：仄仄平平仄，平平仄仄平。平平平仄仄，仄仄仄平平。

判断基本结构的方法是以首句的第二字为“起”，首句的最末一字为“收”。平起平收式，以苏颋《汾上惊秋》为例：“北风吹白云，万里渡河汾。心绪逢摇落，秋声不可闻。”平起仄收式，以孟浩然《宿建德江》为例：“移舟泊烟渚，日暮客愁新。野旷天低树，江清月近人。”仄起平收式，以卢纶《塞下曲》为例：“林暗草惊风，将军夜引弓。平明寻白羽，没在石棱中。”仄起仄收式，以宋之问《渡汉江》为例：“岭外音书断，经冬复历春。近乡情更怯，不敢问来人。”

以上数例都属于典型的五绝诗体，除了可平可仄的第一或第三个字外，声律结构完全符合标准。其实唐诗的实际声律情况十分丰富复杂，唐代诗人在探索诗歌格律的时候，多有“以古入律”的做法，较为自由地安排声韵。唐诗中押仄声韵的诗歌并不少见，绝句如《春晓》《江雪》《寻隐者不遇》等，采用“以古入律”的写法，这种绝句亦称“古绝”，合律的绝句则称“律绝”；律诗中亦多见押仄声韵的，如杜甫、李益、李商隐等人的诗歌。有的格律诗有犯孤平、下三平的，可参看崔颢的《黄鹤楼》；有的韵句后三个连续三个仄声字，称下三仄、三仄尾，这是一种特殊的“拗体”，可参考杜诗。有的诗歌重意而出现失粘，这种称“折腰体”，如崔峒的《清江曲内一绝》：“八月长江去浪平，片帆一道带风轻。极目不分天水色，南山南是岳阳城。”鉴于唐诗格律就存在丰富复杂的现象，今人在写作格律诗时以遵守标准格律为上，但也不必处处拘泥于格律的限制。

三、唐诗的分期与传播

唐朝在隋朝的基础上继续实行大一统的国家制度，进一步推进南北交融、民族融合和中外交流，统治者思想开明，儒释道三家并存，社会思想开放，政治经济迅速发展，迎来了繁荣盛世。科举制以诗赋取士，有利于寒士阶层的兴起。唐朝社会自上而下都喜欢读诗、写诗，上至帝皇，下至平民，甚或盗贼。《云溪友议》《唐诗纪事》《唐才子传》等书中记载有以诗获名利、赦罪饶命、寻获佳人的故事。王维在安史之乱时被逼任伪官，平定叛乱后，其弟王缙主动向肃宗提出削职，为兄代罪。而且唐肃宗知道王维陷贼时期（756）作《菩提寺禁裴迪来相看说逆贼等凝碧池上作音乐供奉人等举声便一时泪下私成口号诵示裴迪》（简称《凝碧池》）一诗："万户伤心生野烟，百官何日更朝天。秋槐叶落空宫里，凝碧池头奏管弦。"遂不加重罚，贬职为太子中允了事。唐中后期诗人李涉有一次准备过九江，至皖口遇盗，盗贼首领说："若是李涉博士（曾任太学博士），不用剽夺，久闻诗名，愿题一篇足矣。"李涉即场赋诗《井栏砂宿遇夜客》："暮雨潇潇江上村，绿林豪客夜知闻。他时不用逃名姓，世上如今半是君。"饶有兴味地记下路遇雅盗之事。好的唐诗也是爱情的信使，如红叶题诗、征袍题诗、缔结良缘的故事。中唐诗人崔郊与姑母家的一位婢女爱恋，后婢女以四十万钱卖给司空于頔（dí），崔郊写诗《赠婢》："公子王孙逐后尘，绿珠垂泪滴罗巾。侯门一入深如海，从此萧郎是路人。"于頔十分赞赏，遂让婢女归于崔郊，并赠送丰厚妆奁。有这样爱诗好诗的社会风气，唐诗登上艺术高峰也就理所当然了！

1. 唐诗的分期

唐诗从延续六朝隋代的诗风到全面成熟、独具面貌，经历了一个发展变化的过程，不同的时代，唐诗亦表现出不同的特点。历史如流水般绵延，唐诗的发展也是一个连绵不断的过程，这里的分期不是要把诗人生活和诗歌发展截然分开，而是为了读者区块式的理解与记忆。在学习当中，善于把不同区块链接起来，一幅唐诗地图即可了然于胸。

关于唐诗的分期，众说纷纭，典型的有二分法、三分法、四分法、五分法、六分法等。二分法，如胡适和陆侃如、冯沅君等以安史之乱为界，分唐诗为前、后两期。三分法，可见于陈伯海的《唐诗学史稿》，他提出"三期九段"，即唐前期（贞观前后诗坛、武后诗坛、开天诗坛），唐中期（变乱诗坛、大历诗坛、元和诗坛），唐后期（大中诗坛、咸通诗坛、唐末诗坛）。五分法，如苏雪林的《唐诗概论》分为"继承齐梁古典作风""浪漫文学隆盛""写实文学诞生""唯美文学发达""唐诗的衰退"五个历史时期。六分法，如许总《唐诗史》提出承袭期、自立期、高峰期、扭变期、繁盛期、衰微期等六大阶段。八分法，见于中国社科院编选的《唐诗选》细分唐诗的发展为八个时期：一是唐初三四十年在梁陈余风里，二是开元前的五六十年间以四杰、沈宋、陈子昂、杜审言等为代表，三是开元至安史之乱前诗歌发展，四是安史之乱到大历初，五是从大历初到贞元中停滞期，六是贞元中到大和初再度活跃，七是大和初到大中初，八是大中至唐末。

最通行的是四分法，即“四唐说”，可追溯到南宋严羽在《沧浪诗话》以诗体来分：“以诗而论，则有唐初体、盛唐体、大历体、元和体、晚唐体。”如把大历体、元和体并为中唐体，即成四唐。明人高棅在《唐诗品汇·总序》中明确提出四唐：“略而言之，则有初唐、盛唐、中唐、晚唐之不同。”四唐说也有多种划分法，具体年限略有差异，这里介绍最为常见的分法：

初唐：高祖武德元年（618）——玄宗先天元年（712），共 95 年

代表诗人：王绩、王梵志、四杰、杜审言、沈佺期、宋之问、贺知章、陈子昂、张若虚等

盛唐：玄宗开元元年（713）——代宗大历五年（770），共 58 年

代表诗人：张九龄、王翰、王之涣、孟浩然、李颀、王昌龄、祖咏、李白、王维、崔颢、高适、储光羲、常建、杜甫、岑参等

中唐：代宗大历六年（771）——文宗大和九年（835），共 65 年

代表诗人：韦应物、李益、孟郊、王建、韩愈、张籍、刘禹锡、白居易、李绅、柳宗元、元稹、贾岛、李贺等

晚唐：文宗开成元年（836）——哀帝天祐四年（907），共 72 年

代表诗人：许浑、马戴、杜牧、温庭筠、李商隐、司空图、皮日休、杜荀鹤、郑谷等

四分法有利于把握唐诗不同时期的发展与特点的变化，但以时间顺序的坐标来进行线性叙述，缺乏空间的立体感和直观性，譬如说有的诗人文学活动、创作活跃在不同阶段，而且存诗情况的不同，也会影响划分，如贺知章，学界通常视之为初唐诗人，玄宗开元元年时他五十九岁，他的文学活动期较长，生年共八十六岁，存诗仅得二十首，部分诗歌作于盛唐，因而难以搬断。韦应物的创作活跃期主要在三十四岁之后，因此划归中唐诗人，但他在 755 年安史之乱爆发时已十八岁，至唐代宗大历六年（771）三十四岁，也就是说他的青壮年时期是在盛唐，也是思想、价值观形成、成熟和剧变期，如果认定他是中唐诗人，在解读后期诗歌时，会忽略他在盛唐时期形成的思想观念对创作的潜在影响。从唐高祖李渊公元 618 年 5 月称帝开始，至 907 年朱温逼唐哀帝禅位，唐朝灭亡，时间长

达二百八十九年，初唐、盛唐、中唐、晚唐分别为九十五、五十八、六十五、七十二年，诗歌的发展变化是随着一代代诗人成长而变化。本书基本按照此四分法来讲述，但不局囿在严格的划分，在发展变化的基础上作相关的分类合并，以更有利于区块式的学习。

2. 唐诗的传播

在唐代，诗歌的传播主要有两种方式：口耳相传和物质载体。

一是唐诗配乐歌唱。唐代的诗歌主要通过口耳相传的方式来传播，最初的演绎者可以是诗人自己、朋友、家中的乐伎或酒楼的歌伎，逐渐流行开来。在这里举“旗亭画壁”的故事，来看看唐诗的传唱。

这个故事出自薛用弱的《集异记》，写同时代的王昌龄、高适、王之涣三位大诗人一起在酒楼喝酒，正好有伶工妙伎表演。三人相约，歌伎所唱歌词最多者为优。一伶先唱：“寒雨连江夜入吴，平明送客楚山孤。洛阳亲友如相问，一片冰心在玉壶。”（王昌龄《芙蓉楼送辛渐》）王昌龄在酒楼墙壁上画“一”。一伶接着唱：“开箧泪沾臆，见君前日书。夜台何寂寞，犹是子云居。”（高适《哭单父梁九少府诗》前四句）高适引手在壁上画“一”。又一伶唱：“奉帚平明金殿开，且将团扇共徘徊。玉颜不及寒鸦色，犹带昭阳日影来。”（王昌龄《长信秋词》其三）王昌龄得意地引手画壁：“二！”这下子，王之涣的脸上挂不住了，大声道：“此辈皆潦倒乐官，所唱皆巴人下里之词耳。岂阳春白雪之曲，俗物敢近哉！”因指诸伎之中最佳者（双鬟、穿紫衣）曰：“待此子所唱，如非我诗，吾即终身不敢与子争衡矣！脱是吾诗，子等当须列拜床下，奉吾为师。”因欢笑而等待。须臾，则所言之女子发声唱：“黄河远上白云间，一片孤城万仞山。羌笛何须怨杨柳，春风不度玉门关。”（王之涣《凉州词》）王之涣终得扬眉吐气。

在这个故事中，酒楼就是一个歌唱舞台，三位诗人的诗歌进行 PK。从歌伎的演唱来看，无疑王昌龄以数量取胜，获唱两首七绝，不愧是七绝圣手；高适的一首其实是五言古诗的前四句；真正压轴的是王之涣，以质量夺冠，当之无愧！这个故事未必是真实的，但印证了唐诗配乐歌唱的事实，“传乎乐章，布在人口”（靳能《王之涣墓志》）。唐代诗人的诗作可作为唐朝的流行歌曲，用来娱宾助兴。

二是以纸为主要介质来传播。除口耳相传，唐诗的流传还可以通过纸质、丝帛、墙壁、石刻等物质载体。唐代的诗人或亲友、后代，或后世的爱好者、书商等都会有意识地编选诗歌选本或编定诗文集、诗歌总集，流传较广的是一些受人欢迎的诗歌选本。据统计，唐人选唐诗有一百三十七种之多，现存十几种，傅璇琮等学者整理了一部《唐人选唐诗新编》，共有十三种唐人选唐诗的选本。通过不同的选本，可对当时唐诗的流传情况略窥一斑。

宋元明清时期的唐诗选本层出不穷，孙琴安统计历代的唐诗选本就有六百多种之多（孙琴安《唐诗选本六百种提要》）。其中最为流行的是清代蘅塘退士（原名孙洙）编选的《唐诗三百首》，成书在清乾隆二十九年（1764），共选入七十七位唐代诗人的三百一十一首诗。数量上以杜甫诗最多，有三十八首、王维诗二十九首、李白诗二十七首、李商隐诗二十二首。民歌说“熟读唐诗三百首，不会作诗也会吟”，这本书“因专就唐诗中脍炙人口之作，择其尤要者”，有利于童蒙和科考，流传最广。

历史上曾出现多少位唐代诗人？多少首唐诗？唐诗的总体面貌如何？这个问题在明清两代受到重视，先后有学者编撰了唐诗的总集。至康熙四十四年（1705），康熙帝命曹寅主持编纂《全唐诗》，三月份开始编，第二年十月即编成。这部《全唐诗》是在明人胡震亨的《唐音统签》、清人季振宜的《唐诗》基础上，花十七个月告成，疏漏较多。得诗 48900 余首，凡 2200 余人，共计九百卷，目录十二卷。但《全唐诗》的实际收录情况究竟如何？一直到二十世纪五十年代，日本人平冈武夫才精确统计出来：实收 49403 首，诗句 1555 条，作者 2576 人（不计神、鬼、怪类），加上有 2873 人。

我国当代学者也不断投入全唐诗的辑佚、修订之中。如王重民、孙望、陈尚君、周勋初等人先后补辑唐诗。1992 年，陈尚君出版《全唐诗补编》，加上之前的成果，共收诗 6327 首，句 1505 条，诗人 1600 人。至此，唐诗存世的作品有 55730 首，句 3060 条，诗人 3700 多。但此后还有新的唐诗被发现，如 1992 年夏天在湖南长沙唐窑出土瓷器上所题的几百首唐诗，最有名的一首是“君生我未生，我生君以（已）老。君恨我生迟，我恨君生早”。近年来，南京大学、复旦大学的学者都竞相重新整理全唐诗，期待一部更全的唐诗总集面世！

唐诗在流传过程中有一个接受与再接受的过程，诗人的显晦、作品的解读，都涉及接受史的研究。如杜甫及其诗歌在中晚唐、宋代和明清时期的不同评价与接受，宋人有“千家注杜”的说法，清人注杜诗的选本更是数不胜数。近十多年来，学界热衷于从接受史角度来研究唐诗，无论是唐代诗人、诗作、选本等各方面，都取得了较丰富的成果。唐诗的接受史涉及到版本流传和作品经典化的问题。在流传过程中，有的诗作会出现版本差异，如李白的《静夜思》："床前明月光，疑是地上霜。举头望明月，低头思故乡。"但在现存最早的李白集刻本——日本静嘉堂文库藏宋蜀刻本《李太白文集》当中，文字存在差异："床前看月光，疑是地上霜。举头望山月，低头思故乡。"从版本的角度来说，日藏本的文字应更贴近李白诗的原貌，且与李白常在深山隐居、修道、游玩的经历更吻合。但现在流传的版本无疑更好，检索沈德潜、孙洙等人的唐诗选本，也许会认为这首诗经过明清人的改动，从而让一、二句的诗意变得更妥帖，诗的意境更优美，声韵更和谐，朗朗上口，便于学习和流传，进一步经典化。

第二讲　如何欣赏唐诗

诗歌有韵律的限制，精练灵活，形象性丰富，叙述可以跳动，这些特点往往使诗歌意蕴丰富，解读起来有一定的难度。杜甫说："为人性僻耽佳句，语不惊人死不休。"诗歌是诗人精心构思的作品，读者要通过反复推敲来理解诗意。

一、从语言入手

要准确解读诗歌，势必从语言入手，首先弄懂诗歌要表达的意思。借用《诗人玉屑》卷六记载王安石提到"诗家语"一词，来说明诗歌有独特的语言。

周振甫先生在《诗词例话》中解释何为"诗家语"，就是说诗的用语有时和散文不一样，因为诗有韵律的限制，不能像散文那样表达。要是我们用读散文的眼光去读诗，可能会忽略作者的用心，不能对诗作出正确的理解，那自然体会不到它的好处，读了也不会有真感受。他举了钟惺、谭元春品评岑参《还高冠潭口留别舍弟》一诗，来说明诗家语的精练、浓缩、高度形象化的特点。岑诗如下：

昨日山有信，只今耕种时。
遥传杜陵叟，怪我还山迟。
独向潭上酌，无人林下棋。
东溪忆汝处，闲卧对鸬鹚。

谭元春评此诗："不曰家信而曰'山有信'，便是下六句杜陵叟寄来信矣，针线如此。末四语就将杜陵叟寄来信写在自己别诗中，人不知，以为岑公自道也。'忆汝''汝'字，指杜陵叟谓岑公也。粗心人看不出，以为'汝'指弟耳。八句似将杜陵叟来信掷与弟看，起身便去，自己归家，与别弟等语，俱未说出，俱说出矣。如此而后谓之诗，如此看诗，而后谓之真诗人。"（钟惺、谭元春《唐诗归》卷十三）

诗家语的好处：第一，体会到诗的含蓄，比如岑参的诗，不说家里怪我还山迟，却说杜陵叟怪我，又是遥传杜陵叟怪我，这里含有不少情意，经过体会，就觉得诗人有许多话没有说出来，这就含蓄有味，给留下的印象比较深刻。第二，体会到诗要突出形象，"东溪忆汝处"，是讲忆汝，是想念你，却接个"闲卧对鸬鹚"，不说想念得很，却说对鸬鹚躺着，跟潭上酌、林下棋相对，都写想你。先是想到无人可以在林下下棋，是想你；只好独向潭上酌，无人作伴，也是想你；连独饮的兴趣都没有了，更是想你。这里好像一层进一层，都是同形象结合着，林下棋、潭上酌、对鸬鹚，都有形象，通过形象来写情思。在这里又显出对比来，"林下棋"同"独酌"相对，"独酌"同"对鸬鹚"相对，从这一个个形象的相对中显出层次来。

读诗还要注意诗歌的句法、章法的结构，摸清意脉。留意诗歌的起句与结句对景、情、理的描写。诗歌常见的章法结构为起、承、转、合。如上述宋之问的《渡汉江》，就是典型的起承转合，首句写自己被贬到岭南之后与家里断了音讯，用心中所怀之感想来兴起；第二句承写到岭南之后的季节变化；第三句巧用"怯"字来替代"切"字，写出了诗人获恩赦后返乡，靠近家乡时那种复杂微妙的情感，不仅仅是回家的迫切感，诗意一转；末句回应前一句，是合，指出自己心情的忐忑不安，辞意未尽，有弦外之意。再如李绅的《悯农》其二：

春种一粒粟，秋收万颗子。
四海无闲田，农夫犹饿死！

第一句是起，春天种上一粒种子，交代了时间（暗含地点）、事件；第二句是承，承续首句写出秋天的收获；第三句，作者的笔触开始转移，由眼前的一粒粟转向更为广阔的空间；第四句是合，把前三句的诗意合成一点，表达作者的见解和主张，抒发作者的思想感情，卒章显志，和盘托出了诗的“悯农”主题。全诗共四句，起承转合，自然顺畅，清晰有序。

有的诗歌结构有意打破对称、平衡的整齐之美，而采用一对多或多对一的结构，如杜甫的《天末怀李白》：

凉风起天末，君子意如何。
鸿雁几时到，江湖秋水多。
文章憎命达，魑魅（chī mèi）喜人过。
应共冤魂语，投诗赠汨（mì）罗。

首句写秋风从天边刮起，属于诗人在秦州（今甘肃天水）时对季节的感受，后七句通过想象来写李白的心境、流放途中、遭遇的挫折、心声的倾诉等；诗中属于自己的一句和属于李白的七句相对比，一对多的结构，突破了律诗结构的一般程式。杜甫《秦州杂诗二十首》其四则采用多对一的结构，前七句“鼓角缘边郡，川原欲夜时。秋听殷地发，风散入云悲。抱叶寒蝉静，归山独鸟迟。万方声一概”是写周围的环境，最后一句“吾道欲何之”才属于诗人的心理活动。再如李白的《越中览古》，前三句“越王勾践破吴归，战士还家尽锦衣。宫女如花满春殿”都是写昔日越国战胜吴国后的盛景，最后一句“只今惟有鹧鸪飞”感慨今日眼前景色之凄清。程千帆先生评此诗结构的特色正在于利用篇幅分合的一多悬殊，使古代和当代越王台之盛衰做出了强烈的对比（程千帆《古典诗歌描写与结构中的一与多》）。

二、了解唐朝的制度、文化、风尚与名物

准确解读唐诗，还要有一定的历史知识储备，要对唐朝的社会风尚、民族习性、科举制度、文化艺术以及名物等有所了解。唐朝科举制度以诗赋取士，大大提高了读书人写诗的热情和自觉性。随之产生的一种特有的社会风气——行卷，即呈给当权者一份自己的诗文作品卷子。关于唐代的行卷风气，程千帆先生的《唐代进士行卷与文学》一书对此有精辟论述，我们来选读部分内容：

“所谓行卷，就是应试的举子将自己的文学创作加以编辑，写成卷轴，在考试以前送呈当时在社会上、政治上和文坛上有地位的人，请求他们向主司即主持考试的礼部侍郎推荐，从而增加自己及第的希望的一种手段。这也就是一种凭借作品进行自我介绍的手段；而这种手段之所以能够存在和盛行，则是和当时的选举制度分不开的。

唐代的科举考试采取了试卷不糊名的方式，使主试官得以审查应试者平素在学业上的表现，可能是九品中正制遗留下来的影响。另外，将自己的作品送请有地位、有学问的人看，希望得到他们的揄扬或教益，这也原是古已有之的。不过到了唐代，文士们更利用了这种办法来为争取进士登第服务。这就使之形成一种风尚，有别于通常的投送卷轴，而且出现了行卷这个专称。

第一，行卷的风尚是和当时贡举诸科目中出路最好因而最受重视的进士科紧密地联系着的；而第二，它又是和进士科的去取以文辞优劣为标准紧密地联系着的。

唐代贡举分为制科和常科，而常科之中，主要的又只有进士、明经两科。制科，据说是以待非常之才的，名目既极为繁多，每年或设或否，情况又极不一致。所以一般人所趋赴的，仍然集中在常科方面。常科之中，进士、明经两科虽然并列，而两者地位的高下和及第的难易，却大不相同。《唐摭言》卷一《散序进士》门云：

‘进士科始于隋大业中，盛于贞观、永徽之际。缙绅虽位极人臣，不由进士者，终不为美，以致岁贡常不减八九百人。其推重谓之“白衣公卿”，又曰“一品白衫”；其艰难谓之“三十老明经，五十少进士”。’

进士科的举子还在穿着白麻衣去行卷或应试的时候，已被人推重，认为将

来可以位至公卿，官居一品；而明经科的举子则无人对他们寄予这种厚望。三十岁明经及第，就算是老明经了；而五十岁进士及第，却还要算少进士。这些谚语正非常形象地指出了两种科目在唐人心目中的价值相差是多么远。”

唐代科举考试重进士，轻明经，进士科主要考察诗赋等文学才能。唐代的考试试卷是不糊名，这与后世不同，宋代科举考试制度较为严格，重新誊抄试卷，且糊名。唐代的主考官还会参照应试士子平日的作品和名气来决定去取。正因如此，士子们会在考试前有意识地博取才名，将自己的佳作写成卷轴，提前送呈有地位的达官贵人，以求推荐，成为一时风尚，称之为“行卷”。

朱庆馀的《近试上张水部》即是当时一首有名的行卷之作。全诗如下：

洞房昨夜停红烛，待晓堂前拜舅姑。
妆罢低头问夫婿，画眉深浅入时无？

这是朱庆馀在临近考试前献给水部员外郎张籍的一首七言绝句，又名《闺意献张水部》。停即留置之意，舅姑是指公婆。新娘在第二天清早奉茶给公公婆婆之前，问自己的夫婿：打扮得入不入时，能否讨得公婆欢心？“不着一字，尽得风流。”实际上朱庆馀是借新娘子紧张不安的心声来询问张籍：我的才华是否足以考中进士？设问如此精心巧妙，令人惊叹，颇得诗歌含蓄之美。张籍当时就回应了一首《酬朱庆馀》：

越女新妆出镜心，自知明艳更沉吟。
齐纨未足时人贵，一曲菱歌敌万金。

他把朱庆馀比作越州镜湖的采菱女，不仅长得艳丽动人，而且有着绝妙的歌喉，唱一支歌曲可敌万金，连名贵的齐地纨素也被时人看轻了；巧妙的比拟，高度肯定了这位年轻人的出众才华，鼓励他对参加科考有信心。

从朱庆馀的诗歌我们对唐代妇女画眉习俗略知一二。唐代妇女画眉成为一时风尚，用材与眉形、式样都很丰富。多用青黛这种黑色天然颜料将眉毛画浓，叫做“黛眉”。据史料记载，唐代妇女的眉形有数十种，作为重要的时尚元素，不断更新变化，白居易《上阳白发人》描述“青黛点眉眉细长”，李商隐《无题》"八岁偷照镜，长眉已能画"，都记载了画眉及眉形。如果读者对唐代妇女流行画眉妆扮有所了解，能更好地把握诗歌描绘的人物形象，理解这首诗的趣味与意蕴。

唐人除了有行卷诗，还有干谒诗。唐人流行以诗歌、传奇等作品作为结交达官贵人的一种手段，这是干谒的风气，也可以视之为另一种形式的"行卷"。以孟浩然的《临洞庭湖赠张丞相》一诗来说明干谒之风及诗歌的典故。

八月湖水平，涵虚混太清。
气蒸云梦泽，波撼岳阳城。
欲济无舟楫，端居耻圣明。
坐观垂钓者，徒有羡鱼情。

孟浩然借此诗向张九龄（一说为张说）表达其希企得到援引、入仕从政之心，末句反用《淮南子·说林训》"临渊而羡鱼，不若归家织网"之意，希望有所作为。

程千帆先生敏锐地捕捉到行卷这一唐代特有的风气，有力地说明了唐诗取得繁荣的时代原因之一。学界大力挖掘唐诗与各个领域有紧密联系的论题，如唐诗与职官、唐诗与科举、唐诗与佛禅、唐诗与道教、唐诗与幕府制度、唐诗与酒文化、唐诗与音乐、唐诗与舞蹈、唐诗与绘画、唐诗与庄园文化等等，成果十分丰硕。我们可以阅读相关著作，系统把握与唐诗相关的制度、文化、名物等等，更好地掌握唐诗的精彩之处。

三、抓住诗歌的意象和意境

作诗贵精练，读诗贵精思。无论是作诗还是读诗，都要善于捕捉意象，营构意境，借物抒情，情景交融。意象和意境都是主客观的结合体，前者重在意中之物象，后者强调意中之空间；前者容易在诗歌中找出来，往往可以落实到具体的物或人，后者要通过审美想象来体会一个虚实相生的境界。

格律诗的意象较为密集。如王湾的《次北固山下》一诗中，出现的常见意象有舟、雁等，其他如青山、潮、帆、日等，也可视为意象。全诗如下：

客路青山外，行舟绿水前。
潮平两岸阔，风正一帆悬。
海日生残夜，江春入旧年。
乡书何处达，归雁洛阳边。

我们可以从中挑出诗歌描写了哪些景和物？哪些可以称之为意象，在诗中有何特别含义？首联写春日行旅途中，路转青山，行舟绿水；颔联写潮水涌涨，江水浩渺，景色恢宏阔大；颈联写朝阳拂晓，春意盎然，时光的美妙变换，充满勃勃向上的生命力，殷璠《河岳英灵集》记载张说手题此二句于政事堂，正因其中的意象、境界与唐王朝即将迎来的太平盛世相合；尾联表达思乡之情，以归雁捎书信的典事来抒发对洛阳亲人的思念。

唐诗中常见的景物意象有雁、月、舟、菊、酒、雨等，人物意象或典事有老庄、屈原、贾谊、苏武、昭君、项羽、竹林七贤、陶潜、诸葛亮等。一首诗中出现的意象可繁可少，可密可疏，程千帆先生在《古典诗歌描写与结构中的一与多》文中对古诗意象的一与多展开论述，如杜甫《春夜喜雨》中的两句“野径云俱黑，江船火独明”，云是俱黑，火是独明，黑多而白一，在光觉上形成对比；张继《枫桥夜泊》的前两句“月落乌啼霜满天，江枫渔火对愁眠”意象繁密，后两句“姑苏城外寒山寺，夜半钟声到客船”则意象疏朗，夜月江景与一灯渔火形成视觉对比，数声乌啼与一杵钟声形成听觉对比。意象的一与多，使得诗歌的结构“在平衡与不平衡、对称与不对称、整齐与不整齐之间达成一种更巧妙的更新的结合”，展现一种疏密结合的美。也有的诗歌意象特别繁密，李商隐喜翻书查典故，人谓为“獭祭鱼”，典型诗作如《泪》：

永巷长年怨绮罗，离情终日思风波。
湘江竹上痕无限，岘首碑前洒几多。
人去紫台秋入塞，兵残楚帐夜闻歌。
朝来灞水桥边问，未抵青袍送玉珂。

这首诗用典事非常密集，“泪”作为意象，在李商隐的笔下呈现了多种含义，不同的人物形象有不同的泪。诗的结构前六句展现“多”，每句一事，分别描写了失宠、离情、伤悼、感德、难归、末路等六种“泪”；最后两句展现“一”，前六种泪，都只能算是平常之泪，比不上最后一种的灞桥送别之泪。青袍即青色的袍子，唐贞观三年，规定八品、九品官服青色；显庆元年，规定深青为八品之服，浅青为九品之服；唐代的节度、观察、团练、防御等皆置判官为僚属，以在幕府之故，品位卑，着青袍；青袍亦指学生或寒士所穿之服。玉珂原指马络头上的装饰物，用玉或贝做，此处代指高官显贵。诗人以一介青袍寒士而送玉珂贵客出京时，比较之下，贵贱相形，天壤之别，再回想自己有才难施、有志未展，岂不伤心至极、泣而涕下？

四、从知人论世到以意逆志

读诗要知人论世、以意逆志，在掌握诗歌创作的背景、作者的心态的基础上，充分展开联想与想象，把握诗人的情志，了解诗歌的潜在信息。如读崔颢的《长干行》其一：

君家何处住？妾住在横塘。
停船暂借问，或恐是同乡。

可以想象行船上一个十四五岁的妙龄女子，看到旁边船上的一个玉树临风的青年男子，不禁怦然心动，大胆发起对话，又害羞地用乡情来掩盖“爱情”，特意说听到对方的口音与自己相近，应该是老乡。这个巧妙的搭讪，刻画出了一个大胆聪慧又不失娇憨羞怯的美丽少女形象，也侧面烘托了男子青春逼人的形象。诗人这首短短的五言小诗，二十个字里并没有对人物形象加以描绘，却能让读者通过想象与联想，很好地捕捉到人物的美好与生动！

想象要适度，切忌过度猜测，读者要注意分辨合理的想象虚构与穿凿附会的区别，解诗要结合时代背景和诗人生平来分析，既要知人论世，以意逆志，又要避免穿凿附会和过度解读。如韦应物的《滁州西涧》一诗：

独怜幽草涧边生，上有黄鹂深树鸣。
春潮带雨晚来急，野渡无人舟自横。

这首诗歌有无寄托，所托何意，宋至清代都争论不休。欧阳修认为“诗人务在佳句而实无此景”，从地理位置来看，滁州城西乃是丰山，无西涧，独城北有一涧水极浅不胜舟，又江潮不到。谢枋得认为这首诗是“感时多故而作”，内有政治寄托：“幽草”“黄鹂”，此君子在野，小人在位。“春潮带雨晚来急”，乃季世危难多，如日之已晚，不复光明也。末句谓宽闲寂寞之滨，必有贤人如孤舟之横渡者，特君不能用耳。

从字面来看，这是一首情景交融的写景诗，诗人看见郊野外一幕幕景象，心有所感。小草在涧边幽暗处生长，黄鹂鸟在树荫深处啼鸣；傍晚时分，春潮夹着雨点涌涨，郊野渡口无人乘船，只有小舟随波漂浮。而在写景述意中蕴含了诗人忧虑不安、自怜自惜的情感。谢枋得把幽草与黄鹂比喻成“君子在下、小人在上之乱象”，把后两句比喻成危难时世和自己如贤人不得其用，过于实指，有附会的嫌疑，但也有一定的道理。从创作背景来看，此诗作于唐德宗贞元元年(785)，韦应物在滁州西涧闲居之时。唐德宗建中四年(783)夏，韦应物改任为滁州刺史，离开京城外派到安徽滁州任地方官；十月，“泾原兵变”爆发，唐德宗出逃奉天，直到兴元元年(784)回到长安，于次年贞元元年八月平定叛乱。而贞元元年正月，韦应物在滁州刺史任上被免职。他写作这首诗正是国家动荡之际、个人怀才不遇之时，诗中流露的情绪若隐若显。开篇幽草的意象，诗人用独怜的字眼，可解读为令人怜惜的人或事物，也是对自己境遇的一种暗喻，蕴含着一种无可奈何的失落、忧伤之情。潮雨之急，恐怕正是诗人为家国忧心难安的象征；野舟自横，或是诗人随缘自适的气度和坚守自我的喻意。

五、比较阅读

欣赏唐诗要注意把同题或题材相似的诗歌进行比较阅读。如天宝十一载(752)秋天，杜甫、岑参、高适、储光羲、薛据五人一同登慈恩寺塔(即西安大雁塔)，每人赋诗一首，薛据诗已失传。以其他四人诗进行比较，同时同地所作同题诗，正好可以比较出四首诗的高下。四诗当中，岑、杜二人的诗作获得的好评

更多,先看岑参《与高适薛据登慈恩寺浮图》一诗:

塔势如涌出,孤高耸天宫。
登临出世界,蹬道盘虚空。
突兀压神州,峥嵘如鬼工。
四角碍白日,七层摩苍穹。
下窥指高鸟,俯听闻惊风。
连山若波涛,奔凑如朝东。
青槐夹驰道,宫馆何玲珑。
秋色从西来,苍然满关中。
五陵北原上,万古青蒙蒙。
净理了可悟,胜因夙所宗。
誓将挂冠去,觉道资无穷。

诗的开篇两句用“涌”“耸”二字就描绘出塔的孤高之势;接下来十六句写诗人登塔的感受、从高处看到景色、四周秋色苍青;最近四句归结到佛理,欲挂冠而去悟道。诗人所登之塔为慈恩寺塔,慈恩寺是唐太宗贞观二十一年(647)太子李治为纪念他的母亲文德皇后所建,在当时长安东南区晋昌坊。唐高宗永徽三年(652),三藏法师玄奘在寺中建塔,即慈恩寺塔,又名大雁塔,共有六层。武则天大足元年(701)改建,增高为七层。岑参登临此塔后,站在高处观望周围苍茫、寂寥的景色,心中顿悟佛理,欲挂冠隐去,流露的是一种怅惘、无奈之情。此诗对佛塔的崔嵬和景色的壮丽描摹十分成功,用了通感、比喻、夸张等多种手法,虚实、视听、动静相结合,生动如画。再看杜甫的《同诸公登慈恩寺塔》:

高标跨苍穹,烈风无时休。
自非旷士怀,登兹翻百忧。
方知象教力,足可追冥搜。
仰穿龙蛇窟,始出枝撑幽。
七星在北户,河汉声西流。

羲和鞭白日，少昊行清秋。
秦山忽破碎，泾渭不可求。
俯视但一气，焉能辨皇州。
回首叫虞舜，苍梧云正愁。
惜哉瑶池饮，日晏昆仑丘。
黄鹄去不息，哀鸣何所投。
君看随阳雁，各有稻粱谋。

诗的开头同样突出塔之高，但是诗人没有停留在写塔，而是进一步点出登塔时的心情。诗人与朋友一起到长安南郊登慈恩寺塔，本应是散心、游玩的性质，但在登塔之时，诗人吹着无休止的烈风，心中顿生忧虑，百感交集；因登临处是佛塔，诗人随之归因于佛教的力量在推动；接着十句写如何在佛塔内盘旋攀登的感受，登顶后看到的清秋景色，忽若山河破碎，清浊难分，迷茫一片；接下来四句用舜卒于苍梧的典事写自己对太宗政治清明时代的追思，用西王母宴饮瑶池的典事讽玄宗与贵妃在骊山的荒淫生活。末四句用比喻，指出有才能之人无用武之地，趋炎附势之人则一心逐利。

众人登塔赋诗是在天宝十一载（752），这时候的唐王朝表面上歌舞升平，实际上已经危机四伏。唐玄宗晚年迷恋杨贵妃，宠信奸臣李林甫，《资治通鉴》："（天宝十一载）上（玄宗）晚年自恃承平，以为天下无复可忧，遂深居禁中，专以声色自娱，悉委政事于（李）林甫。林甫媚事左右，迎会上意，以固其宠。杜绝言路，掩蔽聪明，以成其奸；妒贤嫉能，排抑胜己，以保其位；屡起大狱，诛逐贵臣，以张其势。"朝政日乱，三年之后，安史之乱爆发。而杜甫敏感地捕捉到时局即将动荡的乱势，忧心社稷，故有百忧的感慨，并非出于象教力。诗歌情景交融，寓意深远，与岑诗相比，更见性情，立意更高。对于四人的登塔诗，清人仇兆鳌在《杜诗详注》中的评语切中肯綮，他说："同时诸公登塔，各有题咏。薛据诗已失传；岑、储两作，风秀熨帖，不愧名家；高达夫出之简净，品格亦自清坚。少陵则格法严整，气象峥嵘，音节悲壮，而俯仰高深之景，盱衡今古之识，感慨身世之怀，莫不曲尽篇中，真足压倒群贤，雄视千古矣。三家结语，未免拘束，致鲜后劲。杜于末幅，另开眼界，独辟思议，力量百倍于人。"

以相同主题或相似题材的诗歌进行比较，亦能辨析出各自之间微妙的差异。如明人谢榛的《四溟诗话》中引用一段话:"韦苏州曰:'窗里人将老,门前树已秋。'白乐天曰:'树初黄叶日,人欲白头时。'司空曙曰:'雨中黄叶树,灯下白头人。'三诗同一机杼,司空为优;善状目前之景,无限凄感,见乎言表。"以韦应物的《淮上遇洛阳李主簿》、白居易的《途中感秋》、司空曙的《喜外弟卢纶见宿》三诗中的佳句作比较,都是描写秋天相似的情景,何诗更优?谢榛认为,司空曙诗抒情写景,情景交融,含蕴深厚,更胜一筹。宋人梅尧臣指出:"(诗)必能状难写之景,如在目前;含不尽之意,见于言外,然后为至矣。"(欧阳修《六一诗话》)司空曙之诗出现的"雨""黄叶""灯下""白头"四种事物生动具体,对比强烈,形象鲜明,画面感强,蕴含的情感浓厚,强度大,使读者如见其人,如临其境,无限凄感凉,感同身受。相同题材诗歌的研究可参看程千帆《相同的题材与不相同的主题、形象、风格——四篇桃源诗的比较》一文,对陶渊明、王维、韩愈、王安石等人的四篇桃源诗进行分析比较。

解读唐诗,还可与其他时代的诗歌进行比较,如与汉魏诗、宋诗作对比阅读。钱锺书先生在《谈艺录》中说:"诗分唐宋乃风格性分之殊,非朝代之别。……唐诗多以丰神情韵擅长,宋诗多以筋骨思理见胜……夫人禀性,各有偏至,发为声诗,高明者近唐,沉潜者近宋……一生之中,少年才气发扬,遂为唐体,晚节思虑深沉,乃染宋调。"独具只眼,指出唐诗长于丰神情韵、宋诗胜在筋骨思理的特点,并与人在不同年纪的性情相对应,唐诗更像少年,宋诗乃近老年。缪钺的《论宋诗》亦曰:"唐以韵胜,宋以意胜。唐如芍药海棠,如啖荔枝;宋诗如寒梅秋菊,如食橄榄。唐如高峰远望,宋如曲涧幽寻。唐之弊为肤廓平滑,宋之弊为生涩枯淡。"以精彩譬喻来对比唐宋诗。

诗歌具有多义性和独特性,如何精准合理又独具慧眼地鉴赏唐诗,需要读者在准确理解诗歌语言、意思的基础上,知人论世,以意逆志,并结合自己以往的知识储备与审美经验的再体验、再理解,把握诗歌中的形象、情感、意象、意境,提出自己的见解与评价。

第三讲　初唐诗坛的朝与野

初唐前期诗坛受到南朝齐梁和隋朝诗风的影响，在浮艳的诗风下逐渐显露出清刚劲健之气，以唐太宗李世民、名臣魏徵、虞世南、上官仪等宫廷文学集团为主，诗歌多宴饮唱和之作，风格雍容、绮丽，亦有不少行军途中所写的纪行、景物、咏怀诗，不乏气魄、识见。如唐太宗《赐萧瑀》一诗："疾风知劲草，板荡识诚臣。勇夫安识义，智者必怀仁。"从帝王的角度对忠心耿耿臣子的赏鉴，富含人生哲理，语短而味浓。再如魏徵的《述怀》："中原初逐鹿，投笔事戎轩。纵横计不就，慷慨志犹存。杖策谒天子，驱马出关门。请缨系南越，凭轼下东藩。郁纡陟高岫，出没望平原。古木鸣寒鸟，空山啼夜猿。既伤千里目，还惊九逝魂。岂不惮艰险？深怀国士恩。季布无二诺，侯嬴重一言。人生感意气，功名谁复论。"诗歌前四句用班超投笔从戎的典事来抒发自己的雄心壮志；接着四句用终军主动请缨的典事点出自己此行是报答唐高祖的知遇之恩；接着写自己路途艰险，排除万难，出于信义，知恩图报，以季布、侯嬴自比。该诗把一个忠谔之士的壮烈胸怀抒发得淋漓尽致。

宫廷余风之外，有二王、四杰在民间。王绩徘徊于仕与隐之间，他的山水田园诗，如一头野鹿般带着田园气息闯进初唐的诗坛；王梵志则是一个飘忽无踪的独行僧，一边在尘世间行走，一边吟诵着质俚而富于哲理的诗歌。初唐四杰包括王勃、杨炯、卢照邻、骆宾王四人，年少才高，官小名大，都是当时的杰出诗人和骈俪文大家。他们的诗歌题材“由宫廷走到市井”，“从台阁移至江山与塞漠”（闻一多语），在初唐诗坛上吹起了一股重刚健、重气质的清朗诗风。

一、王绩

王绩（约589—644），字无功，号东皋子、五斗先生，绛州龙门（今山西河津）人，文中子王通之弟也。身处隋唐之际，曾三仕三隐。王绩归隐山林田园后，以琴酒诗歌自娱，又精于占卜、算卦、炼丹、酿酒、养鸟、射覆。他性情旷达，嗜酒如命，待诏门下省时，江国公闻之好酒能饮，特判日给一斗，时人呼为“斗酒学士”。有《王无功文集》五卷本行世，代表诗作有《野望》《秋夜喜遇王处士》《独酌》《醉后》《过酒家（五首）》等。其诗近而不浅，质而不俗，有旷怀高致，直追魏晋高风。在律体滥觞于六朝而成型于隋唐之际，王绩诗歌实为先声。

因追慕陶渊明，王绩的为人为文皆模仿陶渊明，仿《五柳先生传》作《五斗先生传》：“有五斗先生者，以酒德游于人间，有以酒请者，无贵贱皆往，往必醉，醉则不择地斯寝矣，醒则复起饮也。常一饮五斗，因以为号焉。”又作《醉乡记》，当中游于醉乡之“酒仙”有阮籍、陶渊明等数十人。又《自撰墓志铭》，自述生平。其诗歌以山水田园诗为主，有少数哲理诗，风格以淳朴自然为主。试看其代表作《野望》：

东皋薄暮望，徙倚欲何依。
树树皆秋色，山山唯落晖。
牧人驱犊返，猎马带禽归。
相顾无相识，长歌怀《采薇》。

东皋，指王绩隐居故乡时的游眺处。此诗作于王绩在唐初弃官隐居故乡之时，写东皋薄暮远眺所见的秋野景色。首两句写诗人傍晚登高远眺，心情若有所失；徙倚，犹言低徊；欲何依，意谓心情无所着落。中间四句写景，前两句静谧而又黯淡，闲适却又萧瑟，大笔勾勒远处的静景，秋天的树木，夕照下的群山，着眼于色彩的描绘；后两句写田园牧歌式的风光，牧人驱赶着牛儿，猎人带着猎鹰返家归来，着重于由远及近的动景描写。末两句抒发作者顾盼无伴、缺少知音的孤独之感。“采薇”用《诗经·召南·草虫》典：“陟彼南山，言采其薇。未见君子，我心伤悲。”这是无人作伴的哀叹。又有典故：周灭殷时，伯夷、叔齐隐居首阳山，采薇而食，作歌曰：“登彼西山兮，采其薇矣。以暴易暴兮，不知其非矣！”这是坚持己志、归隐自守的感慨。诗人借二典以抒发隐逸以守志的孤独与坚忍。此诗风格朴素淡远，超拔于齐梁雕饰华靡的流俗风气之外。采用白描的手法，取景巧妙，远近错落，动静搭配，秋色（节令）与薄暮（时间）组合起来的环境，符合诗人淡淡忧伤的心理状态。

王绩此诗可与陶渊明的田园诗相对读，陶诗名篇《归园田居五首》其一：“少无适俗韵，性本爱丘山。误落尘网中，一去三十年。羁鸟恋旧林，池鱼思故渊。开荒南野际，守拙归园田。方宅十余亩，草屋八九间。榆柳荫后檐，桃李罗堂前。暧暧远人村，依依墟里烟。狗吠深巷中，鸡鸣桑树颠。户庭无尘杂，虚室有余闲。久在樊笼里，复得返自然。”其二：“野外罕人事，穷巷寡轮鞅。白日掩荆扉，虚室绝尘想。时复墟曲中，披草共来往。相见无杂言，但道桑麻长。桑麻日已长，我土日已广。常恐霜霰至，零落同草莽。”王绩这首田园诗与陶诗在内容、形式、风格、味道上都有些差异。陶诗为五古，王诗是成熟的五律。南北朝久经酝酿的五律，到王绩手里渐趋成熟，早于沈宋数十年，对唐代田园诗以及五律的发展有一定影响。陶诗中的诗人形象躬耕田园，荷锄夜归时，在田垄间与老农聊自家农田的作物生长，闲话家常。陶渊明的隐居是融入乡村，“农务各自归，闲暇辄相思。相思则披衣，言笑无厌时”，在农务之余常与素心人“抗言谈在昔”，有时“奇文共欣赏，疑义相与析”，有时“春秋多佳日，登高赋新诗”，有时“过门更相呼，有酒斟酌之”（陶潜《移居二首》），他与田园并“不隔”。因而他眼中、笔下的乡村景色富于亲切感，充满生趣。从《野望》的内容、风味来看，王绩在避世归隐的逸趣中交织着他对世代更替的苦闷和时局的忧虑，他隐居田园又有忧世之心，“相顾无相识”一句写出他与田园生活的“隔”。《野望》一诗是牧歌情调与落寞之感交织，闲适意趣与易代之慨并存。

王绩三十多岁就开始避世隐居，平常只读《老子》《庄子》《周易》等书。日常生活中，酒是不能少的。他不仅喝酒，还研究如何酿酒，著《酒经》专谈酿酒方法，撰《酒谱》博采历代著名酿酒人物如杜康、仪狄等人的经验。陶渊明诗“篇篇有酒”（萧统语），王绩诗中亦多酒，写得真率疏放，趣味横生。如《独酌》：“浮生知几日，无状逐空名。不如多酿酒，时向竹林倾。”《醉后》：“阮籍醒时少，陶潜醉日多。百年何足度，乘兴且长歌。”描写了王绩流连美酒之中的生活，正值壮年的他选择出世不仕，内心的抑郁不平之气，唯有借醉酒长歌而倾吐出来。

二、王梵志

王梵志，生卒年不详，卫州黎阳（今河南浚县）人。《桂苑丛谈》和《太平广记》卷八十二《王梵志》都说他生于隋代，黎阳城东人王德祖从枯树中发现收养的，《史遗》载其出生于王德祖家的林檎树长的瘿。王梵志的诗歌有惩恶劝善、讽刺世态人情的积极作用，“作诗讽人，甚有义旨。”其诗以说理为主，风格浅显平易而时带诙趣，往往寓生活哲理于嘲戏谐谑之中，寄嬉笑怒骂于琐事常谈之内，开创了以俗语俚词入诗的通俗诗派。

王梵志的诗歌在唐宋颇有影响，多人模仿，唐末范摅的《云溪友议》载其人其诗；约八、九世纪时流传到日本，日本平安朝时代编纂的《日本见在书目录》著录《王梵志诗二卷》。到明清时期失传，清朝编的《全唐诗》不收梵志诗。1899年，敦煌藏经洞被发现，中有王梵志诗的手抄本，被伯希和带到巴黎，藏法国国家图书馆。国内学者刘复（字半农）、郑振铎等人先后去抄写、校辑。胡适《白话文学史》首论王梵志，第一次将其写入文学史。

王梵志的诗往往蕴涵哲理，语言晓畅，词锋犀利，颇为有趣。如这首名篇：

梵志翻着袜，人皆道是错。
乍可刺你眼，不可隐我脚。

普通人穿袜子，有针脚的一面作里，光滑的一面在外。王梵志反一般人的穿法，显示其孤傲的性情，对个性的尊重。首两句点出自己反着穿袜，人们都认为错了；后两句则是王梵志对世人的反讥与辩白；乍可即宁可，隐指伤痛；宁愿你觉得刺眼，也不让我的脚不舒服。诗歌以对话式的写法，反驳风趣、机智而坚定。宋人黄庭坚对此诗最为赏识，称之“绝妙”，亲书此诗。

因身世成谜，流离失所，王梵志自幼备尝生活艰辛。他敢于质疑现实、人生，曾经对天发出呼声：“我昔未生时，冥冥无所知。天公强生我，生我复何为？无衣使我寒，无食使我饥。还你天公我，还我未生时。”大声控诉对现实社会的不满。他的诗歌富有机锋，如“大皮裹大树，小皮裹小木。生儿不用多，了事一个足”和“他人骑大马，我独跨驴子。回顾担柴汉，心下较些子”，通俗易懂，明白如话，却又语带讥讽，反映时世艰难，人生不易，蕴含深刻道理。他的两首诗在后世影响较大，分别是“世无百年人，强作千年调。打铁作门限，鬼见拍手笑”和“城外土馒头，馅草在城里。一人吃一个，莫嫌没滋味”，被宋人范成大的《重九日行营寿藏之地》诗中化用，写成两句诗：“纵有千年铁门槛，终须一个土馒头。”曹雪芹在《红楼梦》中不仅把贾府两座家庙命名为铁槛寺和馒头庵，还借妙玉之口来盛赞“古人自汉晋五代唐宋以来皆无好诗，只有两句好”，正因这两句诗揭示了富贵兴衰、生死必然的道理。这也是妙玉自称“槛外人”的来由。

王梵志也有闲适、自由的一面，如“吾有十亩田，种在南山坡。青松四五树，绿豆两三窠。热即池中浴，凉便岸上歌。遨游自取足，谁能奈我何”，写得颇有生趣，形象生动，悠然自得。

三、初唐四杰

初唐四杰是王勃、杨炯、卢照邻、骆宾王的合称。四杰的名次历来有多种排序，从长幼次序来说，卢骆较王杨年长十来岁，张说在《赠太尉裴公神道碑》中称：“在选曹，见骆宾王、卢照邻、王勃、杨炯。”从文才高低来看，王勃得名更高，宋之问在《祭杜学士审言文》中第一次提出“复有王杨卢骆”，杨炯对此表示“愧在卢前，耻居王后”，既是自谦，亦是自勉。

唐诗风骨、声律兼备的艺术风貌，是从四杰开始的。王、杨长于五律，卢、骆长于七言歌行，他们的诗歌更加开拓题材，摆脱齐梁余风，显示个性特质和蓬勃的生命力。明人陆时雍《诗镜总论》曰：“王勃高华，杨炯雄厚，照邻清藻，宾王坦易，子安其最杰乎？调入初唐，时带六朝锦色。”精辟评价四杰不同的诗风特点。杜甫的《戏为六绝句》其二：“王杨卢骆当时体，轻薄为文哂未休。尔曹身与名俱灭，不废江河万古流。”指出当时人对四杰诗风浮艳进行嘲笑的行为不当，“尔曹”浅薄而身名俱灭，四杰的人与名则随着他们的文学成就如江河般万古流传。

1. 王勃

王勃(约650—676),字子安,绛州龙门(今山西河津)人。王勃是隋末大儒王通的孙子、王绩的侄孙。自幼有神童之称,才学出众,却仕途不顺。在沛王府任修撰时,王勃为沛王李贤写了一篇《檄英王鸡》,引起唐高宗勃然大怒,逐出长安。后又在虢州(今河南灵宝)参军任上杀死自己所匿藏的官奴而犯罪入狱,连累其父王福畤被贬为交趾(今越南北部)县令。上元二年(675)秋,王勃南下省亲,从楚州(今淮安)、扬州到达洪州(今南昌)一带,恰遇都督阎伯屿新修滕王阁落成,留下千古名句"落霞与孤鹜齐飞,秋水共长天一色"。次年春,王勃到达交趾,与父亲团聚。夏季乘船返回,落海溺水而死,年仅27岁。

王勃诗力求摆脱齐梁的绮靡诗风,"壮而不虚,刚而能润,雕而不碎,按而弥坚"(杨炯《王勃集序》)。今存《王子安集》,有诗80多首。最有名的是《送杜少府之任蜀州》:

城阙辅三秦,风烟望五津。
与君离别意,同是宦游人。
海内存知己,天涯若比邻。
无为在歧路,儿女共沾巾。

蜀州指今天四川省崇州、新津等市县及都江堰市部分地区。城阙指长安,宫门前的望楼叫阙。三秦:项羽破秦入关时,三分秦地,故有三秦之说,后泛指陕西一带地区。五津:长江在蜀地的五个渡口,有白华津、万里津、江首津、涉头津、江南津,合称五津。首联写送别的地点与背景,前一句是回首近处之实景,长安城的望楼高翘,拱卫着三秦之地;后一句是想像远处之虚景,透过风烟,遥望长江在四川的五个渡口;这两句诗对仗严整,巧用地名,景色宏阔。颔联抒情,诗人游宦之身,在长安送别杜少府前往蜀地,客居中话别,离别的意味又多了一重。颈联为千古名句,历来为人称颂。比邻即近邻,古代以相连五家为一比。这两句如奇峰突起,高度概括了"友情深厚,江山难阻"的情景,同在四海之内的知己好友,即使远隔天涯也犹如近为邻居。典出曹植的《赠白马王彪》:

“丈夫志四海，万里犹比邻。恩爱苟不亏，在远分日亲。”王诗借曹植兄弟情谊深厚的典事，来表达朋友间的友情无惧距离分隔，不必伤感于一时的分开，慷慨激越，显示出一种昂扬向上、积极进取的“少年精神”！尾联劝慰友人，也开导自己，不要临路分别之际，像小儿女那样悲伤落泪。全诗音调明快，气脉流通，意境阔达，一扫惜别的伤感低沉，代之以相知相勉的爽朗乐观。

王勃的《滕王阁序》流传甚广，文末所系诗也是一首好诗，法度谨严。《滕王阁》诗曰：

滕王高阁临江渚，佩玉鸣鸾罢歌舞。
画栋朝飞南浦云，珠帘暮卷西山雨。
闲云潭影日悠悠，物换星移几度秋。
阁中帝子今何在，槛外长江空自流。

滕王阁是滕王李元婴（唐太宗之弟）任洪州都督时在临江丘冈上所建，滕王常与僚属、歌舞伎在楼阁上宴饮。王诗首句从空间入手，点出滕王阁的气势，临江的地点，二句从时间着笔，遥想当年的盛宴，如今不再；颔联对仗十分工整，时空相结合，第三句写阁高接云，第四句写帘卷暮雨；颈联从空间到时间，光影变换点出时日流逝，第五句云影渐变、时光悠悠似慢，第六句季节更替、星斗转移似快；尾联与首联呼应，阁与阁、江与江呼应，“帝子”对“滕王”，“今何在”对“罢歌舞”，末句对应首句，感慨人去阁在，江水自流。气度高远，境界宏大，感慨遥深。清人郎廷槐《师友诗传录》中引述张实居（字萧亭）的话：“若短篇，词短而气欲长，声急而意欲有余，斯为得之。……短篇如王子安《滕王阁》，最有法度。”称赞此诗最有法度，篇幅有限而气味深长。从体裁来看，这首诗属于七古，但其形式可以看到唐诗走在格律化道路上的痕迹。以下两首“杂体”诗亦是如此，《寒夜怀友杂体二首》：

其一

北山烟雾始茫茫，南津霜月正苍苍。
秋深客思纷无已，复值征鸿中夜起。

其二

复阁重楼向浦开，秋风明月度江来。
故人故情怀故宴，相望相思不相见。

诗题中的“杂体”，表明二诗采用了律体以外的诗体。诗人离乡客居，秋深夜冷，心事重重，难以入眠，想念友人，写诗寄怀。第一首暗用阮籍《咏怀诗八十二首》其一的典故：“夜中不能寐，起坐弹鸣琴。薄帷鉴明月，清风吹我襟。孤鸿号外野，翔鸟鸣北林。徘徊将何见？忧思独伤心。”化用阮籍的诗意来抒发自己深夜怀友的孤凄悲苦之情。第二首继续写秋夜月色，怀友思深。二诗情景交融，连用叠字，更加情感遥深。

王勃的五言绝句不乏佳作，如《山中》：“长江悲已滞，万里念将归。况属高风晚，山山黄叶飞。”短短二十字，抒发了深重的游子思乡之情。首句用夸张、拟人的手法写长江水悲苦至极，凝滞不前，此景此情，出于一位离家万里、思家心切的游子眼中，傍晚的烈风不止，触目所见，满山遍野的黄叶在风中翻飞！全诗以情起篇，动人心魄，情寓景中；以景结尾，画面感强，引发人的想象力，景中有情，余味无穷。章培恒主编的《中国文学史》评价此诗“在短小的篇制中做到了神固气完”。再如《九日》：“九日重阳节，开门有菊花。不知来送酒，若个是陶家？”写重阳佳节，采菊喝酒的习俗，明白似口语，却甚有风味，情韵丰厚。

2. 杨炯

杨炯（约650—693），字令明，弘农华阴（今陕西华阴）人。幼时聪敏，十岁举神童，待制弘文馆。二十七岁应制举及第，补校书郎，崇文馆学士，后擢为太子詹事司直，终贬任盈川（今浙江衢州）令，卒于官，世称杨盈川。擅长五言律诗，边塞诗尤著，雄奇奔放，文质兼备，代表作有《从军行》《出塞》《战城南》《紫骝马》等。有《盈川集》十三卷。

杨炯的代表作《从军行》，借用乐府旧题，却是一首成熟的五律。诗曰：

烽火照西京，心中自不平。
牙璋辞凤阙，铁骑绕龙城。
雪暗凋旗画，风多杂鼓声。

宁为百夫长，胜作一书生。

这首诗节奏紧张，气势雄壮，诗人并未到过边塞，却写出了边塞战争的激烈场面。西京即长安。开篇即扣人心弦，烽火映照京都，敌情十万火急，烘托人内心的紧张不安。颔联、颈联描画战争，对仗严整又声气雄壮。牙璋是古代调动军队的兵符，玉制，设两块，分掌朝廷和主帅手中。凤阙泛指皇宫。龙城是汉时匈奴大会诸部祭天之所，借指敌方要地。随着兵符发出，军队离开长安，调往前线，骑兵们英勇杀敌，直捣龙城。大雪弥漫，战尘飞扬，使兵旗褪色；风声鼓声夹杂着呐喊声、厮杀声，战争的惨烈现于眼前。尾联抒发自己宁可投笔从戎、血战立功，做个带领百人的小军官，也胜过当书生的感慨。清人贺裳《载酒园诗话又编》指末两句“是愤语，激而能壮”，可以理解为两方面意思：一是直接表达驰骋沙场、保边卫国的热烈期望和壮志豪情；二是对个人无用武之地的现状不满，朝廷重武轻文，宁作低等军官，得以建功立业，也不愿作置身书斋的书生。这两种理解都可以感受到诗人内心抑郁不平的愤慨，联系杨炯长期待制弘文馆、及第后补校书郎的人生，他愤激而雄壮的心态，在怀才不遇之感的背后，正是其渴望施展才华抱负、蓬勃向上的精神！

除旧题乐府诗外，杨炯还有不少唱和、纪游、送别的诗篇，但个人特色不甚明显，仍有绮艳之风，只有一些描写山水景物的佳句，如《西陵峡》中的“绝壁耸万仞，长波射千里”，《送李庶子致仕还洛》中的“白云断岩岫，绿草覆江沙”，都有特色；也有借景抒情、情景交融之作，如《送临津房少府》：“岐路三秋别，江津万里长。烟霞驻征盖，弦奏促飞觞。阶树含斜日，池风泛早凉。赠言未终竟，流涕忽沾裳。”境界开阔，情致感人。

3. 卢照邻

卢照邻（约634—686），字升之，自号幽忧子，幽州范阳（今河北涿州）人。年少即博学能文，但政治上长期失意，又患风疾，后服丹药中毒，手足残废，作《五悲文》悲才难、悲穷道、悲昔游、悲今日、悲人生以明志，最终自投颍水而死。工诗，尤擅长七言歌行，词采富艳，内容宽广，纵横奔放。有《卢升之集》（又名《幽忧子》）七卷。

卢照邻的七古《长安古意》，是初唐诗坛七言歌行体的代表作：

长安大道连狭斜(xiá),青牛白马七香车(jū)。
玉辇纵横过主第,金鞭络绎向侯家。
龙衔宝盖承朝日,凤吐流苏带晚霞。
百尺游丝争绕树,一群娇鸟共啼花。
游蜂戏蝶千门侧,碧树银台万种色。
复道交窗作合欢,双阙连甍垂凤翼。
梁家画阁中天起,汉帝金茎云外直。
楼前相望不相知,陌上相逢讵相识?
借问吹箫向紫烟,曾经学舞度芳年。
得成比目何辞死,愿作鸳鸯不羡仙。
比目鸳鸯真可羡,双去双来君不见?
生憎帐额绣孤鸾,好取门帘帖双燕。
双燕双飞绕画梁,罗帷翠被郁金香。
片片行云着蝉鬓,纤纤初月上鸦黄。
鸦黄粉白车中出,含娇含态情非一。
妖童宝马铁连钱,娼妇盘龙金屈膝。
御史府中乌夜啼,廷尉门前雀欲栖。
隐隐朱城临玉道,遥遥翠幰(xiǎn)没金堤。
挟弹飞鹰杜陵北,探丸借客渭桥西。
俱邀侠客芙蓉剑,共宿娼家桃李蹊。
娼家日暮紫罗裙,清歌一啭口氛氲。
北堂夜夜人如月,南陌朝朝骑似云。
南陌北堂连北里,五剧三条控三市。
弱柳青槐拂地垂,佳气红尘暗天起。
汉代金吾千骑来,翡翠屠苏鹦鹉杯。
罗襦(rú)宝带为君解,燕歌赵舞为君开。
别有豪华称将相,转日回天不相让。
意气由来排灌夫,专权判不容萧相。
专权意气本豪雄,青虬紫燕坐春风。
自言歌舞长千载,自谓骄奢凌五公。

节物风光不相待，桑田碧海须臾改。
昔时金阶白玉堂，即今惟见青松在。
寂寂寥寥扬子居，年年岁岁一床书。
独有南山桂花发，飞来飞去袭人裾。

“古意”是南朝常见诗题，指托古意以抒今情。此诗借用历史题材，极力铺陈，描绘了都城长安贵族豪门生活的林林总总，各种奢华物品琳琅满目，各种社会现象五光十色，如展开一幅广阔生动的画卷。此诗形式上采用七言歌行体，每四句用一韵（除第三句外），每四句转一韵（也可不转）；而诗意上则不局限于每四句一组诗意，每在转意换景处多用连珠格，又用前分后总的复沓层递句式，故整首诗意脉连绵，前后连贯。从场景的变换来看，可划分为三段。

第一段从开头至“罗帷翠被郁金香”，写贵族家的热闹与寂寞。首六句写长安城内来往于大道小巷的香车，出入于公主王侯的府第。狭斜即小巷；七香车是用多种香木制成的华美小车，装饰精美，雕龙支柱撑着华美的车盖，挂着一条条五彩穗子；香车络绎不绝，从早到晚，霞光辉映。再八句写路边的春色和华贵的建筑：小虫吐出长长的游丝，飘绕绿树，一群娇鸟啼叫，催开百花；蜂蝶戏舞于千门万户前，碧树掩映了各色楼台；楼阁上下的通道凌空，木窗的合欢花格图案精致，宫殿两边的门观与屋脊连成一片，殿宇上有金凤垂翅；皇亲贵族的楼阁高耸，建章宫的铜柱直指云霄；此处用事典，东汉外戚梁冀是汉顺帝梁皇后兄，以豪奢著名，在洛阳大兴土木，建造宅第；汉武帝于建章宫内立铜柱，高二十丈，上置承露铜盘，即金铜仙人。再六句写豪门歌女对男子一见倾心，渴求爱恋的心愿：站在楼阁上的佳人与楼下男子相望见却难相知，即使路上相遇又怎能结识呢？她向别人打听男子的情况，原来他善于吹箫，而“我”也曾学过歌舞，在贵族家度过青春年华；此处用事典，《列仙传》载春秋时萧史吹箫，秦穆公以女儿弄玉妻之。歌女进而表达愿望：如果能和他像一对比目鱼一样缔结良缘，死亡又何足畏惧！只愿做一对日夜相伴的鸳鸯，而不羡慕神仙的长生不老。再六句转而描绘女子身处富贵而孤独的环境：双来双去的比目鱼和鸳鸯真让人羡慕啊！你难道没看见它们？真讨厌那帷帐上绣着一只孤零零的鸾鸟，不如取下来换上绣有双飞燕的门帘；双燕绕着画栋雕梁齐飞，丝制帷幔和翡翠鸟羽制的被子散发出郁金香的气味。

第二段从“片片行云着蝉鬓”至“青虬紫燕坐春风”，写市井间的热闹与风光。先用六句写娼伎盛妆出门夜游：一头乌云似的柔顺黑发梳成蝉翼般的双鬓，一弯纤巧的嫩黄色月牙儿涂在额心；这美丽的姑娘从车中走出来，含娇多姿的情态和普通女子不一般；时髦轻浮的少年骑着有连环钱状花纹的宝马，美艳娼妇所乘车的金铰链上雕绘着盘龙形的花纹；屈膝指车门上的铰链。再下来八句写少年游侠夜集娼家取乐：御史府中乌鸦在黑夜里啼叫，廷尉门前鸟雀将要栖息；隐隐可见宫城旁边的大道上，晃动着翡翠帘幕的华美香车逐渐隐没在金堤后面；翠幰是指妇女车上镶有翡翠的帷幕；在城南杜陵上飞鹰挟弹打猎的少年，渭水桥西那帮为人报仇的游侠，都佩戴着宝剑，一起聚集到娼伎家中；探丸借客：指行侠杀吏、助人报仇等蔑视法律的行为，典出《汉书》。再下来八句写娼家寻乐之热闹场景：娼伎在日暮时分穿着紫罗裙，吐气如兰的小口唱着宛转清歌；每天晚上这里的娼伎都如明月般美丽，门前的马骑有如云般涌集；在娼妓聚集的城北平康里，道路纵横交错，四通八达，与市场连接；弱柳垂地，青槐葱郁，车水马龙，扬起的飞尘遮昏了天地；北堂指娼家，南陌指妓院门外，五剧是交错的路。再下来十句写寻欢场上将相权贵的霸道：执法的金吾将军也带着大群手下前呼后拥地到来，用鹦鹉杯装着翡翠绿的美酒畅饮；娼伎们纷纷为了客人解开丝绸短衣的衣带，更卖力地表演美妙的歌舞；另有那豪奢的将相权贵，气焰极盛，争夺倾轧，互不相让，此处用典，以汉代灌夫任性骂座和萧望之恃才傲慢来比拟；他们专权独断，飞扬跋扈，自称豪雄，乘着骏马在春风中飞驰；金吾即执金吾，汉代禁卫军官衔，唐代设左、右金吾卫；屠苏，美酒名；鹦鹉杯，即海螺盏，用南洋出产的一种状如鹦鹉的海螺加工制成的酒杯；青虬、紫燕，均指好马。

第三段从“自言歌舞长千载”到结尾，写诗人的感慨与清静的生活。先用六句表达诗人对前面描绘的种种人物与场景的批判：这些人自以为热闹的歌舞可以长盛不衰延续千年，自以为骄奢逸乐的气势可以超越五公；五公指汉代权贵张汤、杜周、萧望之、冯奉世、史丹等五人；谁知道节物风光变换，时令不等人，桑田沧海须臾之间就改变了；昔日是金阶白玉堂的豪宅，如今只见青松矗立在那儿。最后四句以诗人寂寥而雅洁的读书生活来收结：我的居处如扬雄隐居蜀地读书时的宅院是何等的寂寥，年年岁岁只有一床书作伴；唯有南山的桂花盛开了，飘飞的花瓣落在我的衣襟上。

此诗有六朝藻绘的余风，但富丽而不浮艳，韵味深厚。诗人采用赋法来铺陈，描写皇亲贵族们华贵奢靡的生活，追求物质的奢华，流连于歌舞饮宴，沉醉于声色犬马，夜夜笙歌，骄奢享乐，飞扬跋扈，独断专横，相互倾轧，可惜兴衰转变，桑田沧海，终究青松遮坟而已，揭示了世事无常、荣华难久的生活哲理。诗歌末四句诗人用扬雄闭门著书的典故来自比，以桂花的高洁来衬托，言明自己甘于寂寥、与书相伴的志向，结尾耐人寻味。卢照邻这首诗贡献了两句吟咏爱情的佳句："得成比目何辞死，愿作鸳鸯不羡仙。"这两句诗原是豪门贵族的歌儿舞女在虚度年华的寂寞中抒发对爱恋的狂热渴望，后人用以表达对真正爱情的热切渴盼！

卢照邻的五言诗包括旧题乐府诗数量并不少，五古、五律体都有，题材较广，赠答、行旅、纪游、送别、咏史、哭友诗，佳作也多。有的笔力苍劲，风格雄浑，如《刘生》："刘生气不平，抱剑欲专征。报恩为豪侠，死难在横行。翠羽装刀鞘，黄金饰马铃。但令一顾重，不吝百身轻。"有的写景咏物构思精巧，如《横吹曲辞·梅花落》："梅岭花初发，天山雪未开。雪处疑花满，花边似雪回。因风入舞袖，杂粉向妆台。匈奴几万里，春至不知来。"以南方梅花开、北方雪未消来作对比，忽南忽北，忽花忽雪，颇有意思。有的意境悠远，诗中有画，如《葭川独泛》："倚棹春江上，横舟石岸前。山暝行人断，迢迢独泛仙。"

4. 骆宾王

骆宾王（约619—687），字观光，婺州义乌（今浙江义乌）人，七岁能诗，作《咏鹅》诗，童稚皆诵，名闻天下，号神童。他早年贫困，寒门出身，沉沦下僚，曾贬至西域从军，又入蜀，与卢照邻多酬唱。武则天当政时，他多次上书，得罪入狱，次年获释。后出任临海县丞，世称骆临海。后弃官游广陵（今扬州）。嗣圣元年（684），武则天称帝，徐敬业在扬州起兵讨伐，骆宾王起草著名的《讨武氏檄》，即《代李敬业传檄天下文》："班声动而北风起，剑气冲而南斗平，喑呜则山岳崩颓，叱咤则风云变色。以此制敌，何敌不摧；以此图功，何功不克！……请看今日之域中，竟是谁家之天下！"慷慨激昂，气吞山河。武则天读至"一抔之土未干，六尺之孤何托"，惶然问："谁为之？"人回答是骆宾王，武则天感叹曰："宰相安得失此人！"徐敬业兵败后，骆宾王下落不明，一说死于乱中；一说为衡山僧，年九十余乃卒。

骆宾王为人纵放任侠，闻一多称之为"久历边塞而屡次下狱的博徒革命家”，乃谓其有较多的边疆游历经验、多次被逮下狱的非正途之英才、革命家。有《骆宾王集》。擅长七言歌行，富艳瑰丽，声情并茂，代表作《帝京篇》《畴昔篇》《艳情代郭氏赠卢照邻》《代女道士王灵妃赠道士李荣》等，皆长篇杰构，吸取了六朝乐府中辘轳辗转的结构形式以及近体诗的对仗和韵律，言词整齐而流利，音节宛转而和谐，易于成诵。与卢照邻《长安古意》相辉映的《帝京篇》，也是一首描绘长安繁华胜状和权贵的豪奢、社会的游乐风气的诗篇，开头部分描写长安城的重要地理位置和壮美的城市风貌：

山河千里国，城阙九重门。
不睹皇居壮，安知天子尊。
皇居帝里崤(xiáo)函谷，鹑(chún)野龙山侯甸服。
五纬连影集星躔(chán)，八水分流横地轴。
秦塞重关一百二，汉家离宫三十六。
桂殿嵚岑对玉楼，椒房窈窕连金屋。
三条九陌丽城隈，万户千门平旦开。
复道斜通鳷鹊观，交衢直指凤凰台。

这一段对长安城的描绘由远及近，由外至里，由山河到宫殿再到街巷。长安城的外部是山河关塞拥卫，内部有宫殿金碧辉煌，街巷宽畅通达，城市繁华壮观。诗歌气魄雄壮，宏伟遒劲，而语言华丽，对仗精工，把泱泱大国的帝都风貌绘写出来。中间部分也写了长安城里各色人物的生活，如“宝盖雕鞍金络马，兰窗绣柱玉盘龙。绣柱璇题粉壁映，锵金鸣玉王侯盛。王侯贵人多近臣，朝游北里暮南邻。陆贾分金将宴喜，陈遵投辖正留宾”；“丹凤朱城白日暮，青牛绀幰红尘度。侠客珠弹垂杨道，倡妇银钩采桑路。倡家桃李自芳菲，京华游侠盛轻肥。延年女弟双凤入，罗敷使君千骑归”等，把自上至下、从王侯贵族到游侠倡妇的奢靡宴乐、优游淫逸的生活铺叙出来。骆宾王把目光从繁盛的一面抽离，感慨“古来荣利若浮云，人生倚伏信难分”“春去春来苦自驰，争名争利徒尔为”“黄金销铄素丝变，一贵一贱交情见”，诗歌结尾部分，转到失意文人身上，借以表达自己内心的苦闷与愤懑，发出无可奈何的慨叹：

已矣哉，归去来！
马卿辞蜀多文藻，扬雄仕汉乏良媒。
三冬自矜诚足用，十年不调几邅回。
汲黯薪逾积，孙弘阁未开。
谁惜长沙傅，独负洛阳才？

连用典故，列举了汉代数位贤才志士的不遇：司马相如以辞赋超绝而离蜀游宦，扬雄学识渊博欲为汉效力，却不受重用；东方朔苦读三年自负文史足用，张释之任骑郎长达十年，升迁湮滞；汲黯耿直好谏而如积薪被后来者居上，公孙弘尚未开东阁招贤纳士；谁来惋惜贾谊才高而被谗遭嫉贬为长沙王太傅，独有满腹才华却未能施展抱负？通过这些人物的遭遇来表达忠直之士不被容纳、难施抱负之意。此诗铺叙有法，抑扬有韵，气势宏大，辞藻富丽，为后人称颂。

他的五言诗也有不少佳作，多悲愤之辞，感情激越。如《于易水送人》：“此地别燕丹，壮士发冲冠。昔时人已没，今日水犹寒。”咏古史，送今人，情感慷慨豪迈。诗人借易水寒之意象，来歌颂千载之下荆轲的侠义精神犹存，寄托对友人的期许。名篇《在狱咏蝉》是一首格律谨严的五律：

西陆蝉声唱，南冠客思深。
那堪玄鬓影，来对白头吟。
露重飞难进，风多响易沉。
无人信高洁，谁为表予心？

西陆指秋天；南冠即楚冠，代指囚犯，用《左传》楚人钟仪被郑国俘虏后献给晋国的典事。首联两句对仗工整，以起兴的方式来写，深秋的蝉声鸣叫声凄苦嘶哑，勾起我这囚徒的思绪无限的悲苦深愁；此处的“客”，不仅是人在异乡，更是身在囚室，故客思之深，含意深厚。颔联虚实对应，玄鬓影，指蝉的乌黑身影，也可指年少入狱的双鬓乌玄；白头吟，语意双关，一指秋蝉对着自己的白头哀吟；一指托名卓文君所作的汉乐府《白头吟》：“愿得一心人，白头不相离。”曲调哀怨，情洁志坚。诗人用这两句流水对来表达自己清真而遭谗的感情。颈联写蝉（己）遇到的困阻，难飞高，受压制；尾联抒发蝉（己）的高洁心志。全诗借物寓己，寄托遥深，情感充沛，寄情于物，物我浑然一体。

唐代有“咏蝉三绝”，除骆诗外，有虞世南的《蝉》：

垂绥饮清露，流响出疏桐。
居高声自远，非是藉秋风。

蝉高居树上，餐风饮露，不食人间烟火，古人以之为高洁。三诗同是咏蝉，但诗人的身份、环境、心境不同，角度和立意亦不同。虞世南深得唐太宗敬重，封永兴县公，身居高位，所咏之蝉一举一动皆从容不迫，正是其雍容气度的反映；垂下触角，如显宦之冠缨；叫声远送是因为立足疏桐，清高挺拔，不必借助外力，透露诗人的自我品格和高度自信。还有李商隐的《蝉》：

本以高难饱，徒劳恨费声。
五更疏欲断，一树碧无情。
薄宦梗犹泛，故园芜已平。
烦君最相警，我亦举家清。

李商隐怀才不遇而坚守自我，他笔下的蝉栖高难饱，恰是自己清高、多舛的象征；蝉再鸣叫也是徒劳，到五更时已稀疏欲断绝了，依然感动不了树，叶子碧绿，不为所动，这里可谓“无理而妙”，蝉声与树叶的碧绿本无关涉，诗人却埋怨树的无动于衷，看似无理，实则抒发怨愤之情。李诗前两联以蝉喻己，被誉为“追魂之笔”，语出愤激却运思高妙、耐人寻味。后两联直接转到自己身上，宦海漂浮沉沦，故乡已荒芜一片，唯有蝉与我最相知，提醒我举家清贫。钱锺书先生评论李诗：“蝉饥而哀鸣，树则漠然无动，油然自绿也（油然自绿是对‘碧’字的很好说明）。树无情而人（‘我’）有情，遂起同感。蝉栖树上，却恝置（犹淡忘）之；蝉鸣非为‘我’发，‘我’却谓其‘相警’，是蝉于我亦‘无情’，而我与之为有情也。错综细腻。”

这三首咏蝉诗立意迥异，清人施补华说：“虞世南‘居高声自远，端不藉秋风’，是清华人语；骆宾王‘露重飞难进，风多响易沉’，是患难人语；李商隐‘本以高难饱，徒劳恨费声’，是牢骚人语。”虞清华隽逸，骆沉重忧患，李抑郁不平，三人的咏蝉诗皆物我交融，皆为咏物诗的上乘之作。清人朱彝尊誉李诗为咏物“最上乘”，“体物为妙”“传神空际”的典型。

专　题

送别诗

送别诗，临别之际吟咏离情为题材的诗歌，是古代诗歌中常见的诗歌类型。江淹《别赋》中对“别”的铺写：“黯然销魂者，唯别而已矣。……是以别方不定，别理千名，有别必怨，有怨必盈，使人意夺神骇，心折骨惊。”因古代交通、通讯不便利，古人对离别的感受尤深，往往设酒饯别，吟诗相送。“昔我往矣，杨柳依依”（《诗经・采薇》），“柳”“留”谐音，柳条细长似牵人衣，古人分手之际折柳送别。唐朝出长安必经灞桥，此处设有驿站，灞河两边种植杨柳树，送别亲友东去，一般送至灞桥折柳相赠，成为唐人特有的习俗。

送别诗以抒发离愁别绪为主，表达离别的不舍、留恋和伤感，情调哀伤缠绵；也有境界开阔、慷慨激昂之词，重在对友人的勉励和表明心志。送别诗的写作主要通过借景物来抒情的手法，如李白的《赠汪伦》、王昌龄的《芙蓉楼送辛渐》、刘长卿的《送灵澈上人》，都是托物比兴，寄情于景；也有直抒胸臆、直诉离情的，如王勃的《别薛华》：“送送多穷路，遑遑独问津。悲凉千里道，凄断百年身。心事同漂泊，生涯共苦辛。无论去与住，俱是梦中人。”末句让人联想到南朝沈约《别范安成》的名句：“梦中不识路，何以慰相思？”直接抒发离愁别绪，却又含蓄蕴藉，余味无穷。

送别诗的情感基调与相送者的心境密切相关。作为“少年精神”的代表人物，初唐四杰正处于唐王朝上升时期，他们的送别诗中颇有积极上扬之作，如王勃“海内存知己，天涯若比邻”的高呼；但更多的还是低沉哀婉之作，王勃的《重别薛华》，和《别薛华》一样，感叹“飘泊成千里，栖遑共百年。穷途唯有泪，远望独潸然”都写得哀伤凄凉，诗中的形象、离情都与《送杜少府之任蜀州》时截然不同。解读送别诗，要结合具体的人、事、境况、氛围来具体分析。

第四讲　初唐诗的规范与革新

初唐诗歌继续走在格律化的道路上，"文章四友"推动了五律的发展，到了沈佺期、宋之问的手中，诗歌"回忌声病，约句准篇"（宋祁等《新唐书·宋之问传》），在平仄粘对、句数用韵等方面形成规范，近体诗和古体诗之间的界限更加明确。陈子昂强调比兴寄托的写作手法，革新古诗的内容，追求古雅的诗风。七言歌行体经四杰的发展之后更加成熟，形式渐趋流畅宛转。

一、文章四友

唐高宗、武后朝，李峤、苏味道、崔融、杜审言四人合称"文章四友"，于宫廷御苑、楼阁台榭中分题赋咏，应制写作，内容多唱和、咏物，也有一些行旅、纪事、咏古诗，形式上推动了诗歌体制的律化，五律日趋成熟。

李峤（645—714），字巨山，赵郡赞皇（今河北赞皇）人。进士及第后历任数职，武则天时依附张易之兄弟，中宗时依附韦皇后和武三思，官至中书令、特进，封赵国公。唐睿宗时，贬为怀州刺史，以年老致仕。唐玄宗时，再贬滁州别驾，迁庐州别驾。开元二年(714)病逝于庐州,终年七十岁。李峤以单个字为题的五言咏物诗一百二十首,为人熟知的有《风》:"解落三秋叶,能开二月花。过江千尺浪,入竹万竿斜。"通过外物的变化让人感知了风的奇妙。七古《汾阴行》吟咏汉武帝祭祀汾阴后土的盛事,感慨古今盛衰。此诗流传甚远,唐玄宗晚年听伶人传唱,至末四句"富贵荣华能几时,山川满目泪沾衣。不见只今汾水上,惟有年年秋雁飞",不禁潸然泪下,连连赞叹道:"李峤真才子也。"

苏味道(648—705),字守真,赵州栾城(今属河北石家庄)人。自幼聪颖,二十岁进士及第,授咸阳县尉,跟随名将裴行俭攻打突厥。武则天时期,历任中书侍郎、吏部侍郎、同平章事,两度跻身相位。后因依附张易之而贬为眉州刺史,卒于任上。苏味道亦多咏物诗,诗风清正挺秀,绮而不艳。他的《正月十五日夜》(《上元》)前四句"火树银花合,星桥铁锁开。暗尘随马去,明月逐人来",描写了神都洛阳元宵佳节"端门灯火"的盛况,镂金错彩,韵致生动,为人传诵。

崔融(653—706),字安成,齐州全节(今属山东济南)人。进士及第,累补宫门丞、崇文馆学士,迁太子(李显)侍读,出任魏州司功参军。武则天朝历任数职。后因依附张易之而贬为袁州刺史,拜国子司业,兼修国史。唐中宗时作《则天哀册文》,苦思过甚,发病而卒,获赠卫州刺史,谥号"文"。崔融为文华美典丽,写有一些生活实感的诗歌,《拟古》《从军行》风格古朴。《留别杜审言并呈洛中旧游》:"斑鬓今为别,红颜昨共游。年年春不待,处处酒相留。驻马西桥上,回车南陌头。故人从此隔,风月坐悠悠。"诗有真情实感。

杜审言(约645—708)是杜甫的祖父,字必简,襄州襄阳中(湖北襄阳)人,晋征南将军杜预的远裔,出身京兆杜氏。唐高宗咸亨年间进士,历任数职后至修文馆直学士。因与张易之兄弟有来往而被中宗流放峰州(今越南越池东南)。其五律写作有较高水准,诗歌成就为"文章四友"之首。代表作《和晋陵陆丞早春游望》:

独有宦游人,偏惊物候新。
云霞出海曙,梅柳渡江春。
淑气催黄鸟,晴光转绿蘋(pín)。
忽闻歌古调,归思欲沾巾。

晋陵指今天的江苏常州。这首唱和诗作于杜审言在江阴任职时，和常州的陆县丞一起游春。诗的开头点出宦游身份的自己，才会惊讶于异乡的物候更新。中间两联写壮丽而细致的春色，海上云霞灿烂曙光初现，梅红柳绿春回江南；春气和暖，催促黄莺歌唱，阳光晴朗，绿蘋颜色转深，蘋是多年生水生蕨类植物，茎横卧在浅水的泥中，叶柄长，顶端集生四片小叶。尾联写诗人突然听闻唱歌声，勾起思乡之念而伤情，古调指陆丞写的诗，巾又作“襟”。早春的变化令漂泊的诗人感到新奇，由惊而喜而悲，江南风景如画，对仗工整，结构细密，情感细腻变化，风格清新真醇，胡应麟称此诗为“气象冠裳，句格鸿丽”。

杜审言的诗多为写景、唱和及应制之作，以浑厚见长。《渡湘江》《秋宴临津》《登襄阳城》《春日怀归》等诗的风格清中有壮，《和韦承庆过义阳公主山池》其五的颈联“地静鱼偏逸，人闲鸟欲欺”写得颇有趣味。

二、沈宋

“沈宋”是沈佺期、宋之问的并称。二人在律诗形式方面所做的贡献，明确了格律诗的声律要求，从讲求四声变为安排平仄，由只讲“对”变为既讲“对”又讲“粘”。他们的五七言近体诗标志着五七言律体已趋于定型。

沈佺期（约656—715），字云卿。《旧唐书》本传称其“善属文，尤长七言之作”。其七律对仗整饬，音调谐和，代表作《独不见》（《古意呈补阙乔知之》）可视为七律成熟定型的标志。诗曰：

卢家少妇郁金堂，海燕双栖玳瑁梁。
九月寒砧（zhēn）催木叶，十年征戍忆辽阳。
白狼河北音书断，丹凤城南秋夜长。
谁谓含愁独不见，更教明月照流黄！

诗人以细腻的笔法描写了一名闺中少妇对远征边塞之良人（丈夫）的思念。首联用典，卢家少妇，名莫愁，是梁武帝萧衍《河中之水歌》中的人物；郁金是一种香料，和泥涂壁有香气；玳瑁是一种海龟，龟甲呈黄褐色相间花纹，作装饰品美观;通过郁金涂料、玳瑁装饰的屋梁,点出卢家少妇的富贵身份,所处环境的华丽,却用海燕双栖的比兴手法来反衬人之孤独。流黄是黄紫相间的丝织品,指帷帐。颔联、颈联对仗工整,采用时空交错的写法;寒砧指捣衣声,砧是捣衣用的垫石;辽阳指辽河以北,泛指辽东地区;白狼河是今辽宁省境内的大凌河;丹凤城指长安,传说秦穆公的女儿弄玉善吹箫,引来凤凰集于咸阳城上,后称京城为丹凤城。这四句写九月秋风起,少妇听闻捣衣声难以入眠,想念良人,他远戍辽阳已长达十年,近来还断了他从白狼河北传来的音讯,更觉这个夜晚特别的漫长。寒砧催木叶,本应是天寒叶落,连夜赶制、捣洗冬衣,主宾倒置,造句奇警,以渲染砧声所引起的心理反响,更加突显思妇念远之情。末两句以少妇的口吻道出,一"独"字对应前面的"双栖",点出独守闺房的愁怨;少妇因思虑无法成眠,偏偏恼人的明月也来凑趣,把帷帐照得明晃晃,让人愁上加愁。不胜愁苦而迁怒于明月,构思十分新巧,比望月怀远的意境更加开拓,有余韵。这首诗格律谨严,情思缱绻,韵味悠长,为人称颂,明人何景明、薛蕙甚至誉为"唐人七律第一"。

沈诗《杂诗三首》其三:"闻道黄龙戍,频年不解兵。可怜闺里月,长在汉家营。少妇今春意,良人昨夜情。谁能将旗鼓,一为取龙城。"诗沿用征人思妇主题,中间两联构思奇巧,亦有名。

宋之问(约656—712),一名少连,字延清,汾州(今山西汾阳市)人。《旧唐书》本传称其"尤善五言诗,当时无能出其右者"。早期优游扈从,诗风靡丽,被贬后行旅诗善于即景起兴,情景交融。其五律大都写得缜密精工,情思绵渺,自然现成,代表作《度大庾岭》《渡汉江》《江亭晚望》《晚泊湘江》《题大庾岭北驿》等。《渡汉江》一诗前面已讲解过,此处欣赏他的《度大庾岭》:

度岭方辞国,停轺(yáo)一望家。
魂随南翥(zhù)鸟,泪尽北枝花。
山雨初含霁,江云欲变霞。
但令归有日,不敢恨长沙。

大庾岭是五岭之一,在江西省大余县之南,广东省南雄市之北。这首诗作于宋之问被贬泷州(今广东罗定)参军途经大庾岭时。唐中宗复位后,神龙元年(705)春,宋之问因媚附武则天宠臣张易之而获罪遭贬。诗的首联写诗人即将翻越岭头时,停车回望中原;轺是轻便的车马。大庾岭多梅,又称梅岭。古代以梅岭为“华夷”分界。颔联、颈联对仗工整,写诗人过岭时的情景。此时已是春天,到南方过冬的候鸟开始往北方迁徙,而岭上的梅花因南北气候的影响,岭之北的花枝犹盛而岭之南的花枝渐落。颔联的南翥鸟,多被解释为往南飞的鸟,这样的理解并不符合候鸟春天北飞的实际,也不符合宋之问的山西人身份,当理解为南边起飞的鸟儿,作为北方人的诗人看见鸟儿由南往北飞,心魂也随之往回走。结合宋之问略早于此诗的同期同地之作《题大庾岭北驿》和《早发大庾岭》,就能更准确地理解诗意了。《题大庾岭北驿》是他到达大庾岭北边山脚下的驿站,在此休息一晚时所作诗歌:

阳月南飞雁,传闻至此回。
我行殊未已,何日复归来。
江静潮初落,林昏瘴不开。
明朝望乡处,应见陇头梅。

阳月即十月。秋天的大雁南飞避寒,传闻它们到达大庾岭之后就不再南下;而自己的行程并没有结束,何时能够返回并未可知;夜晚的江水退潮,周围是那么寂静,山上的树林茂密,昏沉的瘴气难以散开;明早登临回望故乡时,当能看见边关的梅花。在这首诗里,诗人借用大雁的习性来抒发自己心中离开中原的不舍,前行岭南的无奈,以及对故乡和亲人的思念。《早发大庾岭》一诗则是描写第二天早上,诗人翻越大庾岭时的情景。诗人“晨跻大庾险”,边走边停,晨雾弥漫,道路艰险;想到自己戴罪之身,被人非议,家人分隔,徘徊不前,回望北方;时间已是正午,雨过天晴,阴处梅花开放,候鸟返回北方;最后表达自己的悔疚与忠心。从“阳月南飞雁,传闻至此回”和“春暖阴梅花,瘴回阳鸟翼”来看,均是候鸟(大雁)到了春天时分往回(北方)飞。因此,《度大庾岭》中的“魂随南翥鸟,泪尽北枝花”,指的是诗人心魂随着从大庾岭南部飞起的鸟儿,往故乡的方向(北方)而去;而诗人的身体必须继续前行(南方),伤心的泪水洒满在大庾岭北部的梅花上。接下来,诗的颈联“山雨初含霁,江云欲变霞”的景色描写与《早发大庾岭》“踌躇恋北顾,亭午晞霁色”的时间、景色描写相一致。尾联

“但令归有日，不敢恨长沙”用贾谊典，《史记·屈原贾生列传》：“乃以贾生为长沙王太傅。贾生既辞往行，闻长沙卑湿，自以寿不得长，又以適（zhé，谴责）去，意不自得。乃渡湘水，为赋以吊屈原。”只要能重返长安，我不敢像贾谊被贬长沙那样心存怨恨啊，这与《早发大庾岭》“生还倘非远，誓拟酬恩德”的心理活动相一致。

《题大庾岭北驿》《早发大庾岭》和《度大庾岭》这三首诗在时间、地点、场景上有连续和一致的关系，结合起来对读，更有利于解读。三诗分别用了五律、五古、五律的诗体，写得最好的是《度大庾岭》，真实生动地描绘了过岭的情景与感想，以景衬情，凄楚悲凉，真挚动人，是一首成熟的五律佳作，足以“示后进以准”。

三、陈子昂

陈子昂（约659—700），字伯玉，梓州射洪（今四川射洪）人。青少年时轻财好施，慷慨任侠。成年后发愤攻读，博览群书，关心国事。陈子昂两次科考失利。初到长安时不为人知，某日在市集以千金购胡琴，次日当众摔琴，目的是让众人读其诗文。二十四岁举进士，官麟台正字，后升右拾遗，后世称“陈拾遗”。陈子昂直言敢谏，屡次上书武则天而下狱。垂拱二年，随军到达西北居延海、张掖河一带；万岁通天元年，契丹叛乱，随建安王武攸宜出征。两次从军，使得陈子昂对边塞形势和当地人民生活有较深刻的认识。圣历元年解官回乡后，在武三思指使下，射洪县令段简罗织罪名，害死子昂。陈子昂有《陈伯玉集》传世。其诗主要描写边塞，抨击朝政弊端和污浊世风，抒发个人壮志未酬的愤激情怀，风骨峥嵘，寓意深远，苍劲有力，代表作《登幽州台歌》《登泽州城北楼宴》《蓟丘览古赠卢居士藏用七首》《度荆门望楚》和《感遇诗三十八首》等。

陈子昂最有名的诗歌是《登幽州台歌》，全诗只有四句，却感人肺腑，催人泪下。诗曰：

前不见古人，后不见来者。
念天地之悠悠，独怆（chuàng）然而涕下！

幽州台，即蓟(jì)北楼，一说在今北京市大兴区礼贤镇，是燕昭王为招纳天下贤士修建的。一说是北京海淀区蓟门桥附近，战国燕都蓟城北部的门楼，遗址在元大都土城遗址公园内的土城关，上有“皇亭”，大理石碑上有乾隆书“蓟门烟树”，碑文中引《水经注》：“蓟城西北隅有蓟丘。”一说是指黄金台，战国时燕昭王听从谋士郭隗的建议，筑高台放置千两黄金，用来引贤纳士，遗址在河北省定兴县高里乡北章村的黄金台。这首诗作于武则天万岁通天元年(696)。陈子昂在武攸宜幕府担任参谋，随军征讨契丹，因建言受挫，报国宏愿成为泡影。怀才不遇的诗人登上蓟北楼，慷慨悲吟，写下《登幽州台歌》《蓟丘览古赠卢居士藏用七首》等诗篇。

这是一首吊古伤今的生命悲歌，首句怀古，像燕昭王那样的前代贤君不复可见；次句遥想，后来的贤主也未及知遇；接下来感慨茫茫宇宙，广袤无垠，独有自己一个人站在蓟丘上缅怀古人，真是生不逢时，时不我待，悲从中来，潸然落泪！怆然是悲伤凄恻的样子。涕指眼泪。这首诗“所表达的却是开创者的高蹈胸怀，一种积极进取、得风气先的伟大孤独感”(李泽厚《美的历程》)，遗世而独立的人物形象，慷慨而悲凉的感情基调，引起千百年来人们的共鸣。全诗语言苍劲奔放，富有感染力，前两句从时间入手，古今沧桑变化，紧凑而连贯；后两句从空间着眼，天地与个人的对比，空间的广阔映衬自己的孤独，读来酣畅淋漓，意味深长。此诗受屈原《远游》“惟天地之无穷兮，哀人生之长勤。往者余弗及兮，来者吾不闻”的影响，采用长短参错的楚辞体句法，由五言、六言组成，诗体的形式却是七古。

陈子昂专攻五言。他的诗歌具有丰富深刻的现实内容，风格朴质而明朗，格调苍凉激越。缺点是词彩不足，语言枯燥、形象不够鲜明。代表作是五言古体组诗《感遇三十八首》，试看第二首：

兰若生春夏，芊蔚何青青。
幽独空林色，朱蕤(ruí)冒紫茎。
迟迟白日晚，袅袅秋风生。
岁华尽摇落，芳意竟何成。

若即杜若，水边香草。芊蔚，指花叶密茂。蕤，花下垂状。迟迟：徐行貌。

袅袅，即嫋嫋，微弱细长貌，《楚辞·九歌·湘夫人》："嫋嫋兮秋风。"这首诗描写香兰、杜若在春夏时生长茂密繁盛，幽姿独韵生于林中，紫茎红花，秀丽芬芳，怎奈时光流逝，秋风乍起，花瓣摇落，凋零殆尽。陈子昂用香草美人的比兴手法，借香兰、杜若来托物言志，比喻自己才华出众却无人赏识，抒发年华流逝、理想破灭的悲叹，全诗寓意凄婉，寄慨遥深。

陈子昂提倡"风雅"之音，他在《与东方左史虬修竹篇序》中明确提出："文章道弊五百年矣。汉、魏风骨，晋、宋莫传，然而文献有可征者。仆尝暇时观齐、梁间诗，彩丽竞繁，而兴寄都绝，每以永叹。思古人，常恐逶迤颓靡，风雅不作，以耿耿也。一昨于解三处。见明公《咏孤桐篇》，骨气端翔，音情顿挫，光英朗练，有金石声。遂用洗心饰视，发挥幽郁。不图正始之音，复睹于兹；可使建安作者，相视而笑。"

文章批评了不讲兴寄、追求辞藻的齐梁诗风，倡举正始之音和建安风骨，在复古的旗帜下实现诗歌内容的革新。《感遇诗三十八首》即是陈子昂对诗歌革新的实践，继承阮籍《咏怀诗》的余脉，通过比兴寄托、用典叙事等手法，来刺君王，怀黎庶，忧祸乱，抨击时政，揭露世态；或向往归隐，谈论玄思。这组诗是陈子昂对时事的感怀而作，有对现实问题的深刻思考和孤愤苦闷的心绪，内容充实，形式质朴。

陈子昂复归风雅兴寄的诗歌理论和创作实践，有力廓清了初唐半个世纪齐梁余风的影响，迎来了以"风骨""气象"著称的盛唐诗歌创作高潮。其革新诗歌的功绩为后人所推崇，韩愈盛赞"国朝盛文章，子昂始高蹈"（韩愈《荐士》），《全唐诗》称"子昂横制颓波，始归雅正。李杜以下，咸推宗之"，刘克庄指出"唐初王杨、沈宋擅名，然不脱齐梁之体，独陈拾遗首倡高雅冲淡之音，一扫六代之纤弱，趋于黄初、建安矣"（刘克庄《后村诗话》）。元好问的《论诗绝句》其八曰："沈宋横驰翰墨场，风流初不废齐梁。论功若准平吴例，合著黄金铸子昂。"以越王勾践平定吴国之后给功臣范蠡铸金为像的典事，称颂陈子昂对唐诗发展的功绩。

四、刘希夷与张若虚

刘希夷（约651—680），字延之（一作庭芝），汝州（今河南汝州）人。高宗上元二年进士。美姿容，好谈笑，善弹琵琶，饮酒至数斗不醉，落魄不拘常检。

其诗以歌行见长，多写闺情，柔婉感伤，代表作有《从军行》《采桑》《春日行歌》《春女行》《捣衣篇》《代悲白头翁》《洛川怀古》等，其中《代悲白头翁》(《白头吟》)最为人传唱：

洛阳城东桃李花，飞来飞去落谁家。
洛阳女儿惜颜色，坐见落花长叹息。
今年花落颜色改，明年花开复谁在？
已见松柏摧为薪，更闻桑田变成海。
古人无复洛城东，今人还对落花风。
年年岁岁花相似，岁岁年年人不同。
寄言全盛红颜子，应怜半死白头翁。
此翁白头真可怜，伊昔红颜美少年。
公子王孙芳树下，清歌妙舞落花前。
光禄池台文锦绣，将军楼阁画神仙。
一朝卧病无相识，三春行乐在谁边。
宛转蛾眉能几时，须臾鹤发乱如丝。
但看古来歌舞地，惟有黄昏鸟雀悲。

代是“拟”的意思，这首诗采用代言体的写法。惜颜色，一作好颜色。坐见，一作行逢。诗中“松柏摧为薪”用典，出自《古诗十九首·去者日以疏》：“古墓犁为田，松柏摧为薪。”“桑田变成海”典出《神仙传·麻姑》：“麻姑自说云，接待以来，已见东海三为桑田。”光禄指光禄勋，用东汉马援之子马防生活奢侈的典故。将军指东汉贵戚梁冀，大兴土木，建造府宅。

这是一首用乐府旧题的七言古诗，从洛阳女子叹惜落花而伤感红颜易老、生命无常，写到白头老翁回忆年少时豪奢富贵、尽情玩乐，感慨如今年老卧床、青春易逝、世事变迁。全诗构思独创，诗意迂回波折，形象对比强烈，语言优美宛转，富于艺术感染力和哲理性。名句“年年岁岁花相似，岁岁年年人不同”以花卉盛衰有时而人生青春不再的对比，十分精警，排沓回荡，音韵谐和，耐人寻味。唐代刘肃《大唐新语》载刘希夷自悔此诗“似谶”，诗成未及一年，刘被奸人所杀，或云宋之问害之。《刘宾客嘉话录》亦载宋之问爱此两句，求之不得，竟以土袋压杀之，时希夷未及三十。此说未可确信，二人行年不合，刘长于宋，且宋诗才称冠于武后朝，从时间或情理皆说不通。

张若虚（约660—720），扬州人。曾任兖州兵曹。中宗神龙年间，与贺知章、贺朝、万齐融、邢巨、包融等以文词俊秀驰名于京都。又与贺知章、张旭、包融并称“吴中四士”，四人皆性格狂放，为吴中（江浙）一带人。开元七年（719），应“文辞雅丽”制举，以第一人及第，官终监察御史。其诗描写细腻，音节和谐，清丽开宕，富有情韵，在初唐诗风的转变中有重要地位。但受六朝柔靡诗风影响，常露人生无常之感。

诗作仅存两首，一是《代答闺梦还》写女子闺情，其中“试衫著暖气，开镜觅春晖。燕入窥罗幕，蜂来上画衣。情催桃李艳，心寄管弦飞”数句，用细腻流丽的笔调描摹了女性的情态举止，仍有宫体诗的味道；另一首是“以孤篇盖全唐”的《春江花月夜》：

春江潮水连海平，海上明月共潮生。
滟（yàn）滟随波千万里，何处春江无月明。
江流宛转绕芳甸，月照花林皆似霰（xiàn）。
空里流霜不觉飞，汀上白沙看不见。
江天一色无纤尘，皎皎空中孤月轮。
江畔何人初见月，江月何年初照人。
人生代代无穷已，江月年年望相似。
不知江月待何人，但见长江送流水。
白云一片去悠悠，青枫浦上不胜愁。
谁家今夜扁舟子，何处相思明月楼。
可怜楼上月徘徊，应照离人妆镜台。
玉户帘中卷不去，捣衣砧上拂还来。
此时相望不相闻，愿逐月华流照君。
鸿雁长飞光不度，鱼龙潜跃水成文。
昨夜闲潭梦落花，可怜春半不还家。
江水流春去欲尽，江潭落月复西斜。
斜月沉沉藏海雾，碣石潇湘无限路。

不知乘月几人归，落月摇情满江树。

《春江花月夜》原为《清商曲辞·吴声歌曲》的乐府题，南朝陈后主首创此曲，歌辞不传，隋炀帝用此题写有一首五言古绝："暮江平不动，春花满正开。流波将月去，潮水带星来。"语言清丽，意境开阔。而张若虚这首诗采用七言歌行体的形式，继承游子思妇的主题，却写得别开生面，真挚动人，游子的思乡，思妇的离愁，含藏着对人生与宇宙的探索。张若虚没有停留在已有的诗歌传统对宇宙永恒、人生短暂的感慨，而是打破窠臼，翻出新意："人生代代无穷已，江月年年望相似。"与刘希夷相比，张若虚对人生的感叹不再局限于有限的个体生命，而看到人类代代繁衍，绵延久长。诗的情感基调是淡淡的忧伤，语言清新优美，韵律婉转悠扬，已跳脱了南朝宫体诗的浮艳风格，给人以澄澈空明、清丽自然的感觉。

此诗用七言歌行体，每四句一转韵（第三句不押），韵脚的高低变化和情感的曲折起伏相一致。九个韵脚中，一、三组用平韵，二、四组用仄韵，随后五六七八组皆用不同的平韵，最后用仄韵结束，错落穿插，铿锵谐和。巧妙使用了"顶针续麻体"，开篇以春、江、花、月、夜、人来展开一幅美丽的图卷，几个主题词错落重叠，层层展开，反复咏叹，兴味无穷。意象的叠用，既有回环往复的音韵美，又创造出一个空灵剔透、浑然忘我的境界。前八句写春潮随江流奔涌，滟滟用来形容波光荡漾；明月腾升，映照天地，夜色绝美；霰指雪珠，花林在月光辉映下如雪珠在闪烁；月华如霜，汀是水中小洲，洲上的白沙融入月色，难以分辨。再八句则写江月的永恒与人类的传续，表达生命的哲思。接下来的部分采用场景转换的手法，如镜头一般，由扁舟子转到明月楼，又从思妇转到游子，始终笼罩在皎洁的月光下。青枫浦：地名，在湖南浏阳境内，泛指游子所在的地方。扁舟即小船，扁舟子指飘荡江湖的游子。明月楼：明月映照的高楼，指思妇的住所。鸿雁用《汉书·苏武传》典事："教使者谓单于，言天子射上林中，得雁，足有系帛书。"鱼龙典出《古诗十九首》："客从远方来，遗我双鲤鱼。呼儿烹鲤鱼，中有尺素书。"碣石：山名，在河北省，离山海关不远，濒临渤海。潇湘：指潇水和湘水，在湖南境内。碣石与潇湘一北一南，相隔遥远。这十二句远在青枫浦的游子与楼阁中的思妇的两地思念，白云飘忽，扁舟难定，"谁家""何处"二句互文见义，一种相思，牵出两地离愁，诗情往复荡漾；思妇在月下的孤独徘徊，月华随身,如思念之愁,卷不去,拂还来;共望月而无法相知,鱼雁不能传信,唯托月寄情。最后八句以夜、花、春、江、月、人来收尾,呼应开头,把图卷一一收拢。花落幽潭,春光将老,游子与家的距离,如渤海边上的碣石与湖南境内的湘江、潇水之间那么遥远;有几个和我一样远在天涯之人,趁着月光赶路回家,见西沉的月亮摇荡着离情,洒满了江边的树林;诗用落花、流水、残月来烘托游子的思归之情,情韵绵邈,摇曳生姿。

清末王闿运盛赞:"张若虚《春江花月夜》用《西洲》格调,孤篇横绝,竟为大家。"独具只眼地指出张诗与南朝乐府民歌《西洲曲》之间的关系。《西洲曲》是一首五言古诗,描写了一位少女对情郎的苦苦思忆,从忆郎到误郎至、出门采莲,又到忆郎、上青楼、盼入梦,场景变换如用蒙太奇手法,形象鲜明生动,感情深厚真挚;全诗三十二句,四句一解,换一韵,用蝉联而下的接字法,顶真勾连,如"日暮伯劳飞,风吹乌臼树。树下即门前,门中露翠钿","低头弄莲子,莲子青如水","忆郎郎不至,仰首望飞鸿。鸿飞满西洲,望郎上青楼"等,环环相扣,接字成篇,节奏和谐,优美动听,声情摇曳,情味无穷。

此诗将画意、诗情、哲理融为一体,创造出情景交融、玲珑透彻的诗境。闻一多的《唐诗杂论·宫体诗的自赎》说:"在这种诗面前,一切的赞叹是饶舌,几乎是渎亵。""这是诗中的诗,顶峰上的顶峰。从这边回头一望,连刘希夷都是过程了,不用说卢照邻和他的配角骆宾王,更是过程的过程。"李泽厚在《美的历程·盛唐之音》中指出此诗有的"是一种少年时代的憧憬和悲伤……所以,尽管悲伤,仍然轻快,虽然叹息,总是轻盈"。要深入理解此诗,可仔细阅读上面提到的闻一多先生的文章,以及程千帆先生的《张若虚〈春江花月夜〉的被理解与被误解》、张伯伟先生的《宫体诗的"自赎"与七言体的"自振"——文学史上的〈春江花月夜〉》等文章,从诗歌接受史和发展史的角度切入,把握此诗的不同解读。

专　题

游子思妇主题

游子思妇主题可追溯到《诗经·王风·君子于役》中的"君子于役,如之何勿思”,写妻子怀念远出服役的丈夫,语言真朴,情感深切。东汉末年出现的《古诗十九首》,借游子思妇主题来抒发人生的离愁别绪、彷徨失意、岁月无常之感。如《行行重行行》:“行行重行行,与君生别离。相去万余里,各在天一涯。道路阻且长,会面安可知。胡马依北风,越鸟巢南枝。相去日已远,衣带日已缓。浮云蔽白日,游子不顾反。思君令人老,岁月忽已晚。弃捐勿复道,努力加餐饭。”以女子的口吻来倾诉对远行在外丈夫的深切思念之情。再如《涉江采芙蓉》:“涉江采芙蓉,兰泽多芳草。采之欲遗谁?所思在远道。还顾望旧乡,长路漫浩浩。同心而离居,忧伤以终老。”前四句和后四句分以思妇、游子的视角来写相思之情。

从女性角度着笔的诗歌,更能勾勒鲜明的人物形象和细腻深沉的情感,如《行行重行行》《青青河畔草》《迢迢牵牛星》《凛凛岁云暮》《孟冬寒气至》《客从远方来》《明月何皎皎》等,着力于思妇的孤独寂寞、忧虑思念之情;如从男性角度着笔,主要是表现游子的孤独失意和思乡之情,如《涉江采芙蓉》《去者日以疏》等。

这类主题的诗歌在唐人手中,有了新的拓展和表现特点。唐代诗人不再局限于游子思妇单一的离愁别绪,而是采用更多的表现手法、诗歌意象来写作,诗人更多地选择“游子”作为抒情主体,思念的对象可以是家人、情人、兄弟、朋友等,抒发的情感可以是相思之深、思乡之切、羁旅之苦、孤独之凄、怀才不遇之怨和忧国忧民之思。

唐代的思乡怀远诗多使用借景抒情、寓情于事、渲染烘托、虚实结合的表达技巧,抒发的角度可以从己入笔、从对方入笔,从自己的角度来抒发较为常见;从对方落笔也不乏好诗,如王维《九月九日忆山东兄弟》、杜甫《月夜》、李商隐《夜雨寄北》等,使用侧面烘托的表现手法,想象对方如何思念自己,更能映衬出自己对对方的思念。有的诗歌以乐景衬哀情,如杜甫的《绝句》其二:“江碧鸟逾白,山青花欲燃。今春看又过,何日是归年?”时诗人寓居成都,亟思东归,却因战乱阻行,不禁叹息,前两句的春日美景,反衬出乐景背后浓浓的思乡之情。

思乡怀远诗常见的意象有月亮、小舟、捣衣砧、砧声、鸿雁、浮云、秋风、秋霜、衰草、梧桐、候鸟、沙鸥、宿鸟、杜鹃、猿啼、高楼、西楼、小楼、危楼、危栏、故园、花、柳、春、寒山、烟、暝色、烟、日暮、暮霭、落日、夕阳、笛声、芦管声,角声、鸦鸣声、酒、白发、衰鬓等等，如李白的《蜀道难》、杜甫的《登高》、张继的《枫桥夜泊》、柳中庸的《征人怨》等。这些意象起到托物寄情的作用，意蕴深厚，含味丰富。诗中多使用一些表示“悲”的情感基调的字词，如“孤”“悲”“怜”“空”“独”“情”“相思”等，与常见的意象相结合，起到寄情于景、情景交融的作用，如李白的《春夜洛城闻笛》：“谁家玉笛暗飞声，散入春风满洛城。此夜曲中闻折柳，何人不起故园情?”春风更惹春思，夜中又闻笛声，怎能让人不起思乡深情?

每当特殊的节日，游子的思乡怀远之情就会变得格外真切浓厚，比如中秋、冬至、除夕、元宵、重阳等重要节日，常常引发旅人的孤独、思念之情。节日怀亲之作如高适的《除夜作》：“旅馆寒灯独不眠，客心何事转凄然。故乡今夜思千里，霜鬓明朝又一年。”除夕夜的诗人独在他乡，寒灯映照，难以成眠，孤寂凄然，思念千里之外故乡的家人，不禁感慨自己鬓发斑白，明天又是新的一年。白居易的《邯郸冬至夜思家》：“邯郸驿里逢冬至，抱膝灯前影伴身。想得家中夜深坐，还应说着远行人。”诗人在冬至夜晚独宿邯郸驿舍，抱膝坐在灯前，只有影子相伴；遥想家人相聚至深夜，还应该说起我这个远行人。诗人用质朴的语言讲述自己的孤寂，通过想象来从对面着笔，写家人对自己的思念，更能突显诗人的思家之情。

鉴赏唐人的思乡怀远诗，要结合诗人的具体境况，了解诗人因何而思乡，寄予何种感情；抓住诗歌的意象，分析作者为何选用这些意象，有哪些含蕴，怎样把思乡之情与所见所闻巧妙地融合在一起。

第五讲　走进盛唐

正如张说手书王湾诗“海日生残夜，江春入旧年”一样，唐王朝的盛世如一轮海日渐渐升至半空，迎来了灿烂辉煌的炫目时代！唐诗的“盛唐”期与社会繁荣、动荡期并不完全一致，史学上的“盛唐”是从唐高宗时代（约650）至安史之乱爆发前（755），而诗歌史上的盛唐期是从唐玄宗开元元年（713）至唐代宗大历五年（770）。就在770年，杜甫、岑参这两位重要诗人相继去世，给繁荣的盛唐诗落下了帷幕。这样划分的意义在于长达八年的安史之乱及结束战乱之后的十几年间，盛唐的代表诗人仍延续着盛唐人特有的精神面貌，写下了许多富于盛唐气象的诗歌，或慷慨激昂，或悲凉凄怆，或讥刺多讽，复杂多样的风格之中，依然奏出一曲气雄魄大的时代强音。

盛唐诗歌与前代相比，在题材、风格、体裁等方面都有了新的特点。短短五十八年间，出现了诗仙李白和诗圣杜甫，还涌现出一大批才华横溢的优秀诗人，形成两大诗歌流派——山水田园诗派和边塞诗派。许多交口称誉、广为传诵的诗篇，便在这一时期产生。盛唐诗具有热情洋溢、豪迈奔放、具有郁勃浓烈的浪漫气质，即使是恬静优美之作，也同样是生气弥满、光彩熠熠的。这就是后人所艳羡的“盛唐之音”。唐代殷璠《河岳英灵集叙》:“开元十五年(727)后,声律、风骨始备。”指出开元年间,诗歌体制成熟,风骨皆备。宋代严羽的《沧浪诗话》:“诗者,吟咏情性也。盛唐诸人,惟在兴趣。羚羊挂角,无迹可求。故其妙处,透彻玲珑,不可凑泊。”评析盛唐诗人作诗重兴趣,无痕而工,无迹而妙,像羚羊夜眠时用角挂在树枝上,地上不留痕迹,意象明晰,浑然天成。

林庚先生在《唐诗综论》中提出了“少年精神”“盛唐气象”的概念,他认为“盛唐气象”是指诗歌中蓬勃的气象,是盛唐时代精神面貌的反映,“蓬勃的朝气,青春的旋律,这就是‘盛唐气象’与‘盛唐之音’的本质”;又进一步指出盛唐气象不必然是“歌功颂德”。笔者在解读盛唐诗的时候,既能轻易捕捉到盛唐人独有的蓬勃、开阔的精神面貌,也能经常感受到盛唐人常有的怀才不遇、坚守自我的深沉感慨,以及借汉写唐、讽喻现实的抨击力量。因此,我对“盛唐气象”的理解,既包括蓬勃向上、建功立业的积极的精神面貌,也包括这种向上精神遭遇现实打击后仍坚守自我的可贵品质、慷慨激昂的气概、关怀现实的真切。李白的诗是“沉痛语以骏快出之”(高步瀛语),“悲感至极而以豪语出之”(裴斐语),豪中有悲,悲中有痛,正是盛唐气象的表现。

一、张说、张九龄、王翰

张说(667—731),字道济,一字说之。原籍范阳(今河北涿州市),世居河东(今山西永济),徙家洛阳。睿宗、玄宗时期曾三次为相。封燕国公,与苏颋(封许国公)齐名,俱有文名,掌朝廷制诰著作,人称“燕许大手笔”。能诗,具盛唐风貌。官岳州(今岳阳)刺史后,诗益凄婉,人谓得江山之助。代表作《送梁六自洞庭山作》:“巴陵一望洞庭秋,日见孤峰水上浮。闻道神仙不可接,心随湖水共悠悠。”梁六:即梁知微,时为潭州(今湖南长沙)刺史,途径岳阳入朝。巴陵,巴蛇之陵,即岳州。洞庭山,即君山。这是一首送别诗,淡淡的别情,寄寓景中。清秋的洞庭湖边,张说送别友人梁知微,远望浩渺宽阔的洞庭湖,看见孤零零的君山如漂浮水上,听说君山上有湘君、湘夫人这些神仙呵,可惜未能得见,依依不舍之心和清悠的湖水一起飘飘荡荡。

张九龄(678—740),字子寿,一名博物,韶州曲江(今广东省韶关)人,唐开元名相。张说重其文才,称之为“后出词人之冠”。唐玄宗每当宰相荐士,总要问："风度得如九龄否?"张九龄才思敏捷，文章高雅，诗意超逸，有《曲江集》二十卷传世，被誉为"岭南第一人"。早年诗作词采清丽，情致深婉，被贬后感慨加深，风格遒劲。其五言古诗《感遇十二首》，以素练质朴的语言，寄托深远的人生慨望，诗风清健，摆脱六朝绮靡诗风。

孙洙的《唐诗三百首》首选张九龄的《感遇十二首》其一：

兰叶春葳蕤(wēi ruí)，桂华秋皎洁。
欣欣此生意，自尔为佳节。
谁知林栖者，闻风坐相悦。
草木有本心，何求美人折?

葳蕤：草木茂盛的样子。此诗以拟人的手法写了春兰勃发、秋桂芬芳的雅洁与活力，无论春或秋，都是好时光，它们只要逢时就会欣欣向荣，生机盎然。兰桂的芳香飘送，得到山林隐士的喜爱。这只是花香的自然散发，并不希求人们来折取它。诗人以兰桂自喻，强调自己行芳志洁的本性，不必他人的赏识。此处可联系《离骚》"不吾知其亦已兮，苟余情其信芳"来理解诗歌的主旨。与陈子昂的"兰若生春夏"一诗对读，我们能够捕捉到张九龄那种高雅超然的风度和气度，自励名节的自信与自守。还可以结合其《感遇十二首》的第七首来阅读：

江南有丹橘，经冬犹绿林。
岂伊地气暖，自有岁寒心。
可以荐嘉客，奈何阻重深。
运命唯所遇，循环不可寻。

此诗吟咏江南的丹橘，经冬不凋，非因地气暖和，而是出于耐寒的本性。这么好的丹橘，当荐给嘉客，却阻难重重，唯有感慨命运如此，不可强求。两诗皆以物自喻，既显示了张九龄对自我高洁情操的坚守，也流露出忠臣不得重用的无奈。

张九龄还有一首名篇《望月怀远》：

海上生明月，天涯共此时。
情人怨遥夜，竟夕起相思。
灭烛怜光满，披衣觉露滋。
不堪盈手赠，还寝梦佳期。

开篇描绘一轮明月从东海边冉冉升起，生动、壮丽，极具画面感，由景入情，化用谢庄《月赋》的“隔千里兮共明月”，生发出无限的怀远之情。多情的人儿，不禁埋怨起夜的漫长，相思苦，难入眠，披衣起，立深宵，月华如水，寒露沾身，唉，我不能双手奉上皎洁的月光，不如回房睡觉，或许能在美梦中与你相约呢。此诗以女子的口吻来写，深情绵邈，幽清淡远，因望月而怀人，又因怀人而望月，情景相生，意境悠远，“含清拔于绮绘之中，寓神俊于庄严之内”（胡应麟《诗薮》）。

王翰（约 687—726），字子羽，唐并州晋阳（今山西太原）人，唐代边塞诗人。家资富饶，性格豪放不羁，登进士第后，仍每日饮酒为事。其诗感情奔放，词华流丽。代表作《凉州词》：“葡萄美酒夜光杯，欲饮琵琶马上催。醉卧沙场君莫笑，古来征战几人回！”此诗的风格韵度与盛唐诗无异，颇类李白《客中作》的风味：“兰陵美酒郁金香，玉碗盛来琥珀光。但使主人能醉客，不知何处是他乡。”两诗对读，更觉诗歌的圆美流转和唐人宏大洒脱的精神气魄。

诗从初唐渐变入盛唐，已显示出盛唐诗歌独有的宏阔壮丽风貌。胡应麟《诗薮》指出：“唐初五言绝，子安（王勃）诸作已入妙境。七言初变梁陈，韵律未谐，韵度尚乏。……至张说《巴陵》（即《送梁六自洞庭山作》）之什，王翰《出塞》（即《凉州词》）之吟，句格成就，渐入盛唐矣。”堪称目光如炬的有识之论。

二、贺知章、张旭

“吴中四士”当中，贺知章、张若虚是著名的诗人，张旭是书法家，也是诗人，包融所传诗不多。他们的诗歌多具有浪漫主义色彩，透露清新的气息和情趣，体现出唐诗从初唐到盛唐过渡的特色。

贺知章（659—744），字季真，号“四明狂客”，排行第八，人称“贺八”。会稽永兴(今浙江萧山)人。唐武后证圣元年(695)进士,授国子四门博士,转太常少卿、集贤院学士。开元十三年(725)擢礼部侍郎,官至秘书监,人称“贺秘监”,简称“贺监”。晚年辞官还乡,建千秋观隐居至卒后。贺知章以绝句见长,除祭神乐章、应制诗外,其写景、抒怀之作风格独特,清新潇洒,《咏柳》《回乡偶书》都脍炙人口,千古传诵。他喜好饮酒时乘兴书写诗文,纸尽方止。与张旭情投意合,交往甚密,又为姻亲,时人常以“贺张”称之。

贺知章的《咏柳》:“碧玉妆成一树高,万条垂下绿丝绦。不知细叶谁裁出,二月春风似剪刀。”以拟人的手法描写了柳树抽新芽、春意盎然的景象,风格清新明快。《回乡偶书二首》写诗人久别家乡、暮年而返的所见所闻所感。

其一

少小离家老大回,乡音无改鬓毛衰。
儿童相见不相识,笑问客从何处来。

其二

离别家乡岁月多,近来人事半消磨。
惟有门前镜湖水,春风不改旧时波。

第一首为人熟知。首两句刻画自我形象,感慨人已老,音未改;三、四句转而写儿童笑问的场面,用背面敷粉法进一步突出自己的老迈衰颓,极具戏剧性。诗人写哀情,却借欢乐场面来表现;写己,又从儿童一面翻出,富于生活化的趣味。这首诗描绘了诗人刚回故乡的情景,心中不免熟悉又陌生的激动与兴奋;第二首则是诗人回乡一段时间后,已经平复了初有的兴奋之情。在朴实平静的叙述中,流露出诗人对人事变迁、物是人非的沧桑之感,这种感慨更加深沉与无奈,也更加符合生活的真相。多年后,历经社会大动荡的杜甫也发出相类似的惊呼:“访旧半为鬼。”(杜甫《赠卫八处士》)

张旭(约685—759),字伯高,一字季明,苏州吴县(今江苏苏州)人。荐举、征辟入仕,先后任左率府长史、金吾长史,世人称为“张长史”。著名书法家,其草书与李白的诗歌、裴旻(mín)的剑舞并称“三绝”。主要作品《古诗四帖》《肚痛帖》。张旭喜欢饮酒,性格狂逸,如其书法,世称“张颠”,后人称“草圣”。生活年代稍后的怀素亦擅草书、好饮酒,二人并称“颠张醉素”。

张旭留诗不多，且存疑。因《桃花溪》《山行留客》《春游值雨》三诗亦见于北宋蔡襄的文集，莫砺锋老师认为应属蔡作，李定广老师则提出反对意见。鉴于唐诗多以口耳相传的传播方式，且宋人确有书唐诗于扇面的喜好，三诗未能断定非出于张旭之手。三诗中，《桃花溪》选入《唐诗三百首》，流传最广。诗曰："隐隐飞桥隔野烟，石矶西畔问渔船。桃花尽日随流水，洞在清溪何处边。"意境酷似柳花源，幽美空灵，迷离惝恍，镜头从远到近，饶有画意。蘅塘退士称赞："四句抵得一篇《桃花源记》。"再如《山中留客》："山光物态弄春晖，莫为轻阴便拟归。纵使晴明无雨色，入云深处亦沾衣。"写山中赏玩美好的春光，恬雅秀润，富有生活情趣。明代钟惺评："张颠诗不多见，皆细润有致，乃知颠者不是粗人，粗人颠不得。"（钟惺、谭元春《唐诗归》）

三、王之涣

王之涣（688—742），字季凌，祖籍山西太原，其高祖迁至绛县（属山西运城）。出身官宦之家，不走科举之途，以门子调补冀州衡水（属河北）主簿。后辞官而去，度过十五年的漫游生活。补文安郡文安（今河北廊坊）县尉，卒于官，葬于洛阳。王之涣排行第四，自幼聪颖好学，豪放不羁，常击剑悲歌，其诗多被当时乐工制曲歌唱，以写边塞风光著称。其诗仅流传六首，皆为佳作，用词朴实，造境深远，回味无穷。

名篇《凉州词》在第一讲已举例，《凉州词》又名《出塞》《凉州歌》，是唐代常见的乐府曲名。凉州，在今天的甘肃武威。此诗在流传中出现文字差异，首句"黄河远上白云间"又作"黄沙直上白云间"，有人认为后句准确，在武威看不到黄河；有人认为前句意境更加优美，虚写黄河，如果是黄沙直上，白云就变成黄云，不美了。二说各有道理。诗的后两句写玉门关外没有春风，明代杨慎认为含有讽刺之意，"此诗言恩泽不及于边塞，所谓君门远于万里也"（杨慎《升庵诗话》）。

另一首千古名篇《登鹳雀楼》，是唐代五绝的压卷之作，童蒙皆知。诗曰：

白日依山尽，黄河入海流。
欲穷千里目，更上一层楼。

全篇用对却气势磅礴,“尺幅有千里之势”。鹳雀楼旧址在山西永济市,楼高仅三层,面对中条山,下临黄河,因常有鹳雀栖息其而得名。王之涣登楼远眺,眼前山河壮丽,欣然作诗。后两句是虚写,诗人时值壮年,自是攀上最高层才赏景吟诗,如果以为他停留在第二层就迫不及待写诗,就过于拘泥落实了。

王之涣的漫游生涯多离别,《送别》诗曰:“杨柳东风树,青青夹御河。近来攀折苦,应为别离多。”拟人的手法写柳树频繁被折之苦,写出离别的愁苦。《九日送别》:“蓟庭萧瑟故人稀,何处登高且送归。今日暂同芳菊酒,明朝应作断蓬飞。”重阳节,诗人与朋友在蓟庭(即蓟北,今天津蓟州区)登高饮酒,并为次日两人各自上路而饯行,秋意萧瑟苍凉,衬托心境之苍凉。

四、王昌龄

王昌龄(约698—757),字少伯,山西太原人。开元十五年进士,授汜水(属河南荥阳)县尉。中博学宏词科后,官校书郎,出为江宁令,晚年贬龙标(湖南怀化一带)尉。世称“王江宁”或“王龙标”。安史之乱时,惨遭亳州刺史闾丘晓杀害。他存诗一百八十余首,擅长五言古诗和五七言绝句,以七绝成就最高,微婉多讽,句奇格俊,雄浑自然。后人誉为“七绝圣手”“诗家夫子”。明代王世贞论盛唐七绝,神品仅昌龄与李白争胜。清代叶燮《原诗》评:“七言绝句,古今推李白、王昌龄。李俊爽,王含蓄,两人辞、调、意俱不同,各有至处。”

王昌龄写诗善于以景带情,情景结合,用典不多而自然妥帖,很重视诗的境界和韵味。他在《诗格》中提出“诗有三境”:“一曰物境,二曰情境,三曰意境。”他的五古典雅劲健,颇受当时选家的推重。试看《同从弟南斋玩月忆山阴崔少府》:“高卧南斋时,开帷月初吐。清辉澹水木,演漾在窗户。荏苒几盈虚,澄澄变今古。美人清江畔,是夜越吟苦。千里共如何,微风吹兰杜。”诗人闲斋忆友,借夜月变迁、美人苦吟来抒发对友人的思念之情,诗风古雅淳朴、清澹神秀。他的五绝也多有佳篇,善借景物来写情,意韵悠长,如《送胡大》:“荆门不堪别,况乃潇湘秋。何处遥望君,江边明月楼。”以景物作结,别离不舍之情更显深长。

王昌龄以七绝成为名家,其七绝在诗歌体制和表现手法方面已完全成熟,诗风简练清丽、委婉含蓄、意兴相兼。如《龙标野宴》一诗:“沅溪夏晚足凉风,春酒相携就竹丛。莫道弦歌愁远谪，青山明月不曾空。”贬谪僻壤的诗人不负自然美景，对酒当歌，显出性情洒脱的一面。他的七绝主要写闺怨、送别、边塞这三种题材，尤以边塞诗称世。

王昌龄的闺怨诗善于把握女子的神态、心理，营造含蓄蕴藉的意境。前面第一讲已举例的《长信秋词五首》其三，写班婕妤失宠后自避长信宫的故事。传班婕妤作《团扇诗》自比，以秋扇见捐，喻君恩中断。时赵合德得宠，居东边的昭阳宫，古人常以日喻君，日影象征君王的恩宠。沈德潜曰：“寒鸦带东方日影而来，见已之不如鸦也。优柔婉丽，含蕴无穷，使人一唱而三叹。”《长信秋词五首》的第一首：

金井梧桐秋叶黄，珠帘不卷夜来霜。
熏笼玉枕无颜色，卧听南宫清漏长。

诗歌的笔墨细腻，写出宫女秋夜独眠的凄清寂寞，卧在床上倾听南宫传来清晰而悠长的滴漏声。再如《闺怨》：

闺中少妇不知愁，春日凝妆上翠楼。
忽见陌头杨柳色，悔教夫婿觅封侯。

诗人抓住闺中少妇微妙变化的心理，从认真妆扮上楼赏春景的兴奋，到思念良人远征的孤寂愁怨，形象鲜活立体，诗意曲折微婉，意味深长。《采莲曲》：“荷叶罗裙一色裁，芙蓉向脸两边开。乱入池中看不见，闻歌始觉有人来。”描写出采莲少女的活泼娇美，风格清新生动、富于趣味。

王昌龄的送别诗写得情真意深，名篇《芙蓉楼送辛渐》在第一讲已举例，末句用“冰心”来强调自己清廉正直的品格。南朝诗人鲍照就用“清如玉壶冰”来比喻高洁清白的品格（鲍照《代白头吟》），开元宰相姚崇作《冰壶诫》以来，盛唐诗人如王维、崔颢、李白等都曾以“冰壶”自励，推崇光明磊落、表里澄澈的品格。王昌龄此诗巧用典故，自然妥帖又真切感人。《送柴侍御》也是一首好诗：

沅水通波接武冈，送君不觉有离伤。

青山一道同云雨，明月何曾是两乡。

首句点出了友人要去的地方，江河连接，正是诗人与友人之间的情意相连，自然而然引出次句，送别之际不觉伤感；三、四句笔法灵巧，一句肯定，一句反诘，再次强调两地比邻，云雨相同，明月共睹，你我虽分隔却如在一起，反复致意，恳切感人。此诗的想象丰富，迁想妙得，抒情真挚而浓郁，语调流畅而轻快，尽显诗人对友人的情意无限，又突出诗人鲜明的个性。《送魏二》："醉别江楼橘柚香，江风引雨入舟凉。忆君遥在潇湘月，愁听清猿梦里长。"写出诗人离别之际的凄清、离别后的孤独和两人间的情意深浓。

从王昌龄开始，盛唐边塞诗的写作渐成气候。昌龄善于提炼典型情景，将现实感受和历史回顾相结合，创造出深邃高远的意境。代表作有《从军行七首》《出塞》《塞上曲》《塞下曲》等。试看《从军行》其一：

烽火城西百尺楼，黄昏独坐海风秋。
更吹羌笛《关山月》，无那金闺万里愁。

《关山月》，汉乐府题，"伤离别也"（吴兢《乐府解题》）。无那即无奈。此诗开篇即点明思乡士兵的位置，是在青海烽火城西边的瞭望台，秋天荒寂的原野上一座百尺高楼。站立其上，四顾苍茫，孤独之情油然而生，且晚风中传来幽怨的笛声，更添思乡愁绪。再看第四首：

青海长云暗雪山，孤城遥望玉门关。
黄沙百战穿金甲，不破楼兰终不还。

楼兰是汉代西域国名，在今天新疆维吾尔自治区鄯县一带，这里泛指西北边境少数民族政权。青海：指青海湖一带，古称西海。雪山指祁连山。穿金甲：磨穿了的金甲。此诗首两句写边塞风光，带出戍边将士孤寂、艰苦的军旅生活；三、四句以百战而金甲穿来突出战争的激烈与漫长，尽管如此，将士们仍掷地有声地发出敌不破不还家的壮烈誓言。在这种悲壮深沉之中，隐含着思乡的幽情，更显出将士们慷慨激昂、为国立功的英勇气概。

再看《塞上曲》:“蝉鸣空桑林,八月萧关道。出塞入塞寒,处处黄芦草。从来幽并客,皆共尘沙老。莫学游侠儿,矜夸紫骝好。”《塞下曲》:“饮马度秋水,水寒风似刀。平沙日未没,黯黯见临洮。昔日长城战,咸言意气高。黄尘足今古,白骨乱蓬蒿。”两诗皆用五言,写边塞苍茫秋景、征战不歇和惨烈。王昌龄边塞诗中,名气最大的是《出塞》一诗:

秦时明月汉时关,万里长征人未还。
但使龙城飞将在,不教胡马度阴山。

《出塞》,也是汉乐府《横吹曲》的曲调名。唐诗中的《前出塞》《后出塞》《塞上曲》《塞下曲》皆从此演变而来,用以吟咏边塞征战生活。此诗入选中学课本,广为人知。首句用互文的手法,时空交错,秦汉以来的边关要塞一直是两国交战之地,戍边的人儿离家万里长期未归,如果有卫青、李广这样杰出的将领的话,怎会让胡人的铁蹄踏过阴山呢！末二句用汉代抗匈名将卫青、李广的典故,暗刺今事,抒发遗憾。“龙城”指奇袭匈奴圣地龙城的名将,“飞将”则指威名赫赫的飞将军李广。诗人追昔抚今,感慨高远,对忧边虑国、召唤名将的疾呼,正是对结束战争、和平生活的渴望,对国家安定的关切！诗歌语意含蓄,意境雄浑,明人李攀龙推为唐人七绝的压卷之作,“悲壮而不凄凉,慷慨而不浅露”;王世贞则曰:“以有意无意、可解不可解间求之,此诗第一耳。”

专　题

唐诗的压卷之作

压卷之作,一般是指最好、最杰出的作品。唐人五绝有名的好诗有孟浩然《春晓》、李白《静夜思》、柳宗元《江雪》等,压卷之作当推王之涣的《登鹳雀楼》。而七绝的压卷之作,则争讼不息,先后有11首以上的诗被后人推举为唐人七绝第一,包括《出塞》、《凉州词》(王之涣)、《渭城曲》、《早发白帝城》、《长信怨》、《凉州词》(王翰)、《夜上受降城闻笛》、《破额山》、《石头城》、《泊秦淮》、《淮上与友人别》等。

李攀龙最早提出王昌龄《出塞》为唐人七绝第一，王世贞表示赞同，而世贞之弟王世懋在《艺圃撷余》中提出：“必欲压卷，还当于王翰‘葡萄美酒’、王之涣‘黄河远上’二诗求之。”明人敖英《唐诗绝句类选》中认为王之涣《凉州词》的神骨声调、李白《游洞庭》的气概可与王昌龄《出塞》相匹敌。《游洞庭》：“洞庭西望楚江分，水尽南天不见云。日落长沙秋色远，不知何处吊湘君。”今读之，李诗意境开阔悠远，但气概稍逊。清人王士祯在《唐人万首绝句选凡例》中提出王维《渭城曲》、李白《早发白帝城》、王昌龄《长信秋词》(奉帚平明)、王之涣《凉州词》四首为压卷之作。沈德潜《说诗晬语》则认为李益《夜上受降城闻笛》、柳宗元《酬曹侍御过象县见寄》(即《破额山》)、刘禹锡《石头城》、杜牧《泊秦淮》、郑谷《淮上与友人别》这五首亦可堪压卷。管世铭针对沈德潜的说法，在《读雪山房唐诗序例》中补充：张潮《江南行》、张继《枫桥夜泊》、钱起《归雁》、韩翃《寒食》、李益《听晓角》、刘禹锡《与歌者何戡》、李商隐《宫妓》等七首诗，可与杜牧《泊秦淮》媲美。细读这七首诗，皆凄清哀怨之作，难与《出塞》《凉州词》等诗的神骨气概相媲美，亦当不得压卷之作。总的来说，王昌龄《出塞》和王之涣《凉州词》作为唐人七绝压卷之作的公认度最高。

唐人的七律第一，宋人严羽在《沧浪诗话》中提出崔颢的《黄鹤楼》。明人对此有异议，何景明、薛蕙认为是沈佺期《古意》一诗；胡应麟、潘德舆则推举杜甫的《登高》，胡应麟认为《登高》不仅是唐人七律第一，乃“古今七律之冠”。清初周篆等人则力推岑参《奉和中书舍人贾至早朝大明宫》“冠冕壮丽”，王维《积雨辋川庄作》“澹雅幽寂”，“二诗得廊庙山林之神髓，取以压卷”。综合来看，当以《登高》为第一。

而五律的压卷之作，并无公论，浦起龙认为《望岳》可为杜诗压卷。历史上曾有十首诗被认为唐人的五律压卷，包括张九龄《望月怀远》、王湾《次北固山下》、杜甫《旅夜书怀》《春望》、王维《山居秋暝》、常建《题破山寺后禅院》、王勃《送杜少府之任蜀州》、白居易《赋得古原草送别》、李白《送友人》、王维《使至塞上》等；另有推举杜甫《登岳阳楼》一诗。究竟何为唐人五律第一？至今难分轩轾。

第六讲　山林逸友：王孟

盛唐社会，山林隐逸之风盛行，据唐人刘肃《大唐新语》卷十载："卢藏用，始隐于终南山中。中宗朝，累居要职。有道士司马承祯者，睿宗迎至京，将还。藏用指终南山谓之曰：'此中大有佳处，何必在远。'承祯徐答曰：'以仆所观，乃仕宦捷径耳。'"终南山在长安城南十五公里处，山林秀丽，在此隐居，既可闲逸，又能博名，不愧为仕宦捷径。唐人喜隐居山林，寄食寺庙，从游高僧，读书习艺，据台湾学者严耕望统计，有近百人曾寄居寺观。诗人在山林隐逸，可与大自然亲近，心性洒脱自由。"隐"本意为幽闭、藏匿，引申出幽深、微婉之意。"逸"本意指逃亡，可作避世解，"逸民"即避世之民；"逸"可引申出闲乐、安适之意。隐逸可分为"身隐"和"心隐"，王维尚心隐，孟浩然好形逸。

山水田园诗勃兴，这是唐代社会的特殊性与陶渊明、谢灵运诗歌艺术传统的合流，形成了一股静逸明秀的诗风。唐代的山水田园诗派并不是严格意义上的诗歌流派，而是指一批主要写田园生活、山水景物诗歌的诗人，包括孟浩然、王维、储光羲、常建、韦应物、柳宗元等人，他们用开阔的胸怀，深细敏锐的审美嗅觉，来歌咏山水风景的优美壮丽和田园生活的静谧悠闲。

唐代山水田园派诗人不限于一时一地，诗歌创作不限于山水田园，也包括边塞、送别、酬唱、相思等各种题材，以王、孟为代表，亦称王孟诗派。孟浩然比王维大十二岁，两人作为盛唐山水田园诗歌的代表人物，各有特点。孟浩然潇洒放诞，好游乐，诗风清中有厚；王维雍容平和，喜静寂，诗风闲雅清澹。

一、孟浩然

孟浩然(689—740)，本名浩，字浩然，襄州襄阳(今湖北襄樊)人，世称“孟襄阳”。少时，隐居鹿门山，四十岁应进士第不举，失意而归，曾致张九龄幕府，后病疽死。一生未入仕，以隐士终身，人称“孟山人”。为诗多为五言短篇，以山水田园、隐居闲适和羁旅行役为主。诗风洗削凡近，意境清远，自然超妙，与王维并称“王孟”。不足在于题材比较狭隘，偶露寒俭之气，苏轼讥之“韵高而才短，如造内法酒手，无材料耳”，评语过于严苛。

孟浩然对儒、道、佛思想兼收并蓄。既追求功名，企望在政治上有所成就，又不愿意趋炎附势，保持耿介不随的性格和清白高尚的情操，仕与隐的矛盾贯穿其一生。孟浩然与王维私交甚笃，据传他曾于维宅避玄宗于床下，出诵己诗谓“不才明主弃”，玄宗不悦：“卿不求仕，而朕未尝弃卿，奈何诬我！”放归襄阳。后漫游吴越，穷极山水之胜。开元二十八年，王昌龄游襄阳访孟，相见甚欢，纵情宴饮。孟浩然背上长毒疮，因食鲜，疾发而逝。李白倾慕其人，写诗赠之：“吾爱孟夫子，风流天下闻。红颜弃轩冕，白首卧松云。醉月频中圣，迷花不事君。高山安可仰，徒此揖清芬。”(李白《赠孟浩然》)王维画其像于郢州亭子，题“浩然亭”，世人敬重而改称“孟亭”。

孟浩然的名篇《春晓》：“春眠不觉晓，处处闻啼鸟。夜来风雨声，花落知多少。”是他隐居鹿门山时所作，抓住春天早晨初醒时的瞬间来写，经过一夜甜睡，被清脆的鸟鸣声吵醒，想到半夜恍惚间有风雨袭来，不知窗外的花儿被打落多少，是否落红无数？诗人在春鸟欢快的鸣叫声中醒来，回忆起昨夜的风雨，联想到春花是否还挂在枝头上，由喜春转为惜春，更显爱春之心。语言平易浅近，自然天成，景真情真，清新有味，深得大自然的真趣。

其田园诗善于在平淡的日常生活中把握微妙的情绪，融会于清旷的境界。代表作《过故人庄》，写农家恬静闲适的生活，语言亲切朴实，如话家常，情感真挚深厚，意蕴深长，富有田园生活气息和人情味。诗曰：

故人具鸡黍，邀我至田家。
绿树村边合，青山郭外斜。
开轩面场圃，把酒话桑麻。
待到重阳日，还来就菊花。

这首诗被选入中小学课本而为国人所熟悉。那朴实而醇厚的田园之风，诗人与友人的真情，充溢字里行间。孟浩然沿袭了隐逸诗人之宗陶渊明所开创田园诗的写法与格调，暗用渊明其人其诗的典事，诗风亦有陶诗真朴醇厚的特点，而在清厚的美学风格上有所创新。“就”字虚词活用为动词，具体生动，堪称妙用，用“醉、赏、泛、对”等字来换，皆不及。

其山水诗以朴素清淡的白描手法，描写漫游于南国水乡所见的大自然的清幽景象，并且抒发由这种清景所引发的情感。代表作如第一讲举例的《宿建德江》，诗风清淡有味，自然天成。同时之作《宿桐庐江寄广陵旧游》：

山暝听猿愁，沧江急夜流。
风鸣两岸叶，月照一孤舟。
建德非吾土，维扬忆旧游。
还将两行泪，遥寄海西头。

前四句写景，诗人夜宿桐庐江的所见所闻，暮色笼罩，深山猿啼，引发客愁，沧江急流，秋风飒飒，两岸木叶纷纷坠落，明月映照下孤舟在水面飘摇；后四句写情，建德不是我的家乡，遥想扬州旧日友人，将两行思念的热泪，遥寄到大海西头。诗的前四句描绘了一幅月夜泊舟图，后四句借景生情，倾诉了诗人独客异乡的惆怅与孤独，思念友人的真挚与深切。诗歌景物孤清，情感深挚，情景交融，意境幽远，韵味悠长。隐逸时期所作的《秋登万山寄张五》：

北山白云里，隐者自怡悦。
相望试登高，心随雁飞灭。

愁因薄暮起，兴是清秋发。
时见归村人，沙行渡头歇。
天边树若荠，江畔洲如月。
何当载酒来，共醉重阳节。

首两句化用晋代陶弘景《答诏问山中何所有》："山中何所有，岭上多白云。只可自怡悦，不堪持赠君。"突出自己隐居生活的快乐自在。接下来三、四句写怀友登高，心随大雁高飞远去；五、六句写黄昏秋色里，诗人的孤独忧愁和游玩兴致；接下来由近及远，由动到静，如一幅乡村晚景图；最后两句抒发对友人的思念，渴望重阳相聚共醉。诗歌的情飘逸而真挚，景清淡而优美，淡淡的哀愁伴随着逸兴勃发，创造出一个情景交融、高远清幽的境界。再看《夏日南亭怀辛大》："山光忽西落，池月渐东上。散发乘夕凉，开轩卧闲敞。荷风送香气，竹露滴清响。欲取鸣琴弹，恨无知音赏。感此怀故人，中宵劳梦想。"诗人夏夜乘凉，悠闲自得，思念好友，恨不相伴，深宵梦想。诗歌情味醇厚，五、六句写景状物尤为细致入微，清新自然。其他如《宿业师山房待丁大不至》"松月生夜凉，风泉满清听"，《秦中寄远上人》"日夕凉风至，闻蝉但益悲"，《早寒有怀》"乡泪客中尽，孤帆天际看"，《宴梅道士山房》"林卧愁春尽，开轩览物华"，《夜归鹿门歌》"山寺钟鸣昼已昏，渔梁渡头争渡喧""岩扉松径长寂寥，惟有幽人自来去"等，皆为孟浩然写景怀人的名篇佳句，景致动人，融情入景。

孟浩然隐居在家乡襄阳，此处岘山（又称岘首山）有羊公碑，纪念晋代名臣羊祜（hù），他镇守襄阳时有德政，死后，百姓为其立庙建碑，"岁时飨祭焉。望其碑者，莫不流涕"。孟诗《与诸子登岘山》：

人事有代谢，往来成古今。
江山留胜迹，我辈复登临。
水落鱼梁浅，天寒梦泽深。
羊公碑字在，读罢泪沾襟。

这首登临怀古诗写诗人与友人共登岘首山，见到羊公碑，吊古伤今，感怀沧桑，而泪落沾襟。《晚泊浔阳望庐山》是一首行旅诗，也是怀古诗，诗曰：

挂席几千里，名山都未逢。
泊舟浔阳郭，始见香炉峰。
尝读远公传，永怀尘外踪。
东林精舍近，日暮但闻钟。

挂席，即张帆。一路漂泊、乘船千里的诗人，终于来到浔阳（今江西九江）城外庐山脚下，抬头望见香炉峰的峻峭不凡，忆起东晋高僧慧远曾在此山隐修，日暮之中传来东林寺的钟声，令人怀想不已。诗的上半部在叙事中写景述情，落笔空灵；下半部以情带景，简淡悠远。在随意挥写间，淡笔勾画了庐山胜景和高人逸事，抒发心中对慧远的倾慕、缅怀之情，以及向往隐逸的情怀。清人王士禛称赞此诗曰："诗至此，色相俱空，正如羚羊挂角，无迹可求，画家所谓逸品是也。"（王士禛《分甘余话》）认为诗有"神韵"，足当"逸品"，当是指诗歌写景抒情不落痕迹，自然平淡，意境悠远空灵，清远超逸。

孟浩然善于发掘自然、生活、人情之美，即景会心，真切动人，诗风以清旷冲澹为主，冲澹中又有壮逸之气。杜甫《解闷十二首》其六写道"复忆襄阳孟浩然，清诗句句尽堪传"，指出孟诗"清"的特点；沈德潜评孟诗为"语淡而味终不薄"，平淡清朴的语言蕴含着深情厚谊，故有醇厚之味。

二、"诗佛"王维

王维（701—761），字摩诘，太原祁州（今山西祁县）人。开元九年（721）进士及第，任太乐丞，因属下伶人舞黄狮子而获罪，贬为济州司仓参军。729 至 733 年，他闲居长安，与孟浩然、张九龄等有交往，从大荐福寺道光禅师学顿教。735 年，王维被张九龄提拔，任右拾遗。开元二十四年（736），张九龄罢相，次年贬荆州长史，李林甫任中书令，这是玄宗时期政治由较为清明而日趋黑暗的转折点。次年，王维以监察御史的身份出使凉州。756 年安史之乱起，他被叛军所俘，服药装哑，被迫署伪职。平乱后获罪，责授太子中允，最后官尚书右丞，世称王右丞。王维受母亲信佛影响，加上宦海变乱，中年丧妻，后期一直过着长斋奉佛的独身生活。《旧唐书·文苑下》："在京师日饭十数名僧，以玄谈为乐。

斋中无所有，唯茶铛、药臼、经案、绳床而已。退朝之后，焚香独坐，以禅诵为事。妻亡不再娶，三十年孤居一室，屏绝尘累。”761 年 7 月，王维去世，葬于蓝田清源寺，在辋川别业之西。

王维二十一岁进士科第一，聪明过人，是全能型人物，音乐、书法、绘画、文学等多种艺术门类样样精通。王维娴于丝竹音律，可以依图辨音，根据一幅奏乐图所绘人物弹奏乐器的动作，辨认出“这是《霓裳羽衣曲》的第三叠第一拍”，请来乐师演奏，果然分毫不差。工于草书、隶书。善绘人物、丛竹、山水，擅画平远景，常以“破墨”写山水松石，绘《辋川图》，不传。明人董其昌推王维为山水画“南宗”之祖，并说“文人之画，自王右丞始”。而流传至今的《雪溪图》《济南伏生像》皆非真迹。著有《王右丞集》，存诗约 400 首。各种题材、体裁的诗歌无所不备，有《楚辞》体的好诗，如《鱼山神女祠歌》《赠徐中书望终南山歌》；有六言好诗，五言律成就尤高；山水边塞诗皆一流。

其早年的诗歌多有意气风发之作，包括游侠诗和边塞诗，激昂刚劲，气势宏放，境界阔大。代表作《使至塞上》《观猎》《少年行》。以“少年行”为题的诗歌，王维、李白、王昌龄、杜甫、杜牧等许多唐人都写过。王维的《少年行》是四首七绝组诗，分咏少年游侠高楼纵饮的豪情，视死如归的报国精神，勇猛杀敌的英雄壮举和论功行赏的热烈场面。第一首曰：

新丰美酒斗十千，咸阳游侠多少(shào)年。
相逢意气为君饮，系(xì)马高楼垂柳边。

新丰：汉置县名，治所在今陕西临潼区东北。新丰镇古时产美酒，谓之新丰酒。咸阳：秦朝都城，在今陕西咸阳东北二十里，此借指唐都长安。诗中“意气”二字突出了少年游侠的豪纵不羁、重义疏财的侠义气概；末句宕开一笔，从侧面虚写，反衬出楼上使酒任性的热烈场面，富有含蕴。第二首：

出身仕汉羽林郎，初随骠(piào)骑战渔阳。
孰知不向边庭苦，纵死犹闻侠骨香。

写出少年游侠报国从军的壮志、为国献身的热情，末句展露出盛唐人从容慷慨、虽死犹荣的独特面貌。与晚唐诗人陈陶的《陇西行》其二对读："誓扫匈奴不顾身，五千貂锦丧胡尘。可怜无定河边骨，犹是春闺梦里人。"陈诗写的是反战思想，揭示长期的边塞战争给人民带来的痛苦和灾难。两诗都善于用转折和对比，王诗连用"孰""不""纵""犹"等虚词，在接二连三的转折中不断加强英勇献身的语气；陈诗善用场景的转换，首两句以誓愿的理想与现实的惨状对比，写战争之酷烈；末两句以"河边骨"之实和"春闺梦"之虚，形成强烈对比，宛若电影中的蒙太奇，产生一种强烈的震撼效果和悲剧力量，催人泪下。两诗都写到战骨，但揭示的价值观和思想精神截然不同，也是盛唐人与晚唐人不同心态、精神的反映。

《使至塞上》是王维边塞诗的代表作：

单车欲问边，属国过居延。
征蓬出汉塞，归雁入胡天。
大漠孤烟直，长河落日圆。
萧关逢候骑，都护在燕(yān)然。

此诗作于开元二十五年(737)，王维以监察御史的身份出使凉州，察访军情，兼任河西节度使判官。他轻车前往，来到边塞，黄沙莽莽，大雁北飞，茫茫大漠，一缕孤烟在升腾，落日余晖，映照内陆河上，遇到的侦候骑士，告知都护正在燕然山。属国：汉时称那些已归附的少数民族地区。《汉书·卫青传》颜师古注："不改其本国之俗，而属于汉，故号属国。"居延：古县名，故址在今内蒙古额济纳旗一带。萧关：古关名，在今宁夏原州区东南。燕然：燕然山，即现在蒙古国境内杭爱山，代指边防前线。候骑：担任侦察、通讯的骑兵。都护：官名。都护是都护府的最高长官，这里借指河西节度使。燕然山，后汉窦宪击匈奴，破北单于，到燕然山勒石纪功而还。

诗的颈联，被近人王国维称之为"千古壮观"的名句。从画面构图来说，在碧天黄沙之间，竖起一柱白烟；弯曲蜿蜒的河尽头，一轮夕阳挂在天边，在广袤的边塞背景中巧妙地添上几样特定的事物，有线条、色彩、光影的精心设置，俨然一幅边关暮色图。孤烟：一指古代边防报警时燃狼粪(干湿粪)为烽烟，"其烟直而聚，虽风吹之不散"；二指塞外旋风"袅烟沙而直上"。诗中应取前者，说明当时正是破敌获胜、边境暂得安宁。《坤雅》:“古之烟火,用狼烟,取其直而聚,虽风吹之不斜。”清人赵殿成评价:“亲见其景者,始知‘直’字之佳。”《红楼梦》第四十八回香菱说:“想来烟如何直?日自然是圆的。这‘直’字似无理,‘圆’字似太俗。合上书一想,倒像是见了这景的。要说再找两个字换这两个,竟再找不出两个字来。”这就是“诗的好处,有口里说不出来的意思,想去却是逼真的;又似乎无理的,想去竟是有理有情的。”这两句堪称“无理之妙”的佳句。

《观猎》一诗应是王维任河西节度使判官所作的边塞诗。诗曰:

风劲角弓鸣,将军猎渭城。
草枯鹰眼疾,雪尽马蹄轻。
忽过新丰市,还归细柳营。
回看射雕处,千里暮云平。

渭城:秦时咸阳城,汉改称渭城,在今咸阳市东北,渭水之北。细柳营:汉代名将周亚夫屯军之地,在今陕西长安县。此指打猎将军所居军营。暮云平:傍晚的云层与大地相连。射雕:北齐斛律光校猎时,曾射落大雕,人称“射雕手”。此隐用其事以赞美将军。此诗节奏鲜明,内含劲气,首联写将军在渭城打猎,引弓射箭的勇猛,用倒序法以弓鸣带出将军,可谓先声夺人;颔联对仗工整,体物精细,鹰眼(喻将军之眼)因百草枯萎而显得特别锐利,马蹄因初雪消融而跑得轻快,写将军打猎的勃发英姿;颈联的流水对连用地名入诗,虚词“忽”“还”突出了归程的快速,衬出归来时的轻松喜悦;尾联以景结情,饶有余味,打猎的一天过得非常迅捷,回看远处,大地与云天连成茫茫一片。

王维善于表现具有人生普遍意义的真情实感,其日常抒情诗自然真率,而又委婉曲折。代表作《送元二使安西》《九月九日忆山东兄弟》《相思》《杂诗三首》等,都为人传唱。先看《杂诗三首》其二:

君自故乡来,应知故乡事。
来日绮窗前,寒梅着花未?

通首皆是讯问口吻,而游子思乡之念,昭然若揭。诗人不问亲人而问梅花,自家雕画美观的窗户前那株寒梅,是否已着了花苞?窗前这株梅花,诗人在家时每天都能看见,也许是他亲手栽种的,此问更突显内心的思乡情切。再看《相思》:

红豆生南国,春来发几枝?
愿君多采撷(xié),此物最相思。

红豆又叫相思子,古人常用以象征爱情,比喻男女相思。红豆有硬壳包裹,半红半黑。现在市面上的红豆产品经高温处理后,外皮为饱满热烈的纯红色,形状为心形,更符合爱情的寓意。诗的起句因物起兴,语虽单纯,却富于想象。此诗广为传颂,深受人们喜爱,借以倾诉深切思念和丰厚情意。此诗又题作《江上赠李龟年》,据说是安史之乱后,王维遇旧友李龟年(盛唐著名歌者),眷怀友人的境遇而赠此诗;李龟年流落江南后经常演唱,听者无不动容。宋人洪迈《万首唐人绝句》将"多"字作"休"。用"休"字反衬出离情之苦,因相思转为怕相思;用"多"字则表现了一种热情饱满、一往情深的健美情调。

名篇《九月九日忆山东兄弟》:"独在异乡为异客,每逢佳节倍思亲。遥知兄弟登高处,遍插茱萸少一人。"这首七绝是王维十七岁时的作品,其中第二句反映了人类的普遍情感,最为人称颂。时王维迁居于蒲县(今山西永济市),在函谷关与华山以东,所以称山东。茱萸又名越椒,一种香气浓烈的植物,古人过重阳节时佩戴茱萸袋,登高,饮菊花酒,可避灾。此诗前两句直接抒发自己的孤独和对亲人的思念,后两句不再着眼于自己,而写兄弟的缺憾,曲折有致,更能道出双方之间深厚的情感。《送元二使安西》亦是写情的名篇,唐人送别诗的杰作:

渭城朝雨浥(yì)轻尘,客舍青青柳色新。
劝君更尽一杯酒,西出阳关无故人。

此诗又名《渭城曲》《阳关曲》《阳关三叠》,这首诗在当时即广为传唱,谱成琴曲,基本上用一个曲调作变化反复,迭唱三次。安西指唐代安西都护府,在今新疆维吾尔自治区库车市。浥：沾湿。阳关：汉置关名，在今甘肃省敦煌市西南，自古与玉门关同为出塞必经之地。《元和郡县志》云，因在玉门之南，故称阳关。春日清晨，在渭城客舍，诗人送友人出边塞，折柳惜别，以酒饯行，情意真挚动人。徐增《而庵说唐诗》评曰："此诗之妙只是一个真，真则能动人。后维偶于路旁，闻人歌诗，为之落泪。"王维自己偶然闻听路人唱此诗送别，竟潸然泪下，可见此诗之真，感人至深。

王维的山水田园诗融诗情、画意、禅趣于一体，自然清新，明净闲雅，情景交融，苏轼称赞"诗中有画"。诗情：景中有我，传达自己独特、细致、深刻的感受。画意：通过色彩、线条、构图的经营，提供鲜明优美的视境。禅趣：在空明静谧的诗境中透漏出佛禅的境界。宗白华《中国意境之诞生》说："禅是动中的极静，也是静中的极动，寂而常照，照而常寂。动静不二，直探生命的本源。""真如"即是佛教认为的生命本体、本原，我心即佛，真如就在自心。王维通过诗歌描写的心灵探索，是一种明心见性、天人合一的领悟，后世称其为"诗佛"。

试看其《归嵩山作》：

清川带长薄，车马去闲闲。
流水如有意，暮禽相与还。
荒城临古渡，落日满秋山。
迢（tiáo）递嵩高下，归来且闭关。

王维辞去济州司库参军一职，返回洛阳附近的嵩山隐居，诗歌描写了途中所见的景色和心情。诗人心境安详闲适，流水和飞禽如有情意，亲切相伴，暮色秋景苍茫闲静，归隐山中，生活应恬静澹泊。诗歌动静结合，情景交融，不工而工，恬淡清新，富于画面感。其名篇《鸟鸣涧》："人闲桂花落，夜静春山空。月出惊山鸟，时鸣深涧中。"也是动静结合、诗中有画的代表，令人联想到梁代王籍的《入若耶溪》："蝉噪林愈静，鸟鸣山更幽。"善于以动写静，巧用反衬法，鸟叫声更能映衬出山林的幽静。

744 年，王维四十六岁，购宋之问的蓝田别墅，经营为蓝田辋川别业，自言"中岁颇好道，晚家南山陲"（王维《终南别业》），"晚年惟好静，万事不关心"（王维《酬张少府》），此后十余年往来于长安、辋川之间，过着亦官亦隐的生活。

他描写田园生活的名篇《渭川田家》：

斜阳照墟落，穷巷牛羊归。
野老念牧童，倚杖候荆扉。
雉雊(zhì gòu)麦苗秀，蚕眠桑叶稀。
田夫荷(hè)锄至，相见语依依。
即此羡闲逸，怅然吟《式微》。

渭川：即渭水，源于甘肃，经陕西，流入黄河。墟落，即村庄。穷巷：深巷，隐僻的里巷。荆扉，柴门。雉雊：野鸡鸣叫。雉鸣，叫"雊"。式微：《诗经·邶风》："式微，式微，胡不归！"表归隐之意。此诗以白描手法描绘了渭河流域初夏乡村的黄昏，富有人情味的乡亲邻里，恬然自得的农家景象，如一帧帧乡村图画浮现眼前，亲切生动，闲静安逸，诗人不禁心生羡慕，归隐田园。第五、六句写雉鸡在田里鸣叫，麦苗抽出嫩穗，蚕儿吃饱入眠，剩下的桑叶稀少，显示出乡村的悠闲丰裕，颇有意趣。

在辋川隐居时，王维与小友裴迪来往密切，时常唱和、赠答。有诗《辋川闲居赠裴秀才迪》：

寒山转苍翠，秋水日潺(chán)湲。
倚杖柴门外，临风听暮蝉。
渡头余落日，墟里上孤烟。
复值接舆醉，狂歌五柳前。

潺湲：水流缓慢的样子。接舆：春秋时楚国隐士陆通，字接舆，佯狂遁世。这里代指裴迪。五柳：即五柳先生陶渊明，这是诗人自比。开篇摄取秋日景物入诗，从视觉到听觉；颈联写暮色中远处渡头、村落的景象，如画般的美感呈现；末联用事典写出两人间的率性交游和诗酒人生。

山水名篇《终南山》是一首标准的五律，后世赞誉备至：

太乙近天都，连山接海隅。

白云回望合，青霭入看无。
分野中峰变，阴晴众壑殊。
欲投人处宿，隔水问樵夫。

太乙，终南山的主峰。天都，天帝所居之处。首句言其高，次句言其远。白云二句，言全山弥漫青白色的云雾，连成一片。分野，古天文学的名词，把天上的二十八星宿区分标志地上的界域。山的极南和极北、极东和极西都处于不同的分野，言其大。而山上和涧谷的天气不同，阴晴变化。末联写诗人迷于山中，欲投宿，隔着溪涧问对面砍柴的樵夫，颇有意味。整首诗中，诗人始终隐没其间，却句句有“我”，处处有“我”，“我”在游山、观物、听到声响、询问樵夫，移步易景，意余于象。

《积雨辋川庄作》一诗，曾被后世推为全唐七律的压卷之作，“空古准今”的极致。诗曰：

积雨空林烟火迟，蒸藜炊黍饷东菑(zī)。
漠漠水田飞白鹭，阴阴夏木啭(zhuàn)黄鹂。
山中习静观朝槿，松下清斋折露葵。
野老与人争席罢，海鸥何事更相疑。

开篇写夏日久雨初停，林子也显得空旷，柴火打湿了，做饭也比平时推迟，蒸黎煮米是为了送给东边农田里干活的人们；藜是一年生草本植物，嫩叶可食；黍，黄米；饷，送饭；菑，初耕的田地，泛指农田；一个“迟”字，写出乡村农家生活在阴雨天的节奏变缓，真切传神，有生活气息。颔联分别从视觉与听觉入手，色彩、动态、声音的变化，描绘了路上见闻的雨后景色，广漠苍茫的水田上有白鹭在飞旋，茂密幽深的树丛中传来黄鹂鸟的清脆叫声。时李嘉佑诗中有“水田飞白鹭，夏木啭黄鹂”二句，唐人李肇《国史补》因此对王维有“好取人文章嘉句”之讥，明人胡应麟《诗薮》则认为王早于李，当是李袭王句；二人约同时，实难断定。王诗各加“漠漠”“阴阴”二词于前，确实精彩传神，白鹭翻飞在苍茫的水田间，颜色更加鲜明生动；黄郦掩映在茂密的枝叶间，声音更显清脆动听。清人胡以梅说：“雨后之景，用叠字，独能句圆神旺。”（胡以梅《唐诗贯珠》）接下来两联写隐居山林的禅寂生活，从木槿花的朝开暮落而参悟人生短暂，在松树下采折带露的葵菜以供清斋素食；隐逸中的诗人，无功名利禄之心，生活淳朴随性。争席：表示和人相处很随便，无隔阂，此用《庄子·寓言》典：杨朱初到旅舍，面露骄矜之色，旅舍主人对他很恭敬，其他客人纷纷让座；请教老子后，他再到旅舍，变得很随和，大家和他争席而坐。海鸥，用《列子·黄帝篇》典：海上有人好鸥，每日与鸥同游，至者百数。后其父叫他捉鸥，次日至海边，鸥鸟盘旋不下，因为他有了机心。此诗形象鲜明，兴味深远，有淡雅幽寂之致。

《汉江临泛》亦是王维的山水诗名篇。诗曰：

楚塞三湘接，荆门九派通。
江流天地外，山色有无中。
郡邑浮前浦，波澜动远空。
襄阳好风日，留醉与山翁。

三湘：指湘江三条支流，潇水，烝水、沅水。九派：长江在江西九江市北的一段水程，有九条支流，这里代指长江。山翁：晋代山简曾镇守襄阳，颇有政绩，好赏玩饮酒，每饮必醉。此诗颔联、颈联写长江的水天一色、波澜壮阔景色，如一幅泼墨山水画，远近、疏密、动静相结合，意境宏大。再如《山居秋暝》：

空山新雨后，天气晚来秋。
明月松间照，清泉石上流。
竹喧归浣女，莲动下渔舟。
随意春芳歇，王孙自可留。

这首诗为山水名篇，写初秋时节山居所见雨后黄昏的景色，于诗情画意之中寄托着诗人高洁的情怀和对理想境界的追求。暝：夜，这里指傍晚。诗题点出这是王维在山中隐居时一个秋天傍晚的诗作。首联扣题，山雨初霁，山色一新，颇有空旷之感，雨后秋暝，清新凉爽。颔联写景如画，为人喜爱，明月的光华洒进松林间，清冽的泉水流泻山石之上，自然明净，清幽秀雅。后两联写人物，先写浣衣女洗衣归来，从竹林间传来一阵阵欢声笑语，荷叶纷纷晃动，采莲女划着渔船而返；目睹着美好纯朴的生活图景，诗人感觉自在惬意，任凭春日的芳菲已经消歇，此处自可以久居。王孙指贵族子弟，泛指隐居的人，此处指诗人自己，《楚辞·招隐士》："王孙兮归来，山中兮不可以久留。"王诗反用其意，指山中可留。此诗清新秀丽，优美生动，色韵清绝，淡致有趣。

王维的名字源于佛教著名居士维摩诘，梵文 Vimalakīrti，音译：维摩罗诘、毗摩罗诘，意译为净名、无垢称，即洁净无染污之人。佛教起源于公元前六世纪至公元前五世纪的古印度，西汉末年传入中原。北魏梁武帝时，禅宗由西天二十八祖菩提达摩传入中国，至唐代已成为与天台、华严、法相等并行的一大教派。盛唐时代，由六祖慧能创立的南宗禅已有了相当的发展，主张不立文字，静心、觉悟，"禅定"即安静地沉思。诗和禅都需要敏锐的内心体验，都重启示和象喻，追求言外之意。

王维善于以禅趣入诗，诗歌意蕴清淡幽寂，蕴涵高深的禅理，表现出一种淡远空灵、禅机悟境的风格。其山水诗中常用青、白色，"空"字出现很多，空灵明秀的意境美，多用动静互衬的手法来表现。如《山中》："荆溪白石出，天寒红叶稀。山路元无雨，空翠湿人衣。"人行于苍翠的山色之中，不知不觉间已沾湿了衣衫，这种"空"似真似幻，是感官的空灵超妙，物我两忘。王维往往以云的变换、月的静谧、泉的清冷、山的深邃，营造出空寂淡远的意境，如"行到水穷处，坐看云起时"（王维《终南别业》），富于哲理意味。

其晚年隐居辋川别业时所作的《辋川集二十首》，是以禅趣入诗的代表作，游止从孟城坳、华子冈、文杏馆、斤竹岭、鹿柴、木兰柴、茱萸泮、宫槐陌、临湖亭、南垞、欹（qī）湖、柳浪、栾家濑、金屑泉、白石滩、北垞、竹里馆、辛夷坞、漆园、椒园等一路深入，其禅定的境界越深，逐渐物我为一。如《鹿柴》："空山不见人，但闻人语响。返景入深林，复照青苔上。"诗人尚对外物（人）关照甚多。行到《竹里馆》："独坐幽篁里，弹琴复长啸。深林人不知，明月来相照。"诗人独处竹林里弹琴长啸，以明月为伴。到了《辛夷坞》："木末芙蓉花，山中发红萼。涧户寂无人，纷纷开且落。"芙蓉花自开自落，仿佛无人，这时候的诗人与大自然已融为一体。这二十首诗皆用五绝，逐一描绘出二十处自然景观，即地命题，即景赋诗，顺着游止，是诗人心灵的轨迹变化，也是进入佛家空寂境界的过程，空灵隽永，深远静谧，富有禅意。

王维的六言诗也多有佳作，如《田园乐七首》，写景如画，清新幽美。其三：

“采菱渡头风急,策杖林西日斜。杏树坛边渔父,桃花源里人家。”其五:“山下孤烟远村,天边独树高原。一瓢颜回陋巷,五柳先生对门。”其六:“桃红复含宿雨,柳绿更带朝烟。花落家童未扫,莺啼山客犹眠。”诗歌语言优美,诗中有画,美丽清雅的自然环境,朴实闲适的山里人家,俨如桃花源一样。诗人通过田园风光的描绘,表现出隐逸生活的自由惬意,快乐无忧。

专 题

诗中有画

“味摩诘之诗,诗中有画;观摩诘之画,画中有诗。”(苏轼《书摩诘蓝田烟雨图》)如何理解王维诗的“诗中有画”呢?在山水田园诗的写作中,陶渊明取景不拘时地,更多地融兴寄于观赏,重主观感受;谢灵运模山范水,穷形尽相,重点放在景的精工刻画;王孟注重情景结合,孟浩然善于以情带景,随心逐物;王维隐而不发,以心观物。在王维笔下,他往往把人隐藏在景物之后,多写“无我之境”;他善于从色彩、疏密、光影、冷暖、动静来描画景物,用心绘出一幅幅清丽、幽深、苍茫、壮阔的山水写意画。

王维精研佛禅,诗画兼通,自称“宿世谬词客,前身应画师”(王维《偶然作》其六),他把画家对色彩、线条的敏感在诗中尽情展现,又把诗意融入画境,启人更多玄思。王维画物多不管四时,把不同季节的物象同时容纳在一幅画里,如画花的时候,把桃、杏、芙蓉、莲花放到一起;又如《雪中芭蕉》图,大雪是北方寒地才有的景观,芭蕉则是南方热带的植物,却同时出现在画中。这种取神略形的做法,与其借诗画来表达禅意有关。

他的诗歌描画山水,具有几方面的特点:一是散点透视,从多个角度、立足点来摄取景物组合,景物有流动变化,突破时空的限制,将过程空间化,又巧用方位词来营构,有大小高下前后之别,如《新晴晚望》:“白水明田外,碧峰出山后。”《春中田园作》:“屋上春鸠鸣,村边杏花白。”《敕借岐王九成宫避暑应教》:“隔窗云雾生衣上,卷幔山泉入镜中。林下水声喧语笑,岩间树色隐房栊。”二是善写色彩。王维笔下的色彩丰富,以冷色为主,有时嵌入暖色,复杂变化而鲜明妍丽，极具画面感，如《林园即事寄舍弟》：“青草肃澄陂，白云移翠岭。”《山中》：“荆溪白石出，天寒红叶稀。”《河南严尹弟见宿弊庐访别人赋十韵》：“古壁苍苔黑，寒山远烧红。”三是笔法兼具精工与写意，善造画境。王维善于把景物的形状、色彩、光影的变化，结合浓淡、疏密、远近、动静的感观写出来，使得诗歌具有写意画的美学特征，如《汉江临泛》：“江流天地外，山色有无中。”《送邢桂州》：“日落江湖白，潮来天地青。”《赠从弟司库员外》：“清冬见远山，积雪凝苍翠。”《华岳》：“连天凝黛色，百里遥青冥。”《送綦毋潜落第还乡》：“远树带行客，孤城当落晖。”《青龙寺昙璧上人兄院集》：“眇眇孤烟起，芊芊远树齐。青山万井外，落日五陵西。”四是融声响于诗情画境中。如《栾家濑》：“飒飒秋雨中，浅浅石溜泻。跳波自相溅，白鹭惊复下。”把雨声、溪流声、溅起的雨滴跳珠声、白鹭惊叫拍翅声等多种声响很好地融入栾家濑的秋雨景色当中，形成一幅有声画卷。其他如《秋夜独坐》的“雨中山果落，灯下草虫鸣”，《青溪》的“声喧乱石中，色静深松里”，《林园即事寄舍弟紞》的“松含风声里，花对池中影”，《春种田园作》的“屋上春鸠鸣，村边杏花白”，《归辋川作》的“谷口疏钟动，渔樵稍欲稀”，《早秋山中作》的“草间蛩响临秋急，山里蝉声薄暮悲”诗句等，把自然的声响和景色和谐交融，绘声绘色地展现出有声画的境界，含蕴着自然的动静声息和生命活力。总之，王维的山水诗从形入手，体物赋形，注重色彩和声响的变化，寓事融情于景，讲究景物布置和意境营构，空间感和画面感都很强烈。这种以画法入诗、工笔与写意兼具、诗画结合的特点，是王维山水诗的杰出贡献和成就。

“诗画本一律，天工与清新。”（苏轼《书鄢陵王主簿所画折枝二首》其一）纵观唐代诗人创作的山水田园诗，尽管在表现技法上各有不同，景物描绘各有侧重，风格特点存在差别，但在如何摄取景物入诗、刻画自然环境的细微变化方面，都或多或少地表现出诗中有画的特点。宋人爱以唐人诗句尤其是山水诗句为题来作画，即可见唐代山水田园诗与画的相通之处，在于意境美，是一种中国韵味的空间感。

第七讲　大唐骨力：边塞诗派

盛唐诗坛出现了一批善于写作边塞战争、边关风土人情和战争带来的离别、思乡、闺怨等诗歌题材的诗人，包括王翰、王之涣、王昌龄、李颀、崔颢、高适、岑参等人，合称边塞诗派，又以高、岑成就最高，也叫高岑诗派。称之为“派”，并非这些写边塞诗著称的诗人有意结成诗歌流派，而因题材相近、诗风相似而归类、合称以更好进行解读比较，且他们的生活年代主要都在盛唐，合称为盛唐边塞诗派也未尝不可。

一、李颀

李颀(690—751)，祖籍赵郡(今河北赵县)，长期居住颍阳(今河南登封部)。辛文房《唐才子传》云是东川(四川三台)人，误。李颀有别业在颍水旁，东川为支流，后人多称“李东川”。开元十三年(725)进士，官新乡尉。后弃官归隐。与王维、王昌龄、崔颢、高适、綦毋潜、张旭等人友善。诗名颇高，体裁多样，内容丰富，以边塞诗、音乐诗获誉于世。其诗格调高昂，风格秀丽而雄浑，七言歌行及律诗为世推重。代表作有《古从军行》《古意》《塞下曲》《听董大弹胡笳兼寄语房给事》《听安万善吹觱篥(bì lì)歌》等。

李颀的《古从军行》是借汉喻唐,“从军行”是乐府古题,以旧题写当代之事,怕触时讳,特意加上“古”字。诗曰:

白日登山望烽火,黄昏饮马傍交河。
行人刁斗风沙暗,公主琵琶幽怨多。
野云万里无城郭,雨雪纷纷连大漠。
胡雁哀鸣夜夜飞,胡儿眼泪双双落。
闻道玉门犹被遮,应将性命逐轻车。
年年战骨埋荒外,空见蒲桃入汉家。

这是一首七言歌行体。首两句用工整的对仗却写出了紧张的从军生活,交河在今新疆吐鲁番西面,因河水分流绕城下,故称交河,今有交河故城;这里借指边疆上的河流。三、四句写边塞之苦,士兵征战边疆,生活艰苦,公主远嫁和亲,内心悲苦;刁斗是军中巡更用的铜器,形似锅,白天作炊具;琵琶指汉朝细君公主远嫁乌孙国时所弹的琵琶曲调,《宋书·乐志》引傅玄《琵琶赋》:“汉遣乌孙公主嫁昆弥,念其行道思慕,故使工人裁筝、筑,为马上之乐。欲从方俗语,故名曰琵琶,取其易传于外国也。”接下来四句继续渲染边陲环境的苦寒,万里荒野,雨雪不断,大雁无处栖宿,哀鸣夜飞,胡兵也难耐艰苦,落下眼泪。最后四句抒发作者的反战思想,讽刺玄宗“益事边功”的穷兵黩武、好大喜功的开边政策。玉门被遮,遮即拦阻,不准退入玉门关。据《史记·李广利传》记载:汉武帝命李广利攻大宛,攻战不利,请求罢兵。汉武帝闻之大怒,派人遮断玉门关,下令:“军有敢入,斩之!”将士们无法退后,只能拼死应战,最后落得埋尸边荒,换来的只是蒲桃运送中原。全诗句句蓄意,步步紧逼,巧用对仗而节奏感强,悲中有壮而讽喻力大,音调铿锵,气格雄浑。

李颀善于写音乐,从多角度描绘音乐声的变化和效果,如《琴歌》中的“一声已动物皆静,四座无言星欲稀。清淮奉使千余里,敢告云山从此始”四句,先从听者反应的角度写演奏者的琴艺高超,万籁俱寂,满座陶醉;又从诗人自己的角度写听琴后引发的感触,欲辞官归隐的人生启悟,无一字及琴,却无非琴声,通过营造意境、渲染气氛、刻画心理来表现了琴歌之美。李颀把边塞诗和音乐诗结合起来,特别留心边塞音乐,多次以诗篇来描绘悲怆哀怨的胡乐,如《古意》中的“辽东小妇年十五,惯弹琵琶解歌舞。今为羌笛出塞声,使我三军泪如雨”四句,从侧面烘托羌笛声怨,有促使三军泪如雨下的感人效果。再如《听安万善吹觱篥歌》,觱篥是胡人吹奏的一种木管乐器,以竹为管,以芦为首,全长七寸,状似胡笳而九孔,其声甚悲。也称“悲栗”“悲篥”“筚篥”“觱栗”“笳管”等。此诗先指出觱篥截竹为器,源自龟兹,然后突出觱篥声的效果,令“傍邻闻者多叹息,远客思乡皆泪垂”,李颀可谓“解听”又“解赏”之人,通过以声拟声、以形拟声等手法,“枯桑老柏寒飕飗,九雏鸣凤乱啾啾。龙吟虎啸一时发,万籁百泉相与秋。忽然更作渔阳掺,黄云萧条白日暗。变调如闻杨柳春,上林繁花照眼新”,可谓把觱篥声的“长飙风中自来往”写得有声有形,绘声绘色,乐曲的变化多端,怎能不令诗人“美酒一杯声一曲”呢?

《听董大弹胡笳弄兼寄语房给事》也是李颀写胡乐的名篇:

蔡女昔造胡笳声,一弹一十有八拍。
胡人落泪沾边草,汉使断肠对归客。
古戍苍苍烽火寒,大荒阴沉飞雪白。
先拂商弦后角(jué)羽,四郊秋叶惊摵(sè)摵。
董夫子,通神明,深山窃听来妖精。
言迟更速皆应手,将往复旋如有情。
空山百鸟散还合,万里浮云阴且晴。
嘶酸雏雁失群夜,断绝胡儿恋母声。
川为静其波,鸟亦罢其鸣。
乌孙部落家乡远,逻娑沙尘哀怨生。
幽音变调忽飘洒,长风吹林雨堕瓦。
迸泉飒飒飞木末,野鹿呦呦走堂下。
长安城连东掖垣,凤凰池对青琐门。
高才脱略名与利,日夕望君抱琴至。

这首七言歌行先从蔡文姬《胡笳十八拍》下笔,侧面渲染出胡笳乐的哀怨效果。然后从正面描绘董庭兰的技艺高超,他弹奏从胡笳乐谱改编的琴曲《胡笳弄》，出手不凡，四郊秋叶被琴声惊得摵摵而下，美妙的乐曲连深山妖精也来偷听。琴艺出神入化，弹奏速度的快慢都得心应手，曲调回旋往复十分婉转动人，言、将都是语助词，更、且都是连词，“言迟更速”是说指法的娴熟，“将往复旋”是说琴音的婉转。接下来以种种形象的描绘，来烘托那凄恻动听的琴声，忽纵忽收，如百鸟散而复聚，时而浮云蔽天，时而天清气朗；又如失群雏雁在暗夜发出嘶哑辛酸的哀鸣，或如胡儿难舍母别而时断时续的哀切哭声；河水为之滞流，百鸟为之罢鸣。在这悲切至深的乐境中，复又生出幽咽之声，文姬尚可生还中土，而汉朝细君公主离家万里，远嫁乌孙，唐朝文成公主远度尘沙，远嫁吐蕃，这种异域老死的哀怨之情顿起。接下来，再写琴声之变化，从低沉转为飘洒，如长风吹林，雨打屋瓦，扫过树梢的泉水飒飒而下，跑到堂下的野鹿呦呦鸣叫，悠扬轻快，变幻无穷。末四句回扣题目，凤凰池指中书省，青琐门则是门下省的阙门，房琯为门下省的给事中，官高而有才，不重名利，超逸脱略，正日夜盼望你抱琴而去。此诗从不同角度表现出董庭兰炉火纯青的琴艺，形象生动，细致入微，洋洋洒洒，酣畅淋漓。由此来看，不仅房琯是董庭兰的伯乐，李颀亦是董的知音，才能对董弹《胡笳弄》作出如此传神的描摹。

除边塞诗、音乐诗外，李颀的送别诗、咏怀诗写得也很好。如《送魏万之京》：

朝闻游子唱离歌，昨夜微霜初度河。
鸿雁不堪愁里听，云山况是客中过。
关城曙色催寒近，御苑砧声向晚多。
莫是长安行乐处，空令岁月易蹉跎。

这首七律首联用了倒戟法，先写今朝离别的场景，再写昨夜霜冷入秋的景象；接下来两联写漂泊的离愁，雁鸣哀唳，听者感到怅惘凄切，坐对云山，客中更觉前路茫茫；前往长安，要经过函谷关、潼关，秋寒日短，岁月匆匆；尾联诗人叮嘱魏万，此去长安，不要沉迷欢乐而虚掷光阴。魏万又名颢，唐高宗上元初进士，曾隐居王屋山，自号王屋山人。魏比李颀晚辈，两人结为忘年交。故在离别之际，李颀多有劝勉，深情厚谊，情调深沉悲凉，但却催人向上。

再如《送陈章甫》，也是李颀赠别诗的代表作。诗曰：

四月南风大麦黄，枣花未落桐叶长。
青山朝别暮还见，嘶马出门思旧乡。
陈侯立身何坦荡，虬须虎眉仍大颡。
腹中贮书一万卷，不肯低头在草莽。
东门酤酒饮我曹，心轻万事如鸿毛。
醉卧不知白日暮，有时空望孤云高。
长河浪头连天黑，津口停舟渡不得。
郑国游人未及家，洛阳行子空叹息。
闻道故林相识多，罢官昨日今如何？

诗的开头四句，以轻快的笔调写春夏之交的乡村景色，天气清和，田野麦黄，枣花芬芳，桐叶遮阴，骑马出门，一路青山作伴，心中仍念山林。接下来八句写陈章甫的品德、容貌、才学和志节，赞美他立身坦荡、仪表堂堂、满腹经纶，又形迹脱略、轻视世事、清高自重。此处既说陈章甫不甘沦落草野，倔强入仕，又写他仕而实隐，醉卧避官，从而显出他与官场的污浊不合，借酒隐德，这样的思想性格和行为，注定要离开官场。再六句写送别场景，指出江河风高浪急，津口暂停摆渡，暗喻仕途险恶，无人援济；罢官而去的行者未能回家，前来送行的诗人空自叹息；不知此番返乡，昔日的旧相识问起罢官之事，你会如何应对呢？李颀生动细致地描画了陈章甫的思想、个性和遭遇，既显两人的知己情谊，又表现出对友人的同情与劝慰。李颀笔下的陈章甫，何尝不是他自己的形象和经历呢？诗歌笔调轻松，风格豪爽，不为失意作苦语，不因离别写愁思，人物形象跃然纸上，在送别诗中别具一格。

李颀的送别诗、赠诗以善于描绘人物而著称，如梁锽的倜傥不羁："朝朝饮酒黄公垆，脱帽露顶争叫呼。""忽然遣跃紫骝马，还是昂藏一丈夫。"（李颀《别梁锽》）张旭的"豁达""穷草隶"："露顶据胡床，长叫三五声。兴来洒素壁，挥笔如流星。"（李颀《赠张旭》）也有山水景物的细致描绘，如《送王昌龄》的"举酒林月上，解衣沙鸟鸣"，《送窦参军》中的"暄鸟迎风啭，春衣度雨寒"，《送人尉闽中》的"海戍通闽邑，江航过楚城"，《寄镜湖朱处士》的"澄霁晚流阔，微风吹绿蘋。鳞鳞远峰见，淡淡平湖春"等。而他的山水田园诗亦善写人物形象，景物生动细致，颇有玄理之思，如野老曝背的悠闲："有时扪虱独搔首，目送归鸿篱下眠。"（李颀《野老曝背》）白首老人的避世自足："浦沙明濯足，山月静垂纶。"（李颀《渔父歌》）他的《篱笋》《觉公院施鸟石台》《晚归东园》等诗，有对山水景物的观察入微和哲理玄思，如"色因林向背，行逐地高卑""苔痕苍晓露，盘势出香林""回云覆阴谷，返景照霜梨""夕阳带归路，霭霭秋稼晚"等；亦流露诗人对隐逸生活的闲适，"澹泊真吾事，清风别自兹"。总的来看，李颀诗风骨高华，骨秀神清，不愧殷璠称赞："颀诗发调既清，修辞亦绣。杂歌咸善，玄理最长。"（殷璠《河岳英灵集》）

二、崔颢

崔颢（704—754），汴州（今河南开封）人，原籍博陵安平（今河北安平），出身望族。开元十一年（723）进士。先后任许州扶沟县尉、太仆寺丞，天宝年间为司勋员外郎。才思敏捷，擅于写诗，《旧唐书・文苑传》把他和王昌龄、高适、孟浩然并提。崔颢好饮酒、赌博、女色，娶妻唯择美者，俄又弃之，凡四五娶。早年写诗浮艳，漫游山川，经历边塞之后，风格一变而为雄浑自然。《全唐诗》存诗42首。

崔颢有《长干行四首》，其一在第二讲已述，以女子的口吻来问，寥寥二十字写出一个娇憨天真、情窦初开的少女形象，此诗被后人认为是盛唐五绝中最能体现民歌本色的作品。其二则以男子的口吻来答：

家临九江水，来去九江侧。
同是长干人，生小不相识。

前两句是回答少女的发问，指出自己的家和日常的行踪，就在这长江上来来去去；后两句表达了相逢恨晚的惋惜，同是长干人，却没能自小相识，青梅竹马一起长大，这种对往日未相识的追惜，更突出了今日相逢之可珍可贵。这两首诗抓住了人生片断中富有戏剧性的一刹那，用白描的手法，寥寥几笔，就使人物、场景跃然纸上，栩栩如生，犹如一曲男女声对唱，用不平凡表现手法来表现平凡的题材，形成了撼人的艺术感染力。《长干行》又名《长干曲》，属于南朝乐府《杂曲歌辞》，原为南京一带民歌，内容多写江上渔家生活。崔颢继承前代民歌的清新素朴风格，平凡朴实中见浪漫热烈，真率简净中显含蓄韵味。

《黄鹤楼》是崔颢的代表作，是一首以古入律的七律名篇。

昔人已乘黄鹤去，此地空余黄鹤楼。
黄鹤一去不复返，白云千载空悠悠。
晴川历历汉阳树，芳草萋萋鹦鹉洲。
日暮乡关何处是？烟波江上使人愁。

黄鹤楼位于湖北省武汉市，与岳阳楼、滕王阁、鹳雀楼合称天下四大名楼。《齐谐记》载仙人子安骑黄鹤路过此地，因而得名。《太平寰宇记》亦载费祎在此登仙驾鹤。1957 年建武汉长江大桥武昌引桥时，占用了黄鹤楼旧址，如今重建的黄鹤楼在距旧址 1 千米左右的蛇山峰岭上。此诗前两联打破律诗的一般规律，连续三次出现“黄鹤”一词。诗人追古写今，从仙人乘鹤归去的美好传说引出黄鹤楼，历经悠悠岁月；颈联对仗工整，描写了在黄鹤楼上远眺的美好江景；尾联写烟波江上日暮怀归之情，以情作结，富有余韵，并回应开头那种渺茫不可见的境界。此诗虚实结合，情景交融，意境深远，气势雄大，声韵清朗和谐。宋代严羽《沧浪诗话》谓：“唐人七言律诗，当以崔颢《黄鹤楼》为第一。”

元代辛文房《唐才子传》记李白登黄鹤楼本欲赋诗，因见崔颢此作，为之敛手曰：“眼前有景道不得，崔颢题诗在上头。”仿此诗格调改赋鹦鹉洲，此洲位于汉阳东南二里长江中，后渐被江水冲没，东汉末年，黄祖杀祢（mí）衡而埋于洲上，祢衡曾作过《鹦鹉赋》，后人因称其洲为鹦鹉洲。李白的《鹦鹉洲》曰：“鹦鹉东过吴江水，江上洲传鹦鹉名。鹦鹉西飞陇山去，芳洲之树何青青。烟开兰叶香风暖，岸夹桃花锦浪生。迁客此时徒极目，长洲孤月向谁明？”气格兴象明显逊于《黄鹤楼》。李白心有未甘，后至南京凤凰台，再摹写《登金陵凤凰台》：

凤凰台上凤凰游，凤去台空江自流。
吴宫花草埋幽径，晋代衣冠成古丘。
三山半落青天外，二水中分白鹭洲。
总为浮云能蔽日，长安不见使人愁。

凤凰台的故址在今南京凤凰山。《江南通志》载："凤凰台在江宁府城内之西南隅，犹有陂陀，尚可登览。宋元嘉十六年，有三鸟翔集山间，文彩五色，状如孔雀，音声谐和，众鸟群附，时人谓之凤凰。起台于山，谓之凤凰山，里曰凤凰里。"从物种而言，鹦鹉逊于黄鹤和凤凰，凤凰犹胜于黄鹤；从地势而言，鹦鹉洲位置在下，凤凰台才有与黄鹤楼一较高下的资格。李白此诗，首联出现三次"凤"字，却不觉重复，一句点题，用暗喻自比凤凰；二句写凤凰已去，空台旁长江水兀自流动，时间流逝不止。接下来两联对仗工整、精巧，颔联感慨历史兴亡，昔日吴王的苑囿似锦繁华，如今湮没幽径，东晋的豪门权贵何等荣耀，如今孤冢散落荒草；颈联则回归眼前景色，远处的三山，若隐若现如在青天之外，白鹭洲横卧江心，把长江分成两道水流。尾联写李白对浮云蔽日、朝中奸佞当道的烦愁，他敏锐地捕捉到唐王朝局势潜藏的危机和矛盾，抒发了内心深沉的忧虑和关切。此诗将登台吊古伤今的感慨和壮丽的江山胜迹很好地结合起来，发思古之幽情，抒忧今之胸怀，气象恢宏，情韵悠远，音韵流转明快，寄寓深远而有余味。

李白此诗与崔颢诗相较高下，历来存在争议，有的先入为主，说崔诗更佳，气格高迥而浑若天成，末二句游子思乡之情更具普遍意义；有的偏爱诗仙，说李诗格律谨严而气象恢宏，末二句显示出一个诗人对国事的关心和敏锐的政治触角，更有个人的独特感受；更多地认为二者俱为上乘之作，刘克庄《后村诗话》说："李诗拟崔诗而作，今观二诗，真敌手棋也。"方回《瀛奎律髓》说："格律气势，未易甲乙。"二诗皆用韵谐和优美，语言流畅自然，很好地把时空、古今、情景结合在一起，境界阔大，气格浑厚，都是登临吊古的顶峰之作。

殷璠《河岳英灵集》说："颢年少为诗属意浮艳，名陷轻薄。晚节忽变常体，风骨凛然。一窥塞垣，说尽戎旅。"崔颢存诗中有不少描写妇女的诗篇，《王家少妇》《岐王席观妓》《相逢行》《长门怨》《卢姬篇》《邯郸宫人怨》《川上女》《杂诗》等，有的确有浮艳之风，如《岐王席观妓》"还将歌舞态，只拟奉君王"之类；但不能以浮艳来一以概之，崔颢诗中的女性亦不乏个性，当中有同情，有讽刺，有称赏，如《川上女》："川上女，晚妆鲜。日落青渚试轻楫，汀长花满正回船。暮来浪起风转紧，自言此去横塘近。绿江无伴夜独行，独行心绪愁无尽。"写船上女郎的独行愁绪，深婉动人。再如《王家少妇》："十五嫁王昌，盈盈入画堂。

自矜年最少，复倚婿为郎。舞爱前谿绿，歌怜子夜长。闲来斗百草，度日不成妆。”写一位少妇的青春可爱，活泼清新。

崔颢游历山川、边塞之后，所作诗歌风格慷慨豪迈，雄浑奔放，如《辽西作》《古游侠呈军中诸将》《赠轻车》《赠王威古》《赠梁州张都督》《雁门胡人歌》《送单于裴都护赴西河》等。他的笔下有对边塞风光和山水景物的描绘，如《送单于裴都护赴西河》：“征马去翩翩，秋城月正圆。”《题沈隐侯八咏楼》：“江静闻山狖，川长数塞鸿。”都是苍茫开阔的景物描绘。《题潼关楼》：“客行逢雨霁，歇马上津楼。山势雄三辅，关门扼九州。川从陕路去，河绕华阴流。向晚登临处，风烟万里愁。”更写出潼关楼的气势雄伟。而《入若耶溪》：“轻舟去何疾，已到云林境。起坐鱼鸟间，动摇山水影。岩中响自答，溪里言弥静。事事令人幽，停桡向余景。”则写出了绍兴若耶溪的幽静空灵。崔颢的律诗不多，大部分是五、七言的长篇古诗，尤多用乐府体。

三、高适

高适（704—765），字达夫，沧州（今河北景县）人。早岁孤贫，客游河南商丘一带。为人以建功立业自期，有游侠之风。天宝八载（749）进士及第后授封丘尉，不久参河西节度使哥舒翰幕，为掌书记。安史乱后，曾任淮南节度使、彭州刺史、蜀州刺史、剑南节度使等职，官终左散骑常侍，世称高常侍。永泰元年（765）卒，终年 62 岁，赠礼部尚书，谥号“忠”。高适以边塞诗著名，与岑参并称。其诗于音响浏亮、语言整饬之中，贯注雄健奔放的气势、激昂慷慨的精神。殷璠称其“诗多胸臆语，兼有气骨”。以七言歌行最富特色。有《高常侍集》。

高适的边塞诗多采用五、七言古体诗的形式，把边塞见闻、功名志向、人生感慨和对边事的议论糅为一体慷慨之中，代表作有《燕歌行》《蓟门行五首》《塞上》《塞下曲》《蓟中作》《九曲词三首》等，在“高壮的风格里，还呈现出哀怨之音”（刘大杰语）。代表作《燕歌行》：

汉家烟尘在东北，汉将辞家破残贼。
男儿本自重横行，天子非常赐颜色。
摐（chuāng）金伐鼓下榆关，旌旗逶迤碣石间。

校尉羽书飞瀚海，单于猎火照狼山。
山川萧条极边土，胡骑凭陵杂风雨。
战士军前半死生，美人帐下犹歌舞！
大漠穷秋塞草腓，孤城落日斗兵稀。
身当恩遇恒轻敌，力尽关山未解围。
铁衣远戍辛勤久，玉箸应啼别离后。
少妇城南欲断肠，征人蓟北空回首。
边庭飘飖那可度，绝域苍茫无所有！
杀气三时作阵云，寒声一夜传刁斗。
相看白刃血纷纷，死节从来岂顾勋？
君不见沙场征战苦，至今犹忆李将军！

《燕歌行》是乐府旧题，多写思妇怀念征夫之情，曹丕的《燕歌行》是今存最早的一首完整的七言诗，笔致委婉缠绵。而高适此诗是写时事，写战争题材的慷慨之作，诗有自序："开元二十六年，客有从御史大夫张公出塞而还者，作《燕歌行》以示适。感征戍之事，因而和焉。"张公，指幽州节度使张守珪，曾拜辅国大将军、右羽林大将军兼御史大夫。高适作此诗是讽刺张守珪讨奚、契丹失败而谎报军情的丑行。诗的开头两句指出战争的方位和性质，借汉喻唐；下两句慷慨激昂地指出男儿的本色是纵横驰骋，征战杀敌，以获得天子超出平常的厚赐礼遇。紧接着四句以紧张的节奏写行军阵仗，金鼓震天，声势浩大，队伍齐出山海关，手拿旌旗在碣石山间曲折前行；校尉在沙漠中飞快传递着军情紧急的文书，匈奴单于率领的敌军猎火映照狼山。狼山，今内蒙古西北部有狼居胥山，其他地方也有狼山，这里泛指接战之地。以上八句可为第一段。接下来八句可作第二段，主要写战斗失利和战况惨烈，一片肃杀的环境和氛围，胡人的兵马如风雨来得迅急，汉军奋战死生过半，将领们却在帐下寻欢作乐，深秋的大漠衰草连天，落日映照孤城，只剩少量士兵仍竭力战斗，英勇奋战，却重围难解。再下八句可作第三段，写征人思妇相忆的痛苦和夜晚难安的战斗危急。一句是戍边已久的征夫，一句是征夫悬念中的思妇在落泪；一句是家乡孤独寂寞的思妇，一句是边疆思念家乡的征夫，两者错综相对，痛苦递进。边疆遥远离乡万里，苍茫绝境渺无人烟，白日数度厮杀，夜晚频传刁斗，生死存亡，迫在眉睫。最近四句写士兵浴血奋战，视死如归，岂是为了个人功勋；沙场征战的艰苦，让人怀念勇谋双全、爱抚士卒的飞将军李广！借感慨以讽刺张守珪这样骄逸轻敌、不恤士卒的主将。全诗气势磅礴畅达，笔力矫健有力，气氛悲壮淋漓，主旨深刻含蓄。

高适少孤贫，曾漫游梁宋、边塞，历任各地为官，又曾躬耕自给，其性情豪爽正直，有游侠之气。他的诗歌尚质主理，多直抒胸臆，夹叙夹议，少用比兴手法，题旨深广，诗风雄壮而浑厚古朴。其边塞诗的突出特点是雄浑悲壮。因担任哥舒翰幕府掌书记一职，高适感其知遇之恩，多有维护和赞扬，如《登垄》："浅才登一命，孤剑通万里。岂不思故乡？从来感知己！"抒发感遇之情和立功边塞的豪情壮志。再如《同李员外贺哥舒大夫破九曲之作》庆祝哥舒翰大破西蕃，"作气群山动，扬军大旆翻"，喜获大捷。

他有忧时伤世诗，直斥时局弊政，批判统治者的骄奢淫逸，同情民众的困苦境遇，如《古歌行》《行路难二首》《自淇涉黄河途中作十三首》《东平路中遇大水》等；他关怀民生疾苦，如初入仕途担任封丘县尉时作的《封丘县》：

我本渔樵孟诸野，一生自是悠悠者。
乍可狂歌草泽中，宁堪作吏风尘下？
只言小邑无所为，公门百事皆有期。
拜迎长官心欲碎，鞭挞黎庶令人悲。
归来向家问妻子，举家尽笑今如此。
生事应须南亩田，世情尽付东流水。
梦想旧山安在哉，为衔君命且迟回。
乃知梅福徒为尔，转忆陶潜归去来。

此诗生动描述了诗人任职地方官僚的苦闷和回归田园的愿望。其中"拜迎长官心欲碎，鞭挞黎庶令人悲"两句与韦应物的"身多疾病思田里，邑有流亡愧俸钱"两相映照，均写出了唐代低等官宦身处官场的艰难困境。

高适为人慷慨重义，有不少酬赠、送别、咏怀诗，抒发友情，表达思念，如《别韦参军》《淇上酬薛三据兼寄郭少府微》《效古赠崔二》《哭单父梁九少府》《送李侍御赴安西》《送裴别将之安西》《赋得还山吟送沈四山人》《人日寄杜二拾遗》《醉后赠张九旭》《别董大》等，在其所赋诗中反映了他对友人的称赏、关切和同

情,同时抒写了怀才不遇、壮志难酬的忧愤,如《别董大二首》:

其一

千里黄云白日曛,北风吹雁雪纷纷。
莫愁前路无知己,天下谁人不识君。

其二

六翮(hé)飘飖私自怜,一离京洛十余年。
丈夫贫贱应未足,今日相逢无酒钱。

第一首传唱甚广,在落日黄云、白雪纷纷之际送行,诗人唱出了一曲响亮有力的送别曲,勉励友人勇敢拼搏,无畏前路;第二首感慨自己与老友相逢,却因穷困而无钱买酒,这种贫贱的现状令人不甘,暗含奋翮高飞的志愿。两诗语言质朴,情意深挚,格调豪迈。

高适善于写长篇,五古、七古的佳作较多,五排亦有好诗,如《酬裴员外以诗代书》。他的诗歌重在写人,很少单纯写景之作,常在抒情之时伴有写景部分,景色描写带有诗人的主观印记,如《人日寄杜二拾遗》:"柳条弄色不忍见,梅花满枝空断肠。"《醉后赠张九旭》:"白发老闲事,青云在目前。"《广陵别郑处士》:"溪水堪垂钓,江田耐插秧。"《送魏八》:"云山行处合,风雨兴中秋。"这些景色描写都紧扣所写人物的个性情怀。高适亦有几首山水田园诗,选用五律或五绝的形式,诗风清新,朴实自然,包括《淇上别业》《酬裴员外以诗代书》《田家春望》等。试看《淇上别业》:"依依西山下,别业桑林边。庭鸭喜多雨,邻鸡知暮天。野人种秋菜,古老开原田。且向世情远,吾今聊自然。"写田园生活闲适自足,盎然趣致。

四、岑参

岑参(约715—770),河南南阳人,一说湖北江陵人,出身官宦家庭。二十岁至长安,献书求仕不成,奔走京洛,漫游河朔。天宝三载(744)中进士,授兵曹参军。天宝八载(749),充安西节度使高仙芝幕府书记,赴安西。数年后回朝任官,又出为安西北庭节度使封常清幕府判官,后官嘉州刺史,世称岑嘉州。

岑参两度出塞,前后共六年,对边疆生活十分熟悉,爱好新奇事物,他的创作开拓了边塞诗的题材和境界。杜甫《渼陂行》:"岑参兄弟皆好奇。"所谓"好奇",就是爱好新奇事物。岑参诗歌极具雄奇瑰丽的浪漫色彩,造意新奇。有《岑嘉州集》,存诗400余首,代表作有《走马川行奉送封大夫出师西征》《白雪歌送武判官归京》《轮台歌奉送封大夫出师西征》等。

岑参擅长用七言歌行体写边塞题材,先看《走马川行奉送封大夫出师西征》:

君不见走马川行雪海边,平沙莽莽黄入天。
轮台九月风夜吼,一川碎石大如斗,随风满地石乱走。
匈奴草黄马正肥,金山西见烟尘飞,汉家大将西出师。
将军金甲夜不脱,半夜军行戈相拨,风头如刀面如割。
马毛带雪汗气蒸,五花连钱旋作冰,幕中草檄砚水凝。
虏骑闻之应胆慑,料知短兵不敢接,车师西门伫献捷。

岑参写此诗为封常清率领大军西征播仙送行,使用反衬法,抓住边塞特有的景物来摹写环境的艰险困苦,从而衬托士兵们大无畏的英雄气概。沙漠连天,碎石大如斗,随见满地乱走,风吹人面如刀割,马毛带雪仍汗气蒸腾,五花马身上汗水转眼结冰,营幕中写檄文的砚墨冰凝固。用夸张、比喻的手法来写边地大风、极寒的环境事物,极为生动形象,起惊心动魄的效果。唐军冒雪征战的大无畏精神,使敌军闻风丧胆,我军凯旋大捷,也就成为可预期之事了。不愧为一首助阵最强音,节奏急切有力,气势激越昂扬。再看《白雪歌送武判官归京》:

北风卷地白草折,胡天八月即飞雪。
忽如一夜春风来,千树万树梨花开。
散入珠帘湿罗幕,狐裘不暖锦衾薄。
将军角弓不得控,都护铁衣冷难着。
瀚海阑干百丈冰,愁云惨淡万里凝。
中军置酒饮归客,胡琴琵琶与羌笛。

纷纷暮雪下辕门，风掣红旗冻不翻。
轮台东门送君去，去时雪满天山路。
山回路转不见君，雪上空留马行处。

诗人抒写在塞外大雪中送别同事回京，绘形绘色地描绘了西域八月飞雪的壮丽景色，尤以三、四句写雪花挂满树枝，仿佛一夜春风吹来，梨花绽放枝头般美丽，充满奇思异想和浪漫情调。诗中用种种奇特的景象来铺陈边地雪花和奇寒天气，罗幕沾湿，狐裘不暖，角弓难控，铁衣难着，冰高百丈，愁云凝结，红旗冻住，连大风也吹不翻。严寒背后，是送别的热烈与隆重，有酒有音乐，且歌且开怀。末四句写诗人对友人的惜别之情，直至武判官的身影消失远处，空留两行马蹄印。使人觉得塞外风雪变成了可玩味欣赏的对象。全诗内涵丰富宽广，色彩瑰丽浪漫，气势浑然磅礴，意境鲜明独特，表现出诗人的浪漫壮逸情怀。

这类七古边塞诗数量较多，包括《轮台歌奉送封大夫出师西征》《玉门关盖将军歌》《天山雪歌送萧治归京》《优钵罗花歌》《胡笳歌送颜真卿使赴河陇》《武威送刘单判官赴安西行营便呈高开府》《与独孤渐道别长句兼呈严八侍御》《青门歌送东台张判官》等，往往突破传统乐府模式，以描写奇异风光和自我感受为主，极大拓宽了边塞生活题材和情感表现的领域。写边塞风景的如《轮台歌奉送封大夫出师西征》中的“四边伐鼓雪海涌，三军大呼阴山动。虏塞兵气连云屯，战场白骨缠草根。剑河风急雪片阔，沙口石冻马蹄脱”，鼓声呐喊声致雪崩，战场白骨缠绕草根，奇寒连马蹄也冻脱，都是北方边疆特有的景象。《天山雪歌送萧治归京》与《白雪歌送武判官归京》有异曲同工之妙，皆通过吟咏边塞白雪来抒发依依不舍的送别之情。诗歌多次描绘了冰天雪地的景象和边塞的酷寒：“天山雪云常不开，千峰万岭雪崔嵬。”“能兼汉月照银山，复逐胡风过铁关。”“交河城边鸟飞绝，轮台路上马蹄滑。晻（ǎn）霭寒氛万里凝，阑干阴崖千丈冰。将军狐裘卧不暖，都护宝刀冻欲断。”壮观的天山雪景，皑皑白雪的光华，边城的寂冷严寒，令人寒气彻骨，却更能映衬出情意之和暖。临别之际，大雪纷飞，诗人为表情谊，赠以礼物，“雪中何以赠君别，惟有青青松树枝”。《胡笳歌送颜真卿使赴河陇》把胡笳声与边塞风物相结合，以胡笳声的悲苦来衬托边关的凄苦：“凉秋八月萧关道，北风吹断天山草。昆仑山南月欲斜，胡人向月吹胡笳。胡笳怨兮将送君，秦山遥望陇山云。边城夜夜多愁梦，向月胡笳谁喜闻?”八月凉秋,萧关一带的道路萧索寥落,北风吹断了天山的枯草,月斜昆仑山南,胡人对月吹响了胡笳,在哀怨声中与君送别,遥望陇山云雾茫茫,边城夜夜多做愁梦。乐声凄怨而悲壮,景物萧瑟而迷茫。《热海行送崔侍御还京》:“侧闻阴山胡儿语,西头热海水如煮。海上众鸟不敢飞,中有鲤鱼长且肥。岸傍青草常不歇,空中白雪遥旋灭。蒸沙烁石然虏云,沸浪炎波煎汉月。阴火潜烧天地炉,何事偏烘西一隅。势吞月窟侵太白,气连赤坂通单于。送君一醉天山郭,正见夕阳海边落。柏台霜威寒逼人,热海炎气为之薄。”写热海之热,想象极其丰富奇特。《青门歌送东台张判官》:“灞头落花没马蹄,昨夜微雨花成泥。黄鹂翅湿飞转低,关东尺书醉懒题。”观察细致入微。写边塞生活的如《凉州馆中与诸判官夜集》:“花门楼前见秋草,岂能贫贱相看老。一生大笑能几回,斗酒相逢须醉倒。”岑参的七古边塞诗与高适对比,高适善用对仗,诗歌整饬精警,声情雄壮;岑参奔腾流走,一任自然抒发,酣畅淋漓;高诗尚质主理,夹叙夹议,慷慨悲越;岑诗尚巧主景,营造奇境,情景交融。杜甫有诗《寄彭州高三十五使君适、虢州岑二十七长史参三十韵》评价二人:“高岑殊缓步,沈鲍得同行。意惬关飞动,篇终接混茫。”第一次将高岑并称。宋人严羽评曰:“高岑之诗悲壮,读之使人感慨。”

岑参的律诗也写得好,题材广泛,有边塞诗,如七绝《碛中作》:“走马西来欲到天,辞家见月两回圆。今夜不知何处宿,平沙万里绝人烟。”写万里无人烟的边境风光。《过碛》:“黄沙碛里客行迷,四望云天直下低。为言地尽天还尽,行到安西更向西。”黄沙茫茫、没有尽头的边地景象。《赵将军歌》:“九月天山风似刀,城南猎马缩寒毛。将军纵博场场胜,赌得单于貂鼠袍。”无战事时以赌博为乐的军营生活,从赌资是单于貂鼠袍来看,反映了我军的英勇善战。边塞诗中亦有对故园的思念,对故人的缅怀,对往昔的追寻,名作《逢入京使》:

故园东望路漫漫,双袖龙钟泪不干。
马上相逢无纸笔,凭君传语报平安。

作于马上的诗篇,信口而成,不加雕琢,语言朴素自然,清新明快。龙钟形容流泪的样子,指沾湿之意。诗人从军已久,思乡之念,思亲之切,感情真挚,余味深长。五绝有《西过渭州见渭水思秦川》:“渭水东流去,何时到雍州?凭添两行泪,寄向故园流。”《日没贺延碛作》:“沙上见日出,沙上见日没。悔向万里来,功名是何物!”闻知封常清因兵败安禄山后遭诬而饮药亡的死讯,岑参极其悲痛,以至于悔恨从军博取功名。

也有反映日常生活、乡村田园、山水景物题材的律诗,数量较少,但不乏好诗。如七绝《戏问花门酒家翁》:“老人七十仍沽酒,千壶百瓮花门口。道傍榆荚仍似钱,摘来沽酒君肯否?”以戏谑的口吻来写,欲以榆荚来沽酒,逗弄七十老人,轻松有趣。《山房春事二首》其二:“梁园日暮乱飞鸦,极目萧条三两家。庭树不知人去尽,春来还发旧时花。”吊古伤今,昔日繁华热闹,如今一片萧条,物是人非、盛衰无常的感慨,借春花盛开的乐景来写出。七绝还有《春梦》,五律有《还高冠潭口留别舍弟》,五绝有《秋思》《叹白发》等,或清新,或醇厚,或朴直。这类题材的诗歌,岑参亦采用五言长篇,有五排,如《终南山双峰草堂作》写“兴来恣佳游,事惬符胜概。著书高窗下,日夕见城内”的隐居生活,《早秋与诸子登虢州西亭观眺》对山水田园景物的细致描绘,感慨“微官何足道,爱客且相携。唯有乡园处,依依望不迷”的隐逸思想。也有五古,如《韦员外家花树歌》:“今年花似去年好,去年人到今年老。始知人老不如花,可惜落花君莫扫。君家兄弟不可当,列卿御史尚书郎。朝回花底恒会客,花扑玉缸春酒香。”前四句“今年”“去年”“花”“人”“老”等字眼反复出现,声韵谐和回环,有余味,在对比映衬中突出了时间流逝的迅疾、生命的短促紧迫,富含哲理之思。

专题

唐诗与酒文化

酒与中国文人和文学结下不解之缘,鲁迅先生有一篇有名的演讲《魏晋风度及文章与药及酒之关系》分析了魏晋文人撰写清峻通脱的文章、高逸潇洒的风度与当时吃五石散、饮热酒的风气之间的关系,“嵇康阮籍的纵酒,是也能做文章的,后来到东晋,空谈和饮酒的遗风还在,而万言的大文如嵇阮之作,却没有了”,“代表平和的文章的人有陶潜。他的态度是随便饮酒,乞食,高兴的时候就谈论和作文章,无尤无怨”。

中国的酒文化源远流长,上古就有神农辨药知酒味、黄帝言酒能治病的传说,夏周时期出现仪狄造酒和杜康造酒,甲骨文中就有"酒"字,商周青铜器中的尊、觥、觚、爵等,都是酒器。《周礼》中有"酒正""酒人""浆人"之职;《诗经》中有"我有旨酒""既醉以酒""为此春酒,以介眉寿"之语;《楚辞》中有"奠桂酒兮椒浆""援北斗兮酌桂浆"之句。酒是中国文化的重要元素,作为最古老的食物之一,深刻影响着社会政治、日常生活、文学艺术、人生态度、审美情趣等诸多方面,酒的作用可以治病、养老、成礼、成欢、忘忧、壮胆等等。唐代是中国酒文化的高度发达时期,酒肆众多,酒令风行,深深融入中国人的日常生活中。酒与诗词、音乐、书法、绘画等艺术门类相融相兴,酒既是主体创作兴趣的催发物,也是重要的文艺创作对象,尤其是唐代诗人、唐诗与酒之间不可或缺的关系,味醇浓厚,弥久留香。

从琳琅满目的唐诗中,时常散发出迷人的酒香和醉人的魅力。唐朝自上至下各个阶层都有浓厚的饮酒之风,各种场合如朝廷庆功、军中祝捷、庆祝佳节、红白喜事、亲友聚会、送人远行、独自漂泊,都离不开酒,饮酒时不分时令早晚,形式多种多样,有宫廷盛宴,如唐太宗《幸武功庆善宫》:"共乐还乡宴,欢比《大风》诗。"有私人聚会,如杜甫《九日蓝田崔氏庄》:"明年此会知谁健,醉把茱萸仔细看。"有对饮,如李白《山中与幽人对酌》:"两人对酌山花开,一杯一杯复一杯。"有独饮,以《独酌》为题的唐诗甚多,王绩之"不如多酿酒,时向竹林倾",李白之"独酌劝孤影,闲歌面芳林",杜甫之"步履深林晚,开樽独酌迟",杜牧之"窗外正风雪,拥炉开酒缸",权德舆之"独酌复独酌,满盏流霞色"等。既有开怀畅饮之豪爽,"一生大笑能几回,斗酒相逢须醉倒"(岑参《凉州馆中与诸判官夜集》);也有谈文佐酒的清雅,"何时一樽酒,重与细论文"(杜甫《春日忆李白》)。无论是市井酒楼,还是山村田家,都有酒的存在,江南地区更到处飘扬着酒旗和酒帘,"千里莺啼绿映红,水村山郭酒旗风"(杜牧《江南春》);酒的种类繁多,色泽多样,唐诗中有新酒、旧酒、熟酒、白酒、清酒、浊酒、绿蚁酒、浮蛆酒、葡萄酒、美酒、薄酒、村酒之称,以及用产地、添加的花草药物来命名的酒,如李白《客中行》的"兰陵美酒郁金香,玉碗盛来琥珀光",白居易《问刘十九》的"绿蚁新醅(pēi)酒,红泥小火炉",李贺《将进酒》的"琉璃钟,琥珀浓,小槽酒滴真珠红"等等。

唐人饮酒还讲究饮的过程中的乐趣,有花样百出的酒令和游戏,如李商隐

《无题》中的“隔座送钩春酒暖,分曹射覆蜡灯红”。酒令可以囊括人间事物、经史百家、诗文词曲、歌谣谚语、典故对联、节气风俗、八卦、佛经等内容。也有一边喝酒,一边赋诗、听乐、观舞、赏剑、看花、观书画的,在酒的醇美中浸透着文化的馨香和雅趣。白居易的《就花枝》:“就花枝,移酒海,今朝不醉明朝悔。且算欢娱逐日来,任他容鬓随年改。醉翻衫袖抛小令,笑掷骰盘呼大采。自量气力与心情,三五年间犹得在。”写出了当时行酒令助兴的欢乐场面。

酒有神奇的功效,可以使人文思泉涌,豪情万丈,放浪形骸,如张说《醉中作》:“醉后乐无极,弥胜未醉时。动容皆是舞,出语总成诗。”王翰《凉州词》:“醉卧沙场君莫笑,古来征战几人回?”李白《侠客行》:“三杯吐然诺,五岳倒为轻。眼花耳热后,意气素霓生。”酒可以消愁解忧,“宽心应是酒,遣兴莫过诗”(杜甫《可惜》),有时酒入愁肠,却难以宽解,“抽刀断水水更流,举杯消愁愁更愁”(李白《宣州谢朓楼饯别校书叔云》)。杜甫《饮中八仙歌》刻画了长安城里八个以好酒著称的人物,或醉态可掬,或嗜酒如命,或狂放不羁,或雄辩滔滔,如写李白的“李白斗酒诗百篇,长安市上酒家眠。天子呼来不上船,自称臣是酒中仙”。酒是诗之媒,可以激起诗人们的创作激情,据郭沫若《李白与杜甫》的初步统计,杜甫现存 1400 多篇诗文,凡说到饮酒的有 300 篇,李白 1500 多篇诗文有 170 多篇;其实远远不止,如果把“酒”字及与酒有关的“醉”“酣”“酌”“饮”“杯”“樽”“酭”“渌”“醅”“酝”“醺”“酲”“酹”“酿”“酩酊”“玉浆”“玉液”“玉觞”“玉壶”“玉碗”“金罍”“玉瓶”等都算上,那作品的数量相当可观了。由此可窥唐诗与酒文化之密切关系。

第八讲 双峰并峙之李白

李白和杜甫先后登上盛唐诗坛，两人年岁相差十一载，相遇在长安城，结伴游梁宋，结下了深厚的友谊。两人如双子星碰撞在一起，必定迸出耀眼的光芒，并称李杜，并列成为中国诗歌史上两座顶峰，后世称李白为“诗仙”，杜甫为“诗圣”。

一、谜之“诗仙”

李白（701—762），字太白，号青莲居士。祖籍陇西成纪（今甘肃天水），隋末其先人流寓碎叶（今吉尔吉斯斯坦北部托克马克附近），李白生于此。唐神龙元年（705）随父迁居绵州昌隆县（今四川江油）青莲乡。二十五岁起辞亲远游，仗剑出蜀。玄宗天宝元年（742），由道士吴筠推荐，至长安为供奉翰林学士。不久受宦官高力士等谗谤，出京重新漫游生活。安史之乱中，李白为永王李璘的幕僚，因李璘与肃宗争帝位失败而受牵连，远谪夜郎（今贵州境内），中途遇赦东还浔阳。晚年投奔族叔当涂令李阳冰，宝应元年（762）病逝，终年六十二岁。唐代宗初年，拜李白为左拾遗。因此，李太白、李青莲、李谪仙、李翰林、李学士、李供奉、酒仙翁、李十二、李拾遗，都是对李白的称号。

李白的人生是一个传奇，从他出生那一刻起就自带光环，直到今天仍留给世人许多的“谜”。其一是他的出身，李白《与韩荆州书》自言：“白，陇西布衣，流落楚汉。”其作品和魏颢《李翰林集序》、李阳冰《草堂集序》都印证陇西成纪人的说法，此应是李白的祖籍；《草堂集序》载李白是凉武昭王李暠（hào）的九世孙，《新唐书》取此说法，言“其先隋末以罪徙西域”。唐高祖李渊自称是李暠的七世孙，玄宗李隆基为十一世孙，如此看来，李白比唐玄宗还要高两辈。而李暠自称是李广的十六世孙，有学者认为李白是李广孙子李陵败降匈奴后的后裔。另外，有学者认为李白是李建成玄孙或其他因政治斗争失利的李氏后人。而《旧唐书》记载李白是山东人，因其父是任城尉，设家于地，此说不确。

其二是出生地，据《草堂集序》：“神龙之始，逃归于蜀，复指李树，而生伯阳。惊姜之夕，长庚入梦，故生而名白，以太白字之。世称太白之精，得之矣。”公元705年为神龙元年，时李白已五岁，随家归蜀。清人王琦认为神龙为神功之误，则李家归蜀后，白才出生。李白生时，其母梦见长庚星入怀，人谓李白是太白金星下凡；另有其母吃鲤鱼成孕得子说，都是民间赋予诗仙出生的美好传说。

其三，李白的血统也存疑，学界有胡人、汉人之争。《李翰林集序》描述李白的长相特征：“眸子炯然，哆如饿虎；或时束带，风流酝藉。”此貌可谓魁伟、潇洒，不同凡响。郭沫若认为李白是汉人，自述家世虽有矛盾之处，但他对安史之乱和哥舒翰的态度，证明其非胡人，远祖李广，出生于中亚碎叶；李宜琛首次提出生于西域；陈寅恪认为是西域胡人，李白自称李暠后裔是出于依托。今天看来，很可能是胡汉混血，仍可归入汉人。其父亲李客的身份成谜，名为“客”，实际是掩饰真名，其流落异国，原因未明，学者分别提出三种说法：罪人（陈寅恪），商人（郭沫若、王瑶、詹瑛），侠士（王琦、安旗）。从李白家资富饶来看，商人的可能性更大。或因家庭的复杂性，李白没有选择寻常士人走的科举道路。

其四，李白从二十五岁开始出蜀漫游，一生足迹遍天下，领略祖国的大好河山。而他的家庭也多有变动，妻子、儿女的情况难以确定。李白第一次婚姻，是二十七岁在湖北安陆入赘，娶前宰相许圉师的孙女，生一女名平阳、一男名伯禽（又名明月奴）；女儿出嫁不久，许氏死，李白在安徽与刘氏合（或未正式成亲），不久就分开，《南陵别儿童入京》一诗称刘氏为“会稽愚妇”；后在山东任城与一妇人合，生子曰颇黎；郭沫若认为颇黎即伯禽，只是寄养于鲁一妇人处，李白与其并未相合；唐人李华《故翰林学士李君墓志并序》提到李白有伯禽、天然二子，故有学者认为颇黎即天然；李白最后一任妻子娶前宰相宗楚客的孙女，宗氏欣赏李白，有“千金买壁”的故事，即花重金买下李白在梁园题诗的墙壁。

其五，李白的行踪难以确定。如他入长安的次数，可确定的一次是天宝元年（742）入京供奉翰林，醉写《清平调》，让高力士脱靴、杨贵妃磨墨，因谗言而赐金还山。他漫游梁宋、齐鲁，在齐州受道箓。与杜甫、高适遇，结伴同游。天宝五载（746），李白告别东鲁诸公南下，写诗《梦游天姥吟留别》。另有二入长安说：第一次入京早在开元十八年，李白在终南山结识玉真公主，并与贺知章、张旭等饮者共游，写《蜀道难》《长相思》《行路难》等诗；第二次则是受召入京任翰林学士。三入长安说：第三次入京证据不足，未有定论。

其六，李白与杜甫的交情。李白存交重义，轻财好施。天宝三载（744），李白与杜甫相识，同游梁宋。相识之时，李白四十四岁，已是名满天下的大诗人，而杜甫三十三岁，刚在诗坛崭露头角，二人之间有十一岁的年龄差，社会地位并不平等，但不妨碍他们结伴同游，成为好友。李白《戏赠杜甫》：“饭颗山头逢杜甫，头戴笠子日卓午。借问别来太瘦生？总为从前作诗苦。”此诗带着戏嘲的口吻，并不代表李白对杜甫不友好，而是对小友的怜惜与亲近。《旧唐书·杜甫传》认为：“白自负文格放达，讥甫龌龊，而有饭颗山之嘲诮。”对此，郭沫若写到李杜交往中为李白所作的辩解，我以为还是有道理的。郭沫若认为李白并没有轻慢杜甫，他对杜甫的感情和杜甫对他的倾慕热爱是相等的。“现人爱以现存诗歌的数量来衡量李杜感情的厚薄，说杜厚于李，而李薄于杜。那真是皮相的见解。”（郭沫若《李白与杜甫》）饭颗山之诗，完全是好友之间亲密无间的开玩笑。

天宝四载（745），二人又同游齐赵，驰马射猎，赋诗论文，“李侯有佳句，往往似阴铿。余亦东蒙客，怜君如弟兄。醉眠秋共被，携手日同行”（杜甫《与李十二白同寻范十隐居》），记述二人同游时的友好，相爱如弟兄。此年秋天，二人在鲁郡（今山东兖州）分别。杜甫有诗《赠李白》：“秋来相顾尚飘蓬，未就丹砂愧葛洪。痛饮狂歌空度日，飞扬跋扈为谁雄？”这是杜诗中现存最早的一首绝句，杜甫采用七绝的诗体，当中应有李白影响的因素。此诗短短二十字，生动刻画了李白的性格、气质特征与狂傲的精神、风采，《杜诗镜铨》引蒋弱六语：“是白一生小像。公赠白诗最多，此诗最简，而足以尽之。”李白也写下《鲁郡东石门送杜二甫》：“飞蓬各自远，且尽手中杯。”流露出依依惜别之情。

此后，二人再未见面，但友情依然延续，杜甫有诗十多首，抒发对李白的思念和重逢的期待，如《冬日有怀李白》：“寂寞书斋里，终朝独尔思。”《春日忆李白》：“白也诗无敌，飘然思不群。清新庾开府，俊逸鲍参军。渭北春天树，江东日暮云。何时一樽酒，重与细论文。”得知李白要加入永王李璘的军队、后获罪流放等人生遭遇，杜甫连连写诗，忧心不已，有《梦李白二首》《不见》《天末怀李白》等诗，为李白牵肠挂肚、大声辩解、思念无限。而李白对杜甫也情深意长，如《沙丘城下寄杜甫》：“思君若汶水，浩荡寄南征。”以水流浩荡来比拟对杜甫的思念，足证二人友情深厚。

其七，李白的死亡也是一个谜。对于李白的死，一说他是因醉酒失足落水死，民间更赋予美好的色彩：入水中捉月、骑鲸而去。其实是病卒，《草堂集序》：“公又疾亟。”皮日休《七爱诗》：“竟遭腐胁疾，醉魄归八极。”学医出身的郭沫若则说：“脓胸症慢性化，向胸壁穿孔，成为‘腐胁疾’。”李白卒后，葬于安徽马鞍山当涂县的青山西麓，采石矶旁有衣冠冢。

李白的一生分为五个时期：蜀中读书与任侠时期（二十五岁前），娶妻生子与追求功业时期（二十五至四十一岁），长安供奉翰林时期（四十二至四十四岁），十载漫游时期（四十五至五十四岁），报国蒙冤时期（五十五至六十二岁）。李白是才思敏捷、斗酒诗百篇的天才，又是性格狂放的谪仙、诗仙、酒仙，他平交王侯，“戏万乘若僚友，视俦列如草芥”（苏轼语）。他具有复杂的世界观和人格，“作为一个天才诗人，李白还兼有游侠、刺客、隐士、道人、策士、酒徒等类人的气质或行径”（游国恩等《中国文学史》）；“李白一生追求的三件事，就是：任侠、求仙学道、建立功业”（罗宗强《李杜论略》）；他十五岁好观奇书、游神仙，四十五岁到齐州（今山东济南）紫极宫清道士高天师如贵授道箓，正式成为一名道士，“道教的五大观念：道、运、自然、贵生爱身和神仙，都处处支配着李白，所以我说李白是一个忠实的道教徒，大概是没有错的了”（李长之《道教徒的诗人李白及其痛苦》）。

当代诗人余光中的诗歌《寻李白——痛饮狂歌空度日 飞扬跋扈为谁雄》，巧妙地把李白的各种传说、诗文作品嵌入其精彩、复杂而传奇的人生：

那一双傲慢的靴子至今还落在
高力士羞愤的手里,人却不见了
把满地的难民和伤兵
把胡马和羌笛交践的节奏
留给杜二去细细的苦吟
自从那年贺知章眼花了
认你做谪仙,便更加佯狂
用一只中了魔咒的小酒壶
把自己藏起来,连太太也寻不到你
怨长安城小而壶中天长
在所有的诗里你都预言
会突然水遁,或许就在明天
只扁舟破浪,乱发当风
树敌如林,世人皆欲杀
肝硬化怎杀得死你?
酒入豪肠,七分酿成了月光
剩下的三分啸成剑气
绣口一吐,就半个盛唐
从开元到天宝,从洛阳到咸阳
冠盖满途车骑的嚣闹
不及千年后你的一首
水晶绝句轻叩我额头
当地一弹挑起的回音
一贬世上已经够落魄
再放夜郎毋乃太难堪
至今成谜是你的籍贯
陇西或山东,青莲乡或碎叶城
不如归去归哪个故乡
凡你醉处,你说过,皆非他乡
失踪,是天才唯一的下场

身后事,究竟你遁向何处
猿啼不住,杜二也苦劝你不住
一回头囚窗下竟已白头
七仙,五友,都救不了你了
匡山给雾锁了,无路可入
仍炉火未纯青,就半粒丹砂
怎追蹑葛洪袖里的流霞?
樽中月影,或许那才是你的故乡
常得你一生痴痴地仰望?
而无论出门向西哭,向东哭
长安却早已陷落
二十四万里的归程
也不必惊动大鹏了,也无须招鹤
只消把酒杯向半空一扔
便旋成一只霍霍的飞碟
诡绿的闪光愈转愈快
接你回传说里去

二、兴寄咏怀的古体

李白是盛唐气象的杰出代表,既反映了盛唐欣欣向荣的国力,也反映了盛唐气象背后的危机及危机爆发后的悲剧。他的诗歌充满着惊人的想象、大胆的夸张与喷发式感情表达,气势充沛,语言清新俊逸。沈德潜说:“读李诗者,于雄快之中,得其深远宕逸之神,才是谪仙人面目。”

古体包括七古和五古,在众多诗体中,七古最具有张力,包容性大,可以容纳杂言,包括一些没有七言,或五七言各一半的诗歌,也叫七古。七古的精华在于长篇歌行体,大开大阖的变化,一气呵成的气派,是最具有个性解放的一种体裁。李白的七言歌行体乐府诗最能体现其艺术个性,打破初唐以来乐府歌行整齐骈偶的拘束,把感情的节奏和语言的节奏恰到好处地结合起来,辅之以夸张、想象等艺术手法，创造出了以气取胜、一片神行的壮丽奇谲的艺术境界。这类诗体的杰作很多，包括《蜀道难》《行路难》《将进酒》《梦游天姥吟留别》《把酒问月》《庐山谣寄卢侍御虚舟》等。

《蜀道难》约作于天宝初年，李白初次入京，历经遍干公卿而有志未伸的艰辛，在长安时送别友人入蜀而写的寄意之作：

噫吁嚱(yī xū xī)，危乎高哉！蜀道之难，难于上青天！
蚕丛及鱼凫，开国何茫然！
尔来四万八千岁，不与秦塞通人烟。
西当太白有鸟道，可以横绝峨眉巅。
地崩山摧壮士死，然后天梯石栈(zhàn)方钩连。
上有六龙回日之高标，下有冲波逆折之回川。
黄鹤之飞尚不得过，猿猱(náo)欲度愁攀援。
青泥何盘盘，百步九折萦岩峦。
扪参(shēn)历井仰胁息，以手抚膺坐长叹。
问君西游何时还？畏途巉(chán)岩不可攀！
但见悲鸟号(háo)古木，雄飞雌从绕林间。
又闻子规啼夜月，愁空山。
蜀道之难，难于上青天！使人听此凋朱颜。
连峰去天不盈尺，枯松倒挂倚绝壁。
飞湍(tuān)瀑流争喧豗(huī)，砯(pīng)崖转石万壑雷。
其险也如此，嗟尔远道之人，胡为乎来哉？
剑阁峥嵘而崔嵬。一夫当关，万夫莫开。
所守或匪亲，化为狼与豺。
朝避猛虎，夕避长蛇。磨牙吮(shǔn)血，杀人如麻。
锦城虽云乐，不如早还家。
蜀道之难，难于上青天！侧身西望常咨嗟！

《蜀道难》是南朝乐府题，李白用旧题来写乐府诗，寄托功业难成、仕途坎坷的感慨，反映忧国之思，揭露时弊，同时描绘山川的奇险和壮丽。诗的开篇是惊叹蜀道的难以攀援，连用蜀地传说来形容蜀难之道。从古蜀王蚕丛、鱼凫建立蜀国，至今已有四万八千年，秦蜀两地不通人烟；西边太白山上有飞鸟能过的小道，可以直通峨眉山巅；山崩地裂，五位壮士被压死，天梯栈道才通连。山巅可挡住羲和的六龙之车，山谷有激湍洄漩的河流，黄鹤飞不过，猿猱难攀援，青泥岭盘旋曲折，百步之内绕九个弯，仰头能触摸到参星、井星，用手抚胸长叹息。接下来，诗人问朋友此次西行何时归还？描绘各种悲愁的景象来写前路之艰难，再次感慨蜀道之难如上青天，这话听了就让人脸色突变。再写山路之陡峭和艰险，远道的客人为何要前来呢？接着指出剑阁的险要和蜀地的凶险重重，锦官城虽然是个快乐的地方，蜀地之险恶，不如早回家。最后呼应开篇和中间部分，第三次感慨蜀道之难，令人长叹。诗人以丰富的想象、夸张的手法，援引历史故事、神话传说，描绘蜀道山川之险峻，慨叹蜀道之艰难。诗风宏伟壮丽，句法灵活多变，韵散兼用，充分显示了李白的浪漫气质和夸张大胆的艺术个性，可谓奇之又奇。

《行路难三首》是李白遭遇政治打击后对世路艰难、有志难伸的感叹，他感慨“大道如青天，我独不得出”（其二），他的人生理想是“功成身退”，尽管“行路难”，他仍然相信“长风破浪会有时，直挂云帆济沧海”（其一），而目前能做的是“且乐生前一杯酒，何须身后千载名”（其三）。这组诗情感奔涌，跌宕起伏，气势高昂，气象非凡。试看第一首：

金樽清酒斗十千，玉盘珍馐值万钱。
停杯投箸（zhù）不能食，拔剑四顾心茫然。
欲渡黄河冰塞（sè）川，将登太行雪满山。
闲来垂钓碧溪上，忽复乘舟梦日边。
行路难，行路难！多歧路，今安在？
长风破浪会有时，直挂云帆济沧海。

此诗前四句写诗人对着价值千金的美酒珍馐都无法下箸进食，拔出宝剑，环顾四周，心绪茫然。接着两句用坚冰堵塞黄河、大雪遍布太行山这两个意象来象征前路之艰难。诗人忽然联想到两位历史人物：姜太公垂钓于磻（pán）溪（今陕西宝鸡东南），八十岁始遇文王；伊尹获商汤赏识前，梦见自己乘船绕过太阳。李白借此二人表达对个人前途的希望：挫折是一时的，终能辅佐帝王建立不朽功业。眼前的路途崎岖多歧，但终有一天会像宗悫（què）一样乘长风破万里浪，挂上云帆，横渡沧海。李白此诗受南朝诗人鲍照《拟行路难十八首》其六的影响，鲍照诗写自己作为大丈夫处世艰难、弃官还家的生活，叹息：“自古圣贤尽贫贱，何况我辈孤且直。”从题材、表现手法和精神境界来看，李白诗青出于蓝，更胜一筹。

《将进酒》约作于天宝十一载（752），李白与友人岑勋在嵩山另一好友元丹丘的颍阳山居做客，三人登高宴饮。诗曰：

君不见黄河之水天上来，奔流到海不复回！
君不见高堂明镜悲白发，朝如青丝暮成雪！
人生得意须尽欢，莫使金樽空对月。
天生我材必有用，千金散尽还复来。
烹羊宰牛且为乐，会须一饮三百杯。
岑夫子，丹丘生，将进酒，杯莫停。
与君歌一曲，请君为我侧耳听！
钟鼓馔玉不足贵，但愿长醉不愿醒！
古来圣贤皆寂寞，惟有饮者留其名。
陈王昔时宴平乐（lè），斗酒十千恣欢谑（xuè）。
主人何为言少钱，径须沽取对君酌。
五花马，千金裘，呼儿将出换美酒，与尔同销万古愁！

此诗非常形象地表现了李白桀骜不驯的狂放性格。开篇四句，先从空间落笔，写黄河水的奔腾不息，气势雄壮；再从时间着手，写黑发转眼斑白的青春易衰，悲怆感伤。接着一转，宣扬人生在世须尽欢，饮酒行乐；肯定自我价值，天生有用，散尽千金何须愁。“天生我材必有用，千金散尽还复来。”这两句抒发了诗人的高度自信，令人击节叹赏！有此等豪迈，自然有一场堪称豪举的盛筵，烹羊宰牛，饮酒高歌，反客为主，典裘当马，继续对酌。全篇大起大落，由悲转喜、转狂放、转激愤、转癫狂，最后归结于“万古愁”，回应篇首的“悲”。此诗情感饱满多变，笔墨酣畅淋漓，结构大开大阖，明代徐增赞叹：“太白此歌，最为豪放，才

气千古无双。”（徐增《而庵说唐诗》）

《梦游天姥吟留别》是一首记梦诗，也是一首游仙诗。李白通过对梦中游玩天姥山的历程，描绘了一个新奇雄伟、惝恍迷离的意境：

海客谈瀛洲，烟涛微茫信难求；
越人语天姥(mǔ)，云霓明灭或可睹。
天姥连天向天横，势拔五岳掩赤城。
天台(tāi)四万八千丈，对此欲倒东南倾。
我欲因之梦吴越，一夜飞渡镜湖月。
湖月照我影，送我至剡(shàn)溪。
谢公宿处今尚在，渌(lù)水荡漾清猿啼。
脚著谢公屐，身登青云梯。半壁见海日，空中闻天鸡。
千岩万壑路不定，迷花倚石忽已暝。
熊咆龙吟殷(yǐn)岩泉，慄深林兮惊层巅。
云青青兮欲雨，水澹澹兮生烟。
列缺霹雳，丘峦崩摧。洞天石扉，訇(hōng)然中开。
青冥浩荡不见底，日月照耀金银台。
霓为衣兮风为马，云之君兮纷纷而来下。
虎鼓瑟兮鸾回车，仙之人兮列如麻。
忽魂悸以魄动，怳(huǎng)惊起而长嗟。
惟觉时之枕席，失向来之烟霞。
世间行乐亦如此，古来万事东流水。别君去兮何时还？
且放白鹿青崖间，须行即骑访名山。
安能摧眉折腰事权贵，使我不得开心颜！

天姥山在今浙江新昌县东五十里，东接天台山，传说曾有登此山者听到天姥歌谣之声，故名。诗人按照以下顺序来一一展开：入梦缘由→梦游历程→仙境出现→梦醒→留别。开篇以虚带实，海外瀛洲的缥缈难寻，引出浙东天姥山的烟云明灭，胜似仙境，引人入梦。接着展现出一幅幅的壮丽多变的奇谲山水，进入一个变幻多姿的神仙世界，异彩纷呈，光耀炫目。忽然梦醒，心惊魄动，顿失梦境。最后抒发人生在世如流水，珍惜时间徜徉山水，不必屈身权贵而压抑郁闷！此诗构思奇特，想象丰富，语言瑰丽，通过梦境的描绘，刻画出想象中的天姥山奇丽明媚的景象，隐喻自己遭遇政治打击的悲愤和独立不羁的人格精神。诗的末句大声喊出了古代士子普遍存在的怀才不遇和坚守自我的心声！

《宣州谢朓楼饯别校书叔云》是天宝末年李白在安徽宣城饯别秘书省校书郎李云的一首七古佳作：

弃我去者，昨日之日不可留；
乱我心者，今日之日多烦忧。
长风万里送秋雁，对此可以酣高楼。
蓬莱文章建安骨，中间小谢又清发。
俱怀逸兴壮思飞，欲上青天揽明月。
抽刀断水水更流，举杯销愁愁更愁。
人生在世不称意，明朝散发弄扁舟。

谢朓楼在陵阳山上，南齐诗人谢朓任宣城太守时创建，又称北楼、谢公楼、叠嶂楼。诗的发端直抒胸臆，以“昨日之日”与“今日之日”作比，昨日的旧时光弃我而去不可挽留，接踵而来的今日纷乱令我心烦忧；这两句破空而来，对比兼复沓，强烈表达了诗人内心的郁结忧愤和难以抑止的感情状态。接下来诗意一转，境界顿开，呼应题目，万里秋空，在谢朓楼饯别，酒兴正浓；引发诗人的追思和赞美，称颂校书郎李云的文章刚健遒劲，有建安风骨，自己的诗歌像谢朓诗一样清新秀发；两人都豪情逸兴，壮志凌云，欲登青天揽取明月。此时的情绪已推向高潮，精神高扬。但诗人低头现实，转向楼下长流不息的宛溪水，仿佛愁绪之漫长，无法用酒来销散；世间事不如人意，那就学范蠡一样，散发乘舟，浮于江湖。这首借送别来咏怀的诗歌，重笔抒发了诗人自己怀才不遇的激烈愤懑，情感起伏涨落，波澜迭起，音调激越高昂，如歌如诉，灌注了慷慨豪迈的情怀。

李白《把酒问月》是一首咏月抒怀的七古：

青天有月来几时，我今停杯一问之：
人攀明月不可得，月行却与人相随。

皎如飞镜临丹阙，绿烟灭尽清辉发。
但见宵从海上来，宁知晓向云间没？
白兔捣药秋复春，嫦娥孤栖与谁邻？
今人不见古时月，今月曾经照古人。
古人今人若流水，共看明月皆如此。
唯愿当歌对酒时，月光长照金樽里。

诗的开端刻画自我形象，持杯问月，月下一位飘逸浪漫、充满仙气的诗人形象跃然纸上；中间部分以拟人、比喻、设问、典故、比较等技巧，多角度描摹了明月的形象：月虽孤高却有情，皎如明镜发清辉，暮夜从海上升起，清晨隐没于云间，月宫里的玉兔不分时日在捣药，嫦娥孤单寂寞无人相伴；接下来四句，今人古人、古月今月的对比，月实为一，人则代变，如流水般更迭的人类无论古人今人都望着同一轮明月，都喜欢望月怀远；结尾表达诗人的心愿，临月酌酒，期望长久与月、酒为伴。全诗紧扣人、酒、月来展开，从空间感受写到时间感受，人与月的反复对照，把明月长在而人生短暂之意渲染得淋漓尽致，反映了诗人对宇宙和人生哲理的深层思索。可将此诗与张若虚《春江花月夜》对读，两者在描写月华皎洁、望月怀远、对月亮与人类的跨时空观照等方面，有异曲同工之妙。

李白的五古乐府诗写得也很好，如《长干行二首》其一：

妾发初覆额，折花门前剧。
郎骑竹马来，绕床弄青梅。
同居长干里，两小无嫌猜。
十四为君妇，羞颜未尝开。
低头向暗壁，千唤不一回。
十五始展眉，愿同尘与灰。
常存抱柱信，岂上望夫台。
十六君远行，瞿塘滟滪堆。
五月不可触，猿声天上哀。
门前迟行迹，一一生绿苔。
苔深不能扫，落叶秋风早。

八月蝴蝶来，双飞西园草。
感此伤妾心，坐愁红颜老。
早晚下三巴，预将书报家。
相迎不道远，直至长风沙。

长干里在今南京秦淮区中华门外秦淮河南边，古时靠近长江。“行”是古诗的一种体裁。长干作为地名，南京话念 gàn，唐代诗人写这类题材的诗歌皆用古体诗，受当地民歌的影响，念 gàn 更有风味；唐以后，“长干”逐渐成为诗歌的地名意象，多出现在格律诗中，且诗人大多没去过南京，没接触过当地民歌，故写诗时多用平音 gān，以利于诗歌格律的安排妥帖。李白此诗别出心裁，以一位长干里的少妇自述从童年两小无猜玩游戏、到初为人妇的娇羞、独守空闺的愁怨一整个爱情故事，展现不同年龄段的生活场景，倾吐对丈夫的殷切思念和忠贞不渝的爱情。开头六句写男女主人公自小相伴长大、玩游戏，如一幅民间孩童嬉戏的风情画卷；接着十二句生动细腻地描绘新婚夫妻的爱情生活，以及夫君出门远行的离别哀怨；以下八句写少妇对丈夫的思念和离愁别绪；最后四句表达对丈夫归来的期盼。李白善于描画具有典型意义的生活片段和心理活动，展示女主人公的性格和情感变化，情意深挚动人，人物性格鲜明，情调爽朗明快。这首《长干行》经美国诗人庞德翻译为 *The River—merchant's Wife: A Letter*，在英语世界深受人们喜爱，入选美国教材。

《子夜吴歌》共四首，分别从春夏秋冬四季来描写了罗敷采桑、西施采莲、思妇捣衣、思妇缝制冬衣这四个场景，每首六句，如一组屏风，构思巧妙，逻辑分明，尤以第三首《秋歌》最好：

长安一片月，万户捣衣声。
秋风吹不尽，总是玉关情。
何日平胡虏，良人罢远征？

《子夜吴歌》属于南朝乐府民歌，都是四句诗，多写女子对情人的思念；李白沿袭旧题，形式上开创了六句，语言和意境更加优美。《秋歌》写月光如水映照在长安城，思妇们在连夜捣衣，处处传出清脆的砧声；年年秋风吹起，引发的总是思妇们对玉门关外良人绵绵无尽的思念之情；什么时候才能平定胡虏，夫君不必再出征远疆呢？此诗以景开篇，景中有情；以情结尾，情中有景，情景交融。诗的前四句自然天成，王夫之称赞“前四句是天壤间生成好句，被太白拾得”（王夫之《唐诗评选》），又称此诗“景中情者，如‘长安一片月’，自然是孤栖忆远之情”（王夫之《姜斋诗话》），情景不离，妙合无垠。清人田同之认为“删去末二句作绝句，更觉浑含无尽”，此观点有失偏颇。诗的前四句描绘了一个秋月秋声秋风组合的含蓄浑成意境，刻画的是思妇的群体形象，人物形象不够突出；“总是”二字突显思念之情深，自然而然地引发出末两句渴望团圆的心声。末两句的直白有助于升华人物形象和社会意义，思妇的人物性格更加鲜明生动，情感更显真挚深长，更具有民歌慷慨天然的风味特色。

李白的五古代表作是《古风五十九首》，这组诗继承了诗骚风雅比兴寄托的传统，抒发志向，咏怀讽世。题作“古风”，即效古风人之体，诗以讽喻为多，进一步深化初唐以来的复古诗学，崇雅重质，摒弃浮艳，多用春秋战国典故，言治乱兴衰之事。如第一首：

大雅久不作，吾衰竟谁陈？
王风委蔓草，战国多荆榛。
龙虎相啖食，兵戈逮狂秦。
正声何微茫，哀怨起骚人。
扬马激颓波，开流荡无垠。
废兴虽万变，宪章亦已沦。
自从建安来，绮丽不足珍。
圣代复元古，垂衣贵清真。
群才属休明，乘运共跃鳞。
文质相炳焕，众星罗秋旻。
我志在删述，垂辉映千春。
希圣如有立，绝笔于获麟。

开头六句感慨大雅之作久已断绝，春秋战国时诗文多衰败之音；群雄如龙虎相争，秦国以武力取胜。下六句写文风的兴废代变：正声何其微茫，屈骚吟唱哀怨之歌；扬雄、司如相如激波扬澜，文风流宕；时代废兴，文风万变，法度已沦丧。再六句感叹建安以后的文风过于绮丽，当代才复兴上古淳朴清真的风气，正值清明盛世，英才乘时运迭出，如鱼龙腾跃。最后六句颂扬当代文质兼具的风气，众多诗人如同秋夜的星星遍布空；我要继承圣人的删述之志，辉映千秋后世；如有成就，可以就此辍笔。从这首诗来看，李白希望上溯大雅之作，复兴元古的清真，有志于当代述作，其人生理想是功成身退。他歌颂鲁仲连义不帝秦，为赵国解围，其十："齐有倜傥生，鲁连特高妙。明月出海底，一朝开光曜。却秦振英声，后世仰末照。意轻千金赠，顾向平原笑。吾亦澹荡人，拂衣可同调。"这样一个视功名富贵如草芥的侠义之士，李白亦是同调、高妙之人。

李白志向高远，自比鲲鹏，其三十三描写"身长数千里"的北溟巨鱼，"仰喷三山雪，横吞百川水"；其三十四希望"如何舞干戚，一使有苗平"。但他知道世路艰难，许多性情孤直的有识之士只能"冥栖岩石间"，自己也应当归隐山林，如其十二："昭昭严子陵，垂钓沧波间。身将客星隐，心与浮云闲。长揖万乘君，还归富春山"；其九："万事悠悠变易，如庄周梦蝶"，"富贵故如此，营营何所求"。他忍不住感叹时光的流逝，人生的不如意，如其十一："逝川与流光，飘忽不相待。春容舍我去，秋发已衰改"；其二十二："挥涕且复去，恻怆何时平"；其二十三："我行忽见之，寒早悲岁促"，其二十七："常恐碧草晚，坐泣秋风寒"。李白的《古风五十九首》继承了阮籍《咏怀》、鲍照、庾信《拟咏怀》、陈子昂、张九龄《感遇》诗的传统，通过不同的写作技巧如比兴、象征、寄托，以古讽今，寄情抒怀，哀怨婉曲的诗风。如阮籍《咏怀八十二首》其一："夜中不能寐，起坐弹鸣琴。薄帷鉴明月，清风吹我襟。孤鸿号外野，翔鸟鸣北林。徘徊将何见，忧思独伤心。"那种孤独寂寞的忧思伤心之情，凄恻感人，透过情感的深处，是诗人对自操清守的坚持。李白的古风诗称举了孔子、老子、庄子、鲁仲连、严子陵、严君平、李牧、燕昭王、范蠡、扬雄、阮籍等人以及赤松、广成子、王子晋等神仙，在抒发人生理想的同时，也反映了理想与现实的矛盾，或慷慨沉痛，或幽婉曲折，或激情奔放，或澹朴清真。

《月下独酌》也是李白的五古名篇，共有四首，写其在月夜花下独酌的情景。他以月为友，对酒当歌，及时行乐，其二："但得酒中趣，勿为醒者传"，其三："不知有吾身，此乐最为甚"，其四："酒倾愁不来""酒酣心自开"；而在饮酒为乐的深处，却有无限的凄凉。四诗中以第一首最佳：

花间一壶酒，独酌无相亲。
举杯邀明月，对影成三人。
月既不解饮，影徒随我身。
暂伴月将影，行乐须及春。
我歌月徘徊，我舞影零乱。
醒时同交欢，醉后各分散。
永结无情游，相期邈云汉。

此诗意化用陶渊明《杂诗》“挥杯劝孤影”而来。诗歌构思奇特，用独白的方式书写了诗人从孤独到不孤独，再由不孤独到孤独的一种复杂变化的情感，掀起心灵深处一层又一层的波澜，既跌宕起伏又率性天然。诗人想象奇特，花前月下独酌无亲，抬头望月，低头看影，月、影与人长久相伴，却不能形成精神的交流，所结之伴为无情之游，人、月永隔天河。全诗笔触细腻，变化奇巧，体现了诗人怀才不遇的寂寞失意中，依然旷达乐观、狂放不羁的孤傲个性。傅庚生盛评此诗：“花间有酒，独酌无亲；虽则无亲，邀月与影，乃如三人；虽如三人，月不解饮，影徒随身；虽不解饮，聊可为伴，虽徒随身，亦得相将。及时行乐，春光几何？月徘徊，如听歌；影零乱，如伴舞。醒时虽同欢，醉后各分散；聚时似无情，情深得永结；云汉邈相期，相亲慰独酌。此诗一步一转，愈转愈奇，虽奇而不离其宗。青莲奇才，故能尔尔，恐未必苦修能接耳。”（傅庚生《中国文学欣赏举隅》）只有诗仙李白方有此天纵奇才矣！

三、自然天成的近体

李白是盛唐诗坛上唯一一位兼善五、七言绝句的诗人。他的绝句发兴超逸，自然明快，蕴含丰富，胡应麟说：“太白诸绝句，信口而成，所谓无意于工而无不工者。”（胡应麟《诗薮》）绝句分古绝与律绝，严格来说，古绝属于古体诗，但有的绝句介于古绝与律绝之间，采用以古入律的写法，而且从诗意表达方式和诗歌风格来看，把古绝和律绝放在一起讨论更好。如《静夜思》，即是以古入律之作，押平声韵，但二、三句失粘，三、四句失对，尽管如此，此诗纯任天然，朗朗上口，童稚皆善，堪称中国知名度最高的古典诗歌。“玉阶怨”是南朝乐府题，谢朓的诗是一首古绝：“夕殿下珠帘，流萤飞复息。长夜缝罗衣，思君此何极。”唐人多以此题作绝句，李白有诗：“玉阶生白露，夜久侵罗袜。却下水晶帘，玲珑望秋月。”是一首押仄声韵的绝句。两诗皆为宫怨诗，谢诗前两句写环境，富丽之笔写清冷之景，后两句写思妇，寓怨于思，绵绵无尽；李诗前两句由景到人，却从侧面入手，以白露浸湿罗袜写出等待之久，烘托人之痴情，后两句由人到景，无奈放下珠帘，却仍然不甘心地隔帘望月，思念、愁怨、凄苦都涌上心头，含意丰厚。谢诗以景起，以情结，情意深长；李诗人景合一，情景交融，情韵无穷。两诗对读，李诗更有味道。

李白的律绝亦多佳作，如《独坐敬亭山》：

众鸟高飞尽，孤云独去闲。
相看两不厌，只有敬亭山。

这是一首富于哲理的诗歌。敬亭山在安徽宣城北，从诗题来看，是李白独游之作。首两句的视线向高处延伸，鸟儿高飞散去，孤独的白云自在飘浮，第二句化用陶渊明《咏贫士诗》“孤云独无依”，都是孤云一片，李诗更突出其自在悠闲；后两句用拟人的方式来写出诗人独坐之欣喜，将敬亭山人格化，人与山相对而看，有精神交流和情感沟通的欢喜。宋代词人辛弃疾的“我见青山多妩媚，料青山见我应如是”出于此。李白以奇特想象和巧妙构思，只能引山为知己，更反衬其在人世间的强烈孤独感和郁郁寡欢的失意，全篇句句写景，却句句是情。再如《夜宿山寺》：“危楼高百尺，手可摘星辰。不敢高声语，恐惊天上人。”用夸张和想象来突显寺楼之危仄高挺，以“不敢”“恐惊”的心理描写，很好地诠释了“山寺”与“天上人”的距离之近，形象逼真。

《秋浦歌十七首》作于唐玄宗天宝末年，李白再游秋浦（今安徽贵池西）时所作的五言组诗，包含有几种诗体：其一是以古入律的五言十句诗，其二是五律，其十是以古入律的五言六句，其他皆是五绝。这组诗围绕着秋浦的山川风物和民俗风情来展开，寄寓作者忧国伤世、叹惜时光、怀才不遇、思乡忆友等悲凉愁怨的情感。同样表现出作者想象奇特、构思奇巧、夸张表达、巧妙拟人、奇妙比喻、描绘细腻、情感真挚、含蕴丰富等特点，如其一“遥传一掬泪，为我达扬州”,其二“秋浦猿夜愁,黄山堪白头。清溪非陇水,翻作断肠流”“雨泪下孤舟”,其三“山鸡羞渌水,不敢照毛衣”,其四“猿声催白发,长短尽成丝”,其七“空吟白石烂,泪满黑貂裘”,其八“天倾欲堕石”,其十“猿声碎客心”,其十二“水如一匹练”,其十四“炉火照天地,红星乱紫烟”等。传唱最广的是第十五首:

白发三千丈,缘愁似个长。
不知明镜里,何处得秋霜?

开篇破空而来,用夸张的比喻刻画了诗人内心的忧愁之多,如三千丈白发那么长;接着感慨明镜里的自己不知从何处染了一头秋霜,不言愁之何来,更显愁之无端与多端。李白似用夸张的手法,其实是实写其内心,此诗堪称写愁之绝唱。

《陪侍郎叔游洞庭湖醉后》是三首五绝组诗,为同时同地之作。其一:“今日竹林宴,我家贤侍郎。三杯容小阮,醉后发清狂。”时年五十九岁的李白流放夜郎遇赦后到达岳州,族叔李晔由刑部侍郎贬官岭南,两人结伴游洞庭湖。李白将李晔比为叔阮籍,自比侄子阮咸,以大小阮竹林饮酒事来喻今日清宴,诗人醉后吟诗的清狂之态跃然纸上。其二:“船上齐桡乐,湖心泛月归。白鸥闲不去,争拂酒筵飞。”写游湖的美景图,从酒船管弦齐奏的声音,到湖心月影徘徊,再到白鸥盘旋飞翔的动态,动静虚实相结合,鸟若有情,意境优美。其三:“刬(chǎn)却君山好,平铺湘水流。巴陵无限酒,醉杀洞庭秋。”李白富于奇想,幻想铲去眼前的君山,让湘水一泻千里;满洞庭湖水似美酒,令此处的秋天醉倒。诗人独特的想象,巧妙的设喻,把苍茫肃杀的洞庭湖景写出来,虚实结合,情景交融。在诗人豪迈不羁的背后,是他对时局败坏的忧虑,对人生阻碍的愤懑,对壮志难酬的愁怨,三诗表面上写乐景,实际抒悲情,悲凉之意含蕴诗中。

李白的七绝被后世称之为神品。如以下两首以长江为题材的名篇:

望天门山

天门中断楚江开,碧水东流至此回。
两岸青山相对出,孤帆一片日边来。

送孟浩然之广陵

故人西辞黄鹤楼，烟花三月下扬州。

孤帆远影碧空尽，惟见长江天际流。

两诗皆以长江为大背景和描写对象，但景物的观察方式和表达技巧都有很大区别。《望天门山》写于开元十三年（725）李白初次出蜀、赴江东游玩途中所作，诗人兴致勃勃，对祖国山川饱含热情，对人生前程充满希望。时诗人的立足点在行进的船上，沿长江而下，行至天门山。天门山在今安徽芜湖西南长江两岸，东名博望山，西名梁山，两山夹江而立，形似天门；长江东流至天门山一带，江水拐弯向北，水流湍急，奔腾回旋。诗人乘坐小船顺流而下，至此地沿江水转向北，迎面扑入眼帘的是仿佛被长江水从中间断开的天门山，转头望向左边，夕阳西下，遥远的天际就是脚下这艘小船出发的地方。《送孟浩然之广陵》写于开元十八年（730）三月，李白在黄鹤楼送别友人孟浩然，正值春色绚丽的季节，诗人立足在黄鹤楼，遥望友人乘坐的小船渐渐消失在远处苍茫的天边。二诗都用了“孤帆”意象，《望天门山》的孤帆是诗人乘坐的小船，末句“孤帆一片日边来”是虚实结合的写法，诗人眼中看到的是天边夕阳，想像所乘小船正是从水天交接的天际而来，一种行程满满的感觉；《送孟浩然之广陵》的孤帆则是友人乘坐的小船，诗人实写眼前景，小船渐远渐小渐无，实景的画面渐虚，很好地表达了诗人的惜别之情。

李白的七绝佳作甚多，前面第五讲曾举《客中作》与王翰诗对读，兰陵美酒之醉客忘乡，充分展示了诗人豪迈不羁的个性和豪放飘逸的诗风特色。《清平调词三首》作于天宝二年（743）或三载（744）春李白供奉翰林时，其一：“云想衣裳花想容，春风拂槛（jiàn）露华浓。若非群玉山头见，会向瑶台月下逢。”着衣如云，玉容胜花，杨贵妃似带露之牡丹，仿佛天上仙子般美艳。从眼前的国色天香之花，联想到九霄云外之神仙，横跨的空间辽阔，设喻巧妙，想象奇妙。其二：“一枝红艳露凝香，云雨巫山枉断肠。借问汉宫谁得似，可怜飞燕倚新妆。”继续以带露牡丹来喻贵妃美貌，楚襄王为之断肠的巫山神女只在梦中，怎及眼前君王盛宠之玉人，只有汉宫里精心妆扮后的赵飞燕才差可比拟，从历史的时间跨度来联想，借古喻今，精心比较、揄扬。其三：“名花倾国两相欢，常得君王带笑看。解释春风无限恨，沉香亭北倚阑干。”总承前两首，合写牡丹、贵妃皆得君王宠爱、欢心，沉香亭北倚栏杆，无限春愁一消而散。这三首组诗构思精巧，辞藻艳丽，人物美丽，引人遐想，诗意相钩连，诗境相辉映。

李白抒写山水、送别、思念等题材的七绝，景象生动，情感真挚，构思精巧，语言流转自然。如《峨眉山月歌》："峨眉山月半轮秋，影入平羌江水流。夜发清溪向三峡，思君不见下渝州。"此诗连用峨眉山—平羌江—清溪—三峡—渝州共五个地名，通过山月的映照和江水的流转，依次展开了一幅千里蜀江行旅图，景中含情，表达了对故乡的眷恋不舍。《望庐山瀑布二首》，其一为五古，其二是七绝名篇："日照香炉生紫烟，遥看瀑布挂前川。飞流直下三千尺，疑是银河落九天。"生动描绘了庐山香炉峰的高峻和朦胧美，通过夸张、想象的方式突出瀑布的雄壮气势。《闻王昌龄左迁龙标遥有此寄》："杨花落尽子规啼，闻道龙标过五溪。我寄愁心与明月，随风直到夜郎西。"诗歌用杨花、子规、明月、风等景物意象营造了凄清的意境，融情入景，以景见情，显出李白对友人远谪的关切与同情；并在诗句中巧妙嵌入龙标（今湖南黔阳）、五溪（沅溪、武溪、酉溪、巫溪、辰溪五条溪水，在湖南西部、贵州东部）、夜郎这三个地名，诗意却毫无滞碍，反让人添加联想，愁心与明月，拓宽空间感。《赠汪伦》："李白乘舟将欲行，忽闻岸上踏歌声。桃花潭水深千尺，不及汪伦送我情。"李白即将离开桃花潭（在今安徽泾县），感念友人汪伦的热情款待，以诗相赠，很自然地用潭水来比拟友人的深情，信手拈来，却至情至性，语直而意深。《早发白帝城》又名《下江陵》，写于李白流放夜郎在白帝城遇赦乘舟回江陵的途中，夸张而流利的笔调，把江山之秀美壮丽、顺水行舟之流畅轻快和诗人愉快的心情融为一体。

李白的律诗数量不多，五律七十多首，七律八首，同样具有不刻意求工而自然天成的特点。如《渡荆门送别》：

渡远荆门外，来从楚国游。
山随平野尽，江入大荒流。
月下飞天镜，云生结海楼。
仍怜故乡水，万里送行舟。

此诗写李白初次乘舟到荆门山（在今湖北宜都西北长江南岸）远游的所见所感。首联指明游玩地点；颔联写在船上看见山川由近及远变化的实景，雄浑辽阔，后人认为李诗写白天之景，与杜甫《旅夜书怀》的颔联“星垂平野阔，月涌大江流”写晚上之景有异曲同工之妙；颈联写水月云天变化的虚景，生动譬喻，营造奇妙变幻的意境；尾联抒发思乡情，以拟人手法写蜀地流下的故乡水一路伴行之多情。《送友人》：“青山横北郭，白水绕东城。此地一为别，孤蓬万里征。浮云游子意，落日故人情。挥手自兹去，萧萧班马鸣。”诗人客中送客，难舍难分，前四句以景带出情，后四句寓情于景，马的嘶鸣更引发离情凄恻而有萧散之致。诗歌有声有色，画面感强。颈联令人联想到《古诗十九首》的“浮云蔽白日，游子不顾返”两句，而李诗的对仗工整，语言更精练，诗意更凝练，含蕴更丰厚。

李白的七古豪放，五古沉着，绝句空灵，律诗富丽。他善于学习《诗经》《楚辞》及唐以前的优秀诗人诗篇，还善于学习民歌，致力于诗歌革新，故取得了巨大的成就。龚自珍的《最录太白集》称：“庄屈实二，不可以并；并之以为心，自白始。”李白这位不世出之天才，其拳拳爱国心直追屈子，潇洒出世意堪比老庄，把儒道之精神并于一心，融清新自然、潇洒飘逸、清雄奔放、瑰丽浪漫、汪洋恣肆、沉雄苍凉的风格于一身。

第九讲 双峰并峙之杜甫

杜甫（712—770），字子美，生于河南巩县（今巩义市），曾居长安城南少陵，自称少陵野老，世称杜少陵。三十五岁前读书游历。开元二十四年（736）到洛阳考进士下第；天宝六载（747）应诏参加“通一艺者”考试，因权相李林甫称“野无遗贤”，应试士子全部落选。杜甫在长安仕进无门，困顿十年，才获得右卫率府胄曹参军的小职。安史之乱流亡颠沛，为叛军所俘；脱险后授官左拾遗，世称杜拾遗。乾元二年（759），弃华州司功参军之职，举家西行，到达成都，隐居浣花溪草堂。一度在剑南节度使严武幕中任检校工部员外郎，世称杜工部。严武去世后，携家东迁，留滞夔（kuí）州（今重庆奉节）两年。出峡后，漂泊于鄂、湘一带。大历五年（770），贫病交加的杜甫，五十九岁卒于从潭州（长沙）到岳州的湘江一艘小船上。

一、“诗圣”“情圣”

杜甫出身世家大族，十三世祖是号称“武库”的西晋名将杜预，祖父杜审言是武后朝有名的诗人，因此，杜甫对写诗有一种家族责任感，“诗是吾家事”（杜甫《宗武生日》）。青少年时期，在家庭庇护下，杜甫过着较为安定富足的生活，聪颖好学，七岁能作诗，“七龄思即壮，开口咏凤凰”，十四五岁开始“出游翰墨场”（杜甫《壮游》），但他的心性仍天真活泼，“忆年十五心尚孩，健如黄犊走复来。庭前八月梨枣熟，一日上树能千回”（杜甫《百忧集行》）。青壮年时期的杜甫，过着“放荡齐赵间，裘马颇轻狂”的生活。

晚年的杜甫穷困潦倒，给世人的形象是瘦弱老翁。但他的人格之高尚，诗艺之高超，后人尊其为“诗圣”和“情圣”。杜甫出身“奉儒守官”之家，深受儒家思想的影响，有“致君尧舜上，再使风俗淳”（杜甫《奉赠韦左丞丈二十二韵》）的人生理想。杜甫以诗闻名，其实继承先祖，文武双全，他的出塞诗颇有军事战略的识见；他志向高远，有英雄之志，钟惺、谭元春的《诗归》评其为“英雄之人”，一位能于“家常琐细”的讲述中谈论“大道理、大经济”的有识之士，因“久处下流”才有激愤语。

“诗圣”主要包含两层意思，一是杜甫具有如圣人般的高尚道德和悲天悯人的胸怀；二是杜甫的诗歌造诣达到了脱凡入圣的境地。杜甫的忧君忧国之心是出于天性，自言：“生逢尧舜君，不忍便永诀。葵藿倾太阳，物性固莫夺。”（杜甫《自京赴奉先县咏怀五百字》）至宋代，苏轼推举杜甫为古今诗人之首，有“一饭未尝忘君”的说法（杜甫《王定国诗集叙》），《与王定国四十一首》其八又说：“杜子美在穷困之中，一饮一食，未尝忘君。诗人以来，一人而已。”此说得到历代杜诗学者接声递响，杨万里《江西宗派诗序》指出杜甫、黄庭坚之诗似屈原之“乘桂舟、驾玉车”，若“有待而未尝有待者，圣于诗者”，赞叹杜甫有意而未尝刻意写诗的“圣”之境界；明人王嗣奭《梦杜少陵作》：“青莲号诗仙，我翁号诗圣。”引杜甫若家翁，直称“诗圣”。杜甫忧国忧民，一副悲天悯人的仁爱心肠，如圣人般有顶天立地之心；而杜诗的境界和诗艺的技巧，也达到了诗中之圣的顶尖。

杜甫的个性特征有狂放、豪迈、耿直、清高的一面，自言“性豪业嗜酒，嫉恶怀刚肠”（杜甫《壮游》），老了的他更是“欲填沟壑唯疏放，自笑狂夫老更狂”（杜甫《狂夫》）；也有善良、乐观、幽默、诙谐的一面，胡适《白话文学史》说他有“特别风趣”。他富于人格魅力，既忠君爱国，同情民众，亦热爱家人，珍视友情；他有着“民胞物与”的思想，对大自然的鱼虫草木和生活中的琐细之物，也富于爱心，观察入微，吟咏入诗，如“鹅儿黄似酒，对酒爱新鹅”（杜甫《舟前小鹅儿》）。袁枚《随园诗话》认为：“人但知杜少陵每饭不忘君，而不知其于友朋、弟妹、夫妻、儿女间,何在不一往情深耶?”梁启超《情圣杜甫》说:“我以为工部最少可以当得起情圣的徽号。因为他的情感的内容,是极丰富的,极真实的,极深刻的。他表情的方法又极熟练,能鞭辟到最深处,能将他全部完全反映不走样子,能像电气一般,一振一荡的打到别人的心弦上,中国文学界写情圣手,没有人比得上他,所以我叫他做情圣。”

杜甫重情重义,也善于抒情写意。以李杜友情为例,杜甫在两人分别后,先后写了十多首诗来表达自己对李白的长久思念和长怀忧虑,如《梦李白》:“江南瘴疠地,逐容无消息。故人入我梦,明我长相忆。”真正记挂在心才会入梦。又如对郑虔的深情,《送郑十八虔贬台州司户伤其临老陷贼之故阙为面别情见于诗》:“郑公樗散鬓成丝,酒后常称老画师。万里伤心严谴日,百年垂死中兴时。苍惶已就长途往,邂逅无端出饯迟。便与先生应永诀,九重泉路尽交期。”临别之际对友人的忧虑之深,可谓生死之交。杜甫之情不仅对亲友,对黎民百姓、底层民众亦忧念在心,他“穷年忧黎元,叹息肠内热”(杜甫《自京赴奉先县咏怀五百字》),看到“堂前扑枣任西邻,无食无儿一妇人”(杜甫《又呈吴郎》),怜惜她因家贫困穷才有此行为。

文学史上李杜并称,但一直存在比较,共出现了三种倾向:“扬李抑杜”者有贺知章、李阳冰、邓雅、杨慎、王稚登、屈大均、龚自珍等人;“扬杜抑李”者有元稹、白居易、王安石、苏辙、欧阳修、秦少游、陈必复、钱易、李纲、赵欢公等人;“李杜并重”者有韩愈、杜牧、李商隐、陆游、严羽、王世贞、胡应麟等人。

李白的诗歌在其生前即享誉全国,而杜甫在盛唐时期并未得到重视,同时代的殷璠《河岳英灵集》选李诗而不选杜诗。至中唐,元白因提倡新乐府运动,有扬杜抑李的倾向。元稹《唐检校工部员外郎杜君墓系铭并序》指出李白的乐府歌诗“诚亦差肩于子美矣。至若铺陈终始,排比声韵,大或千言,次犹数百,词气豪迈而风调清深,属对律切而脱弃凡近,则李尚不能历其藩翰,况堂奥乎”;白居易在《与元九书》中比较二人:“又诗之豪者,世称李、杜。李之作,才矣奇矣,人不逮矣;索其风雅比兴,十无一焉。杜诗最多,可传者千余首;至于贯穿今古,覼缕格律,尽工尽善,又过于李焉。”晚唐顾陶《唐诗类选》是唐人选本中最早选杜诗,称“杜李”。至宋代,欧阳修、朱熹偏好李诗。而王安石、苏轼等更推扬杜甫,王安石编选《四家诗》顺序是“杜韩欧李”,又批评道:“太白词语迅快,无疏脱处。然其识污下,诗词十句九句言妇人、酒耳。”对李白的偏见甚深。因国家多危难，宋人多学杜诗，有“千家注杜”的说法，江西诗派奉杜为远祖。除少数人外，宋人多崇杜不抑李。至元代，则有方回、刘秉忠、周权等众多诗人偏爱李白。延续至明，刘基、高启、杨慎、李贽等人皆喜白诗；前后七子并重李杜，从杜诗中总结了不少诗法。明末清初以后，再次掀起千家注杜的热潮，如王嗣奭《杜臆》、钱谦益《钱注杜诗》、仇兆鳌《杜诗详注》、杨伦《杜诗镜铨》、浦起龙《读杜心解》等。闻一多认为李白有杜甫的天才，没有杜甫的人格，喜爱李白，更喜爱杜甫。在毛泽东影响下，郭沫若偏爱李白，他说：李白事事高明，“划却君山好，平铺湘水流”几乎是开山西省昔阳县大寨大队劈山造田的先河；而杜甫处处猥琐，他的《八月茅屋为秋风所破歌》，暴露一个地主老财的丑恶嘴脸。显然，这种解读是荒谬错误的。

李杜二人审美理想不同，创作方法各异，思想性格各异，所阅历时代特征亦有差别，不应强为优劣，妄加抑扬。早在中唐，韩愈就已经指出：“李杜文章在，光焰万丈长。不知群儿愚，哪用故谤伤。蚍蜉撼大树，可笑不自量。”（韩愈《调张籍》）批评强分李杜高下的倾向。严羽《沧浪诗话》说：“李杜二公，正不当论优劣。太白有一二妙处，子美不能道；子美有一二妙处，太白不能作。子美不能为太白之飘逸，太白不能为子美之沉郁。”李杜优劣的命题不能成立。

二、臻于至境的近体

杜甫的格律诗写作技巧已是炉火纯青的至境，自言“老来渐于诗律细”。首先看他的律诗，在内容和形式方面都取得了巨大的成就：一是极大地开辟了律诗的题材范围；二是融磅礴飞动的气势与精严的格律为一体；三是格律、体制方面的创新。杜甫富于创新精神，有意识地写作长篇律诗、拗体律诗、律体组诗等新诗体，给后世树立了诗歌的典范，提供了学诗的诗法路径。

《望岳》作于开元二十四年（736），时杜甫二十五岁，初次到洛阳参加进士考试，失利而归，途中遥望泰山，有感而发。诗曰：

岱宗夫如何，齐鲁青未了。
造化钟神秀，阴阳割昏晓。
荡胸生层云，决眦入归鸟。

会当凌绝顶，一览众山小。

以标准的格律来衡量，这是一首五古，孙洙《唐诗三百首》列入“五言古诗”。此诗押仄韵，平仄多有不合律之处；但三、四句，五、六句对仗工整，诗味似古却新。鉴于唐诗格律的丰富复杂，杜甫善于创新，又是早年作品，古人亦有列入律诗的情况，此处不妨视作以古入律的近体。岱宗即泰山，五岳之首，又名岱山，在山东泰安市北。古代齐鲁两国以泰山为界，齐国在泰山北，鲁国在泰山南。夫(fú)是语气助词，无实义。首两句写诗人对泰山的神往，泰山占地之广，青绿一片，蔓延齐鲁大地，极言泰山之绵延辽阔；三、四句写泰山神妙秀美，山南明亮，山北昏暗，截然不同，极言泰山之雄伟高峻；五、六句写云气层出不穷，如诗人心胸荡漾而出，张大眼睛追寻归鸟的踪迹；末两句抒发诗人对登顶的期待，定要登上顶峰，俯瞰眼前低矮的众山。泰山雄起于华北平原之东，主峰玉皇顶海拔高达1532.7米，周边山峰海拔均不高；而广州白云山的主峰摩星岭海拔只有382米。

天宝十四载(755)十一月，唐朝将领安禄山、史思明起兵叛唐，安史之乱爆发。次年六月，潼关失守，玄宗西逃；七月，太子李亨于宁夏灵武即位，是为肃宗至德元载(756)。这时的杜甫已将家搬到鄜(fū)州(今陕西富县)羌村避难，八月只身北上，投奔灵武，为叛军俘虏，羁押至长安；至德二载(757)四月，杜甫冒险逃出长安，到凤翔(今陕西宝鸡)投奔肃宗，五月十六日，肃宗授其为左拾遗，故世称“杜拾遗”。《月夜》和《春望》二诗即作于杜甫被禁长安期间，前一首望月怀远，抒发对家人的真挚思念；后一首触景生情，感物生发忧深的家国之念。二诗如下：

月夜

今夜鄜州月，闺中只独看。
遥怜小儿女，未解忆长安。
香雾云鬟湿，清辉玉臂寒。
何时倚虚幌，双照泪痕干。

春望

国破山河在，城春草木深。
感时花溅泪，恨别鸟惊心。
烽火连三月，家书抵万金。
白头搔更短，浑欲不胜簪。

陷于长安的杜甫思亲而写下《月夜》诗，用了“对面着笔”的手法，首联不写眼前月，而把目光拉远、思绪拉长，设想妻子独在鄜州对月怀人；颔联写儿女尚小，未解思念之苦；颈联描写妻子久立月下，乌发已被夜雾沾湿，玉臂在清辉映照下渐感寒冷；尾联表达妻子和诗人自己的心声，渴望团圆，“双照”与二句的“独看”相对应。全诗句句紧扣月字来写，清人浦起龙的《读杜心解》评此诗：“心已驰神到彼，诗从对面飞来。悲婉微至，精丽绝伦，又妙在无一字不从月色照出也。”《春望》一诗写于至德二载（757）三月，杜甫眼见山河未改而国家残破，春回大地却满城荒凉，感念国家正动荡、自己被拘押、家人无音讯，各种心绪乱怀，悲从中起。颔联用拟人的手法，突出了诗人的深重的忧伤，花溅泪，花并无泪，花泪或为露，实为诗人泪溅花；鸟惊心，鸟心正张惶，实为诗人心张惶。

唐肃宗上元元年（760），杜甫在严武等友人帮助下，在成都西郊浣花溪畔建草堂隐居。除去到梓州、阆州等地，杜甫在成都草堂前后住了四年多，写诗240多首，以日常生活和咏物题材为主。《江村》和《客至》就是其中的代表作。

江村

清江一曲抱村流，长夏江村事事幽。
自去自来堂上燕，相亲相近水中鸥。
老妻画纸为棋局，稚子敲针作钓钩。
多病所须惟药物，微躯此外更何求？

客至

舍南舍北皆春水，但见群鸥日日来。
花径不曾缘客扫，蓬门今始为君开。
盘飧（sūn）市远无兼味，樽酒家贫只旧醅。

肯与邻翁相对饮，隔篱呼取尽余杯。

《江村》一诗首联指出江村的清幽环境和诗人日常生活的幽闲；颔联、颈联展开来写燕子自由出入、水鸥相伴、妻子画棋盘、儿子弯针钓鱼等几件“幽事”，生动具体地写出了忘机不疑、适性自得的意趣；尾联“多病”一句，亦作“但有故人供禄米”；此联意兴渐转落寞，诗人的生活看似闲淡无求，实质忧国之意未离心头。《客至》写出有客来访的欣喜和富于生活趣味的对饮场景，画面感强。崔明府前来探访，诗人喜出望外，却抱歉家里没有好菜肴，只有未过滤的陈酒招待；主客开怀畅饮间仍不过瘾，呼来邻居老翁隔着篱笆墙举杯对饮。诗歌用家常话而有天然朴趣，真致风韵，表现出了浓郁的生活气息和深厚的人情味。

杜甫在浣花溪草堂的生活相对宁静闲适，“已知出郭少尘事，更有澄江销客愁”，可以悠闲地看“无数蜻蜓齐上下，一双鸂鶒对沉浮”，也可以兴来出游，“东行万里堪乘兴，须向山阴上小舟”（杜甫《卜居》）；也在江亭躺卧，看云朵在天上飘，“坦腹江亭暖，长吟野望时。水流心不竞，云在意俱迟”（杜甫《江亭》）。成都多雨天，杜甫笔下常有雨的描绘，如《水槛遣心》其一：“细雨鱼儿出，微风燕子斜。”小雨中的生动景象。其二：“叶润林塘密，衣干枕席清。”夜雨后的清爽晨景。《狂夫》：“风含翠篠娟娟净，雨浥红蕖冉冉香。”夏天雨后的迷人景色。尤以《春夜喜雨》最为有名：“好雨知时节，当春乃发生。随风潜入夜，润物细无声。野径云俱黑，江船火独明。晓看红湿处，花重锦官城。”以拟人的手法赞美春雨夜间悄悄降临，滋润万物生长。

杜甫有时踏春远游，如到新津县修觉寺游玩，写下《游修觉寺》：“野寺江天豁，山扉花竹幽。诗应有神助，吾得及春游。径石相萦带，川云自去留。禅枝宿众鸟，漂转暮归愁。”首联写修觉寺的方位所在和清幽外景，由外而内，一远一近；颔联指出春游的兴致激发了写诗的灵感；颈联写眼前的景色，弯曲的石径小路，自由飘荡的白云，自下而上，一静一动；尾联写暮色降临，鸟儿归栖在禅院树枝的巢穴，诗人无奈结束游玩，踏上归程。又有《后游》诗：“寺忆新游处，桥怜再渡时。江山如有待，花柳更无私。野润烟光薄，沙暄日色迟。客愁全为减，舍此复何之。”诗人再次游玩修觉寺，景物有情，理趣盎然，心中的愁闷因美好景色而消减。

距离草堂五公里处有纪念诸葛亮的武侯祠，杜甫前去祭拜，写诗以表达自己的敬重之心。《蜀相》：

丞相祠堂何处寻？锦官城外柏森森。
映阶碧草自春色，隔叶黄鹂空好音。
三顾频烦天下计，两朝开济老臣心。
出师未捷身先死，长使英雄泪满襟。

此诗被誉为千古咏诸葛的第一诗。首联指出武侯祠的方位和环境，颔联进一步写祠堂的荒凉冷落，碧草如茵，铺展石阶，黄鹂鸣叫，无人赏听；颈联两句高度概括了诸葛亮一生的功绩：刘备三顾茅庐，得定三分天下之大计；辅佐蜀汉二主，忠心耿耿，鞠躬尽瘁。尾联感慨诸葛亮猝然病死，功败垂成，令后世有志之士在拜谒时泪洒满襟，扼腕叹息！英雄也有泪，时唐王朝的安史叛乱仍未平息，杜甫缅怀先贤，忧心国事，感怀至深。

当宝应元年（762）冬，唐军收复河南洛阳等地，次年正月，史思明之子史朝义自缢，安史之乱结束。杜甫闻知消息，惊喜若狂，写下“生平第一首快诗”《闻官军收河南河北》：“剑外忽传收蓟北，初闻涕泪满衣裳。却看妻子愁何在？漫卷诗书喜欲狂！白日放歌须纵酒，青春作伴好还乡。即从巴峡穿巫峡，便下襄阳向洛阳。”此诗情感奔放，节奏明快，前四句用“忽传”“初闻”“却看”等转折词，写出喜极而泣的感情变化；后四句巧妙嵌入四个地名，把狂喜之后的还乡渴望表露无遗。仇兆鳌评曰：“此诗句句有喜悦意，一气流注，而曲折尽情，绝无妆点，愈朴愈真，他人决不能道。”

永泰元年（765），严武去世，杜甫携家人离开成都，到达夔州后暂住两年，存诗430多首，代表作有《咏怀古迹五首》《秋兴八首》《登高》等。《咏怀古迹五首》分咏庾信、宋玉、王昭君、刘备、诸葛亮五人，结合存留的古迹来写五人的生平事迹、才学品性、丰功伟绩，其一的“庾信平生最萧瑟，暮年诗赋动江关”，其二的“摇落深知宋玉悲，风流儒雅亦吾师”，其三的“一去紫台连朔漠，独留青冢向黄昏”，其四的“武侯祠堂常邻近，一体君臣祭祀同”，其五的“三分割据纡筹策，万古云霄一羽毛”等诗句，寄寓了诗人对五人的感慨、同情和崇敬。《秋兴八首》是杜甫七律组诗的代表作，因秋而感兴，感叹个人身世与国家命运。八首诗是一个整体，第一首是领起之作，八诗之纲领，诗曰：

玉露凋伤枫树林，巫山巫峡气萧森。
江间波浪兼天涌，塞上风云接地阴。
丛菊两开他日泪，孤舟一系故园心。
寒衣处处催刀尺，白帝城高急暮砧。

杜甫时年五十五，漂泊异乡，暮年多病，知交零落，壮志难酬，再加上国无宁日，战乱频仍，心境十分落寞、抑郁。这首诗的首联下笔就是秋景，一句写视觉之秋色，二句写感官之秋气，“凋伤”与“萧森”，给全诗定下了哀伤的情感基调。颔联、颈联对仗工整而富于变化，三句写眼前景，视线自下而上，四句写想象，视线自上而下，虚实结合，以景之波澜壮阔、诡谲多变，来喻局势之动荡、危急；五句叹时光流逝，六句悲思乡情切，杜甫离开成都后已历两秋，菊花两开，而自己仍在漂泊，游子思乡之念从未改变。尾联以动作、声音来写情，人人赶制冬衣，捣洗旧衣，暮色中传来的急促捣衣声，正是诗人不安心境之反映，以声结尾，意韵悠长，意在言外。第二首上应第一首，开头点出自己身在夔州，心在长安，“夔府孤城落日斜，每依北斗望京华”，“望京华”是八诗之旨；诗人翘首望阙，流光迅速，“请看石上藤萝月，已映洲前芦荻花”，日落月升，人景凄凉。第三首延伸第二首的诗意，前四句写夔州的清晨美景：“千家山郭静朝晖，日日江楼坐翠微。信宿渔人还泛泛，清秋燕子故飞飞。”晨曦中的山郭宁静秀丽，诗人每日坐在江楼，看见渔翁时常在江上放船，燕子在江面上翻飞；但诗人心境的烦扰与环境的宁静形成矛盾，他想到自己如抗疏直谏的匡衡、授徒传经的刘向一样郁郁不得志，而同学少年如今轻裘肥马享富贵，更加深了内心的忧怨。第四首把视角拉至长安城：

闻道长安似弈棋，百年世事不胜悲。
王侯第宅皆新主，文武衣冠异昔时。
直北关山金鼓振，征西车马羽书驰。
鱼龙寂寞秋江冷，故国平居有所思。

诗人忧虑国运的变迁和社会的动荡，边关征战正酣，而“我”独对寂冷秋江，追忆当年。第五首诗人通过回忆与想象的交织，写长安宫殿的巍峨、早朝场面的庄严和“我”曾“识圣颜”的荣耀，却被暮年秋深的现实惊醒，沧江病卧，往事已矣，“一卧沧江惊岁晚，几回青琐点朝班”。第六、七首分别描绘曲江、昆明池的繁华壮丽，诗末表达惋惜之意，“回首可怜歌舞地，秦中自古帝王州”，“关塞极天惟鸟道，江湖满地一渔翁”。第八首仍是追忆当年，与岑参兄弟游赏渼陂的快乐逍遥，诗末不禁叹惜年老孤独，颔联“香稻啄余鹦鹉粒，碧梧栖老凤凰枝”巧用倒装语序，把句子重点放在“香稻”“碧梧”，突出物产之美。

《登高》亦作于杜甫在夔州时期，唐代宗大历二年（767）重阳节，杜甫登高望远，有感而发。这是一首七律名篇，明人胡应麟的《诗薮》推重此诗“精光万丈”，是“古今七律第一”。全诗如下：

风急天高猿啸哀，渚清沙白鸟飞回。
无边落木萧萧下，不尽长江滚滚来。
万里悲秋常作客，百年多病独登台。
艰难苦恨繁霜鬓，潦倒新停浊酒杯。

全诗通篇用对，含蕴丰厚。首联用工对，又巧用当句对，秋景清旷，声色兼备，音韵铿锵，极具画面感；颔联用两个叠字，将秋叶纷飞、江水奔腾的景色形象化，胡应麟称之为“句中化境”；颈联诗意叠递，宋人罗大经认为“十四字之间含有八意”：“万里，地之远也；悲秋，时之惨凄也；作客，羁旅也；常作客，久旅也；百年，暮齿也；多病，衰疾也；台，高迥处也；独登台，无亲朋也。”这八意即八可悲之处，实不止八悲，病亦悲，多病更悲；独登台悲，病中登台亦悲，多病独登台更悲；人在他乡，离家万里，羁旅已久，亲朋亡散，衰暮多病，抑郁失意，又逢秋天，独自登台，百感交集，怎能一一分辨？尾联写诗人心下恻然，叹恨人生多艰，鬓白如霜，穷困衰病，近来连浊酒都停喝了。杜甫一生对诗与酒有特殊的感情，“宽心应是酒，遣兴莫过诗”（杜甫《可惜》），如今却连喜欢的酒都不得不戒了，且还是浊酒都喝不上了，可见其有多么的“艰难苦恨”，无限悲凉，动人心弦。结尾气格低沉，却是由颈联的种种悲感迸发之后而引出的怆然落寞。

大历三年（768）冬，杜甫由湖北江陵、公安一路下到湖南岳阳，写下《登岳阳楼》，颔联“吴楚东南坼，乾坤日夜浮”与孟浩然《望洞庭湖赠张丞相》的颔联

“气蒸云梦泽，波撼岳阳城”同是唐代写岳阳楼的名句；这时的诗人处于孤独衰暮之中，“亲朋无一字，老病有孤舟”，这也是他去世前两年在湖湘一带漂泊的生活写照。大历五年(770)冬，杜甫在一条小船上以最后的生命之光写下绝命词《风疾舟中伏枕书怀三十六韵奉呈湖南亲友》，这首长篇排律巧用各种典故，抒发了他在羁旅衰病之中的人生悲怀和家国伤痛，“兴尽才无闷，愁来遽不禁。生涯相汨没，时物自萧森”。

杜甫的绝句虽未被称为神品，仍不失为大家手笔。林继中《杜诗选评》：“向以短小空灵取胜的绝句，在杜甫手中或驱之发议论，或贯之成组诗，手法上则打破唐人熟见的第三句一转的格式，往往四句结成对偶，画面平列，使人耳目一新。”如《绝句二首》：

其一

迟日江山丽，春风花草香。
泥融飞燕子，沙暖睡鸳鸯。

其二

江碧鸟逾白，山青花欲燃。
今春看又过，何日是归年？

两诗皆写出一派和暖美丽的春景，春意盎然，生机勃勃。诗歌全篇用对，平朴如话，却景象鲜明，诗中有画。另一首写景绝句名篇，《绝句四首》其三：“两个黄鹂鸣翠柳，一行白鹭上青天。窗含西岭千秋雪，门泊东吴万里船。”前两句写春景清新生动，有声有色；后两句景物自近及远，自远而近，视通万里，全诗如一幅山水画卷般铺展开。

杜甫善于以细小的事物入诗，他在浣花溪草堂隐居时，写下不少富有生活趣味的咏物、写景诗，如《江畔独步寻花七绝句》，其一写“恼花”之心情，江畔的春花绽放，“江上被花恼不彻”，惹乱人心，欲赏无伴；其二写花之繁盛，“稠花乱蕊畏江滨”，又是一年春来到，叹诗酒为伴的自己已白头；其三写路边人家的春花红白辉映，赏春须载酒，“报答春光知有处，应须美酒送生涯”；其四是望少城之花，想登百花高楼行酒作乐，“唤取佳人舞绣筵”；其五写黄师塔前的一簇桃花，“春光懒困倚微风”，野趣横生，“桃花一簇开无主，可爱深红爱浅红”；其六写黄四娘家庭院繁花盛开的花丛美景，“留连戏蝶时时舞，自在娇莺恰恰啼”，舞蝶、啼莺生动可爱，诗歌音韵清脆锵和；其七则表达爱花、惜花的情怀：“不是爱花即肯死，只恐花尽老相催。繁枝容易纷纷落，嫩蕊商量细细开。”七诗组成一幅独步寻花的行踪图，把诗人因繁花盛开而起游春、赏春、惜春之念头和举动渐次展开。

杜甫在成都的生活较为平稳闲适，但他内心对国事仍忧虑不已，如《赠花卿》：

锦城丝管日纷纷，半入江风半入云。
此曲只应天上有，人间能得几回闻？

在赞美庆功宴之音乐美妙动听的字面下，是诗人对居功自傲、僭用天子音乐的花敬定的深刻讽刺。杜甫有《绝句漫兴九首》，通过对住处环境的春夏变化的景物描写，抒发内心的“客愁”。其一：“眼见客愁愁不醒，无赖春色到江亭。即遣花开深造次，便教莺语太丁宁。”以春景之乐写客愁之悲；其二写亲手种载的桃李花被春风吹折，“恰似春风相欺得，夜来吹折数枝花”，仿佛春风有意欺负桃李，诗人的“恼怒”富于趣味；其七写初夏景观：“糁径杨花铺白毡，点溪荷叶叠青钱。笋根雉子无人见，沙上凫雏傍母眠。”比喻生动准确，形象化，笔调细致。组诗中，多有咏物之作，如其三用拟人的手法写燕子的频繁打扰，“衔泥点污琴书内，更接飞虫打着人”，含蕴客愁；其五写柳絮、桃花的随风逐流，“颠狂柳絮随风去，轻薄桃花逐水流”，寄寓讽刺之意。在迎春、送春之中，诗人的“客愁”难以消解，唯有借酒消愁，其四：“莫思身外无穷事，且尽生前有限杯。”以酒来慰藉诗人那颗悲怀人生、痛苦漂泊、忧国忧民之心。

杜甫深深钦佩诸葛亮的一生功绩和鞠躬尽瘁的精神，现存与诸葛亮有关的诗有二十四首，其中专咏的有九首。名篇《八阵图》作于杜甫初到夔州时，是一首五绝小诗：

功盖三分国，名成八阵图。
江流石不转，遗恨失吞吴。

前两句称颂诸葛亮的丰功伟绩,隆中对献计三分天下,辅佐刘备得成大业,魏蜀吴三国鼎立;御敌时以乱石堆成石阵,按遁甲分成生、伤、休、杜、景、死、惊、开八门,创八阵图,变化万端,能挡十万精兵。后两句叹石阵依旧,江水流转,时光悠悠,诗人惋惜当年刘备为报关羽之仇率兵攻吴,破坏了诸葛亮联吴抗曹的宏图大计,留下千古遗恨。《八阵图》借写景来抒发古代历史的兴亡变迁之感;另一首名篇《江南逢李龟年》则通过人事来写社会的变迁,蕴含当代历史的兴衰变化之感,被清人邵长蘅称之为杜诗七绝的压卷之作:

岐王宅里寻常见,崔九堂前几度闻。
正是江南好风景,落花时节又逢君。

李龟年是玄宗年间的著名歌者,常出入岐王李隆范、崔涤等长安贵人的府第献艺,安史之乱后流落湖南一带,与杜甫在暮春时节相遇。杜甫忆旧伤怀,感慨社会动荡,人才凋弊,衰老飘零。《唐宋诗醇》评此诗:"言情在笔墨之外,悄然数语,可抵白氏一篇《琵琶行》矣。"

三、叙事咏怀的古体

杜甫的五古主要集中在赠答与行旅题材,代表作《奉赠韦左丞丈二十二韵》《送高三十五书记十五韵》《赠卫八处士》《自京赴奉先县咏怀五百字》《北征》《壮游》《昔游》《往在》等。五古赠答诗着力于双方情感交流和个人抒怀言志,如《奉赠韦左丞丈二十二韵》,全诗共四十四句,前四句开门见山,指出自己对社会不公之愤恨和写诗的目的:"纨绔不饿死,儒冠多误身。丈人试静听,贱子请具陈。"以下即是具陈的内容,先用十二句回忆自己的少年壮志和出众才华:"甫昔少年日,早充观国宾。读书破万卷,下笔如有神。赋料扬雄敌,诗看子建亲。李邕求识面,王翰愿卜邻。自谓颇挺出,立登要路津。致君尧舜上,再使风俗淳。"由此我们可以看到杜甫因才华超群而有过的自信与人生理想,接下来写现实的无情打击,他在长安困顿了十余年,科考失利,求仕无门,窘迫苦悲,"此意竟萧条,行歌非隐沦。骑驴十三载,旅食京华春。朝扣富儿门,暮随肥马尘。残杯与冷炙,到处潜悲辛。主上顷见征,欻然欲求伸。青冥却垂翅,蹭蹬无纵鳞”，这十二句与前面十二句形成强烈的对比，理想与现实形成的矛盾张力给读者以强大的冲击力，加深了讽刺的意味。接下来再用十六句来写自己对韦济的感激与无奈离去的复杂心情，先是韦济对自己的赏识与揄扬：“甚愧丈人厚，甚知丈人真。每于百僚上，猥诵佳句新。”自己本想得到更有效的帮助却期望落空：“窃效贡公喜，难甘原宪贫。焉能心怏怏，只是走踆踆。”决心离去却又恋恋不舍：“今欲东入海，即将西去秦。尚怜终南山，回首清渭滨。常拟报一饭，况怀辞大臣。”最后以白鸥自比，强调自己刚强、自由的个性：“白鸥没浩荡，万里谁能驯！”离开是自己的坚守，如宣言般气势磅礴，奇峰突起。

杜甫的五古行旅诗反映了国家变动、社会生态和人生感受，《自京赴奉先县咏怀五百字》和《北征》是其中的杰出诗作。《自京赴奉先县咏怀五百字》题下原注：“天宝十四载(755)十月初作。”当时玄宗与贵妃在骊山华清宫避寒，杜甫途经此地，所见所感写成诗篇，显示出社会动乱的端倪，十一月安禄山即举兵造反。全诗500字共100句，可分为三大段，开头至“放歌破愁绝”为第一段：

杜陵有布衣，老大意转拙。
许身一何愚，窃比稷与契。
居然成濩落，白首甘契阔。
盖棺事则已，此志常觊豁。
穷年忧黎元，叹息肠内热。
取笑同学翁，浩歌弥激烈。
非无江海志，潇洒送日月。
生逢尧舜君，不忍便永诀。
当今廊庙具，构厦岂云缺。
葵藿倾太阳，物性固莫夺。
顾惟蝼蚁辈，但自求其穴。
胡为慕大鲸，辄拟偃溟渤。
以兹悟生理，独耻事干谒。
兀兀遂至今，忍为尘埃没。
终愧巢与由，未能易其节。
沉饮聊自适，放歌颇愁绝。

这一段写自己的宏大志向，虽被现实打击仍坚守本性，初心不改，诗人在自嘲中带幽愤，慷慨中带坚决。第二段从“岁暮百草零”至“惆怅难再述”，叙述路上情形和见闻感受，铺陈统治集团的奢侈生活，夹杂议论，诗人大声疾呼：“朱门酒肉臭，路有冻死骨。”短短两句即揭露出社会贫富差距的悬殊，残酷现状令人悲愤，难以讲述下去：“荣枯咫尺异，惆怅难再述。”第三段从“北辕就泾渭”至末尾，叙述路线与观感，历经艰险，奔赴到家，得知家中惨状：“入门闻号咷，幼子饥已卒。”诗人惭愧为人父亲，未能保家人平安，又推己及人，想到平民百姓、农民士卒的艰难处境，忧愁万分：“吾宁舍一哀，里巷亦呜咽。所愧为人父，无食致夭折。岂知秋未登，贫窭有仓卒。生常免租税，名不隶征伐。抚迹犹酸辛，平人固骚屑。默思失业徒，因念远戍卒。忧端齐终南，澒洞不可掇。”澒洞（hòng tóng），弥漫无边的意思，此处形容忧愁之多。全诗从忧念家国为起，以个人境遇联系时局的忧思作结，叙事、咏怀、议论相结合，深切沉痛。

《北征》作于至德二年（757）八月，杜甫从陕西凤翔回鄜州探家，一路看到安史之乱中国家混乱、民生凋敝的场景，以及家人在战乱中饥苦困顿的情形。全诗700字共140句，可分为三大段：第一段叙述北征的历程，从北行回家的缘由、心情，到一路上的景象和各种感慨；第二段写到家后与妻子儿女团聚后悲喜交集的情景；第三段提出对国家局势的关心与建议，信心与期望。其中第二段写到家后的感受十分生动感人：

况我堕胡尘，及归尽华发。
经年至茅屋，妻子衣百结。
恸哭松声回，悲泉共幽咽。
平生所娇儿，颜色白胜雪。
见耶背面啼，垢腻脚不袜。
床前两小女，补缀才过膝。
海图坼波涛，旧绣移曲折。
天吴及紫凤，颠倒在短褐。
老夫情怀恶，呕泄卧数日。
那无囊中帛，救汝寒凛栗。

粉黛亦解包，衾绸稍罗列。
瘦妻面复光，痴女头自栉。
学母无不为，晓妆随手抹。
移时施朱铅，狼藉画眉阔。
生还对童稚，似欲忘饥渴。
问事竞挽须，谁能即嗔喝？

杜甫翻山越岭，历尽艰险，回到家中，家人惊喜交加，忍不住哭泣；诗人看到家人身容饥瘦，生活穷困，亦心酸落泪。妻子的衣服处处是补丁；儿子转身啼哭，脚上没穿袜子，满是垢腻；两个女儿的衣服打了补缀，刚过膝盖，图案颠倒。诗人看在眼里，疼在心里，把带回的礼物摆出。妻子得以妆扮，重新容光焕发；女儿天真娇憨，一旁学母抹妆；小儿女们对归来的父亲由陌生到熟悉，竞相在父亲怀抱捋其长须；诗人则满怀怜爱，享受着难得的天伦之乐。这种乱世中得以一家团聚的欣慰，杜甫又有《羌村三首》来展示。其一曰：

峥嵘赤云西，日脚下平地。
柴门鸟雀噪，归客千里至。
妻孥怪我在，惊定还拭泪。
世乱遭飘荡，生还偶然遂。
邻人满墙头，感叹亦歔欷。
夜阑更秉烛，相对如梦寐。

以白描的手法写自己归家后的种种悲喜交集的情景，家人又惊又喜，邻居感叹唏嘘；深夜时分，两夫妻秉烛相对，如在梦境。这种似真似幻的感觉，诗人用平实的语言道出，却寄托深情，有空谷传音之妙。后世多有化用，如戴叔伦《江乡故人偶集客舍》："还作江南会，翻疑梦里逢。"司空曙《云阳馆与韩绅宿别》："乍见翻疑梦，相悲各问年。"宋人晏几道《鹧鸪天》："今朝乘把银釭照，犹恐相逢是梦中。"陈师道《示三子》："了知不是梦，忽忽心未稳。"皆从杜诗的妙想得来。《羌村三首》其二写诗人还家以后的矛盾心情，"晚岁迫偷生，还家少欢趣。娇儿不离膝，畏我复却去"；其三写诗人与邻人的交流，感慨时世，"苦辞酒味薄，黍地无人耕。兵革既未息，儿童尽东征”；三诗蝉联而下，构成一组“还乡三部曲”，诗味深长，一唱三叹。

杜甫与李白的乐府皆有所托意而发，而与李白缘古讽今不同，杜甫直赋时事，创制了不少新题乐府，代表作有《饮中八仙歌》《兵车行》《丽人行》《悲陈陶》《悲青坂》“三吏”“三别”《茅屋为秋风所破歌》等。元稹《乐府古题序》：“近代唯诗人杜甫《悲陈陶》《哀江头》《兵车》《丽人》等，凡所歌行，率皆即事名篇，无复倚傍。”

《饮中八仙歌》在杜甫的乐府诗中独具别调，作于天宝五载(746)他初到长安时，当时长安城号称“酒中八仙人”的李白、贺知章、李适之、李琎、崔宗之、苏晋、张旭、焦遂等八人各具特点的醉态，通过杜甫清醒的目光、简练的笔法，勾勒出一幅栩栩如生的群像图：

知章骑马似乘船，眼花落井水底眠。
汝阳三斗始朝天，道逢麴车口流涎，恨不移封向酒泉。
左相日兴费万钱，饮如长鲸吸百川，衔杯乐圣称避贤。
宗之潇洒美少年，举觞白眼望青天，皎如玉树临风前。
苏晋长斋绣佛前，醉中往往爱逃禅。
李白斗酒诗百篇，长安市上酒家眠，
天子呼来不上船，自称臣是酒中仙。
张旭三杯草圣传，脱帽露顶王公前，挥毫落纸如云烟。
焦遂五斗方卓然，高谈雄辩惊四筵。

八人中，贺知章资格最老，放在第一位；其他从王公宰相到布衣。贺知章旷放纵诞，称李白为“谪仙人”，解金龟换酒同饮；喝醉了骑马摇晃似乘船，醉眼昏花落入井底酣睡。汝阳王李琎是玄宗的侄子，每喝三斗才去觐见天子，闻到路经的酒车香味直流口水，遗憾未得酒泉为封地。左丞相李适之每日花费万贯，贪杯美酒，疏略政事而让贤。崔宗之是吏部尚书崔日用之子，与李白为友；他潇洒不羁，风姿秀美，举杯痛饮如玉树临风。苏晋长斋信佛却嗜酒，故曰“逃禅”。李白饮酒一斗能写百篇诗，时常醉眠长安城的酒肆，天子召唤也不上船，醉语自称“酒中仙”。张旭善草书，人称“草圣”；酒后不拘小节，脱帽露顶，挥笔疾书，字迹如云烟般舒卷自如。焦遂是布衣之士，五斗下肚，雄辩滔滔。八人嗜酒如命、放浪不羁的性格，通过趣味各异的醉态表现出来。诗人用漫画素描的手法来描绘，带着欣赏的眼光，充分表现八人放达的精神风貌和盛唐的浪漫气息。诗歌句句押韵，一韵到底，每个人只用两至四句来写，却能抓住人物不同的性格特点和表现。语言幽默谐谑，旋律轻快。

《兵车行》是杜甫第一首反映人民疾苦的新题乐府，也是一首反对唐朝黩武战争的政治叙事诗。开篇即铺展了一幅震人心弦的送别图："车辚辚，马萧萧。行人弓箭各在腰。耶娘妻子走相送，尘埃不见咸阳桥。牵衣顿足拦道哭，哭声直上干云霄。"尘埃飞扬，哭声震天，被抓去当兵的青年男子与父母妻子之间生离死别的悲惨场面，令诗人发问："道旁过者问行人，行人但云点行（xíng）频。"采用问答的形式，指出原来是按户籍名册强征男丁服兵役。被征发的士卒血泪倾诉，揭露了上层统治者穷兵黩武带给人民的痛苦和灾难，最后喊出："信知生男恶，反是生女好；生女犹得嫁比邻，生男埋没随百草！君不见青海头，古来白骨无人收。新鬼烦冤旧鬼哭，天阴雨湿声啾啾。"在重男轻女的古代社会，老百姓被迫发出"生女反比生男好"的呐喊，可见当时社会对民众的残酷压迫。

《丽人行》："三月三日天气新，长安水边多丽人。态浓意远淑且真，肌理细腻骨肉匀。绣罗衣裳照暮春，蹙（cù）金孔雀银麒麟。头上何所有？翠微盍（hé）叶垂鬓唇。背后何所见？珠压腰衱（jié）稳称身。就中云幕椒房亲，赐名大国虢（guó）与秦。"先用细腻生动的笔法铺叙游春仕女的雍容美态和盛妆华服，刻画出丽人们的美艳形象，再用倒插法点明人物的姓名、身份，原来是杨氏姐妹；接下来铺写她们的豪华盛宴，精美肴馔；末用北魏胡太后和杨白花私通事的典故，暗喻杨国忠与虢国夫人的乱伦："杨花雪落覆白蘋，青鸟飞去衔红巾。炙手可热势绝伦，慎莫近前丞相嗔。"杨贵妃的大姐被唐玄宗封为韩国夫人，三姐为虢国夫人，八姐为秦国夫人，堂兄杨国忠为宰相，杨氏兄妹势焰熏天，骄纵荒淫；而杜甫此诗通篇只是写丽人们的生活情形，场面宏大，鲜艳富丽，讽刺含蓄曲折，却深刻揭露了统治集团的腐朽与罪恶。浦起龙评曰："无一刺讥语，描摩处语语刺讥；无一慨叹声，点逗处声声慨叹。"见解精辟独到。

安史之乱从 755 年 12 月 16 日安禄山在范阳（今河北涿州）起兵，至 763 年 2 月 17 日史思明之子史朝义在范阳一个树林中自缢死，这场历经玄宗、肃宗、代宗等三朝皇帝、历时七年两个月之久的内战，使唐朝社会遭到了一次空前浩劫，阶级压迫更加深重，社会矛盾日益尖锐，人民生活水深火热。杜甫历经由盛而衰的转折时期，写下许多诗篇来记录那段历史，人称其诗为“诗史”。唐人孟棨《本事诗》：“杜逢禄山之难，流离陇蜀，毕陈于诗，推见至隐，殆无遗事，故当时号为‘诗史’。”“诗史”的性质是“以韵语纪时事”（杨慎语），杜甫把个人经历与社会变动相结合，既有具体细微的场面，又有广阔的社会背景，从自身情境来叙述事件，塑造形象，表达感想，带有强烈的抒情性和议论性。杜甫用即事名篇的新题乐府诗，从多个方面描绘了那段历史中各种人物的悲惨遭遇。如《哀王孙》写叛军攻陷长安，王公贵族的子孙们流离窜匿、困苦交加的凄苦：“腰下宝玦青珊瑚，可怜王孙泣路隅。问之不肯道姓名，但道困苦乞为奴。已经百日窜荆棘，身上无有完肌肤。”诗人恻然心伤，在深切的同情之中，含有对统治者无法保全子孙的责劝。末尾诗人还提醒、安慰王孙：“哀哉王孙慎勿疏，五陵佳气无时无。”劝其善保千金之躯，重振大唐王气，由此展示出诗人对国家命运的关心与信心。《哀江头》开篇写诗人在曲江悲泣：“少陵野老吞声哭，春日潜行曲江曲。”由曲江春景写到玄宗与贵妃游幸曲江的盛事：“昭阳殿里第一人，同辇随君侍君侧。”转入贵妃被缢死的历史悲剧：“明眸皓齿今何在？血污游魂归不得。”进而抒发对国家动乱和盛衰变迁的哀怨：“人生有情泪沾臆，江水江花岂终极！黄昏胡骑尘满城，欲往城南望城北。”《彭衙行》写于至德二载（757）杜甫从凤翔回鄜州省亲途中，经彭衙县西时追忆往事，有感而发。诗分两段，第一段从开头“忆昔避贼初，北走经险艰”至“少留周家洼，欲出芦子关”，追忆一年前举家逃难途中的狼狈景况，尤其中间一段：“痴女饥咬我，啼畏虎狼闻。怀中掩其口，反侧声愈嗔。小儿强解事，故索苦李餐。”细节真实，传神摹态，形象描绘了避贼逃难之人的艰险状况和复杂心理。第二段从“故人有孙宰，高义薄层云”到结尾“何当有翅翎，飞去堕尔前”，写孙宰热情款待的深情厚谊，诗人铭记不忘：“誓将与夫子，永结为弟昆。遂空所坐堂，安居奉我欢。谁肯艰难际，豁达露心肝。”感人高谊，情深意厚，“感孙宰之高谊，故隔年赋诗。感之极，时往来于心，故写逃难之苦极真。追思其苦，故愈追思其恩”（王嗣奭《杜臆》）。

“三吏”包括《新安吏》《石壕吏》《潼关吏》，“三别”包括《新婚别》《无家别》《垂老别》，是杜甫描写当时下层人民在安史之乱的战争中受到的摧残与不幸。《新安吏》是杜甫从洛阳回华州，路过新安，看到征兵的情况，中间写离别的情形生动感人：“肥男有母送，瘦男独伶俜（líng pīng）。白水暮东流，青山犹哭声。莫自使眼枯，收汝泪纵横。眼枯即见骨，天地终无情。”《石壕吏》：

暮投石壕村，有吏夜捉人。老翁逾墙走，老妇出门看。
吏呼一何怒！妇啼一何苦！听妇前致词：三男邺城戍。
一男附书至，二男新战死。存者且偷生，死者长已矣。
室中更无人，惟有乳下孙。孙有母未去，出入无完裙。
老妪力虽衰，请从吏夜归。急应河阳役，犹得备晨炊。
夜久语声绝，如闻泣幽咽。天明登前途，独与老翁别。

这是杜甫亲历的石壕吏乘夜捉人的故事，揭露了战争对普通民众的剥削与压迫，在记录民间疾苦的同时，表达了诗人的深切同情。《潼关吏》是杜甫路经潼关，与守关士卒的对话，写出潼关之天险的易守难攻和哥舒翰被迫出关应战的惨败。《新婚别》写一对新婚夫妻的离别：“君今往死地，沉痛迫中肠。誓欲随君去，形势反苍黄。勿为新婚念，努力事戎行。”一位女子忠贞坚忍、深明大义的形象跃然纸上。《垂老别》则是写老年夫妇的离别，老翁暮年从军与老妻惜别的悲戚场景，开篇即令人心酸悲凉：“四郊未宁静，垂老不得安。子孙阵亡尽，焉用身独完！投杖出门去，同行为辛酸。幸有牙齿存，所悲骨髓干。”老翁自诉自叹，心理独白来展开，慰人亦即自慰：“老妻卧路啼，岁暮衣裳单。孰知是死别，且复伤其寒。此去必不归，还闻劝加餐。”无论是前诗的新婚夫妻，还是后诗的老年夫妇，他们的离别在当时都意味着生离死别，字里行间都流露着凄离悲怆之感。而《无家别》是写一位战败后还乡却无家可归、重又被征的士卒，描绘出当时战争下乡村的凋敝荒芜与民众的悲惨不幸。

《茅屋为秋风所破歌》是杜甫旅居成都草堂时的作品。诗人携家蛰居于浣花溪边的茅草屋，大风破屋，大雨接踵而至；处此困境中，诗人由自身遭遇联想到国家与民众，安史之乱的战火仍在燃烧，社会混乱，万方多难，诗人长夜难眠，感慨万千，写下这首歌行体古诗：

八月秋高风怒号，卷我屋上三重茅。
茅飞渡江洒江郊，高者挂罥(juàn)长林梢，下者飘转沉塘坳。
南村群童欺我老无力，忍能对面为盗贼，公然抱茅入竹去。

唇焦口燥呼不得，归来倚杖自叹息。
俄顷风定云墨色，秋天漠漠向昏黑。
布衾多年冷似铁，娇儿恶卧踏里裂。
床头屋漏无干处，雨脚如麻未断绝。
自经丧乱少睡眠，长夜沾湿何由彻！
安得广厦千万间，大庇天下寒士俱欢颜，风雨不动安如山？
呜呼！何时眼前突兀见此屋，吾庐独破受冻死亦足！

诗的开篇写诗人面对狂风破屋、群童抱茅的焦虑与无奈；接着写秋寒夜雨，心乱难眠；最后是呼吁得广厦庇天下寒士，宁愿自己独自受苦。诗歌从叙事的写实，然后低调的倾诉，末尾激昂的抒发，抑扬曲折，表现出沉郁顿挫的风格特点，体现了诗人的情感变化与忧国忧民的崇高境界。诗歌叙事部分描写的人物与场景，年暮单弱的诗人，嬉闹顽皮的儿童，漏水如注的茅屋，酣睡不知的娇儿，辗转难眠的诗人，如剪影般一帧帧浮现；自然过渡到抒情部分，情感激越奔放，思想境界升华。

杜甫当年的茅屋早已不存，唐末诗人韦庄寻得遗址，重结茅屋，后世皆有修葺扩建，今天已建成占地近 300 亩的古典园林，即成都青羊区的杜甫草堂博物馆，清幽秀丽，古朴典雅。如果我们到成都，不要忘记前去缅怀这位伟大的诗人。杜甫善于汲取前人创作诗歌的优秀传统，正如他在《戏为六绝句》其六中说："别裁伪体亲风雅，转益多师是汝师。"他在中国诗歌发展史上是集大成之人，也是唐诗风调从盛唐变为中唐的转折点诗人，元稹《唐检校工部员外郎杜君墓系铭并序》中说杜甫："上薄风雅，下该沈宋，言傍苏、李，气夺曹、刘，掩颜、谢之孤高，杂徐、庾之流丽，尽得古今之体势，而兼人人之所独专矣。"他的诗歌题材全面，风格多样，具有独创性，其诗歌中沉郁顿挫的风格特点，沉郁是感情的悲慨壮大深厚，顿挫是感情表达的波浪起伏、反复低回。清人吴詹泰《杜诗提要》："沉郁者，意也；顿挫者，法也。"杜甫的诗歌创作沾溉后世，绵远流长，影响至深至广。

第十讲　山水清音的沿波与开新

自王绩、四杰、杜审言等人开初唐山水田园诗的先声，以王孟为代表的一批诗人先后登上盛唐诗坛，写下大量山水田园诗的佳作；清音延续至中晚唐诗人，笔下描绘了许多凄清感伤的山水景物，不断开拓出新的诗境。

一、祖咏、刘昚虚

祖咏（约699—746），河南洛阳人，后迁居汝水以北，以渔樵自终。开元十二年进士。诗多状景咏物，宣扬隐逸生活。与王维友善。有诗一卷，写诗以赠答酬和、羁旅行役、山水田园之作为主，用思尤苦，声调凌俗。其山水诗语言简洁而含蕴深厚，对仗工稳妥帖，有诗中有画特色。代表作有《终南望余雪》《望蓟门》《七夕》《汝坟秋同仙州王长史翰闻百舌鸟》《陆浑水亭》《家园夜坐寄郭微》《送丘为下第》《古意》等，其中以《终南望余雪》《望蓟门》最为著名。他的一些诗颇近“大历十才子”的诗风。

《终南望余雪》是唐人科场应试诗中难得的佳篇：

终南阴岭秀，积雪浮云端。
林表明霁色，城中增暮寒。

遥望终南山，只见北山秀丽，皑皑白雪，浮在云端，雪后天晴，林梢仍有夕照余晖，城里已是暮色深沉，寒意渐浓。考试指定写六韵十二句的五言排律，而祖咏只写四句即搁笔，“意尽”矣。此诗精练含蓄，意在言外，朴实俏丽，意境清幽。此诗未合应试要求，祖咏因此落第，却留下了千古佳作。

边塞诗《望蓟门》采用七律的形式：

燕台一去客心惊，笳鼓喧喧汉将营。
万里寒光生积雪，三边曙色动危旌。
沙场烽火侵胡月，海畔云山拥蓟城。
少小虽非投笔吏，论功还欲请长缨。

开篇追古论今，从黄金台下笔，近看蓟门，边军屯驻的营盘林立，笳鼓声声入耳，使人触目惊心。中间两联写远望，万里之外的积雪反射着寒光，如盔甲兵器的寒光映照；边塞的曙光随旌旗摇动，激烈的战斗一触即发；烽火连天侵胡月，云山环绕蓟门关，景色壮阔雄浑，催人振奋有为。自然引出末联抒发诗人的情志，借用典故，说明自己不是青年时期投笔从戎的班超，也愿意做请长缨去缚南越王的终军，以建立功业。此诗抒写抱负，慷慨豪壮，笔力雄奇，波澜壮阔。

祖咏移居汝水以北后，置家隐居，有诗《汝坟别业》：“失路农为业，移家到汝坟。独愁常废卷，多病久离群。鸟雀垂窗柳，虹霓出涧云。山中无外事，樵唱有时闻。”写其田园避居，孤独多病，却不失自由自在、悠闲无事的隐逸生活。末句以樵唱结尾，颇有余音。

刘昚(shèn)虚，生卒年不详，江东人。八岁能属文，拜童子郎。开元二十一年(733)进士，调洛阳尉，迁夏县(今属山西运城)令。性高逸，不慕荣利，交游多山僧道侣。后英年早逝。刘昚虚与孟浩然交谊甚深，有《暮秋扬子江寄孟浩然》：“木叶纷纷下，东南日烟霜。林山相晚暮，天海空青苍。暝色况复久，秋声亦何长。孤舟兼微月，独夜仍越乡。寒笛对京口，故人在襄阳。咏思劳今夕，江汉遥相望。”以苍茫秋夜中自己乘坐孤舟星夜兼程的孤独漂泊，来抒发对友人的相思之情。孟浩然去世后，刘作《寄江滔求孟六遗文》一诗，“相如有遗草，一为问家人”，词意恳挚。

刘昚虚的诗歌于清微淡远之中，有幽深拗峭之趣。代表作《阙题》：

道由白云尽，春与青溪长。
时有落花至，远随流水香。
闲门向山路，深柳读书堂。
幽映每白日，清辉照衣裳。

此诗原题已失，故名“阙题”。首联写景由近及远，山路曲折蜿蜒，直入白云深处；山中春意勃发，春色如清澈的溪水一样绵长。颔联写眼前景，落花飘零，水带花香，远流而去。颈联写闲静的门外是山路，柳荫深处是读书堂，暗用了“五柳先生”陶渊明好读书的典故。尾联写白日的阳光穿透树叶，一片清幽的光辉映照衣裳。全诗皆景语，清新自然，婉转流畅，情韵丰盈。诗人一路登山，随着溪流而上，尽赏路上美景，大背景有远处的山路迷蒙，小事物有眼前的落花随水而去，动静结合，有色有声有感官，景致幽美；自然引出后面隐居山中的读书生活，闲静超然，此地如世外桃源般令人向往，意趣盎然。再如《浔阳陶氏别业》：“陶家习先隐，种柳长江边。朝夕浔阳郭，白衣来几年。霁云明孤岭，秋水澄寒天。物象自清旷，野情何绵联。萧萧丘中赏，明宰非徒然。愿守黍稷税，归耕东山田。”写陶渊明故居附近的景色，清旷澄明，借以表达自己愿意躬耕田园的隐逸之志。

二、储光羲

储光羲（约706—763），润州延陵（今江苏金坛）人，祖籍山东兖州。开元十四年（726）进士，历任各地县尉，仕宦不得意，隐居终南山别业。后出山任太祝，世称储太祝。安史乱起，叛军攻陷长安，被俘，迫受伪职，后脱身归朝，贬死岭南。以描写田园山水著名，诗风朴实，和恬淡如，寓细致缜密的观察于浑厚的气韵之中。代表作有《牧童词》《钓鱼湾》《田家即事》《同王十三维偶然作》《田家杂兴》等。

储光羲诗风高古，其田园诗突显悲天悯人之心，如《野田黄雀行》，以野田雀争食争飞来兴起，突出颓舍穷老的“无枣犹可食，无桑何以衣”。再如《田家即事》：

蒲叶日已长，杏花日已滋。
老农要看此，贵不违天时。
迎晨起饭牛，双驾耕东菑。
蚯蚓土中出，田乌随我飞。
群合乱啄噪，嗷嗷如道饥。
我心多恻隐，顾此两伤悲。
拨食与田乌，日暮空筐归。
亲戚更相诮(qiào)，我心终不移。

下笔细致生动，朴厚有情，写乡村田园的农耕生活与寻常事物，却突显诗人的悲悯之心。祖咏、权德舆亦有同题之作，写闲适之趣，有生活气息。

储光羲描写景物细致生动，如《江南曲四首》其三的“落花如有意，来去逐船流”，观察入微。他有《杂咏五首》，分写石子松、架檐藤、池边鹤、钓鱼湾、幽人居等五样事物，皆为五言六句诗。其中第三首《池边鹤》：“舞鹤傍池边，水清毛羽鲜。立如依岸雪，飞似向池泉。江海虽言旷，无如君子前。”生动描绘了鹤的美丽姿态、羽毛、动作与德操，咏物即誉人。第四首《钓鱼湾》：

垂钓绿湾春，春深杏花乱。
潭清疑水浅，荷动知鱼散。
日暮待情人，维舟绿杨岸。

这是一首含蓄蕴藉、富有意味的爱情诗。诗人借风光宜人的钓鱼湾，来写等候情人到来时微妙的心理变化。首两句写春日垂钓，岸边的杏花灿烂，花瓣随风飘落，借以兴起主人公内心的慌乱；三、四句写垂钓者的心思不在钓鱼，清澈的水潭一望见底，荷叶摇晃，鱼儿受惊而四下游散，带出“疑是玉人来”的心理；五、六句点出垂钓者心旌摇曳的原因，是在等待情人乘船来约会。春天、春水、春花、春树、荷叶、鱼儿，都同主人公的爱情联系在一起，诗歌语言明秀，格调清新，构思巧妙，意味深长。此诗如一幅春日夕阳下河湾垂钓的美图，刻画人物心理细致入微，景物描绘含蕴丰厚，正合殷璠称赞储诗“格高调逸，趣远情深”的特点。

三、常建

常建（708—765），字少府，祖籍邢州，长期游历长安。开元十五年（727）进士，与王昌龄同榜，二人有文字相酬。天宝中，为盱眙尉。后隐居鄂渚的西山。一生沉沦失意，耿介自守。诗以山水田园为主，风格接近王、孟，意境清迥，语言洗练。盛唐诗派中有王、孟、储、常之称。有《常建集》。代表作《题破山寺后禅院》：

清晨入古寺，初日照高林。
曲径通幽处，禅房花木深。
山光悦鸟性，潭影空人心。
万籁此俱寂，但余钟磬音。

这是一首题壁诗，破山寺即兴福寺，在江苏常熟西北虞山上。诗人在晨曦映照山林时，颇有兴致探游破山寺，穿过曲折的竹丛小径，走到幽深的禅房，周围的环境雅静、美妙，鸟儿在山林中自在飞鸣，清潭上的倒影使人心澄明，自然万物的声响仿佛都寂灭了，只有佛门钟磬的余音悠扬缭绕。此诗构思精巧，笔调古朴，层次分明，意境浑融，兴味悠长。宋代欧阳修十分喜爱“曲径”两句，“欲效其语作一联，久不可得，乃知造意者为难工也”（欧阳修《题青州山斋》）。

再看《宿王昌龄隐居》一诗：

清溪深不测，隐处唯孤云。
松际露微月，清光犹为君。
茅亭宿花影，药院滋苔纹。
余亦谢时去，西山鸾鹤群。

诗的开篇写王昌龄隐居处之清幽，清溪的尽头深不可知，望去只见一片孤云。接下来四句写周围的夜景，松林中间明月微露，清辉伴随步入庭院；茅亭内花影如眠，小路上长了青苔。尾联表达诗人对隐逸山林的向往，谢绝世俗，与西山的鸾鹤为群。诗的意境幽美深远，风格冲淡秀丽。殷璠《河岳英灵集》称："建诗似初发通庄，却寻野径百里之外，方归大道。所以其旨远，其兴僻，佳句辄来，唯论意表，于如'松际露微月，清光犹为君'，又'山光悦鸟性，潭影空人心'，此例十数句，并可称警策。"

常建的山水诗写景清丽秀绝，细致入微，尤其注意光影、声音的变化，如《西山》《第三峰》《湖中晚霁》《白龙窟泛舟寄天台学道者》《梦太白西岭》《白湖寺后溪宿云门》《晦日马镫曲稍次中流作》《张天师草堂》等，皆为五言诗。《岭猿》一诗为七绝，情景交融，声哀动人，诗曰："杳杳袅袅清且切，鹧鸪飞处又斜阳。相思岭上相思泪，不到三声合断肠。"常建对声音的捕捉很敏锐，他有几首音乐诗，善于从正面和侧面来写声音，如《听琴秋夜赠寇尊师》："琴当秋夜听，况是洞中人。一指指应法，一声声爽神。寒虫临砌默，清吹袅灯频。何必钟期耳，高闲自可亲。"常建亦有慷慨激昂之作，有《塞上曲》《塞下曲》等边塞诗，《吊王将军墓》一诗被殷璠认为善叙悲怨，胜过潘岳。

四、韦应物

韦应物（约735—790），字义博，京兆杜陵（今西安）人。早年豪纵不羁，横行乡里。安史之乱期间流落失职，立志读书。先后为洛阳丞、滁州和江州刺史、左司郎中、苏州刺史。世称韦江州、韦左司或韦苏州。作品今传有《韦江州集》《韦苏州诗集》《韦苏州集》三种版本，《全唐诗》收诗568首。他的诗歌内容丰富，五古成就最高，以山水田园诗著称，古朴自然，气韵悠长，清韵秀朗，风格恬淡高远。前面第二讲所举《滁州西涧》是韦应物最为人熟知的代表作，写景生动如画，尤其末句"野渡无人舟自横"，宋徽宗以此为题考画师技艺，后世画家也多以此题创作。

韦应物于大历八年（773）南下江淮，在广陵盘桓了八九个月，于次年秋天北归，在淮阴一带偶遇昔日洛阳同僚李瀚，写诗《淮上遇洛阳李主簿》："结茅临古渡，卧见长淮流。窗里人将老，门前树已秋。寒山独过雁，暮雨远来舟。日夕逢归客，那能忘旧游！”诗人先指出友人结茅隐居于淮水边的古渡口，可以卧看淮水奔流不息；接着感叹窗里的人将衰老暮年，门前的树已逢秋凋零；再写自己的行踪，比喻为孤雁、行舟，寒山上飞过一只孤单的大雁，暮雨中远处飘来一叶小舟；末联抒发偶逢之惊喜：夕阳中遇到我这个孤独的归客，怎能忘却原来是旧日同游呢？全诗构意新奇，对仗精工，慨叹了人生之易老和友情之可贵，情意深婉。《淮上喜会梁州故人》作于同时，抒发与故友重逢的喜悦之情与沧桑之感，情感真挚动人。诗曰：

江汉曾为客，相逢每醉还。
浮云一别后，流水十年间。
欢笑情如旧，萧疏鬓已斑。
何因不归去？淮上有秋山。

唐代淮河至盱眙后折向东北，经淮阴向东，在今涟水县云梯关入海。韦应物于广德元年（763）秋冬间，任洛阳丞；永泰元年（765），仍为洛阳丞，后为河南兵曹；永泰中，弃官闲居洛阳同德寺。在此期间，与洛阳县主簿李瀚有交情。相隔十年后，两人在异地相逢，再度欢喜共游。首两句追忆二人十年前在江汉一带客游，时常欢聚痛饮，扶醉而归；接下来两句以浮云喻游子行踪，以流水比时光流逝，时间与空间相结合，抒发阔别十年的伤感；相见时亲切如旧，欢笑依然，却已两鬓斑白，岁月蹉跎；五、六句一喜一悲，笔法跌宕，一正一反，交互成文，不言悲而悲情溢于言表，漂泊之感尽在不言中。末两句解释滞留异乡的原因，是淮水边的秋山红叶美，以反诘作转，以景色作结，留有余味。诗歌构思巧妙，结构疏密相间，情感抒发自然真挚，写出诗人重会故友的悲喜交集之情，情意曲折而韵致悠远。

韦应物早年经历繁华，中年丧偶，又仕途蹭蹬，宦游江海。在兴衰变迁中，他内心常怀抑郁之感，尤重朋友情谊，多有家园之思，诗篇中往往流露出来。如《寄李儋元锡》：

去年花里逢君别，今日花开又一年。
世事茫茫难自料，春愁黯黯独成眠。
身多疾病思田里，邑有流亡愧俸钱。
闻道欲来相问讯，西楼望月几回圆？

此诗章法严密，对仗工整，语言婉转而感情细腻，描述了诗人与友人李儋、元锡分别之后的思念、孤独与希望。首联写诗人眼见花开二度，触景生情，引出分别已有一年时光；颔联感叹世事茫茫，孤独难眠；颈联直抒胸怀，感叹身体多病而欲辞官归田，愧疚自己治理下的民众未能安居乐业，这两句写出了唐代地方官进退两难的处境和对黎民百姓的关怀；尾联抒发内心极需友情的慰勉，以月圆几度来突显诗人对朋友即将到来的渴盼。再如《秋夜寄丘二十二员外》："怀君属秋夜，散步咏凉天。空山松子落，幽人应未眠。"诗人在秋夜中想念友人丘丹，边散步边吟咏诗歌；空旷的山中不时掉下颗颗松子，这位幽居隐逸之人应尚未入眠。从眼中景，实写自己不眠而怀人，到意中景，想象所怀之人应未眠或在念己，诗人用简短浅淡的语言书写了朋友间深切思念之情，幽情淡景，古朴雅致，韵味悠永。

韦应物的山水诗注意景物的颜色和周围环境的变化，选取的景物色调清冷，意象清寒，意境清幽，清幽之中往往透出几许寂寥，如《淮上遇洛阳李主簿》"寒山独过雁，暮雨远来舟"，《赠王侍御》"上阳秋晚萧萧雨，洛水寒来夜夜声"等；特别注意动静、声音、明暗的变化，笔调细致，如《夜偶诗客操公作》"惊禽翻暗叶，流水注幽丛"，《秋景诣琅琊精舍》"苍茫寒色起，迢递晚钟鸣"等。其咏物诗借咏物以隐喻时代乱象，感喟人生际遇，如《杂体五首》《鸢夺巢》《乌引雏》《燕衔泥》《夏冰歌》等；晚年着力于体物悟道，陶写性情，如《善福精舍示诸生》，融观物悟道于日常生活中。韦应物与妻子元苹伉俪情深，妻亡后创作了大量的悼亡诗，抒发沉痛、凄苦与思念之情，如《对芳树》《悲纨扇》《出还》《往富平伤怀》等；多次在梦中忆念，一往情深，如《感梦》《伤逝》《登蒲塘驿沿路见泉谷村墅忽想京师旧居追怀昔年》《夏日》等。两人的墓志今藏于西安碑林博物馆。

韦应物的山水、行旅诗对柳宗元有深刻的影响，苏轼将韦柳二人并称。沈德潜说："陶诗胸次浩然，其中有一段渊深朴茂不可到处。唐人祖述者，王右丞有其清腴，孟山人有其闲远，储太祝有其朴实，韦左司有其冲和，柳仪曹有其峻洁，皆学焉而得其性之所近。”（沈德潜《说诗晬语》）后世论及唐代山水田园诗人，将王、孟、韦、柳并称。

五、柳宗元

柳宗元（773—819），字子厚，祖籍河东（今山西省永济市）。出生于长安官宦家庭，家道中落，少有才名和大志。二十岁中进士，与刘禹锡为同年，两年后登博学鸿词科，授集贤殿正字。一度为蓝田尉，后入朝为官。永贞元年（805），参与王叔文集团的政治革新，迁礼部员外郎。革新失败后贬邵州刺史，加贬永州司马长达十年。元和十四年在柳州刺史任上病逝。柳、薛、裴在北朝为“河东三著姓”，故世称柳宗元为“河东先生”“柳河东”；因其卒于柳州，亦称“柳柳州”。柳宗元擅长骈散文创作，后世将其与韩愈、欧阳修、苏洵、苏轼、苏辙、王安石、曾巩并称“唐宋八大家”，他的《永州八记》《三戒》等为人熟知。有《河东先生集》，诗文作品达六百余篇，其中有诗一百五十余首，多贬官永州后作，题材广泛，体裁多样，语言自然朴素，幽峭明净，韵味深长，在简淡的格调中表现沉厚的感情，代表作有《江雪》《渔翁》等。

首先看其传世名篇《江雪》：

千山鸟飞绝，万径人踪灭。
孤舟蓑笠翁，独钓寒江雪。

短短二十个字，描绘出一幅寒冷孤寂的意境：大雪纷飞，人迹罕见，一位孤独的渔翁披着蓑笠、独坐船头垂钓，在极度荒寒的背后，却蕴藏着顽强不屈的意志和生命力。诗歌极富画面感，宋以后许多画家以此诗为主题，画出自己心中的《江雪图》，在大片的留白中，看似渺小的孤舟与渔翁，是自我形象的写照。在“渔樵耕读”四大隐逸形象中，渔翁居首位，代表着一种无拘束的随性形象，徜徉绿水间，垂钓碧溪上。渔翁作为隐士的形象，可追溯到《庄子·渔父》篇中那位须眉交白的“渔父”批评孔子“不修之身而求之人”，应该“谨修而身，慎守其真，还以物与人”，阐释了“法天贵真，不拘于俗”的思想。渔翁之垂钓，意不在鱼，而在寻求适意。岑参的《渔父》诗：“世人那得识深意，此翁取适非取鱼。”

即说出其中妙意。淡泊、洒脱、高古、清雅的适意人生，是中国古代文化人不断追求的生活理想，也是他们未能“达则兼济天下”时，只能“穷则独善其身”的一种选择和寄托。柳宗元另一首名篇《渔翁》也是描写渔翁的人物形象：

渔翁夜傍西岩宿，晓汲清湘燃楚竹。
烟销日出不见人，欸(ǎi)乃一声山水绿。
回看天际下中流，岩上无心云相逐。

西岩即永州境内的西山，渔翁夜宿西山脚下，清晨起来，汲取澄清的湘水，点燃当地的竹枝来做早饭；旭日东升，烟雾消散，渔翁轻轻摇橹，已到湘江中流，满眼青山绿水；回望西山如在天际，片片白云自在卷舒。全诗共六句，前两句用一连串的动作刻画了渔翁的勤劳形象；三、四句写清晨江景，鲜明生动，为人称道，欸乃是象声词，指摇橹声，“绿”字在今天是形容词，在此诗中用作动词，眼前景色变得活泼，声音带来颜色的变化，声色的巧妙搭配，意境顿时有了生命力；五、六句写渔翁回看西山的体悟，岩上的白云无心相逐，物我两忘的心灵境界，化用陶渊明《归去来兮辞》中“云无心而出岫(xiù)”的句意。诗的末两句，苏轼《书柳子厚〈渔翁〉诗》认为可删去：“诗以奇趣为宗，反常合道为趣。熟味此诗有奇趣。然其尾两句，虽不必亦可。”后人对此存在争议，刘辰翁认为：“或谓苏评为当，非知言者。此诗气浑，不类晚唐，正在后两句，非蛇安足者。”(高棅《唐诗品汇》)此诗写在柳宗元遭遇政治打击、贬为永州司马之时，诗歌的气格不类晚唐诗的哀怨感伤，而有自由超脱的一面，正是末两句的“回看”所表现的境界。

柳宗元于元和十年(815)六月出任柳州刺史，至元和十四年(819)十一月因病去世，享年四十七岁的他在柳州度过了人生的最后五年。他的诗里，有对岭南风物、民俗的描绘，有对故乡、友人的思念，如《柳州二月榕叶落尽偶题》：“宦情羁思共凄凄，春半如秋意转迷。山城过雨百花尽，榕叶满庭莺乱啼。”诗人身处羁宦之中，凄清迷离，感觉岭南的春天仿如秋天，雨后的柳州百花凋零，榕叶茂盛，黄莺乱啼。《登柳州城楼寄漳汀封连四州》一诗亦有岭南风物的赋写：

城上高楼接大荒，海天愁思正茫茫。
惊风乱飐芙蓉水，密雨斜侵薜荔墙。
岭树重遮千里目，江流曲似九回肠。
共来百越文身地，犹自音书滞一乡。

柳宗元登上柳州城楼，见海天茫茫，忆同道友人，当时韩泰、韩晔、陈谏、刘禹锡分别出任漳州、汀州、封州、连州的刺史；诗人眼前狂风骤雨，岭树重叠，江流曲折，恰似其受阻遇滞、音书不通的境遇和百转千回、压抑郁闷的心境。五人皆在十年前参与“永贞革新”而失败被贬，共来百越之地却音问疏隔，诗人在登楼之际百感交集，赋诗寄赠友人。首联起势极高，辽阔苍茫；颔联节奏紧凑，寄慨遥深；颈联宛转曲折，感物伤怀；尾联相思益深，余韵袅袅。另一首寄赠之作《与浩初上人同看山寄京华亲故》：“海畔尖山似剑芒，秋来处处割愁肠。若为化得身千亿，散上峰头望故乡。”诗人与浩初上人一同远眺望山，江畔的座座山峰尖利似剑，如割人愁肠，假若“我”可以化身千亿，散落在峰头上望故乡。柳宗元抓住柳州的石山景观，以奇妙的譬喻和奇特的感受，抒发他对京城亲友的真挚深切的思念。

从弟柳宗一要离开柳州到江陵，柳宗元难舍难分，感慨万千，写下《别舍弟宗一》：“零落残魂倍黯然，双垂别泪越江边。一身去国六千里，万死投荒十二年。桂岭瘴来云似墨，洞庭春尽水如天。欲知此后相思梦，长在荆门郢树烟。”此次分别，如生死之别，令人黯然伤神，垂泪不止。既有骨肉分离的痛苦，也有被贬多年的愤懑，倾诉心声，句句悲戚，相思寄梦，情真意切。友人曹侍御乘船沿柳江南下过象县（今属广西来宾），停舟在破额山（在广西柳州市柳江区白沙镇）前，寄诗给柳州刺史柳宗元。二人相距不远却未能相见，柳宗元以诗酬和，写下七绝名篇《酬曹侍御过象县见寄》：

破额山前碧玉流，骚人遥驻木兰舟。
春风无限潇洒意，欲采蘋花不自由。

南朝柳恽的《江南曲》：“汀洲采白蘋，日暮江南春。洞庭有归客，潇湘逢故人。故人何不返，春花复应晚。不道新知乐，只言行路远。”写美人思念、盼归而游子不返的惆怅与迟暮之情。柳宗元化用此诗之意，抒发未能与友人相见的遗憾与渴望，诗人身受约束，不得自由，欲采蘋花相赠友人而未能见面，只能以诗遥寄思念。无限的潇湘意，既有怀友之意，也有迁谪之意。诗歌含蓄简练，写景如画，情意深长，颇有“似淡而实美”之韵味。清人汪森《韩柳诗选》说：“柳先生诗，其冲淡处似陶，而苍秀处则兼乎谢，至其忧思郁结，纤徐凄婉之致，往往深得楚《骚》之遗。”对柳诗的评价深中肯綮。

第十一讲　从盛唐之音到中唐变调

安史之乱带给唐代社会的创伤，也在中唐诗人的心灵上留下了伤痕，在经历短暂的迷茫之后，有识之士期待再现辉煌，实现中兴，向务实转变。这一时期，政治上有“永贞革新”，文学上出现“新乐府运动”，古文创作复兴。盛唐诗的特点为理想化，充满激情，追求浑融的意境；与盛唐之音不同，中唐诗奏响了变调，中唐诗生活化，趋于理性，讲求字句的锤炼。大历诗人成就较高的是刘长卿和钱起，诗歌里有一种哀伤低沉的情调，最早透露出中唐的气息。胡应麟《诗薮》说：“诗到钱、刘，遂露中唐面目。”在大历诗人之后，元和时期出现重主观、尚奇怪的韩孟诗派，重写实、尚通俗的元白诗派，山水田园诗的韦柳诗派；追摹盛唐的李益、刘禹锡等。

一、刘方平、皇甫冉

刘方平，生卒年不详，字、号不详，洛阳人，匈奴族。他的生活年代历经盛、中唐，约公元 758 年前后在世。天宝年间应进士试，又欲从军，均未得，隐居颍水、汝河之滨。与皇甫冉、元德秀、李颀、严武等人为诗友，为萧颖士赏识。工诗，善画山水。

其诗多咏物、写景、闺情之作，尤擅绝句，寓情于景，艺术高超。代表作《月夜》：

更深月色半人家，北斗阑干南斗斜。
今夜偏知春气暖，虫声新透绿窗纱。

夜深人静，月光斜照着半边院落，天上的北斗星和南斗星纵横分布；看来春天已经悄悄来到，今夜的虫叫声刚刚透进了绿色的窗纱。“透”字生动传神，静谧的夜晚，清脆的虫鸣，静中有动，有声有色，意境优美，含蓄有味，仿佛一首小夜曲般，如水的清新凉意中又带着温馨和谐。再看《春怨》：

纱窗日落渐黄昏，金屋无人见泪痕。
寂寞空庭春欲晚，梨花满地不开门。

黄昏日落，斜阳映照纱窗，华丽宫室静寂无人，只有一女子在独自垂泪，寂寞幽深，春日将尽，梨花满地，院门紧闭。读此诗，扑面而来的寂冷哀怨，使人共情。

从上面两首诗来看，刘方平善于通过季节的变换来描写人物的心理，其他如《新春》：“南陌春风早，东邻曙色斜。一花开楚国，双燕入卢家。眠罢梳云髻，妆成上锦车。谁知如昔日，更浣越溪纱。”新春佳节的清晨，花开燕飞，女子起床后严妆出行欲游玩，谁想仍是平常日子的洗衣浣纱。《秋夜泛舟》：“林塘夜发舟，虫响荻飕飕。万影皆因月，千声各为秋。岁华空复晚，乡思不堪愁。西北浮云外，伊川何处流。”秋天的夜晚泛舟林塘，听着四周虫声，月影在水中晃荡，引起诗人的岁暮年晚、怀才不遇、客居思乡之愁。《秋夜思》亦是借秋景来抒旅人之哀愁，“旅梦何时尽，征途望每赊”；《秋夜寄皇甫冉郑丰》写秋景来抒发对友人的思念，“秋后见飞千里雁，月中闻捣万家衣”，景中寓情。他的乐府也颇有风味，《采莲曲》：“落日清江里，荆歌艳楚腰。采莲从小惯，十五即乘潮。”描绘了一个从小就在江潮中驾驭风浪、善于唱曲、苗条轻盈、勤朴能干的美丽女子形象，清新活泼，生动可爱。

《寄陇右严判官》一诗是刘方平写给友人严武，严武是宰相严挺之的儿子，二十岁便调补太原府参军事，后被陇右节度使哥舒翰奏充判官，此诗即写于严武任判官时。诗曰：

副相西征重，苍生属望晨。
还同周薄伐，不取汉和亲。
虏阵摧枯易，王师决胜频。
高旗临鼓角，太白静风尘。
赤狄争归化，青羌已请臣。
遥传阃外美，盛选幕中宾。
玉剑光初发，冰壶色自真。
忠贞期报主，章服岂荣身。
边草含风绿，征鸿过月新。
胡笳长出塞，陇水半归秦。
绝漠多来往，连年厌苦辛。
路经西汉雪，家掷后园春。
谁念烟云里，深居汝颍滨。
一丛黄菊地，九日白衣人。
松叶疏开岭，桃花密映津。
缣书若有寄，为访许由邻。

此诗不同于刘方平擅长的游子思妇主题和清婉哀怨的风格，而是一首主要描写边塞立功的友人光辉形象的诗歌。前八句先写了西征战争的重要与正义，不断取得胜利；再八句称赞严武的能力与品德，为报圣恩，为国忠贞；再八句写边塞风光与战争的持久；最后八句表达诗人对严武的思念，点明自己在汝水、颍水之滨隐居。诗的前半部称赞友人，充溢着慷慨的英雄气势，后半部以景抒情，抒发久未得见的忧虑与思念之情。

皇甫冉（约 717—771），字茂政，安定朝那（今甘肃泾川县）人。聪颖好学，十岁属文，深受张九龄器重。天宝十五载（756）状元及第，授无锡县尉。大历初年，入河南尹王缙幕府，历任左拾遗、右补阙。有《皇甫冉诗集》。工诗，多写行旅、思乡、隐逸、山水之作，风格清新飘逸。代表作《巫山峡》：

巫峡见巴东，迢迢出半空。
云藏神女馆，雨到楚王宫。
朝暮泉声落，寒暄树色同。
清猿不可听，偏在九秋中。

首联写在巫峡一带的长江水域中行舟，远见巴东县仿佛高在半空；颔联指出此处是巫山神女与楚襄王的浪漫故事所在地，想象中的神女馆和楚王宫在行云降雨；颈联、尾联写舟行所见两岸秋景，看树色依然，听清泉洒落，两岸猿声啼叫。此诗清丽俊逸，浑然天成，音韵流畅，故为人传唱，明人胡应麟称赞此诗为“唐朝三峡诗魁首之称”。

二、刘长卿、张继

刘长卿（约709—786），字文房，安徽宣城人。玄宗天宝年间进士，历经肃宗、代宗朝，仕途坎坷。后于德宗建中二年（781），受任随州刺史，世称刘随州。刘长卿工于律诗，尤擅五言，有“五言长城”之称。诗以感伤身世、隐逸生活为主，亦反映了安史乱后中原一带荒凉凋敝的景象，笔调苍凉沉郁。五律简练浑括，于深密中见清秀；七律多秀句；五绝以白描取胜，饶有韵致。其诗题材较单一，多写荒村水乡之景，幽寒孤寂之境。有《刘随州文集》，存诗五百多首。最有名的是《逢雪宿芙蓉山主人》：

日暮苍山远，天寒白屋贫。
柴门闻犬吠，风雪夜归人。

这首五绝语言简朴，以白描的笔法来描写旅客夜逢大雪、投宿山中白屋之事。前两句点出时间地点，暮色降临，山色苍茫，远处一座小白屋，写景如画；后两句写人，柴门处传出狗叫声，打破山中宁静，原来是这个风雪交加的夜晚，行客匆匆投宿如归家般急切。时间的节奏从慢到快，空间的声响从静到动，诗虽简短，意味深长。最后一句曾作为电影片名而为人熟知。

刘长卿性格刚强，人生多舛，辗转各地，他的诗歌以行旅山水诗为多，隐居、送别、宴饯等题材的诗歌亦不少，如《余干旅舍》：

摇落暮天迥，青枫霜叶稀。
孤城向水闭，独鸟背人飞。
渡口月初上，邻家渔未归。
乡心正欲绝，何处捣寒衣。

余干县今属江西上饶，诗人在旅舍中思乡，秋景秋夜秋声，无不显示出凄清、孤独之意。《秋日登吴公台上寺远眺》："古台摇落后，秋入望乡心。野寺来人少，云峰隔水深。夕阳依旧垒，寒磬满空林。惆怅南朝事，长江独自今。"写诗人登高远眺，怀古思乡，路经的寺庙静寂，远处的夕阳映照，暮钟声回荡空林，南朝的历史早已过去，旧垒边的长江独自奔流。《九日登李明府北楼》："九日登高望，苍苍远树低。人烟湖草里，山翠县楼西。霜降鸿声切，秋深客思迷。无劳白衣酒，陶令自相携。"写诗人重阳日到友人李明府家中相聚，登高望远，思亲情深，幸得友人相邀登楼饮酒。

刘长卿在宦海中沉浮漂荡，与友人匆匆相聚、分别，以诗相送，寄赠、送别题材的诗歌数量较多，写得较好的有《饯别王十一南游》《自夏口至鹦鹉洲夕望岳阳寄源中丞》《送李中丞归汉阳别业》《江州重别薛六柳八二员外》《重送裴郎中贬吉州》《苕溪酬梁耿别后见寄》等，试看《饯别王十一南游》：

望君烟水阔，挥手泪沾巾。
飞鸟没何处，青山空向人。
长江一帆远，落日五湖春。
谁见汀洲上，相思愁白蘋。

全诗从"望"字展开，写诗人送别友人王十一，友人渐渐消失在宽阔的烟水间，他还依依不舍地远眺、挥手、落泪；所"望"之景物，飞鸟隐没，青山空空，船儿随江水飘远，夕阳映照在水面上，"我"在汀洲上思念"你"，愁落白蘋。此诗以景写情，情景交融，抒发对友人的真情厚意，动人心弦。

刘长卿与僧人、道士来往密切，写了不少寄赠、送别僧人的诗作，如《送上人》:“孤云将野鹤,岂向人间住。莫买沃洲山,时人已知处。”《送灵澈》:“苍苍竹林寺,杳杳钟声晚。荷笠带斜阳,青山独归远。”皆是五言送别小诗,前一首颇有哲思,后一首景有禅意。再如《赠微上人》:“禅门来往翠微间,万里千峰在剡山。何时共到天台里,身与浮云处处闲。”《舟中送李十八》:“释子身心无有分,独将衣钵去人群。相思晚望西林寺,唯有钟声出白云。”皆为七绝,诗中的僧人隐居山寺,飘逸出尘,独来独往;诗人对僧人朋友满是怀想与情意。《寻南溪常山道人隐居》是诗人特意入山寻访隐居的道士朋友,不遇而随兴游山,有所悟而写下的五律:

一路经行处,莓苔见屐痕。
白云依静渚,芳草闭闲门。
过雨看松色,随山到水源。
溪花与禅意,相对亦忘言。

首两联写友人居处之僻静、悠闲;后两联写诗人游山所见景色与所悟佛理。

刘长卿有一些咏怀之作写得颇佳,如《新年作》:“乡心新岁切,天畔独潸然。老至居人下,春归在客先。岭猿同旦暮,江柳共风烟。已似长沙傅,从今又几年。”写春节这个特殊的日子令诗人感怀不已,乡情、孤独、暮年、客居、贬谪、飘零,各种伤感激荡心怀。《感怀》是一首七律:“秋风落叶正堪悲,黄菊残花欲待谁。水近偏逢寒气早,山深常见日光迟。愁中卜命看《周易》,梦里招魂读《楚词》。自笑不如湘浦雁,飞来即是北归时。”也是悲秋之作。在刘长卿笔下,那种哀伤低沉的情调,是中唐诗人历经安史之乱后的心灵创伤的独特反映。明人李东阳《麓堂诗话》指出:“《刘长卿集》凄婉清切,尽羁人怨士之思,盖其情性固然,非但以迁谪故,譬之琴有商调,自成一格。”即使是边塞诗,也无盛唐人面对战争的那种慷慨激昂的积极浪漫,都是战争苦愁的格调,如《从军六首》其六:“黄沙一万里,白首无人怜。报国剑已折,归乡身幸全。单于古台下,边色寒苍然。”写尽老兵归乡、年老无依的悲凉。

张继(约715—779),字懿孙,襄州(今湖北襄阳)人。天宝十二载(753)中进士,铨选落第,归乡。唐代宗李豫宝应元年(762)十月,弃笔从戎,先后为检校员外郎、郎中、盐铁判官。大历末年卒于盐铁判官任上。为人清廉正直,博览有识，好谈论。卒后友人刘长卿作悼诗《哭张员外继》："世难愁归路，家贫缓葬期。"张继作诗不事雕琢，有《张祠部诗集》，存诗四十八首左右，留下一首千古绝唱《枫桥夜泊》：

月落乌啼霜满天，江枫渔火对愁眠。
姑苏城外寒山寺，夜半钟声到客船。

诗的前两句意象密集，记叙夜泊枫桥的景象和人的感受，寂冷凄清，画面感强；后两句写诗人在客船卧听寒山寺的钟声，悠远清扬，富于余韵。诗歌意象的多与一，构成了疏密有致的平衡感和美感，平凡的景物，经过张继的构思与再创造，静寂幽雅，情味隽永，令人神往。

张继存诗多为山水行旅之作，亦有宴集寄赠之诗，写景抒情多凄清之感，如《晚次淮阳》《宿白马寺》《登丹阳楼》《会稽秋晚奉呈于太守》等，皆写羁旅秋思，萧疏秋景。试看《九日巴丘杨公台上宴集》："凄凄霜日上高台，水国秋凉客思哀。万叠银山寒浪起，一行斜字早鸿来。谁家捣练孤城暮，何处题衣远信回。江汉路长身不定，菊花三笑旅怀开。"强作欢笑之感。张继写春景的诗歌，亦带着伤感，丝丝秋意，如《题严陵钓台》："旧隐人如在，清风亦似秋。"《春夜皇甫冉宅欢宴》："流落时相见，悲欢共此情。兴因尊酒洽，愁为故人轻。暗滴花茎露，斜晖月过城。那知横吹笛，江外作边声。"《酬张二十员外前国子博士窦叔向》："语言未终夕，离别又伤春。"悲秋伤春之情常见。

三、大历十才子

大历年间，有一批年轻诗人崭露头角，他们或多或少有一些避世的心态，彼此唱和，诗风相近，以清丽空灵、省净纤巧为主要特色。唐人姚合《极玄集》最早提出"大历十才子"，包括李端、卢纶、吉中孚、韩翃（hóng）、钱起、司空曙、苗发、崔峒、耿湋（wéi）、夏侯审等十人；宋代时，大历十才子的名单有所增删，列入戴叔伦、郎士元等人。

1. 钱起

钱起（约 722—780），字仲文，吴兴（今浙江湖州）人。早年数次落第，天宝十载(751)成进士,曾任考功郎中,世称钱考功。代宗大历中为翰林学士。与韩翃、李端、卢纶等人号称“大历十才子”,又与郎士元齐名,并称“钱郎”。“草圣”怀素(字藏真,俗姓钱)是其外甥。钱起长于五言,多景物、酬唱之作,风格闲雅,音律谐婉,时有佳句。有《钱考功集》,诗以《省试湘灵鼓瑟》最为有名。诗曰:

善鼓云和瑟,常闻帝子灵。
冯(píng)夷空自舞,楚客不堪听。
苦调凄金石,清音入杳冥。
苍梧来怨慕,白芷动芳馨。
流水传湘浦,悲风过洞庭。
曲终人不见,江上数峰青。

这是钱起到长安参加礼部主持的省试时所写试帖诗。“湘灵鼓瑟”出自《楚辞·远游》:“使湘灵鼓瑟兮,令海若舞冯夷。”诗歌紧扣题旨,想象丰富,开篇即写湘水女神(娥皇、女英)善于鼓瑟;凄听动人的瑟声引来河神冯夷来伴舞,南谪远游的旅人不忍卒听;中间四句写哀怨的声调足以感动金石,清亮的乐音穿透高远虚冥,安息苍梧的舜帝魂灵起了哀怨思慕之情,那里生长的白芷也吐露了芬芳;后四句重在写音乐的效果,瑟声随湘水流转,化作悲风飞过洞庭湖;曲终声寂,女神消失,只见湘江岸边的山峰屹立,青翠迷人。此诗想象驰骋,用有形的人与物,来写无形的音乐声,人物形象生动,层次角度丰富,是应试诗的范本。

钱起善于写景,七绝《暮春归故山草堂》一诗:

谷口春残黄鸟稀,辛夷花尽杏花飞。
始怜幽竹山窗下,不改清阴待我归。

前两句叹春残花落,后两句爱幽竹不改,在寥寂之中突显翠竹的生机盎然、清劲依然,令人可喜可亲。《谷口书斋寄杨补阙》写辋川谷口的美景,用拟人的手法巧妙写了云、竹、山、鹭、花等一批富有闲趣的景物,尤以颔联“竹怜新雨后,山爱夕阳时”写得生动可亲，尾联“家僮扫萝径，昨与故人期”才点题，原来昨日是约见之期，早命家僮扫径以待，不见友人前来而特地写诗提醒、催促，一显诗人渴盼相聚之心。咏物七绝《归雁》，实际上是一首写景抒情诗：

潇湘何事等闲回，水碧沙明两岸苔。
二十五弦弹夜月，不胜清怨却飞来。

雁儿为何要轻易从潇湘之水飞回北方呢，那里碧水荡漾，沙滩明净，两岸水草丰茂；难道是湘江女神月夜鼓瑟，凄怨无限，禁受不住，因此归来。前两句巧妙使用倒置法来发问，表达对归雁返北的不解，从而引起后两句对原因的猜测，化用湘灵鼓瑟的美好传说，用拟人的手法写雁儿“不胜清怨”，实际上要抒发自己作为“楚客”不忍听南方的瑟声，乡愁郁怀，羁思难耐。此诗构思新奇，想象丰富，笔法空灵，意在言外。

钱起选取入诗的景物与所写之人相结合，贴近人物的身份特点和精神面貌，如《蓝田溪与渔者宿》写隐者之趣：“濯（zhuó）发清泠泉，月明不能去。更怜垂纶叟，静若沙上鹭。一论白云心，千里沧州趣。”《送僧归日本》送别日本僧人：“浮天沧海远，去世法舟轻。水月通禅寂，鱼龙听梵声。惟怜一灯影，万里眼中明。”巧用与人相关的意象入诗，前一首的清泉、明月、沙鹭、白云等隐逸意象，后一首的沧海、法舟、水月、鱼龙、一灯、万里等带有佛家色彩的景物。

2. 卢纶

卢纶（约737—799），字允言，河中蒲县（今山西蒲县）人，祖籍范阳涿县（今河北涿州），出身高门。玄宗天宝末年举进士，遇乱不第；代宗朝又应举，屡试不第。大历六年（771），经宰相元载举荐，授阌乡尉（阌 wén，阌乡在河南灵宝市）。后由宰相王缙荐为集贤学士，升监察御史。出为陕州户曹、河南密县令。之后元载、王缙获罪，遭到牵连。唐德宗朝，复为昭应县令，出任河中元帅浑瑊府判官，官至检校户部郎中。不久去世。著有《卢户部诗集》。诗多唱和赠答之作，从军生活中写了一些边塞诗，雄浑慷慨，为人传诵。代表作《塞下曲》（《和张仆射塞下曲六首》）是一组唱和诗：

其一

鹫翎金仆姑，燕尾绣蝥(máo)弧。
独立扬新令，千营共一呼。

其二

林暗草惊风，将军夜引弓。
平明寻白羽，没在石棱中。

其三

月黑雁飞高，单于夜遁逃。
欲将轻骑逐，大雪满弓刀。

其四

野幕敞琼筵，羌戎贺劳旋。
醉和金甲舞，雷鼓动山川。

其五

调箭又呼鹰，俱闻出世能。
奔狐将迸雉，扫尽古丘陵。

其六

亭亭七叶贵，荡荡一隅清。
他日题麟阁，唯应独不名。

其一写将军佩箭扬旗、发令出征；其二写将军夜晚巡射、箭入石棱；其三写单于遁逃、将士们雪夜追敌；其四写奏凯庆功、欢饮宴舞擂鼓的场面；其五写狩猎，将猎物一扫而尽；其六写立功显贵、不求虚名。通过这六首诗，卢纶描绘了将士们的边塞生活与英勇善战的豪情，气势雄阔高昂。六诗中以第二、三首最为人熟知，描绘出了将军的骁勇豪迈，充溢着英雄气概，颇见盛唐气象。明人李攀龙评曰："中唐音律柔弱，此独高健，得意之作。此见边威之壮，守备之整，而惜士卒寒苦也。允言语素卑弱，独此绝雄健，堪入盛唐乐府。"(《唐诗训解》)

卢纶身世多舛，他在《纶与吉侍郎中孚司空郎中曙苗员外发崔补阙峒》的长诗中自言："禀命孤且贱，少为病所婴。八岁始读书，四方遂有兵。童心幸不羁，此去负平生。……命蹇固安分，祸来非有萌。因逢骇浪飘，几落无辜刑。巍巍登坛臣，独正天柱倾。悄悄失途子，分将秋草并。百年甘守素，一顾乃拾青。

相逢十月交，众卉飘已零。感旧谅戚戚，问孤恳茕茕。……”又在《赴池州拜觐舅氏留上考功郎中舅》中说：“孤贱易蹉跎，其如酷似何。衰荣同族少，生长外家多。别国桑榆在，沾衣血泪和。应怜失行雁，霜霰寄烟波。”他少年失怙，长在舅舅家居住，曾“奉亲避地于鄱阳”，亦曾到邵阳居住。他的一些行旅、送别、寄赠诗，借写景来抒情，如《晚次鄂州》：

云开远见汉阳城，犹是孤帆一日程。
估客昼眠知浪静，舟人夜语觉潮生。
三湘衰鬓逢秋色，万里归心对月明。
旧业已随征战尽，更堪江上鼓鼙声。

鄂州在今湖北武昌，诗人夜晚抵达此地，触景生情，写下此诗。首联述说今晚到达汉阳城，明天仍有独自行船一日的路程，诗人从初见喜悦到仍感孤凄，情感有细微的变化。颔联写船舱同行者的景况，白天风平浪静，商贾倚枕入眠，夜半江潮涨起，船夫叫唤；衬托出诗人心绪不宁。颈联写诗人远赴三湘途中的感想，秋季又至，两鬓如霜，独对明月；诗人是山西人，却离乡万里远赴三湘投亲，无限惆怅。尾联写田园家计和事业功名，已随战乱而丧失殆尽，犹能听闻江上传来阵阵的击鼓声；诗人悲愁满怀。他的送别诗《送李端》：“故关衰草遍，离别自堪悲。路出寒云外，人归暮雪时。少孤为客早，多难识君迟。掩泪空相向，风尘何处期？”前四句以景来抒发暮冬时节送别友人之悲伤，后四句感慨自己和友人的相知相交之深，难忍离别，渴盼会面。诗歌感人至深，紧扣“悲”字来写景、抒情、议论。

3. 李端

李端（743—782），字正已，赵州（今河北赵县）人。少居庐山，师事皎然。永泰元年（765）已至长安，得驸马郭暧及升平公主的青睐，诗名大噪，多有宴集酬唱之作。大历五年（770）进士，曾任秘书省校书郎、杭州司马。晚年隐居湖南衡山，自号“衡岳幽人”。李端与和尚及大历时期的诗人司空曙、柳中庸、畅当、钱起、卢纶、郎士元等多有交游和赠诗。今存《李端诗集》三卷，多酬赠、行旅、送别、闺情之作，五律居多，诗风略为伤感。代表作《听筝》：

鸣筝金粟柱，素手玉房前。
欲得周郎顾，时时误拂弦。

用周郎识音的典故，巧写拂筝女为博取心上人的青睐而故意弹错的可爱情态，细腻婉曲，富有情趣。《拜新月》：“开帘见新月，便即下阶拜。细语人不闻，北风吹裙带。”一位少女开门见新月即拜、细声祈祷、临风而立，其虔诚纯真的样子活灵活现。闺怨诗《闺情》：

月落星稀天欲明，孤灯未灭梦难成。
披衣更向门前望，不忿朝来喜鹊声。

首两句写黎明时分月沉星稀，孤灯一盏长夜未熄，凄清的环境氛围烘托了闺中思妇彻夜难眠的情态；后两句写思妇听到清晨门前传来喜鹊的叫声，披衣出门张望却未见归人的失落心理，用“不忿”一词来写被喜鹊诳骗而空欢喜的埋怨，更显思妇内心的孤寂、痴念与盼归之急切。诗歌耐人寻味，新警可喜，清婉可诵。

李端写给友人的寄赠诗情真意切，情景交融，如《送客赴江陵寄郢州郎士元》：“露下晚蝉愁，诗人旧怨秋。沅湘莫留滞，宛洛好遨游。饮马逢黄菊，离家值白头。竟陵明月夜，为上庾公楼。”有客前往江陵，诗人送别之际想起在郢州的友人郎士元，赠诗来诉说思念。仕途坎坷的李端晚年辞官、被迫归隐时，心中悲苦哀愁，如《赠岐山姜明府》：

昨夜闻山雨，归心便似迟。
几回惊叶落，即到白头时。
雁影将魂去，虫声与泪期。
马卿兼病老，宋玉对秋悲。
谢客才为别，陶公已见思。
非关口腹累，自是雪霜姿。
酿酒栽黄菊，炊粳折绿葵。
山河方入望，风日正宜诗。

牧竖寒骑马，边烽晚立旗。
兰凋犹有气，柳脆不成丝。
别后如相问，高僧知所之。

诗人感慨光景变换，年岁迟暮，与好友分别，表达自己归隐山居的“霜雪”之志。《归山居寄钱起》：“怅望青山下，回头泪满巾。故乡多古树，落日少行人。发鬓将回色，簪缨未到身。谁知武陵路，亦有汉家臣。”既抒发离别之际的伤心，亦表露自己归隐故乡的无奈与忠心。

4. 韩翃

韩翃，生卒年不详，字君平，河南南阳人。天宝十三载（754）考中进士，宝应年间在淄青节度使侯希逸幕府中任从事，后随侯希逸回朝，闲居长安十年。建中年间，因《寒食》诗被唐德宗赏识，晋升不断，官至中书舍人。著有《韩君平诗集》。韩翃写诗笔法轻巧，写景别致，以送别、唱和、寄赠题材为多。其《寒食》诗传唱甚广：

春城无处不飞花，寒食东风御柳斜。
日暮汉宫传蜡烛，轻烟散入五侯家。

寒食节在清明前两日，禁烟火，只吃冷食，故称寒食。诗的前两句境界开阔，描写长安城内柳絮随风飞扬，落红飘舞空中，正是寒食节，东风吹拂着皇家园林里的柳树，一派暮春的白昼风光。寒食节普天下禁火，但宫中可燃烛，权贵重臣可获皇帝恩赐榆柳之火。三、四句即写皇城的夜晚景象，暮色降临，蜡烛从宫中向外传送，散入五侯之家，生动勾勒了一一幅夜晚走马传烛图。诗歌以写实为主，刻画皇都春色和盛世承平，彰显皇家气派。近代人俞陛云《诗境浅说续编》指出此诗“以轻丽之笔，写出承平景象，宜其一时传诵也”。后世对此诗的解读亦有挖掘其中对特权阶层的讽喻之意。另一首与寒食节有关的诗歌《想得》：

两重门里玉堂前，寒食花枝月午天。

想得那人垂手立，娇羞不肯上秋千。

寒食节，人们有踏青、祭扫、秋千、蹴鞠、牵勾、斗鸡等风俗。在唐代，荡秋千成为女子在寒食节的一项重要娱乐活动。此诗写寒食节夜晚，明月当空，一个贵族少女芳心暗许，想起心上人，娇羞站立，不肯站上秋千摇荡。少女情窦初开的娇羞模样十分动人，诗歌风格轻灵佻脱。又有写贵族少年的《羽林骑》：

骏马牵来御柳中，鸣鞭欲向渭桥东。
红蹄乱蹋春城雪，花颔骄嘶上苑风。

意气风发的羽林军少年骑着高头大马，鸣鞭飞驰在皇家林苑中；诗人通过写马的姿态动作来写人的形象，红蹄乱蹋，花颔骄嘶，无一不突显出少年的志得意满、张扬浮浪！

韩翃的送别诗中，《送李明府赴滑州》一诗写寒食节后送友人李明府远行，“乌帽背斜晖，青骊踏春草”；看着友人远去的背影，诗人想到“酒醒孤烛夜，衣冷千山早”，担心他的孤独凄凉，慰勉他词赋好，定能得到上司的赏识。酬答寄赠之作如《酬程近秋夜即事见赠》，写秋景“长簟迎风早，空城澹月华。星河秋一雁，砧杵夜千家”，颇有清秀澹淡的韵致。行旅诗如《宿石邑山中》：“浮云不共此山齐，山霭苍苍望转迷。晓月暂飞高树里，秋河隔在数峰西。”此诗作者一说为李益。诗先写山之大背景，从高到远，仰望可见山高之入云天，远望难辨山色之苍茫；再写山之具体景观，亦从高到远，月飞高树里，河隔数峰西，若隐若现，似动似静，有明有暗，意境幽美。

5. 司空曙

司空曙(720—790)，字文初或文明，广平(今属河北邯郸)人，大历年间进士，曾入剑南节度使韦皋的幕府，官至左拾遗、虞部郎中。曾流寓长沙，迁谪江右。家贫，为人耿介、磊落、有奇才，与李约为至交，与卢纶、独孤及、钱起等人吟咏唱和。有《司空文明诗集》，诗多行旅、赠别、山水之作，写景闲雅疏淡，抒情真挚朴厚，情调幽凄，名句较多，代表作有《贼平后送人北归》《江村即事》《云阳馆与韩绅宿别》《喜外弟卢纶见宿》。先看《云阳馆与韩绅宿别》：

故人江海别，几度隔山川。
乍见翻疑梦，相悲各问年。
孤灯寒照雨，湿竹暗浮烟。
更有明朝恨，离杯惜共传。

前四句写诗人与老友离别后历经时空阻隔，此次不经意的重逢带来的惊奇、悲喜的情绪与关怀互通消息；三、四句乃久别重逢之绝唱，以梦境为譬喻，写出当时社会见面之难，悲喜交集，相互细诉别后之变化，写出情之真，意之切。后四句写深夜馆中叙谈的情景，孤灯、寒雨、湿竹、浮烟，凄凉夜景，映衬相见之亲切温暖，预示离别之孤独凄苦，正因如此，更让人惜别，想到明朝再次离别之遗恨。另一首重逢之作《喜见外弟卢纶见宿》："静夜四无邻，荒居旧业贫。雨中黄叶树，灯下白头人。以我独沉久，愧君相见频。平生自有分，况是蔡家亲。"诗人独居荒野，家贫无业，沉沦落魄，而表弟卢纶未有嫌弃，频频来访，情怀如旧。表弟既是亲人，也是老友，"我"又喜又愧，喜的是表弟到访，愧的是未能款待，从而表达对表弟的感激与深情厚谊。诗中颔联写夜雨、秋树，孤灯、老者，鲜明生动，画面感强，无限之凄凉寓于有限之景致中，意蕴丰厚，为人称道。

司空曙在宦游、漂泊途中，多写清旷淡雅的山水景物，如《江村即事》：

钓罢归来不系船，江村月落正堪眠。
纵然一夜风吹去，只在芦花浅水边。

写垂钓者深夜钓鱼归来，见月已西落，正是入眠时分，就懒得系船，心想着即使夜晚有风吹走，也只会停靠在长满芦花的浅水边。诗写得颇有趣味，垂钓者的随性适意，江村夜晚的宁静优美，语言清新自然，意境真切恬美。明人唐汝询《唐诗解》："全篇皆从'不系船'三字翻出，语极浅，兴味自在。"司空曙善于用浅显明白的语言来写景，却能翻出新意，如《新柳》："全欺芳蕙晚，似妒寒梅疾。撩乱发青条，春风来几日。"巧用拟人手法来写柳条竞相萌发的勃勃春景。《遇谷口道士》写"白云秋色远，苍岭夕阳高"的清旷秋景。《题暕上人院》写僧院"雨后绿苔生石井，秋来黄叶遍绳床"的僻静闲冷之景。《深上人见访忆李端》追忆故友李端时所见"雁稀秋色尽，落日对寒山"的寂寞寒冷之景。《过长林湖西酒家》写长林湖一带酒家的景色："湖草青青三两家，门前桃杏一般花。"他的送别诗善于借景抒情，情融于景，如《贼平后送人北归》：

世乱同南去，时清独北还。
他乡生白发，旧国见青山。
晓月过残垒，繁星宿故关。
寒禽与衰草，处处伴愁颜。

此诗写在安史之乱平定后，诗人送别友人独自北上，前四句感慨两人在他乡漂泊，岁月深重，白发已生，如今时局清明，你孤身归返故乡，或见青山如故；后四句想象友人此行披星戴月赶路，早行晚停，见残垒故关，面带愁容，伴寒禽衰草。诗歌情真意厚，既有两人分开的惜别之情，又对故国残破而惋叹不已。再如《峡口送友人》：

峡口花飞欲尽春，天涯去住泪沾巾。
来时万里同为客，今日翻成送故人。

写暮春时节在峡口送别友人。花飞花落，春日将尽，你我从此天涯各一方，忍不住泪湿巾帕，想起当年漂泊万里，同来此地为客，如今我独自留下，而成了为你送别之人。诗歌以伤春之景写送别之情，突出自己的角色转换，翻出新意，语言简明而情意深长。

6. 戴叔伦

戴叔伦（约 732—789），字幼公或次公，润州金坛（今属江苏常州）人。出生于隐士家庭，年轻时师事学者萧颖士，博闻强记，聪慧过人。入吏部尚书兼盐铁转运使刘晏的幕府，其后历任新城令、东阳令、抚州刺史、容州刺史兼容管经略使，任地方官时政绩卓著。人称戴容州。他晚年上表自请为道士，归乡途中客死于成都北边的清远峡。诗歌的内容、形式丰富，有反映现实、同情人民的《女耕田行》《屯田词》，有隐居田园的《山居即事》，有羁旅慨叹的《精舍对雨》《江乡故人偶集客舍》，也有边塞题材的《塞上曲》《边城曲》等。他论诗主张"诗家之景，如蓝田日暖，良玉生烟，可望而不可置于眉睫之前也”（司空图《与极浦书》），强调诗人写景不能太真切，要有距离美、朦胧美、意境美。

戴叔伦一生行事，抱有济世之志，其笔下的边塞诗颇有盛唐人的气势，如《塞上曲二首》的其一讽刺汉高祖徒然赞许娄敬的和亲之策，将汉朝公主下嫁匈奴王单于的卑下；其二用班超出使西域的典事，“汉家旌帜满阴山，不遣胡儿匹马还。愿得此身长报国，何须生入玉门关”，强调以死报国、视死如归、保卫边疆的英勇慷慨精神。《送耿十三湋复往辽海》写友人耿湋仗剑万里，前往辽海，边塞风光是“旌旗愁落日，鼓角壮悲风。野迥边尘息，烽消戍垒空”，悲中有壮。戴叔伦有理想、才干、学识，任官有政绩，但仕途险恶，晚年曾被诬陷下狱，虽得昭雪，也是一次深深的打击，遂有隐逸之志，如《江上别张欢》中感叹“长醉非关酒，多愁不为贫”，“今日扁舟别，俱为沧海人”；《九日与敬处士左学士同赋采菊上东山便为首句》与友人在重阳节酬和，赋“采菊上东山”之诗，以寄托心志，“却顾郡斋中，寄傲与君同”。他的咏物诗多有深刻寓意，如《孤鸿篇》：

江上双飞鸿，饮啄行相随。翔风一何厉，中道伤其雌。
顾影明月下，哀鸣声正悲。已无矰缴患，岂乏稻粱资。
嗈嗈慕俦匹，远集清江湄。中有孤文鹓，翩翩好容仪。
共欣相知遇，毕志同栖迟。野田鸱鸮鸟，相妒复相疑。
鸿志不汝较，奋翼起高飞。焉随腐鼠欲，负此云霄期。

写双飞鸿同行相随，遭遇打击后顾影自怜，幸得文鹓鸟相知相遇，却被鸱鸮嫉妒猜疑，孤鸿不屑于计较，奋力高飞上云霄。很显然，这孤鸿就是诗人的化身，以鸿鸟的遭遇与高飞来比喻诗人的生平遭际与抱负。《松鹤》写“独鹤爱清幽”，何尝不是诗人向往隐逸生活的写照。

长年宦游的戴叔伦多写羁旅行役的见闻感悟，如《除夜宿石头驿》：

旅馆谁相问？寒灯独可亲。
一年将尽夜，万里未归人。
寥落悲前事，支离笑此身。
愁颜与衰鬓，明日又逢春。

石头驿在江西新建区赣江西岸，诗作于戴叔伦晚年任抚州刺史时的一个除夕夜，他寄寓在石头驿，寒夜孤灯，漂泊异乡，那种衰暮寂寥、悲苦莫名的复杂情感涌上心头。诗的首联点出地点、人物、场景，长夜枯坐，无人慰问，独有寒灯相伴，突出旅人之孤独；颔联化用梁武帝《冬歌》"一年漏将尽，万里人未归"的诗句，却有新意，强调"夜"与"人"，"夜"是家家团聚的除夕之夜，"人"是万里未归的寂寞之人，对首联的诗意进一步深化；颈联写诗人的各种感慨，既回想前尘往事的寥落失意，又笑叹衰暮身躯仍在天涯漂泊；进而想到明日将以愁颜与衰鬓，来迎接新春佳节的到来。诗人思绪万千，从现实到回忆，再回到现实，又想到将来，慨叹现实之悲哀、个人之无奈、际遇之可笑，诗歌情意凄恻，寄慨深远，包蕴无尽的凄苦况味。再如《江乡故人偶集客舍》：

天秋月又满，城阙夜千重。
还作江南会，翻疑梦里逢。
风枝惊暗鹊，露草泣寒虫。
羁旅长堪醉，相留畏晓钟。

先写时间、地点，月圆秋夜的江南一个客舍里，诗人竟与故友重遇，恍如做梦，颔联化用杜诗，写出乱世相逢的惊喜；再写秋夜的凄凉景色，指出羁旅悲苦，珍惜相聚，以酒助兴，促膝长谈，担心拂晓到来之后的离别，表达了二人相聚的可贵与深情厚谊。结尾含蓄婉转，情意深长。与伤春相比，悲秋更易引起行人的旅思，打动人心。如《次下牢韵》："独立荒亭上，萧萧对晚风。天高吴塞阔，日落楚山空。猿叫三声断，江流一水通。前程千万里，一夕宿巴东。"写诗人在湖北宜昌西北的下牢关时所见的长江秋景，清旷高迥。《三闾庙》："沅湘流不尽，屈子怨何深。日暮秋风起，萧萧枫树林。"抚今追昔，凭吊屈原，以水之不尽喻怨之何深，表达对屈子的悲悯与同情。诗以景结尾，寄情于景，含蓄隽永。

戴叔伦为人重情义，爱家人，他的《少女生日感怀》："五逢晬日今方见，置尔怀中自惘然。乍喜老身辞远役，翻悲一笑隔重泉。欲教针线娇难解，暂弄琴书性已便。还有蔡家残史籍，可能分与外人传。"此诗作于女儿五岁生日之时，戴叔伦抱女于怀却心中惘然，悲喜交集，喜的是自己无官职之役得以在家，父女相伴，悲的是你的母亲刚刚去世，相隔黄泉；你还太小不懂事，学针线和琴棋书画都太早，留给你的史籍就像蔡邕留给他女儿蔡文姬的一样多，恐怕也是传给别人了。老父亲的感怀，充满着爱与忧虑，一一流露。《怀素上人草书歌》：

楚僧怀素工草书，古法尽能新有余。
神清骨竦意真率，醉来为我挥健笔。
始从破体变风姿，一一花开春景迟。
忽为壮丽就枯涩，龙蛇腾盘兽屹立。
驰毫骤墨剧奔驷，满坐失声看不及。
心手相师势转奇，诡形怪状翻合宜。
人人细问此中妙，怀素自言初不知。

写"草圣"怀素的草书尽得古法，并有所创新，字体神骨清竦，有真率之意；怀素挥洒健笔，字有风姿，如春花灿烂，变壮丽枯涩，如龙腾蛇盘，屹立有气势，变化无穷，心手相宜。此诗为即兴之作，诗人观怀素写草书，巧用譬喻、摹状、夸张的技法，从正面描绘和侧面烘托两方面，写出书法家的人与字之神妙。李白有《草书歌行》，以《怀素上人草书歌》为题的同题之作还有六首：王邕（yōng）、窦冀、鲁收、朱逢、许瑶、任华，另外还有苏涣的《赠零陵僧》，皆为描写怀素及其草书的诗歌，可对读，以见唐代诗人借吟咏草书来抒发个人内心的不羁。

四、李益

李益（746—829），字君虞，姑臧（今甘肃武威）人，后迁河南洛阳。大历四年（769）进士。仕途失意，弃官在燕赵一带漫游。北游河朔，贞元十二年（796）任幽州节度使刘济的从事。元和后入朝，历秘书少监、集贤殿学士、左散骑常侍等职，后迁太子宾客、集贤学士、判院事，转右散骑常侍，以礼部尚书致仕卒。李益作为负心汉的形象被蒋防塑造成《霍小玉传》的男主人公，初与霍小玉相恋，得官后娶表妹卢氏，小玉思念成疾，临死前发誓化为厉鬼报复，此后李益所娶几任妻子皆因猜忌而被休。李益诗风豪放明快，以边塞诗有名，擅长绝句；亦善写羁旅、闺情。如《江南词》：

嫁得瞿塘贾(gǔ),朝朝误妾期。
早知潮有信,嫁与弄潮儿。

这是一首具有乐府民歌风味的五绝。用白描的手法写思妇的闺怨,第一人称的口吻,明白如话却又耐人寻味。先述说自己嫁给长年累月来往于瞿塘峡(即长江上游一带)做买卖的商人,每每推迟回家团聚的日子;再感叹早知道潮水的涨落如此定时的话,就嫁给乘潮捕鱼的弄潮儿了。后两句突发妙想,用神来之笔,曲折、细腻地传达了闺中少妇的怨情和复杂心理,既是痴语、天真语,也是苦语、无奈语。明人钟惺《唐诗归》:"荒唐之想,写怨情却真切。"李益受李白《长干行》的影响,写了一首同题之作:"忆妾深闺里,烟尘不曾识。嫁与长干人,沙头候风色。五月南风兴,思君下巴陵。八月西风起,想君发扬子。去来悲如何,见少离别多。……"水平虽不如李白诗,亦有可读之处。

中晚唐诗人中,李益创作的边塞诗数量和质量都居上,如《暮过回乐烽》:"烽火高飞百尺台,黄昏遥自碛(qì)西来。昔时征战回应乐,今日从军乐未回。"回乐烽是指唐代回乐县附近的烽火台,在今宁夏灵武县西南;碛西是唐对西域的称呼,碛指莫贺延碛,位于今哈密和敦煌之间的哈顺沙漠。此诗写黄昏时分,征人从西域归来,路经回乐烽时积极从军的乐观心态,颇有盛唐边塞诗的昂扬开朗精神。《边思》一诗则耐人寻味:"腰垂锦带佩吴钩,走马曾防玉塞秋。莫笑关西将家子,只将诗思入凉州。"首句写自己华贵英武的装束打扮,次句点出曾在玉门关参与防卫游牧民族的秋天犯边,三、四句用轻松幽默的语气调侃自己:不要笑我这个出身函谷关以西的将家子弟,到了边境凉州也只有写诗的思绪。在风流洒脱的背后,其实寄寓了诗人没能建立功勋、实现理想的遗憾与人生感慨,这首诗颇类自画像,形神兼备,蕴含丰富。

李益其他边塞诗多抒发征人思乡之情,偏于感伤。如《夜上受降城闻笛》:

回乐烽前沙似雪,受降城下月如霜。
不知何处吹芦管,一夜征人尽望乡。

受降城指灵州(郡治在回乐县),贞观二十年(646),唐太宗在此处接受突厥一部的投降。这首七绝意境优美，含蓄蕴藉。前两句写边塞夜景，月华如霜，洒落沙漠，如雪地一般，周围环境静谧平和，或是经历苦战取胜后暂时的和平；不知是谁在夜里吹起芦管，乐声随风远送，惹得征人一夜难眠，思乡情浓。全诗有色有声，景中寓情，婉曲深远，艺术性高。再看《从军北征》，与上诗有异曲同工之妙：

天山雪后海风寒，横笛偏吹《行路难》。
碛里征人三十万，一时回向月中看。

先写天山大雪之后寒风凛冽的边疆景色，偏在这时，北征队伍中有人吹起横笛，一曲《行路难》，让行进在沙漠中的三十万征人纷纷回望月亮，思念故乡。边塞的苦寒，让人回想故乡的暖熙，唯有望月寄情。

李益善于把视觉形象和听觉感官结合起来，营造出深远悠邈的境界。他的诗歌多出现明月、乐器等意象，如《盐州过胡儿饮马泉》的前四句："绿杨着水草如烟，旧是胡儿饮马泉。几处吹笳明月夜，何人倚剑白云天。"盐州在今陕西定边，在唐时属边疆，此处曾是胡人饮马的地方，如今春意盎然，杨柳拂水，丰草如烟；明月当空，传来胡笳雄浑低沉的声音，不知是谁在仗剑保卫着边疆。夜空中明月映照，笳声回荡，营造出苍凉悲壮的境界。《听晓角》："边霜昨夜堕关榆，吹角当城汉月孤。无限塞鸿飞不度，秋风卷入《小单于》。"前两句写边城雄关，落叶秋霜，孤月未沉，号角晓鸣；后两句写边塞广漠荒凉，无数鸿雁难以飞度，秋风凛冽，送来《小单于》的乐曲，悲凉雄壮。诗歌营构了一个边城秋晨的萧瑟景象，秋霜、边关、孤月、飞雁与画角声、乐曲《小单于》相结合，视听俱佳，动静兼备，意境苍凉而高远。《统汉峰下》："统汉峰西降户营，黄河战骨拥长城。只今已勒燕然石，北地无人空月明。"写出边疆战争的残酷，即使是胜战，军功刻在燕然山石上，换来的是北地空虚无人，只有明月照着一片荒漠。从军生活对李益的一生影响深远，他的《上汝州郡楼》："黄昏鼓角似边州，三十年前上此楼。今日山城对垂泪，伤心不独为悲秋。"汝州在今河南中西部，是军事地理的重要位置。黄昏时分，诗人登上城楼，听到鼓角声，恍惚间仿佛在边疆，三十年前就登上此楼；今日在汝州城楼忍不住伤心落泪，不只是秋季令人感伤，更因想起了年少时的从军经历啊！再如《春夜闻笛》：

寒山吹笛唤春归，迁客相看泪满衣。
洞庭一夜无穷雁，不待天明尽北飞。

此诗是李益迁谪江淮时的思归之作。诗人夜闻寒山传来的笛声，如在召唤春回大地，洞庭湖飞起的群雁，连夜飞回北方；诗到此结束，诗意却未结束，群雁北归，“我”却流落江淮，不得归家，伤感哀怨之情见于文字之外。

古代文人体现在诗歌作品中的时间意识较为强烈，李益也不例外，写有多首与镜有关的诗歌，感慨青春已逝、衰暮孤独的现状，如《立秋前一日览镜》：

万事销身外，生涯在镜中。
唯将满鬓雪，明日对秋风。

诗人揽镜自照，顿感万事皆空，人生如影，只剩满鬓白发，来对明天立秋日的秋风。此诗深含身世之慨和人生体验，构思精巧，颇有意趣。又有《照镜》诗：“衰鬓朝临镜，将看却自疑。惭君明似月，照我白如丝。”《罢镜》：“手中青铜镜，照我少年时。衰飒一如此，清光难复持。欲令孤月掩，从遣半心疑。纵使逢人见，犹胜自见悲。”照镜所见自己的形象不复少年，衰飒如此，令诗人罢镜不照，悲哀感伤之情浓厚深重。李益的时间感强，诗多表现时光流逝的伤感无奈，如《喜见外弟又言别》：

十年离乱后，长大一相逢。
问姓惊初见，称名忆旧容。
别来沧海事，语罢暮天钟。
明日巴陵道，秋山又几重。

这是一首写唐人行旅聚散的佳作，久别倏逢，情深语怆，宛然在目。诗人同表弟在十年乱离后不期而遇却未认出对方，交换姓名才发现竟是儿时玩伴的表亲，二人惊喜地追忆旧时模样，亲切地诉说别后变化和世事沧桑，直说到黄昏传来阵阵晚钟，想到明日表弟又要踏上前往巴陵的征途，此后二人之间要相隔多少重的秋山。别后有多少世事变迁要说？直说到黄昏传来阵阵晚钟。首联用“十”与“一”的对比，写出阻隔之久和重逢之难得；颔联中，诗人抓住从“问”到“称”、从“惊”到“忆”的典型细节，写出一次具有戏剧性的偶然重逢，绘声绘色，细腻传神；颈联避实就虚，没有展开写二人热烈交谈的场面，而用暮钟在不经意间响起，侧面烘托出欢聚的兴奋与激动，欢乐的时光总是特别短暂，更让人感受到真挚的至亲情谊、聚散无定和别离的伤感痛苦。

李益与友人同游登楼时，抚古伤今，感慨万千，如《同崔邠登鹳雀楼》：

鹳雀楼西百尺樯，汀洲云树共茫茫。
汉家萧鼓空流水，魏国山河半夕阳。
事去千年犹恨速，愁来一日即为长。
风烟并起思归望，远目非春亦自伤。

前四句从眼前鹳雀楼的壮丽苍茫景色，联想到历史的过往，现实的残迹，汉家萧鼓、魏国山河皆已不再；进而在后四句抒发对时光流逝的飞速，人生多愁的悲苦，古今只是一瞬间，恨愁一日却觉长，由眼前景引发人的思归与自伤。诗歌即景抒情，把历史、现实、个人相结合，风格浑成厚重。闲寂独坐时，会惊觉时间的变化，思念友人，如《竹窗闻风寄苗发司空曙》：

微风惊暮坐，临牖思悠哉。
开门复动竹，疑是故人来。
时滴枝上露，稍沾阶下苔。
何当一入幌，为拂绿琴埃。

诗人临窗独坐，微风忽吹来，惊觉暮色降临，引发思念悠悠；风吹门开，竹子晃动，疑是故友来访；竹枝上的露珠吹滴落，沾湿台阶下的苍苔；微风如知音，什么时候吹入帷帐，拂去绿琴上积落的尘埃。李益此诗构思巧妙，描写细致，以拟人的手法写风，风兴起人的思念，触发诗人的思绪，联络全诗的线索，一系列的动词：由“惊”而“思”，因“开”“动”而“疑”，见“滴”“沾”，想“入”“拂”，随风而起，随风递进，从而抒发对苗发、司空曙的思念之情和自己孤独落寞的心情。再看另一首借风来写情的寄赠诗《重赠邢校书》："俱从四方事，共会九秋中。断蓬与落叶，相值各因风。"诗人和邢校书宦游四方，共会于秋季，二人恰似断蓬与落叶，能在秋天相逢是因为风吹之力，写出相遇之偶然和人生无定之悲感。上诗是写生逢之偶然，而《嘉禾寺见亡友王七题壁》是诗人与亡友诗迹之偶遇："今日忆君处，忆君君岂知？空余暗尘字，读罢泪仍垂。"诗人偶在嘉禾寺读到亡友王七的题壁诗，追忆友人而友人已无知觉，只留下尘埃遮盖的字迹，让人读了泪垂。

五、"诗豪"刘禹锡

刘禹锡（772—842），字梦得，洛阳人。出身书香门第，贞元九年（793）进士及第，初任太子校书，迁淮南记室参军，后入节度使杜佑幕府。杜佑入朝为相，刘禹锡迁监察御史，与韩愈、柳宗元结为好友，政治上主张革新，后被贬为连州刺史、江州刺史、苏州刺史等职。宝历二年（826），刘禹锡与白居易在扬州相遇，二人订交，此后唱酬甚多。会昌二年（842），迁太子宾客，病卒于洛阳，享年七十一岁，追赠为户部尚书，葬于河南荥阳，世称刘宾客、刘尚书。刘禹锡性格刚毅，饶有豪猛之气，晚年自号"庐山人"。著有《刘梦得文集》《刘宾客集》，存诗800余首，题材广阔，诗歌多流露豪迈精神，有"诗豪"之称。他积极学习民歌，在江州时创作了大量《竹枝词》，反映民众生活和风土人情，风格清新活泼，充满生活情趣。其讽刺诗以寓言托物手法，指摘时事，含蓄有讽。

贞元二十一年（805），唐顺宗被迫让位于太子李纯，王叔文赐死，王伾被贬后病亡，永贞革新失败，刘禹锡与其他八人一起被贬，分散到偏远之州任司马，史称"八司马"。元和九年（814）十二月，刘禹锡从朗州（今湖南常德）奉诏回京，离京已有十年，他写下《元和十年自朗州承召至京戏赠看花诸君子》（即《游玄都观》）："紫陌红尘拂面来，无人不道看花回。玄都观里桃千树，尽是刘郎去后栽。"又因此诗触怒新贵，被以"诗语讥忿"的罪名贬为广东连州刺史，后任夔州（今重庆奉节）刺史、和州（今安徽和县）刺史，后调到洛阳，与白居易结为好友，共创《忆江南》词牌。大和二年（828），刘禹锡还京，已是十四年后，写下《再游玄都观》："百亩庭中半是苔，桃花净尽菜花开。种桃道士归何处，前度刘郎今又来。"二诗体现了刘禹锡百折不挠、刚正不阿的坚韧精神。

刘禹锡早年随父寓居浙江嘉兴，常去拜访诗僧皎然、灵澈，受佛教的影响颇深。他的诗歌大都简洁明快，风情俊爽，渗透了哲人的睿智和诗人的挚情，富有艺术张力和雄直气势，如《秋词二首》：

其一

自古逢秋悲寂寥，我言秋日胜春朝。
晴空一鹤排云上，便引诗情到碧霄。

其二

山明水净夜来霜，数树深红出浅黄。
试上高楼清入骨，岂如春色嗾(sǒu)人狂。

自宋玉《九辩》的"悲哉，秋之为气也"之后，悲秋逐渐成为我国古代文学常见的主题。这两首诗作于刘禹锡被贬到朗州，他这时三十多岁，正值壮年，一反过去的悲秋传统，而赞颂了秋日的美好。其一写黄鹤直冲云霄，引起诗情勃发，"鹤"也是诗人的自喻与化身，表现出奋发进取的豪情和豁达乐观的情怀；其二写山明水净和树色红黄相间，使人清爽冷静。二诗形象鲜明，富有哲思，给人一种励志怡情的美的感受。他的咏物诗寓意深刻，如《赏牡丹》："庭前芍药妖无格，池上芙蕖净少情。唯有牡丹真国色，花开时节动京城。"诗歌用对比、反衬的手法，以妖冶的芍药、纯净的荷花与国色天香的牡丹相对比，赞颂牡丹有格有情，真正的倾国倾城之美。

刘禹锡的咏史怀古诗同样体现其哲学素养与豪放气质，往往就历史的陈迹想象出苍凉开阔的意境，寄托今昔盛衰的历史沧桑感，有跨越时空的广阔视域，语言浅显而含蕴深厚，如《蜀先主庙》《西塞山怀古》《金陵怀古》《乌衣巷》《石头城》等名篇。先看《蜀先主庙》：

天地英雄气，千秋尚凛然。
势分三足鼎，业复五铢钱。
得相能开国，生儿不象贤。
凄凉蜀故妓，来舞魏宫前。

蜀先主刘备的庙在夔州白帝山上，刘禹锡任夔州刺史时专门去拜谒，写下这首五律。首两句即赞颂刘备的英雄气概千秋共仰；次两句赞扬其三足鼎立、复兴汉室的功业，五铢钱是汉武帝时期铸行的钱币，被王莽废弃后由光武帝恢复使用，借以指代复兴汉室；再两句写其得诸葛亮而开国立业，却子嗣不肖，后继非人；末两句以蜀妓舞于魏宫而刘禅乐不思蜀的故事，来叹息蜀汉后主亡国之悲哀。全诗赞誉英雄，鄙薄庸碌，指出创业难、守成更难的深刻道理，语言精警凝练，对仗工整精巧，风格沉着超迈。

《西塞山怀古》作于长庆四年(824)，刘禹锡由夔州刺史调任和州刺史，沿长江东下，途中路过西塞山，写下这首名篇：

王濬(jùn)楼船下益州，金陵王气黯然收。
千寻铁锁沉江底，一片降幡(xiáng fān)出石头。
人世几回伤往事，山形依旧枕寒流。
从今四海为家日，故垒萧萧芦荻秋。

西塞山在今天的湖北黄石城区东部长江南岸。刘禹锡在西塞山游览，眼前的滔滔长江水奔流不息，此处曾发生过西晋灭吴的历史故事：晋武帝谋伐吴，派益州(成都)刺史王濬造大船出巴蜀，东吴末帝孙皓命人用大铁索横于江面，试图拦截晋船，终失败投降。金陵是南京古称，传说楚威王见此有王气，因埋金以镇之，故曰金陵。诗的前四句回顾过去，王濬的楼船从益州出发沿江东下，金陵城的王气黯然失色，顿时收结；被大火熔毁的百丈铁锁沉没江底，石头城举起一片片投降的白幡；语言洗练而节奏紧凑，劲气直达，展现了历史的兴衰变化及国家统一的历史必然性。后四句抒发感慨，人世沧桑，往事令人伤感，山形依旧，枕靠滚滚长江；从今往后，我将四海漂泊，四处为家，而昔日的军事要塞已经荒废，芦荻在凛冽秋风中摇摆，意境苍凉沉郁。诗人把史、景、情完美地糅合在一起，于悲凉含蓄之中见豪健开朗。

宝历二年(826)冬，刘禹锡由和州返回洛阳，途经金陵，已是初春时节，写下《金陵怀古》和《金陵五题》。《金陵怀古》前四句“潮满冶城渚，日斜征虏亭。蔡洲新草绿，幕府旧烟青”写了金陵城的初春景色，春潮涨满冶城的洲渚，夕阳斜照着征虏亭，蔡洲的新草一片嫩绿，幕府山上烟霭青青；历史的陈迹在春风的吹拂下萌发新意和生机，引发出后四句“兴废由人事，山川空地形。后庭花一曲，幽怨不堪听”的议论与感慨，朝代之兴废取决于人事之变化，山河徒有险要之地形，无助于王朝的永固，想起《玉树后庭花》这支亡国曲子，幽婉哀怨，不忍倾听。此诗颇具史识，尤以五、六句精到地指出千古兴亡之所由，与《西塞山怀古》一诗流露出来的主旨相应和。再看同时期所作的组诗《金陵五题》，包括《石头城》《乌衣巷》《台城》《生公讲堂》《江令宅》五首七绝，前两首最有名：

石头城

山围故国周遭在，潮打空城寂寞回。
淮水东边旧时月，夜深还过女墙来。

乌衣巷

朱雀桥边野草花，乌衣巷口夕阳斜。
旧时王谢堂前燕，飞入寻常百姓家。

第一首写石头城，其故址在南京西边清凉山一带，三国时期孙权依石壁筑城。石头城的四周环山，城墙仍在，江潮拍打着荒凉空寂的城垣，时涨时退；淮水东边升起的依旧是当年明月，夜深时分仍穿过城上的矮墙来。全诗句句写景，诗人的兴亡感慨却渗透景中，流露出对故国萧条、人生凄凉的深沉感伤。其二写乌衣巷，在夫子庙附近，秦淮河南边，靠近朱雀桥，三国时期吴国设军营于此，军士穿黑衣，故名乌衣营；东晋时，以王导为代表的王氏家族和以谢安为代表的谢氏家族居住此地，已改称为乌衣巷。此诗写朱雀桥边长满野草野花，夕阳斜照着乌衣巷口，昔日在王谢豪宅大堂筑巢的燕子，如今飞入寻常的百姓人家。从环境的烘托、渲染，到乌衣巷的古今变化，抒发了作者对世事多变、荣辱无常的感慨，巧用飞燕的形象来作为历史见证人，有力而含蓄地突出沧海桑田的变化，唤起读者的想象，浅易而有余味，有一种含蓄蕴藉之美。另外三首分别吟咏台城、生公讲堂和江令宅，用强烈的对比来表现兴亡主题，《台城》作为六朝皇帝的宫苑，从六代“竞豪华”，陈后主的结绮楼、临春阁“事最奢”，变成“万户千门成野草”，原因是“只缘一曲后庭花”；《生公讲堂》写晋末高僧竺道生在苏州虎丘讲《涅盘经》至精妙处，石皆点头，如今讲堂空空，高座寂寥积灰，明月独照庭院；《江令宅》写陈代亡国宰相江总不持政务，化身“狎客”，与陈后主等人终日游宴，终致亡国，入隋为官，其故宅如今只有“池台竹树三亩余”；三诗都寄托了诗人吊古伤今的无限感叹和对历史的评论，豪华变荒芜，热烈变萧条，身历国亡家破，见证历史兴亡，引发凄凉、悯伤、惆怅之情。

在长期的贬谪生活中，刘禹锡接触到各地的地理、文化，了解并认真学习了湘沅、巴蜀一带的民歌民谣，写下许多富有浓郁生活气息和地方特色的诗篇，如在夔州刺史任上的《竹枝词二首》《竹枝词九首》等，较有名的是以下两首：

竹枝词二首其一

杨柳青青江水平，闻郎江上踏歌声。
东边日出西边雨，道是无晴却有晴。

竹枝词九首其二

山桃红花满上头，蜀江春水拍山流。
花红易衰似郎意，水流无限似侬愁。

二诗巧妙地采用谐音双关、重叠回环等民歌手法，将民歌的雅化和文人诗的通俗化完美地结合了起来，达到了雅俗共赏的境界。第一首诗是描写青年男女的爱情微妙变化，风和日丽的春天，初恋中的少女听到情郎的歌声、春心摇荡的内心活动。晴和情谐音，以东边日出的“有晴”和西边雨的“无晴”这一特殊天象，来表现少女捉摸情郎而忐忑不安的心事，语辞流丽清新，技法新颖可喜。第二首先写春花灿烂，春水绵绵，春光美好却引发了女子的愁绪，郎心易变，侬愁无限，诗歌连用比喻，以桃花凋零快速来喻男子的心意改变，以江水连绵不绝来形容女子痴情与愁怨，诗歌把旖旎的风光和内心的情愫巧妙结合，抒情悠扬缠绵。这些诗篇从各个侧面表现了地方民众的风俗民情与精神风貌，也融入了个人的境遇和哲思，语言明快浅近，生动活泼，有生活哲理，如《竹枝词九首》其一“南人上来歌一曲，北人莫上动乡情”，其六“懊恼人心不如石，少时东去复西来”，其七“长恨人心不如水，等闲平地起波澜”等。再如后来写的《浪淘沙九首》，分别描写黄河、洛水、汴水、清淮、鹦鹉洲、濯锦江等地方风物，与风土习俗、哲理思考相结合，意味深厚，如下面几首：

浪淘沙其一

九曲黄河万里沙，浪淘风簸自天涯。

如今直上银河去，同到牵牛织女家。

浪淘沙其二

洛水桥边春日斜，碧流轻浅见琼砂。
无端陌上狂风急，惊起鸳鸯出浪花。

浪淘沙其八

莫道谗言如浪深，莫言迁客似沙沉。
千淘万漉虽辛苦，吹尽狂沙始到金。

第一首演绎神话传说，九曲黄河挟着泥沙奔腾万里，来自天涯的浪涛狂风冲刷颠簸，如今可以沿着黄河直到银河，一起去寻访牛郎织女的家。联系到诗人屡遭贬谪的仕宦生涯，我们可以从这首诗中感受到他积极昂扬、乐观进取的精神和浪漫主义情怀，诗歌具有磅礴壮阔的雄浑之美。第二首用象喻的手法，写洛水桥边的春日黄昏景象，琼砂沉底，狂风骤急，吹起浪花，惊飞鸳鸯，以美好事物遭打击来暗喻有才能的人遭遇贬谪的厄运。第三首借淘金的民间劳作来写迁客的品操情怀，不要觉得谗言如恶浪般吞噬，迁客似泥沙般沉没，要经过千万遍的淘漉，才能冲刷尽泥沙收获金子。诗人借物抒情言志，表现出无惧逆境、不畏艰困、百折不挠、坚持到底的可贵精神和力量，足以荡涤心中的不平之气，诗境开阔，风格豪迈。

直到晚年，刘禹锡仍然表现出对民歌的喜爱与学习，他与白居易在洛阳时多有唱和酬答，共同切磋新诗体的创作，刘禹锡有《杨柳枝词九首》，其一："塞北梅花羌笛吹，淮南桂树小山词。请君莫奏前朝曲，听唱新翻杨柳枝。"白居易有《杨柳枝词八首》，其一："《六幺》《水调》家家唱，《白雪》《梅花》处处吹。古歌旧曲君休听，听取新翻《杨柳枝》。"皆劝人听取新改编的曲词。二人的创作把历史典事和自然风物相结合，写出杨柳的各种情态，含情宛转，声韵和谐，便于传唱，既有民歌风味，又有丰富的思想含蕴，进一步将民歌文人化和雅化。如刘禹锡《杨柳枝词九首》其四："金谷园中莺乱飞，铜驼陌上好风吹。城东桃李须臾尽，争似垂杨无限时？"描写西晋石崇在洛阳所筑的金谷园群莺乱飞，洛阳城里的铜驼街春风吹拂，桃李花迅速凋谢而杨柳树的碧绿似无时限？实质上是写富贵荣华之不长久。其五："花萼楼前初种时，美人楼上斗腰支。如今抛掷长街里，露叶如啼欲恨谁？"花萼相辉楼前刚刚栽种了柳杨树，楼上的美人与杨柳枝竞相比试腰肢，如今柳条被抛掷在长街上，枝叶露珠如泪不知在怨恨谁？以杨柳来比喻依附于人之终难长久。诗歌深寓讽喻之意，流丽丰厚，使人咏之而兴味不尽。

刘禹锡的酬赠唱和诗既显示其重情厚义的一面，又体现其乐观向上的精神，具有一种空旷开阔的时间感和空间感。他与白居易初相识于扬州，二人在返回洛阳途中相遇。白居易作《醉赠刘二十八使君》相赠，同情对方被贬二十三年的不平遭遇，“举眼风光长寂寞，满朝官职独蹉跎”，“合被才名折”；刘禹锡也回赠一首《酬乐天扬州初逢席上见赠》：

巴山楚水凄凉地，二十三年弃置身。
怀旧空吟闻笛赋，到乡翻似烂柯人。
沉舟侧畔千帆过，病树前头万木春。
今日听君歌一曲，暂凭杯酒长(zhǎng)精神。

首联叹惜自己被贬到巴楚一带，前后长达二十三年，僻远凄凉。颔联化用两个典故：竹林七贤之一向秀过亡友嵇康、吕安的旧居，听邻人吹笛，悲从中来，作《思旧赋》，刘禹锡借此典来怀念已死去的王叔文、柳宗元等人；晋人王质上山砍柴，看两童子下棋，终局时砍柴的斧柯已烂，回到村里，已过百年，诗人以此典来表达二十三年后世事沧桑、人事全非、恍如隔世的感觉。颈联是名句，沉舟旁有千帆竞发，病树前有万木争春，诗人以沉舟、病树自比，而新生力量不断涌现，新事物必将取代旧事物；这两句一洗伤感低沉的情调，尽显慷慨激昂的气概，为人传颂。末联点明题意，感谢白居易的关怀与赠诗，举杯同饮，与友共勉，表现了诗人坚定的意志和豁达的襟怀。全诗感情真挚，哲理深刻，沉郁中见豪放，悲凉中有振奋，劲气内转。刘禹锡的诗歌多以景物形象来表达他对历史、人生进行沉思之后的感悟，如《乐天见示伤微之敦诗晦叔三君子皆有深分因成是诗以寄》的颈联“芳林新叶催陈叶，流水前波让后波”，在颔联“世上空惊故人少，集中惟觉祭文多”抒发元稹、崔群、崔玄亮三位故人长逝的沉痛之后，刘禹锡依然沉着冷静地分析自然界生死、新旧交替的变化规律，形成警策，振起全篇，寓意深远。再如《酬乐天咏老见示》：

人谁不顾老，老去有谁怜。
身瘦带频减，发稀冠自偏。
废书缘惜眼，多灸为随年。
经事还谙事，阅人如阅川。
细思皆幸矣，下此便翛(xiāo)然。
莫道桑榆晚，为霞尚满天。

前六句写人的老年状态，身瘦发稀，眼花多病；接下来四句肯定老年人阅历丰富，阅人无数，这也是老年人的优势，所以不必对衰老忧虑；自然引出末二句富有哲理而令人振奋的话语，安慰好友，人虽暮年，尚有余力，如太阳到达桑榆间已是傍晚，余晖映照仍红霞满天。末两句意境优美，气势豪放，呈现出诗人达观积极的人生态度，深得人们赞赏与喜爱。

专　题

题壁诗

唐代诗人在读书、漫游、赴任、赶考、探亲等行旅中，往往会把一些比较短小精练的诗歌题写在馆舍、佛寺、邮亭、驿站、名胜等处所墙壁上，或专门为题诗制作的诗板上。这种活动称之为题壁。题壁的行为可追溯至汉代，卫恒《四体书势》载汉灵帝时的师宜官能书，诣酒家饮，因不持钱而书其壁，顾观者以讨钱酬酒。至唐代，题壁成为风气，诗歌则是唐人题壁首选的文体，一般采用五、七绝或五、七律，绝句更多，题壁诗蔚然大观，至宋代仍十分盛行。唐代题壁诗的载体先是墙壁，有寺壁、石壁、邮亭壁、殿壁、楼壁之分。诗僧寒山的一首失题诗："一住寒山万事休，更无杂念挂心头。闲书石壁题诗句，任运还同不系舟。"诗中即言明是题于石壁。有的佛寺、馆舍和驿店会有意留出一些墙壁，或专门设诗壁，制作诗板、诗牌，准备笔墨，供来往行人题壁。遇到名人留宿，主人还会有意索诗。

题壁者首先是诗人自己，题诗往往是有感而发，有所寄托，触景生情，有情要抒，如崔颢的《黄鹤楼》，追昔抚今，发思古之幽情，抒游子之思乡。李颀的《题卢五旧居》："物在人亡无见期，闲庭系马不胜悲。窗前绿竹生空地，门外青山如旧时。怅望秋天鸣坠叶，巑岏（cuán wán）枯柳宿寒鸱。忆君泪落东流水，岁岁花开知为谁？"此诗作于友人亡后，李颀将沉痛的悼念之情写在友人的故宅墙上，触景伤心，物是人非的感慨不得不发。《唐摭言》载唐代宰相王播的故事：王播早年贫寒，借读于扬州惠昭寺木兰院，久之被寺僧嫌弃。某日开饭，听到钟声前去，已是杯盘狼藉，知被捉弄的王播题诗于壁而离去。二十年后王播出任扬州刺史，重游惠昭寺，寺僧匆忙用上好的碧纱笼罩那块题壁。王播见了感慨万千，当即题诗："三十年前此院游，木兰花发院新修。而今再到经行处，树老无花僧白头。"意犹未尽，便又题诗一首："上堂已了各西东，惭愧阇（shé）黎饭后钟。三十年来尘扑面，如今始得碧纱笼。"二诗写盛衰之变，颇有讽意。顾况的《天宝题壁》："五十余年别，伶俜道不行。却来书处在，惆怅似前生。"也是重游故地的感慨抒发。顾况在阔别五十年后仍能读到早年的题壁诗，惆怅万分，恍如隔世。《本事诗》记载崔护邂逅一位女子的爱情故事：某年他科考下第，清明节独游长安城南，扣一山庄门索饮，一女子开门赠水；次年清明再去，不复见，故题诗于左扉，即《人面桃花》："去年今日此门中，人面桃花相映红。人面不知何处去，桃花依旧笑春风。"崔护对女子的忆念和不获见的遗憾，皆于诗中表露。题壁诗甚至能改变命运。如温庭筠之子温宪，历经数次科考都不幸下第，绝望地在借居的崇庆寺题壁："十口沟隍待一身，半年千里绝音尘。鬓毛如雪心如死，犹作长安下第人！"恰大官郑延昌陪夫人上香，读此诗后起了怜悯惜才之心，向主考官推荐，温宪终获隽，从此改变人生。

题壁诗可以促进诗歌流传，有时还起到交流、传递信息的作用。元稹《使东川·骆口驿二首》其一云："邮亭壁上数行字，崔李题名王白诗。尽日无人共言语，不离墙下至行时。"可见官壁、驿亭墙壁题诗之多。诗壁、诗板成为诗人们表现诗才、传播作品、联络感情的重要媒介，郑谷《送进士吴延保及第后南游》："胜地昔年诗板在，清歌几处郡筵开。"翁洮《和方干题李频庄》："吟时胜概题诗板，静处繁华付酒尊。"私家宅院中的酒宴，也少不了诗板题诗的活动。而在南来北往交通要道的驿站、长亭、短亭，既是宦游、科举者的必经之地，也是行旅者的休息场所，题壁更为常见。晚唐的吴融《题扬子津亭》："扬子江津十四经，纪行文字遍长亭。"唐人在这类场所读诗壁、诗板逐渐成为一种自觉行为，希冀能发现朋友的题壁之作或好的作品，如张祜《题灵彻上人旧房》："寂寞空门支道林，满堂诗板旧知音。"题壁诗成为当时诗朋好友之间表达情思、忆念的特有方式，行旅途中题诗于壁，盼望对方路过看到、题诗作答。元和十年（815）初，贬谪异地的元稹、刘禹锡、柳宗元三人接朝廷诏令回京，必经商山，元稹先行，于蓝桥驿题诗《留呈梦得子厚致用》告知刘、柳二人。白居易有诗《重过寿泉忆与杨九别时因题店壁》："一去历万里，再来经六年。形容已变改，处所犹依然。他日君过此，殷勤吟此篇。"诗人追忆六年前与杨九在此处分别，如今自己重来此地，特题壁留诗，以志对友人的思念，望友人再过此地，记得吟诵此诗。这首题壁诗有留言条的作用，更是友情的见证。

有的诗人则因喝醉不便或书法不好，请人代为题壁。杜甫有诗《醉歌行赠公安颜少府请顾八题壁》，就因为醉后不便题壁，请人代书。有的诗人不仅写题壁诗，还在壁上题写好友的诗，以示对好友的思念，如元稹《阆州开元寺壁题乐天诗》："忆君无计写君诗，写尽千行说向谁？题在阆州东寺壁，几时知是见君时。"白居易得知后写《答微之》："君写我诗盈寺壁，我题君句满屏风。与君相遇知何处，两叶浮萍大海中。"两人之间的深厚友情可见一斑。这个例子也说明，题壁者有时并非诗作者本人。唐宪宗元和间，白居易、元稹的诗歌盛行一时，题二人诗于壁者到处可见，除元白本人外，题壁者多为熟习、喜好元白诗者，或一时好事者。据元稹《白氏长庆集序》："二十年间，禁省、观寺、邮堠墙壁之上无不书，王公妾妇、牛童马走之口无不道。"王定保《唐摭言》载："蜀路有飞泉亭，亭中诗板百余，然非作者所为。后薛能佐李福于蜀，道过此，题云：'贾掾曾空去，题诗岂易哉！'悉打去诸板，惟留李端《巫山高》一篇而已。"可见当时有不少附庸风雅之辈，题他人之诗于诗板上。有的题壁者出于夜宿无聊，或一时兴致，或追逐风尚，留下书迹，题他人之诗于壁。

唐代题壁诗的作者有百数十家，其中以寒山、崔颢最为著名。寒山居始丰县（今浙江天台）寒岩，好题诗于壁，他有诗自称："五言五百篇，七字七十九，三字二十一，都来六百首。一例书岩石，自夸云好手。"其题壁诗总数达六百首之多，书于石壁，可惜散佚过半。其他像王绩、苏颋、宋之问、陈子昂、祖咏、王昌龄、孟浩然、李颀、綦毋潜、李白、王维、高适、崔曙、储光羲、常建、杜甫、岑参、皇甫冉、耿湋、韩翃、司马曙、钱起、顾况、卢纶、戎昱、刘言史、吴筠、李端、崔峒、韦应物、张继、郎士元、皎然、李涉、孟郊、杨巨源、武元衡、权德舆、窦巩、羊士谔、王建、韩愈、张籍、薛涛、朱庆馀、刘禹锡、白居易、姚合、元稹、贾岛、项斯、施肩吾、张祜、李德裕、李贺、许浑、徐凝、顾非熊、曹唐、马戴、杜牧、赵嘏、李群玉、温庭筠、李商隐、薛逢、薛能、李频、贯休、韦庄、韩偓、皮日休、黄滔、杜荀鹤、喻坦之、郑谷、吴融、李洞、崔涂、翁洮、齐己、李咸用、唐求等人,都有题壁诗佳作留存后世,内容丰富多样,或宴饮酬唱,或赠答友人,或题咏山水,或抒发感慨,或表现思念等,其中以题咏山水景物的题壁诗数量最多。从题壁诗的作者分布和数量多少来看,初唐题壁诗数量不多,盛唐开始骤增,中晚唐大盛。题壁诗作为我国古代特有的一种诗歌类别,既是古诗中的瑰宝,也是一种特有的文化现象,包括题壁诗创作的背景、诗人的心态、价值与功用、书写及其载体、流传与影响等问题,都值得深研。

第十二讲　韩孟诗派与奇崛诗风

中唐的贞元、元和年间，诗坛几乎同时崛起了“韩孟诗派”和“元白诗派”，清人赵翼《瓯北诗话》：“中唐诗以韩、孟、元、白为最。韩、孟尚奇警，务言人所不敢言；元、白尚坦易，务言人所共欲言。”韩孟诗派以韩愈为领袖，包括孟郊、贾岛、李贺、卢仝、马异、刘叉等诗人，主张“不平则鸣”和“笔补造化”，不平则鸣指人内心不平情感的抒发，包括和平之音和愁思之声，都可视作不平之鸣，但欢愉之辞难工，穷苦之言易好；笔补造化指发挥创造性的诗思，对物象进行主观裁夺，用强健有力的笔触，来营造纵横磅礴的气势和恢奇诡谲的情趣。韩孟诗派注重苦吟和锤炼功夫，另辟蹊径，自创新格，“言人之所未言，辟人之所未境”，尚奇险怪异，他们的诗作表现出奇崛险怪、雄奇怪异的诗风。这两个诗派间多有往来，如张籍是韩愈的大弟子，又与李绅、元稹、白居易交游甚密，积极参与新乐府运动；又有同时与两派诗人交往密切的，如刘禹锡；另有姚合，与贾岛友善，并称姚贾，亦注重苦吟，诗风有幽折清峭一面，也有澹泊平浅一面，与刘禹锡、李绅、张籍、王建等亦来往密切。

一、韩愈

韩愈(768—824),字退之,河南河阳(孟州)人。因郡望昌黎(今属河北秦皇岛),世称韩昌黎。他是唐代古文运动的倡导者,苏轼称其“文起八代之衰”,明人推为唐宋八大家之首,与柳宗元并称韩柳,又有“杜诗韩文”之称,“文章巨公”“百代文宗”之名。贞元八年(792),韩愈二十五岁中进士,二十九岁登上仕途,几经浮沉。他为人直爽坦率,操行坚定纯正。曾被贬为广东阳山县令。北归后为国子博士,累官至太子右庶子。任刑部侍郎时,因谏迎佛骨被贬为广东潮州刺史。回朝后历任国子祭酒、兵部侍郎、吏部侍郎、京兆尹等职。有《韩昌黎集》传世,论文强调文以载道、文道合一、以道为主,坚持“词必己出”“陈言务去”,提出养气论和不平则鸣,强调“奇”,代表作有《原道》《论佛骨表》《原性》《师说》《马说》等。存诗三百余首,工于古体,力求险怪新奇,雄浑而重气势;也有清新自然、平淡朴素的风格,多采用近体。

先看韩愈的近体诗,如《早春呈水部张十八员外郎二首》:

其一

天街小雨润如酥,草色遥看近却无。
最是一年春好处,绝胜烟柳满皇都。

其二

莫道官忙身老大,即无年少逐春心。
凭君先到江头看,柳色如今深未深。

第一首写早春小雨如酥油般细腻滋润,小草刚萌芽,远看嫩绿一片,这是一年中最美的时节,远胜过绿柳满城的暮春之时。韩愈这首七绝写给好友张籍,首两句景物刻画得细致入微,写雨妙用比喻,准确优美,写草色兼摄远近,空处传神;后两句大赞长安城初春景色,生机蓬勃,清丽可喜,传递出诗人迎春喜春的欣悦心情。此诗“景绝妙,写得也绝妙”(朱彝尊语),广受喜爱。第二首先写人的生活状态:“官忙身老大”“无年少逐春心”,年龄已长,繁忙之余,更应珍惜这美好春光,诗人特请友人到江边寻春,看看柳色是否还没变深。口语化的表

达,写出两人的情谊之深与春兴之浓。再看《晚春二首》:

其一

草树知春不久归,百般红紫斗芳菲。
杨花榆荚无才思,惟解漫天作雪飞。

其二

谁收春色将归去,慢绿妖红半不存。
榆荚只能随柳絮,等闲撩乱走空园。

与早春的清新可喜不同,这两首诗用拟人的手法,展现晚春的热闹绚烂。第一首写花草树木知道春天即将结束,竞相开花,争芳斗艳,万紫千红,而柳絮(即杨花)、榆荚没有艳丽的色彩,如人无才思,只懂得满天飞舞,如雪花一般。韩愈别开生面地赋予榆荚、柳絮去拥有人的思想意识,即使乏色少香,亦不甘示弱地展示自己,刷存在感,加入留春的行列,平中翻新,颇富奇趣。第二首写春天就要过去,艳丽的花儿多半凋谢了,只剩榆荚和柳絮,在园子里随风打转,再次书写这两种景物留住春光的努力,从而表现诗人对美好事物的珍惜。

韩愈对春景的观察入微,源自他对时光的敏锐,对生活的热爱。长庆二年(822)二月,镇州(今河北正定)兵变,韩愈被任命为宣慰使,前往平变,情势凶险;当他成功安定军心之后回到长安城,看到春光依旧时,又惊又喜,《镇州初归》:"别来杨柳街头树,摆弄春风只欲飞。还有小园桃李在,留花不发待郎归。"再用拟人手法,别时杨柳随风飞,归来桃李待花发,如有情意。正因对春光的喜爱,韩愈和张籍同到曲江踏春之时,惋惜白居易没有同游,特地寄诗相问,《同水部张员外籍曲江春游,寄白二十二舍人》:

漠漠轻阴晚自开,青天白日映楼台。
曲江水满花千树,有底忙时不肯来?

此诗前三句写游春,充分展现了雨后曲江的美丽春景,傍晚时分,烟云消散,夕阳斜照,楼台倒映,春水荡漾,千树花开;最后一句诗意转折,以嗔怪的语气问友人忙啥而不来?诗人用淡雅的语言写春景如一幅清新画卷,在尽情铺垫后笔锋一转，抒发了对友人不到的遗憾，既巧妙又自然，富有人情味。对此，白居易有诗作答，《酬韩侍郎张博士雨后游曲江见寄》："小园新种红樱树，闲绕花行便当游。何必更随鞍马队，冲泥蹋雨曲江头？"解释自己在自家小园欣赏刚种下的樱桃树，不必赶热闹在雨后踏着泥、水来游曲江，也是巧妙作答，富有情趣。

除了游春赏春的清新诗篇，韩愈也有平朴如话的诗篇，如《盆池五首》：

其一

老翁真个似童儿，汲水埋盆作小池。
一夜青蛙鸣到晓，恰如方口钓鱼时。

其二

莫道盆池作不成，藕稍初种已齐生。
从今有雨君须记，来听萧萧打叶声。

其三

瓦沼晨朝水自清，小虫无数不知名。
忽然分散无踪影，惟有鱼儿作队行。

其四

泥盆浅小讵成池，夜半青蛙圣得知。
一听暗来将伴侣，不烦鸣唤斗雄雌。

其五

池光天影共青青，拍岸才添水数瓶。
且待夜深明月去，试看涵泳几多星。

五诗写得浅显明白，生动活泼，趣味盎然，平淡中寓有意韵，趣味外富含哲理。从老翁童心大发，亲作盆池，养小鱼儿，栽下莲藕；自此过着如田园隐居般的闲适生活，夜听蛙鸣，雨听叶响，晨看小虫，鱼儿成群，蛙鸣此起彼伏，白日池天共影，夜晚星光倒映。诗篇朗朗上口，意味深长，令人深思。

韩愈三岁时父母双亡，由二哥韩会抚养。他一生三次到达岭南，第一次是十岁时，韩会被贬粤北韶州刺史，韩愈随兄嫂南下。第二次是唐德宗贞元十八年(802)冬，韩愈因上书《论天旱人饥状》，遭权臣谗害，贬官连州阳山令，与同时遭贬的张署结伴同行；次年二月到达阳山，有诗《答张十一功曹》：

山净江空水见沙，哀猿啼处两三家。
筼筜竞长纤纤笋，踯躅闲开艳艳花。
未报恩波知死所，莫令炎瘴送生涯。
吟君诗罢看双鬓，斗觉霜毛一半加。

前四句写景，山色明净，江面空阔，江水清澈，可见底部的沙粒；山中传来的猿啼声，哀怨悲伤，山间坐落着几处人家；筼筜粗大高挺，纤细的竹笋竞相生长；杜鹃花随处绽开出鲜艳的花朵，在风中摇曳。春景明媚宜人，乐中有哀。后四句写人，尚未报答皇帝的恩泽，也未知将来的死所，但求不要炎热的瘴疠之地断送余生；诗人吟读张署的来诗后，顾看双鬓，顿时觉得鬓发白了一半多；抒发内心的怨愤、感伤与悲愁。诗歌以乐景写哀情，委婉曲折，斗觉即陡觉，用得奇崛，把感情推向高潮。两年后，唐德宗驾崩，顺宗继位，韩愈获赦北上，在郴州待命；八月四日，宪宗即位，韩愈获任江陵府法曹参军，沿耒水乘舟北上，至耒阳杜甫墓前，凭吊赋长诗《题杜子美坟》，表达对杜甫的仰慕之情："我常爱慕如饥渴，不见其面生闲愁。今春偶客耒阳路，凄惨去寻江上墓。"

第三次是贬谪潮州，《左迁至蓝关示侄孙湘》即途中所写的七律精品：

一封朝奏九重天，夕贬潮阳路八千。
欲为圣明除弊事，肯将衰朽惜残年！
云横秦岭家何在？雪拥蓝关马不前。
知汝远来应有意，好收吾骨瘴江边。

元和十四年(819)正月，唐宪宗命宦官从凤翔府法门寺迎接释迦文佛的一节指骨入宫供奉，时任刑部侍郎的韩愈大胆写了《谏迎佛骨表》来劝阻佞佛，被贬为潮州刺史。孤独南下的韩愈内心充满悲怆和愤慨，走到蓝田关口时，侄孙韩湘子跟了上来，有感而发，写下这首诗味浓郁、感情真切的诗歌。首联、颔联皆用对仗的形式来叙事，却跌宕起伏，对比鲜明，慷慨激昂。诗人先叙自己一封奏书上呈皇帝，却被贬到八千里之外的潮阳，这样的遭遇只是朝夕之间；接着申述自己忠心为君，欲为朝廷除去蔽事，不管个人安危，岂因衰老就顾惜残余年岁呢！一腔忠愤，尽情抒发。颈联即景抒情，句子对而不滞，境界雄阔，感慨前路茫茫，阻塞不通；阴云笼罩着秦岭，回顾无家可归，大雪阻塞着蓝关，马儿无法前进。尾联叹惜侄孙的前来，大概是担心我南下瘴疠之地而有去无回，帮我收拾尸骨吧；凄楚悲痛，溢于言表。韩愈此行因忠而获罪，非罪而远谪；而且12岁的女儿病中与父诀别，心中惊痛，加上路途颠簸、饮食失节，不幸道死，更让韩愈悲愤不已。全诗很好地把叙事、写景、抒情熔为一炉，展现出诗人刚直不阿之心志和沉痛悲壮之心情，义烈之气，掷地有声，大气磅礴，感人至深。

再看韩愈的古体诗，他的《听颖师弹琴》与李贺《李凭箜篌引》、白居易《琵琶行》被清人方扶南推许为“皆摹写声音至文”；另外，李颀《听董大弹胡笳弄兼寄语房给事》和李白《听蜀僧濬弹琴》也是唐代著名的音乐诗，这五首诗各有千秋，可比较阅读。韩愈诗如下：

昵昵儿女语，恩怨相尔汝。
划然变轩昂，勇士赴敌场。
浮云柳絮无根蒂，天地阔远随飞扬。
喧啾百鸟群，忽见孤凤凰。
跻攀分寸不可上，失势一落千丈强。
嗟余有两耳，未省听丝篁。
自闻颖师弹，起坐在一旁。
推手遽止之，湿衣泪滂滂。
颖乎尔诚能，无以冰炭置我肠！

此诗用多种手法刻画了听颖师弹琴的感受。先用一系列的形象来譬喻，从正面描绘音乐的变化，从小儿女卿卿我我互诉情话的恩爱缠绵，忽然变成勇猛兵士赶赴敌场的高亢雄壮，再转成浮云柳絮在广阔天地随风飞扬的悠扬飘逸，又变为百鸟喧哗般的嘈杂喧闹，忽而见到凤凰后百鸟噤声，独剩凤凰鲜明嘹亮的鸣叫声不断升高，突然跌落，高低抑扬，起伏变化。再从听者的感受来侧面烘托，诗人叹息只有两耳，难以辨别琴声的美妙；音乐效果惊人，诗人坐立不安，忍不住急忙伸手叫停，早已泪雨滂沱，洒湿衣襟，不禁赞叹颖师的琴艺真高超，如将冰、炭同置我肠中的两重感受。冰炭置肠，比喻情感剧烈的波动，出自《庄子

·人间世》的郭象注:“然喜惧战于胸中,固已结冰炭于五藏矣。”韩愈听颖师弹琴后,喜惧哀乐,变化倏忽,百感交集,莫可名状。全诗通过视觉形象来形容听觉感官的变化,将无形的乐曲有形化、立体化了,形象鲜明,含蕴情志,让人更易进入美妙的音乐境界中,感动心弦。韩愈此诗奇丽,苏轼认为琴诗中最佳,改诗为词《水调歌头·昵昵儿女语》:“昵昵儿女语,灯火夜微明。恩怨尔汝来去,弹指泪和声。忽变轩昂勇士,一鼓填然作气,千里不留行。回首暮云远,飞絮搅青冥。　众禽里,真彩凤,独不鸣。跻攀寸步千险,一落百寻轻。烦子指间风雨,置我肠中冰炭,起坐不能平。推手从归去,无泪与君倾。”作为琵琶曲的新词。

韩愈的诗歌具有奇而豪的风格特点,“其力大,其思雄”(叶燮语),表现为力量的雄大、词语的险怪和造境的奇特,他有意打破诗歌传统的表现手法,用奇字,造拗句,押险韵,有时语言、诗境会流于幽僻蹇涩。代表作有《南山诗》《陆浑山火》《山石》《石鼓歌》《荐士》《八月十五夜赠张功曹》等。《南山》诗长达二百零四句,共1020个字,先写南山之方位、山形,展开写登山所见景色,晴明、云雾时的山景,春夏秋冬不同季节的景色,从不同角度摄取终南山的种种奇景;中间插叙贞元十九年(803)被贬南方时经过终南山的情景;再写此次雨过天晴后乘兴往游的所见所感,连用五十一个“或”字句,十四个叠句,一一勾出千山万壑的诸种态势,“或连若相从;或蹙若相斗;或散若瓦解;或赴若辐辏;或翩若船游;或决若马骤;或背若相恶;或向若相佑;或乱若抽笋;或嵲若炷灸;或错若绘画;或缭若篆籀;或罗若星离;或蓊若云逗;或浮若波涛;或碎若锄耨……”此诗尚奇新,炫才技,写出终南山朴拙而奇特的山形奇景,铺张雕绘。《陆浑山火和皇甫湜用其韵作》一诗描绘山火之赫赫威力,“截然高周烧四垣,神焦鬼烂无逃门。三光弛隳不复暾,虎熊麋猪逮猴猿。水龙鼍龟鱼与鼋,鸦鸱雕鹰雉鹄鹍。燖炰煨爊孰飞奔,祝融告休酌卑尊。错陈齐玫辟华园,芙蓉披猖塞鲜繁。千钟万鼓咽耳喧,攒杂啾嚄沸篪埙”,更是雄奇恣肆,险怪幽僻,各种动物拼命逃窜,各种声音喧闹嘈杂,让人如身临其境,亲睹山火焚烧的惊险恐怖场面。这样的笔力不仅是雄奇险怪,堪称狠重。

《山石》诗是韩愈雄浑诗风的力作:

山石荦(luò)确行径微,黄昏到寺蝙蝠飞。
升堂坐阶新雨足,芭蕉叶大栀子肥。

僧言古壁佛画好，以火来照所见稀。
铺床拂席置羹饭，疏粝亦足饱我饥。
夜深静卧百虫绝，清月出岭光入扉。
天明独去无道路，出入高下穷烟霏。
山红涧碧纷烂漫，时见松枥皆十围。
当流赤足踏涧石，水声激激风吹衣。
人生如此自可乐，岂必局束为人鞿(jī)？
嗟哉吾党二三子，安得至老不更归。

这篇记游诗按时间顺序记叙了诗人夜游洛阳城郊惠林寺的所见所感。前四句写黄昏时分上山入寺，见寺外山石险峻不平，小径狭窄崎岖，寺内蝙蝠上下飞蹿，登上台阶，走进厅堂，刚刚下的雨水充足，台阶下被雨水洗刷过的芭蕉叶子阔大，栀子花丰美；突出古寺偏远僻静。再六句写当夜僧人热情接待，擎着灯火，带领众人观赏稀见的古壁佛画，布置好客房的床席，提供菜蔬饭食给众人充饥；山寺的夜晚清幽静谧，夜深躺卧在床，不闻百虫鸣叫，朗月映照入房。再六句写天明离寺，晨雾缭绕，道路难觅，高低难行，抬头看山花红艳烂漫，低头见山涧碧水清清，时常遇到粗壮的松树、枥树，步入溪流中赤足踏着涧石，水花激溅散开，山风吹着衣襟；诗人陶醉于大自然的美好自在，自然引出最后四句的议论与抒情，人生能得如此，令人开心快乐，何必留恋官场受人拘束呢？叹惜我的两三位同道的好朋友，怎能到了年老还不归来，和我一起过清心适意的生活呢？此诗层次分明，景致独特，耐人寻味，风格壮美，尤其“芭蕉叶大栀子肥”一景，鲜明立体，画面感强，金人元好问《论诗三十首》其一：“有情芍药含春泪，无力蔷薇卧晚枝。拈出退之《山石》句，始知渠是女郎诗。”同写雨后植物，韩愈笔下的芭蕉、栀子是丰硕肥美的形象，而秦观《春日》中所描绘的芍药有情带泪，蔷薇无力卧枝，娇弱柔美的形象，故元好问称之为“女郎诗”。《山石》一诗，如一篇山水游记，体现了韩愈以文为诗的技法与特点，“既有诗之优美，复具文之流畅，韵散同体，诗文合一”（陈寅恪《论韩愈》）。

《八月十五夜赠张功曹》先是描写中秋夜的美丽环境，再用夸张想象的笔调写了张署被贬南迁时经受的苦难：“洞庭连天九疑高，蛟龙出没猩鼯号。十生九死到官所，幽居默默如藏逃。下床畏蛇食畏药，海气湿蛰熏腥臊。”再写仕途之幽险，皇帝大赦天下而张署不能归还京城，“坎轲只得移荆蛮”，由此可体会“君歌声酸辞且苦”；韩愈对张署的不幸也曾切身遭遇，为了安慰对方，故作旷达之语：“一年明月今宵多，人生由命非由他。有酒不饮奈明何？”人生由命，何不共对明月，开怀痛饮？诗风雄浑恣肆又宛转流畅，意象险怪而意境苍凉，感情转折变化而耐人寻味。《荐士》一诗是向宰相推荐孟郊，韩愈先是洋洋洒洒地谈论了诗歌史和历代杰出诗人，再描述孟郊的才华和遭遇，其诗才“实雄骜”，“冥观洞古今，象外逐幽好。横空盘硬语，妥帖力排奡。敷柔肆纡余，奋猛卷海潦。荣华肖天秀，捷疾逾响报”，极力推荐，诗意纵横开阖，诗风雄浑有力。韩愈和孟郊的《斗鸡联句》把斗鸡的游戏写得雄劲、怪险，突显鸡的刚猛勇狠和激战的惨烈，“大鸡昂然来，小鸡竦而待”（韩愈），“妒肠务生敌，贼性专相醢。裂血失鸣声，啄殷甚饥馁”（孟郊），“对起何急惊，随旋诚巧绐。毒手饱李阳，神槌因朱亥”（韩愈），真可谓“短韵有可采”，十分生动，读者如临其境。

二、郊寒岛瘦

孟郊（751—814），字东野，浙江湖州武康（今德清县）人。一生穷困潦倒，性格孤僻。贞元八年（792），应试不第，结识小十七岁的韩愈后得其揄扬。四十六岁才中进士，有诗《登科后》：“昔日龌龊不足夸，今朝放荡思无涯。春风得意马蹄疾，一日看尽长安花。”写出长期潦倒终得志的意气风发。五十岁任溧阳尉，后辞官，元和九年（814）八月二十五日暴卒于河南阌乡县。孟郊作诗以苦吟著称，《戏赠无本》诗自评：“诗骨耸东野，诗涛涌退之。”唐末张为作《诗人主客图》，以他为“清奇僻苦主”；苏轼将其诗譬喻为外壳坚硬而嚼之无味的“空螯”（苏轼《读孟郊诗》），将之与贾岛并称为“郊寒岛瘦”（苏轼《祭柳子玉文》）；元好问称之为“诗囚”（元好问《论诗三十首》）。孟郊有《孟东野诗集》，存诗五百多首，五古最多。诗多描写民间疾苦和炎凉世态，长于白描，又力戒平庸，追求瘦硬奇僻的风格；有不少思深意远、造语新奇的佳作。

孟郊最为人熟知的是《游子吟》，这首歌颂母爱的诗篇千百年来广泛流传，在今天在海外华人中认同度最高。诗曰：

慈母手中线，游子身上衣。
临行密密缝，意恐迟迟归。
谁言寸草心，报得三春晖？

全诗六句，前四句用白描手法，写慈母缝衣，一针一线皆是情，从寻常的举动来突显母爱的深厚；后两句直抒胸臆，以寸草心来喻子女心意，以春日阳光来喻母爱之恩泽，通过对比来突显母爱之伟大与无私，儿女难以报答于万一，同时显示出游子对慈母的赤诚之心：感激、爱与尊敬。孟郊写此诗时在溧阳尉任上，诗题下自注："迎母溧上作。"孟郊长年漂泊艰困，五十岁才谋得一职，接母亲来住，回忆起当年远行前母亲为自己赶制衣服，那至深至笃的母爱，令诗人写下这首发于肺腑、感人至深的诗篇，语言淳朴素淡，情感真挚自然，诗味浓郁醇美，言有尽而意无穷。诗人又有《游子》诗：

萱草生堂阶，游子行天涯。
慈亲倚堂门，不见萱草花。

萱草是中国的母亲花，又名谖草，即忘忧草，古代游子远行前，会在北堂种萱草，希望减轻母亲对孩子的思念，忘却烦忧。孟郊此诗写慈母倚门等待游子归来，何尝有一丝忘忧呢？以不见萱草来突显母亲对游子的牵挂与思念。

孟郊的五言诗颇有《古诗十九首》的古朴风味，在古朴自然中又营造出新鲜的艺术效果，以句法为例，他尝试打破五言诗上二下三的习惯，用上一下四的句子，如《怀南岳隐士二首》其一："藏千寻布水，出十八高僧"，《吊卢殷十首》其四："磨一片嵌岩，书千古光辉"，再如《结爱》：

心心复心心，结爱务在深。
一度欲离别，千回结衣襟。
结妾独守志，结君早归意。
始知结衣裳，不如结心肠。
坐结行亦结，结尽百年月。

学习了《行行重行行》的表现手法，围绕一个“结”字来写夫妻之爱，两句一“结”，句式复沓，韵律铿锵，一唱三叹，反复吟咏，点明夫妻离别，结衣裳只是一个形式，不如结心肠，可以结百年之好。诗歌艺术上别具一格，诗意饶有风味，隽永无穷。以语言为例，孟郊惯用死、剪、烧、骨、录、折、断、攒等狠字、硬语，营造奇崛的艺术感受，如《秋怀十五首》其二：

秋月颜色冰，老客志气单。
冷露滴梦破，峭风梳骨寒。
席上印病文，肠中转愁盘。
疑虑无所凭，虚听多无端。
梧桐枯峥嵘，声响如哀弹。

首两句写一轮凄冷如冰的秋月，一个衰暮失意的旅客，视角从上到下，从外到里，以月起兴，托月寄情。接下来四句写冰冷的露水滴破幻梦，陡峭的风如梳子刮骨般寒冷；长期卧床，席子上尽是疾病的花纹，满腹忧愁，愁思如肠子般蜷曲成盘；诗人通过奇妙的想象，用了譬喻、夸张的技法，写老客寒冷无眠、病愁困身的窘况；最后四句写心中凭空生出各种疑虑，产生了幻听；寒风吹打着梧桐树，叶子发出的声响如哀鸣。这个与月为伴的老客其实就是诗人自己，时在河南尹幕中充当下属僚吏，贫病交加，壮志消残，愁苦不堪。此诗用了虚实双关、虚实结合的手法，寓意深长，凄凉哀怨。《秋怀十五首》是孟郊在洛阳写的一组嗟老伤病叹愁的诗歌，其一的“孤骨夜难卧”，其三的“老骨坐亦惊”，其五的“病骨可剸物，酸呻亦成文”，其六的“老骨惧秋月，秋月刀剑棱”，其七的“老病多异虑，朝夕非一心”，其十三的“霜气入病骨，老人身生冰。衰毛暗相刺，冷痛不可胜”等，刻画愁哀亦入骨，惊耸人心。

孟郊精思苦吟，刻意寻求新词句，用僻字险韵和生冷意象，来传达内心的压抑不平，语言冷涩、荒寞、枯槁，如《夜感自遣》：“夜学晓不休，苦吟鬼神愁。如何不自闲，心与身为仇。死辱片时痛，生辱长年羞。清桂无直枝，碧江思旧游。”苦苦地写诗，日夜不休，心身如仇。之所以下死力地写诗，与他一生穷困潦倒、心情低沉抑郁有关。他在二次科考失利之后作诗《再下第》：“一夕九起嗟，梦短不到家。两度长安陌，空将泪见花。”诗人落寞失意，辗转难眠，以梦太短、泪见花来写极度伤心之情。咏物诗有所寄托,《衰松》:“近世交道衰,青松落颜色。人心忌孤直,木性随改易。既摧栖日干,未展擎天力。终是君子材,还思君子识。”以衰松色凋来以喻己之孤直而不遇。他的诗歌既对个人命运的哀伤与怨怼,通过屡试不第、仕途艰辛、中年丧子的悲惨遭遇来折射中下层文人的生活;又有反映广大社会的复杂现象,如《寒地百姓吟》以“高堂捶钟饮,到晓闻烹炮”与“霜吹破四壁,苦痛不可逃”两相对照,反映当时社会贫富之间的巨大差距。再如《织妇辞》:

夫是田中郎,妾是田中女。
当年嫁得君,为君秉机杼。
筋力日已疲,不息窗下机。
如何织纨素,自着蓝缕衣。
官家榜村路,更索栽桑树。

一位劳动妇女自出嫁后日日勤劳织丝,筋力疲累,织出来的是细白的绢绸,自己却穿着破烂的粗布,官府还在村路上张贴布告,要民众广栽桑树养蚕缫丝。以织布妇女的辛勤劳作与不能享用劳动成果的对比,来反映社会的黑暗与不平等,表达对劳动人民的同情和对统治者的愤懑,语言通俗朴实,揭露深刻有力。

孟郊有的诗歌写得语浅而情深致婉,如《杏殇》以杏的花苞凋落来喻婴儿夭折,“冻手莫弄珠,弄珠珠易飞。惊霜莫翦春,翦春无光辉。零落小花乳,斓斑昔婴衣。拾之不盈把,日暮空悲归……失芳蝶既狂,失子老亦孱。且无生生力,自有死死颜……泣凝不可消,恨壮难自降。空遗旧日影,怨彼小书窗”,抒发丧子之痛,悱恻动人。他的寄赠诗也情意深长,如《赠竟陵卢使君虔别》开篇以火来起兴:“赤日千里火,火中行子心。”虚实相关,一是临别环境之焦灼,一是行人内心之焦灼,皆因“山木岂无凉,猛兽蹲清阴。归人忆平坦,别路多岖嵚”,诗人为友人担忧前路崎岖。《闻夜啼赠刘正元》:“寄泣须寄黄河泉,此中怨声流彻天。愁人独有夜灯见,一纸乡书泪滴穿。”抒发孤独与思念之情。《赠李观》开篇“谁言形影亲,灯灭影去身。谁言鱼水欢,水竭鱼枯鳞”,以形影、鱼水之亲来比喻友情之密切,来反衬分隔之孤独痛苦,“昔为同恨客,今为独笑人”。

孟郊有的诗歌写得清丽澹荡,不乏气势,如《洛桥晚望》:

天津桥下冰初结，洛阳陌上人行绝。
榆柳萧疏楼阁闲，月明直见嵩山雪。

站在洛桥上，见桥下的水初结冰，路上罕有行人；榆柳枝叶稀疏，掩映着僻静的楼阁，月明如水，洒落在嵩山顶上的白雪。诗人站在定点，视线从下而上，自近及远，逐步开阔，用清丽的语言描绘了“明月照积雪”的淡美而壮丽景象，意境清新淡远，诗中有画；从三句的萧疏闲雅转到末句的气象壮阔，巍巍嵩山上的皑皑白雪，在明月的映照下，白雪的光洁度进一步增强，吸引人的视线，故谓“直见”，硬语盘空，使人精神一振。再如《游终南山》开篇写“南山塞天地，日月石上生”，气势雄健飞动。

贾岛(779—843)，字浪(阆)仙，河北道幽州范阳(今河北涿州)人。早年出家为僧，号无本。元和五年(810)冬，至长安，见张籍。次年春至洛阳，始谒韩愈，以诗深得赏识。后还俗，屡举进士不第。文宗时，因诽谤贬长江(今四川遂宁市蓬溪县)主簿，人称“贾长江”。开成五年(840)，升普州司户参军。武宗会昌三年(843)，卒于普州。贾岛与孟郊齐名，张为《诗人主客图》列其为“清奇雅正”升堂七人之一，清代李怀民《中晚唐诗人主客图》则称之为“清奇僻苦主”，晚唐李洞、南唐孙晟皆酷慕贾岛而拜其画像如奉佛。贾岛以苦吟知名，常骑驴外出觅诗，诗坛流传多个他的趣闻佚事。一次过街，信口吟出“落叶满长安”之句，寻思上联，得“秋风吹渭水”作对(《忆江上吴处士》)；去访问李凝的幽居，于驴背上得“鸟宿池边树，僧敲月下门”之句(贾岛《题李凝幽居》)，“敲”字又欲作“推”字，思索中撞上韩愈的车马，韩愈为其定“敲”字，既有声音之美，更能衬托静谧之境。贾岛有《长江集》，擅长五律，诗歌有瘦硬窘迫的风格，亦不乏自然、富有意境之作，如广为人知的《寻隐者不遇》：“松下问童子，言师采药去。只在此山中，云深不知处。”诗歌采用了寓问于答的手法，首句问，其他三句皆答，语浅而境美，言简而情深。

贾岛为僧时难免思俗，入俗后难弃禅心。他在韩愈的劝说下还俗，还俗后又留恋佛门的清静。他在《寄无可上人》诗中，追忆与堂弟诗僧无可在秋天重游僻寺，环境幽静，“磬过沟水尽，月入草堂秋。穴蚁苔痕静，藏蝉柏叶稠”，令人向往，“名山思遍往，早晚到嵩丘”。无可要出门云游，临别之际，贾岛依依不

舍,写诗《送无可上人》:

圭峰霁色新,送此草堂人。
麈(zhǔ)尾同离寺,蛩(qióng)鸣暂别亲。
独行潭底影,数息树边身。
终有烟霞约,天台作近邻。

前四句写临别之际的情景,雨后的圭峰山色清新,送别草堂寺的无可上人;他手拿拂尘离开寺庙,是我们两兄弟在蛩鸣声分别之时。后四句写此后的孤独与期约,潭水倒映着独自前行的身影,数次身体倚靠在潭边大树休息;我们之间有着隐居烟霞的约定,将来要在天台山作近邻。时应试落第的贾岛与无可同住在西南圭峰的草堂寺,无可将南游庐山,他作诗赠别,表达了对佛门的向往和对无可的留恋之情。五、六句是被人传颂的名句,对偶工巧,造语自然而奇特,贾岛在句下自注:"二句三年得,一吟双泪流。知音如不赏,归卧故山秋。"二句之精妙,虚实双关,含蕴丰富,独行潭边的人既是自己又可以是堂弟,潭边独行之人既是一人,加上影子乃二人,行走时人与影相随,休息时人与树相伴,既是想象中的写实,也是写实中有虚幻,富有禅意与禅悟之趣在其中,意境幽冷奇峭而恬静高妙,不愧是贾岛的得意之句。他徘徊于俗世与佛门之间,两边都难以放下,终于还是留在俗世中叹息命运,《青门里作》:"燕存鸿已过,海内几人愁。欲问南宗理,将归北岳修。若无攀桂分,只是卧云休。泉树一为别,依稀三十秋。"字里行间,流露出诗人屡考不中的失意与无奈,回归佛门的迷惘与不甘。

贾岛一生穷愁、漂泊,诗歌多写凄清夜景和旅人感思,如《早行》:

早起赴前程,邻鸡尚未鸣。
主人灯下别,羸马暗中行。
蹋石新霜滑,穿林宿鸟惊。
远山钟动后,曙色渐分明。

诗人天未明就起身奔赴前程,与主人灯下道别,骑着瘦马黑暗中摸索前行,马踏在石上刚结了霜打滑,穿过树林夜宿的鸟儿惊飞,远处山寺的晨钟敲动,天边的曙光逐渐分明。诗歌按时间顺序来描写，鸡未鸣即启程，显出诗人赶路的匆忙与焦急，一路走来，见幽深孤峭之景，寓孤行静寄之情。再如《春行》："去去行人远，尘随马不穷。旅情斜日后，春色早烟中。流水穿空馆，闲花发故宫。旧乡千里思，池上绿杨风。"春日行旅中，尘飞扬，行人远，早烟霞，晚斜阳，流水闲花，空馆故宫，千里思乡情，风吹池上柳；写清新闲寂之景，发旅人悠悠之思。《客思》："促织声尖尖似针，更深刺著旅人心。独言独语月明里，惊觉眠童与宿禽。"写深夜蟋蟀鸣叫声之尖利似针，刺痛旅人的孤独寂寞心，风格瘦硬寒峭。

贾岛身居异乡时苦吟作诗以赠友人，他的酬赠、送别诗数量较多，以枯寂荒凉之景来寄寓孤独心境和思念情切。如《寄武功姚主簿》写给姚合，开篇点明二人之隔与思念之频："居枕江沱北，情悬渭曲西。数宵曾梦见，几处得书披。"中间写景："空地苔连井，孤村火隔溪。卷帘黄叶落，锁印子规啼。"其诗多写秋冬之景，如《赠李金州》"晓角吹人梦，秋风卷雁群"，《岐下送友人归襄阳》"山光分首暮，草色向家秋"，《酬姚少府》"柴门掩寒雨，虫响出秋蔬"，《重酬姚少府》"深斋竹木合，毕夕风雨急"，《寄顾非熊》"独立生遥思，秋原日渐低"，《酬鄠县李廓少府见寄》"北朔霜凝竹，南山水入篱"，《宿慈恩寺郁公房》"竹阴移冷月，荷气带禅关"，《慈恩寺上座院》"羽族栖烟竹，寒流带月钟"，《酬慈恩寺文郁上人》"篱落罅间寒蟹过，莓苔石上晚蛩行"，《宿姚少府北斋》"鸟绝吏归后，蛩鸣客卧时。锁城凉雨细，开印曙钟迟"，《送于中丞使回纥册立》"调角寒城边色动，下霜秋碛雁行疏"，《寄韩潮州愈》"峰悬驿路残云断，海浸城根老树秋。一夕瘴烟风卷尽，月明初上浪西楼"等，通过物景烘托来透露诗人对友人的真切关怀。悼念友人之诗更是情感深挚沉痛，如《哭孟郊》：

身死声名在，多应万古传。
寡妻无子息，破宅带林泉。
冢近登山道，诗随过海船。
故人相吊后，斜日下寒天。

先肯定孟郊身虽死，声名万古流传；再叹惜其遗下寡妻而无子息，宅第破旧；其坟墓在山道旁，其诗篇过海出洋广为流传；最后抒发自己在寒冷季节、斜阳日暮之时凭吊，心中哀伤。《哭柏岩禅师》亦抒发对僧友的哀吊，"白日钟边晚，青苔钵上秋。天涯禅弟子，空到柏岩游”，空寂凄冷之景，悲惋哀伤之情，情景交融。

贾岛个性鲜明，其诗多有不平之鸣，讽刺力度强，如《下第》：“下第只空囊，如何住帝乡！杏园啼百舌，谁醉在花傍？泪落故山远，病来春草长。知音逢岂易，孤棹负三湘。”沉重书写了自己落第后的痛苦和怀才不遇之不满。《病蝉》：“病蝉飞不得，向我掌中行。拆翼犹能薄，酸吟尚极清。露华凝在腹，尘点误侵睛。黄雀并鸢鸟，俱怀害尔情。”写病蝉之清守、才华而遭遇黄雀、鸢鸟的迫害，借咏物来喻自己在科考中受到的压迫，对此加以抨击。《病鹘吟》：

俊鸟还投高处栖，腾身戛戛下云梯。
有时透露凌空去，无事随风入草迷。
迅疾月边捎玉兔，迟回日里拂金鸡。
不缘毛羽遭零落，焉肯雄心向尔低！

病鹘也是俊鸟，虽有低飞入草之时，更有凌空而去、搏击日月之心，毛羽零落，雄心不改！以物喻己，奋发激越。他是有自信的，内心有慷慨磊落之气，如《剑客》：

十年磨一剑，霜刃未曾试。
今日把示君，谁有不平事？

气冲斗牛，一副侠胆，流露出昂扬的精神和博取赏识的自信，豪气满纸。他对权贵蔑视，对他们表现出傲慢与轻视，如《题兴化园亭》：

破却千家作一池，不栽桃李种蔷薇。
蔷薇花落秋风起，荆棘满庭君始知。

贾岛对权相裴度大量占据民房来建私宅园林的聚敛行为甚为不满，作诗讥嘲其不栽种开花结果的桃李树，只种华而无实的蔷薇，等到秋风花落，满庭荆棘。诗歌语言平实，富于讽刺，意旨深刻。

三、“诗鬼”李贺

李贺(790—816),字长吉,祖籍陇西,生于河南府福昌县昌谷乡(今宜阳县)。祖籍陇西郡,家道中落,因父名晋肃,应试遭谗落第。李贺体弱貌丑,才学出众,仕途失意,仅做过三年从九品的小官奉礼郎,二十七岁病卒。世称李长吉、鬼才、诗鬼、李昌谷、李奉礼。李贺寄情于作诗,常骑毛驴佩诗囊出行觅句,苦心创新。其母责怪说:“是儿要当呕出心乃已尔!”有《李长吉歌诗》,存诗二百三十首左右,内容包括揭露时弊、感怀不遇、咏仙讽鬼、艳情诗四种,表现出想象奇特、思维奇谲、辞采奇丽的独特风格,较多写古体诗、乐府,很少写近体诗,现存诗作无一首七律;特别擅长短篇,如《天上谣》《梦天》《帝子歌》等代表作,有瑰丽的辞采、怪异的想象、感伤的情调、幽冷的意境,后人称之为“长吉体”。

李贺七岁即能诗文,名声远播。有一日,韩愈、皇甫湜闻其名,特来会面。李贺即事命篇,援笔写下《高轩过》:

华裾织翠青如葱,金环压辔(pèi)摇玲珑。
马蹄隐耳声隆隆,入门下马气如虹。
云是东京才子、文章巨公。
二十八宿罗心胸,元精耿耿贯当中。
殿前作赋声摩空,笔补造化天无功。
庞眉书客感秋蓬,谁知死草生华风?
我今垂翅附冥鸿,他日不羞蛇作龙!

先写韩愈、皇甫湜二人乘高车相访,官服华美,马辔精美,马车声隆,下马入门的二人器宇轩昂,气势如虹,原来是洛阳才子和文章巨公,胸怀二十八星宿的才气,贯通天地日月的精华元气,殿前吟诗作赋声震云空,笔能补造化之缺不劳天工,长眉书客的我如枯草遇春风,垂翅的鸟儿附鸿雁,他日也能小蛇变大龙!李贺作此诗时约二十岁,诗歌开篇语言瑰丽,中间部分想象丰富,笔力雄健,气势磅礴,境界宏阔,最后四句写自己虽穷愁失意,依旧雄心壮志,强烈渴望改变命运,比喻奇特,感情丰富,跌宕多姿。

李贺因避父讳，未能参加进士考试，内心压抑苦闷，写下不少反映社会现实、鞭挞黑暗、愤懑不平之音，或直陈时事，或借古刺今，或托物咏怀，或直抒胸臆，如《感讽五首》其一：

合浦无明珠，龙洲无木奴。
足知造化力，不给(jǐ)使君须。
越妇未织作，吴蚕始蠕蠕。
县官骑马来，狞色虬紫须。
怀中一方板，板上数行书。
不因使君怒，焉得诣尔庐？
越妇拜县官，桑牙今尚小。
会待春日晏，丝车方掷掉。
越妇通言语，小姑具黄粱。
县官踏飧去，簿吏复登堂。

前四句以典故来起兴，点出地方官的贪婪与酷敛；合浦已无明珠产出，龙阳洲已无柑橘树产果，大自然创造化育万物的能力，不能满足使君太守的需求。接下来八句写春蚕刚刚蠕动，织妇尚未开始纺织，县官就骑着大马前来，脸色狰狞，撅着紫色的胡须，从怀中掏出催税的文告，表示前来此地是奉太守之严令。再八句写织妇跪拜回话：桑树刚抽嫩芽，要等到春末才能转动丝车缫丝。这边织妇求乞，那边小姑备好黄粱饭，县官酒足饭饱才离去，小吏又走进来催交钱粮。诗歌叙事性强，人物面貌和对话栩栩如生，诗旨鲜明，讽刺尖锐，表现了诗人对官吏残酷剥削百姓的强烈愤慨和对人民的深切同情。末尾写县官、小吏如走马灯似的轮换，后面的故事没有展开，戛然而止，却引人联想，耐人寻味。这组讽喻诗的第二首是诗人在贾谊墓前凭吊的感慨：“皇汉十二帝，唯帝称睿哲。一夕信竖儿，文明永沦歇。”通过贾谊不遇之悲来抒发对帝王的失望。再如《老夫采玉歌》写采玉老夫饿着肚子以榛子充饥、不顾夜黑雨狂山高路险、冒着生命危险挂绳悬吊到蓝溪底来采琢玉石的艰苦情况和痛苦心情，“夜雨冈头食蓁子，杜鹃口血老夫泪”，“斜山柏风雨如啸，泉脚挂绳青袅袅。村寒白屋念娇婴，古台石磴悬肠草”。诗的心理描写细致，采玉老夫在狂风暴雨中悬绳崖壁，生死攸关之际看到古台石级上的悬肠草(即思子蔓),不禁想起寒村茅屋中的娇儿女,当时的心情愁苦复杂,全诗在此收尾,留给人联想的余地,引人深思。诗歌生动具体地展现了一幅悲苦感人的老夫采玉图,表达了诗人对采玉工人的深刻同情和对统治者为满足私欲压迫民工的有力鞭挞。

再如以乐府旧题写战争场面的《雁门太守行》:

黑云压城城欲摧,甲光向日金鳞开。
角声满天秋色里,塞上燕脂凝夜紫。
半卷红旗临易水,霜重鼓寒声不起。
报君黄金台上意,提携玉龙为君死。

首两句写战争爆发前的紧张和壮观场面,黑云骤压城头,城墙像要塌陷;盔甲反射日光,金鳞似的闪亮。三、四句写战斗时的悲壮和残酷,从听觉和视觉两方面渲染,号角声响彻秋日的天空,将士们的鲜血在寒夜里冷凝变紫。五、六句写激战后的挣扎,易水边上红旗半卷,霜寒凝重战鼓声沉。七、八句写将士们誓死报国的决心,为报君主的知遇之恩,手提宝剑血战到底。全诗色彩秾艳,画面鲜明,意境苍凉,格调悲壮,表达了诗人渴望得到重用,爱国报国的决心。

钱锺书《谈艺录》说:“细玩《昌谷集》,舍侘傺牢骚,时一抒洩而外。尚有一作意,屡见不鲜。其于光阴之速、年命之短,世变无涯,人生有尽,每感怆低回,长言永叹。”李贺从小体弱多病,心思敏锐,又遭遇科考的打击,他对于历史的兴亡变化、时光的迅捷流逝有着敏感细腻的感悟,诗篇多有吟咏。如名篇《金铜仙人辞汉歌》:

茂陵刘郎秋风客,夜闻马嘶晓无迹。
画栏桂树悬秋香,三十六宫土花碧。
魏官牵车指千里,东关酸风射眸子。
空将汉月出宫门,忆君清泪如铅水。
衰兰送客咸阳道,天若有情天亦老。
携盘独出月荒凉,渭城已远波声小。

魏明帝曹叡青龙元年（233）八月，下诏让宫官牵车，西至神明台取汉武帝刘彻为求仙道而立的捧露盘仙人，欲立置前殿。拆盘时，声闻数十里，铜仙人或泣。李贺约在元和八年（813）辞去奉礼郎官职，由长安赴洛阳途中所作，时百感交集，作此诗寄其悲于金铜仙人。诗的前四句慨叹雄才大略的汉武帝亦如秋风吹落叶般，不过是历史的过客，夜里听闻马的嘶叫声，晨起却了无痕迹；画栏内的桂树依旧茂盛，花香飘逸，三十六座宫殿早已荒废，长满野花绿苔。接下来四句写魏国官员驱车载运铜人，欲往千里外的洛阳，刚出长安东门，寒风直射铜人的眼眸；只有那汉时的明月伴随出宫，想起旧日的君主，铜人流下如铅水的泪滴。最后四句写咸阳古道上的衰枯兰草为远客送别，天如果有情感也会因此变衰老；荒凉的月色下铜人独自携带盘子离去，远离长安，渭水的波声也越来越小。此诗设想奇特，形象鲜明，采用拟人的手法，写金铜仙人离开汉宫时的凄婉情态，风是酸的，直射眸子，“酸”字“射”字，新巧生动而厚重有力地写出金铜仙人的悲感。李贺把物和人、历史和现实融为一体，营造出浪漫感人、苍凉婉美的艺术境界，抒发其兴亡之感、家国之痛和身世之悲。诗中的名句千古传诵，司马光《温公续诗话》：“李长吉歌‘天若有情天亦老’，人以为奇绝无对。曼卿（石延年）对‘月如无恨月常圆’，人以为劲敌。”王琦认为二语“终有自然、勉强之别，未可同例而称矣”。吴闿生说：“‘天若有情’句，古今兴亡之感，写来特别痛切，‘月如无恨’句，义蕴甚浅，相去不可以道里计也。”毛泽东在《七律・人民解放军占领南京》中引用此句：“天若有情天亦老，人间正道是沧桑。”另外，李贺《致酒行》“雄鸡一声天下白”的景象壮观，毛泽东《浣溪沙・和柳亚子先生》化为“一唱雄鸡天下白”，境界亦光明璀璨。

对于时命有限、生老病死的感悟既深，李贺这方面的诗歌数量也较多，如《感讽五首》其三：“南山何其悲，鬼雨洒空草。长安夜半秋，风前几人老。低迷黄昏径，袅袅青栎道。月午树无影，一山唯白晓。漆炬迎新人，幽圹萤扰扰。”通过描绘终南山的荒凉景象，抒发了诗人对生命衰老、死亡的焦虑与悲哀。终南山仿佛一处古坟场，鬼气森森，悚人毛骨，意境阴凄。在《苦昼短》诗中，李贺直接抒发对白日短暂的愁苦：“唯见月寒日暖，来煎人寿。食熊则肥，食蛙则瘦。”因此有斩掉烛龙之足、大嚼龙肉、“使之朝不得回，夜不得伏。自然老者不死，少者不哭”的奇特想象。此诗语奇、意奇、想奇、势奇，是李贺奇诡诗风的典型之一，诗人把生命可贵和虚度光阴的痛苦写得势如万仞突起，又对秦皇汉武为求仙长生的荒唐行为作了尽情嘲笑，诗旨有深刻的现实针砭意义。再如《南园十三首》描写南园闲居生活来抒发韶华易逝的叹惜和抱负难酬的感慨，其一写百花盛开，却风吹花落，“可怜日暮嫣香落，嫁与春风不用媒”；其二写蚕妇采桑喂蚕，其三写织妇缫丝，诗人自率越工种瓜；其四写诗人正值青壮年却长受饥饿，长老馈赠兵书以研读；其五抒发投笔从戎、建功立业的志向：“男儿何不带吴钩，收取关山五十州。请君暂上凌烟阁，若个书生万户侯？”其六感叹书生只会寻章摘句、写悲秋诗文、无用武之地的悲哀：“寻章摘句老雕虫，晓月当帘挂玉弓。不见年年辽海上，文章何处哭秋风？”其七用司马相如、东方朔不得志之事，写自己欲买宝剑拜师学艺；其八写春天的清新景色，乳燕飞，黄蜂采花归，透过窗口看钓鱼；其九写闲居饮酒、病中种菱的生活；其十感叹无奖掖赏识之人，只好闲卧春风，写字钓鱼为乐；其十一写诗人在山中收石蜜、牵苔絮的闲居生活；其十二写山中出产奇珍异宝，朝霞轻绡裁成道袍；其十三写暮春景色，前十二首皆用七绝，此首用五律：“小树开朝径，长茸湿夜烟。柳花惊雪浦，麦雨涨溪田。古刹疏钟度，遥岚破月悬。沙头敲石火，烧竹照渔船。”柳絮如雪，春雨饱涨，古庙钟声，渔火映夜，写景颇得意趣。作为书生的李贺，通过科举考试入仕之路被堵，欲学武以建立功业，奈何体弱多病，无法如愿。他的这组诗歌既抒怀述志，又自适自乐，既愤激不平，又闲逸自足，于安逸中露无奈之感，于豪情中见愤然之意。

李贺的诗歌艺术成就具体表现在意象的虚幻荒诞，意象的跳跃和不拘常法，修辞手法的奇巧和诗歌语言奇峭。其诗中有许多精警、奇峭而有独创性的语言。如写天上景象，有“羲和敲日玻璃声”“酒酣喝月使倒行”（李贺《秦王饮酒》）、“银浦流云学水声”（李贺《天上谣》）等匪夷所思的奇语；《梦天》一诗描写梦游月宫的情景，想象丰富奇特，诗句奇妙新鲜。诗曰：

老兔寒蟾泣天色，云楼半开壁斜白。
玉轮轧露湿团光，鸾佩相逢桂香陌。
黄尘清水三山下，更变千年如走马。
遥望齐州九点烟，一泓海水杯中泻。

天色凄清，老兔寒蟾低声呜咽；明月斜照，云雾结楼半壁白光。玉轮轧着露水沾湿团团光影，仙娥身戴鸾佩相遇在桂花巷陌。三座神山之下，黄尘清水苍茫变幻，世间千年动如走马。遥望神州大地如九点烟尘浮动，一片海水似从杯中倾泻。全诗充满浪漫主义的色彩，在诗人的畅想中，广袤的时空里，展现出一种宏阔的宇宙意识，浩荡大气，变幻奇诡，如梦似幻。清代黄周星《唐诗快》评曰："命题奇创。诗中句句是天，亦句句是梦，正不知梦在天中耶？天在梦中耶？是何等胸襟眼界，有如此手笔！"

再如写景咏物之作，构思奇巧，如《感讽五首》其五写昌谷的秋夜景色既奇诡，又自然，如开篇四句"石根秋水明，石畔秋草瘦。侵衣野竹香，蛰蛰垂叶厚"，秋草瘦，竹叶厚，两相对比映照，新奇美妙。《秋来》以桐风、衰灯、寒素、青简、冷雨、秋坟、恨血等意象构成一幅凄凉哀婉的秋夜画面，抒发心中的悲凉和痛苦，"桐风惊心壮士苦"，"雨冷香魂吊书客"，阴森料峭，鬼魅飘飘。咏物组诗《马诗二十三首》咏马奇妙，寓意精警，如其一："龙脊贴连钱，银蹄白踏烟。无人织锦韂（chàn），谁为铸金鞭。"写马之外形俊美，脊毛斑点状如连接的铜钱，银蹄飞驰如踏轻烟，却无人为其编织锦帘、铸造金鞭。其四："此马非凡马，房星本是星。向前敲瘦骨，犹自带铜声。"写马之健劲，是天马下凡，敲打其瘦骨发出铮铮的铜声。其五："大漠沙如雪，燕山月似钩。何当金络脑，快走踏清秋。"写边塞清秋，大漠沙白，弯月似钩，骏马套上金笼头飞驰，抒发了诗人渴望从军的意气风发。三诗从不同角度写马，描绘细致，炼字精妙，形象生动，新颖奇特，抒发了诗人建功立业的抱负和怀才不遇的感叹。音乐诗《李凭箜篌引》：

吴丝蜀桐张高秋，空白凝云颓不流。
江娥啼竹素女愁，李凭中国弹箜篌。
昆山玉碎凤凰叫，芙蓉泣露香兰笑。
十二门前融冷光，二十三丝动紫皇。
女娲炼石补天处，石破天惊逗秋雨。
梦入坤山教神妪，老鱼跳波瘦蛟舞。
吴质不眠倚桂树，露脚斜飞湿寒兔。

此诗巧用一连串出人意表的比喻，描绘出李凭弹奏箜篌的乐声之高妙变化。吴丝蜀桐制成的精美箜篌在深秋奏响，乐声美妙使天空的白云凝聚不飘游；能使湘江女神娥皇和女英泪洒斑竹、九天素女怨愁，原来是乐工李凭在京城弹奏箜篌；乐声如昆仑山美玉击碎、凤凰鸣叫，能使芙蓉滴露如饮泣，香兰绽开如欢笑；能使长安城十二门前的冷光融合，二十三根丝弦拨弄感动天帝；直冲女娲炼石补过的天际，击破五彩石逗落绵绵秋雨；梦入神山，向神女传授技艺，老鱼在波中跳跃，瘦蛟飞舞；月宫中吴刚倚靠桂树听乐难眠，玉兔寒露湿脚伫立聆听。此诗想象丰富，构思新奇，语言峭丽，充分描摹出乐曲惊天地、泣鬼神的动人效果，音乐境界神奇浪漫，瑰丽奇妙，形神兼备。

李贺的诗歌调高气峻，词峭神魅，极富艺术独创性。他常用衰老病死、荒枯幽寒、愁苦哭泣等方面的字眼和意象，意境诡异瑰丽，风格奇峭浪漫，被目为“鬼材”“鬼仙”，因称之为“诗鬼”。

专　题

唐诗与音乐

唐代的文化艺术十分发达，以舞蹈、音乐为例，随着疆域的扩大、民族的融合以及丝绸之路的贸易畅通，一些国外、西域的音乐、舞蹈相继传入唐朝，与中原的音乐、舞蹈交汇融合，创造出更丰富的艺术形式。唐朝有“十部乐”：清商、西凉、龟兹、天竺、康国、疏勒、安国、高丽、高昌、燕乐，当中“清商”一部是中原音乐，其他都是国外和少数民族音乐。唐玄宗酷爱音乐，在皇宫内外设立教坊五处，又设立梨园三个，作为进行音乐表演和培养音乐人才的官方机构。唐代的乐器种类非常多，演奏可达到相当高超的水平，重要的乐器有琴、琵琶、笛、觱篥（也作筚篥）、箜篌、筝、鼓、五弦、方响、拍板等，还出现了两种拉弦乐器轧筝和奚琴。唐代出现了李龟年、贺怀智、黄幡绰、许和子、董庭兰、尉迟青、李谟、段善本、康昆仑等音乐名家，又有知名歌者念奴、李八郎、方等、刘采春、金五云等。康昆仑、段善本精通琵琶演奏，唐玄宗擅长演奏羯鼓，称之为“八音之领袖”。

唐诗中出现不少唐代的乐器、歌曲名、音乐家等，如高适《塞上听吹笛》：“雪净胡天牧马还，月明羌笛戍楼间。借问梅花何处落，风吹一夜满关山。”雪融化，胡兵退，月明夜，《梅花落》的羌笛声萦绕在边防楼上空，勾起了戍边将士的思乡之情。如何用诗歌来表现有声无形的音乐呢？唐人善于从乐器、弹唱方式、音乐效果入手,来展示音乐之美,往往通过比喻来描绘音乐的轻重疾徐、抑扬顿挫,如郎士元《听邻家吹笙》的"重门深锁无寻处,疑有碧桃千树花"两句,通过通感把墙外飘来的笙歌声,以千株桃花树的具体可感的形象再现,这种"听声类形"的写法很好地把无形的乐声转化为生动可感的形象,沟通视听觉的感官,从而获得鲜明的审美印象。唐人善于渲染乐曲的艺术力量,描绘一个诗意和情味的意境,如李益的《夜上受降城闻笛》营造了一个边塞夜晚"沙似雪""月如霜"的清冷优美的环境,把芦管乐声的艺术感染力表现得诗味情韵俱佳。

唐代的音乐诗中,以韩愈《听颖师弹琴》、白居易《琵琶行》和李贺《李凭箜篌引》最被后世称许,成为唐人音乐诗三绝。具体说来,唐人常用以下几种手法来描绘音乐:一是模拟声响法,如《琵琶行》"大弦嘈嘈如急雨,小弦切切如私语。嘈嘈切切错杂弹,大珠小珠落玉盘。"用叠字拟声词"嘈嘈""切切"来模拟急促的大弦声和轻细的小弦声。二是以声写声法,如《琵琶行》"银瓶乍破水浆迸,铁骑突出刀枪鸣",用银瓶乍破声和刀枪轰鸣声来比附琵琶声的陡然兴起和激昂飞越。三是以形写声法,如李颀《听安万善吹觱篥歌》"忽然更作《渔阳掺》,黄云萧条白日暗。变调如闻《杨柳春》,上林繁花照眼新。"用视觉形象的日暮萧条之黄云、上林鲜明之繁花,来比喻觱篥声低沉悲壮和轻快热闹。四是侧面烘托法,如李贺《李凭箜篌引》:"吴丝蜀桐张高秋,空山凝云颓不流。江娥啼竹素女愁,李凭中国弹箜篌。"描绘空旷山野上的浮云为之凝滞、俯首谛听,湘娥与素女听了触动愁怀、潸然泪下,侧面烘托出箜篌声的神奇美妙。五是综合描写法,如韩愈《听颖师弹琴》:"昵昵儿女语,恩怨相尔汝。划然变轩昂,勇士赴敌场。浮云柳絮无根蒂,天地阔远随飞扬……推手遽止之,湿衣泪滂滂。"综合采用模拟声音、以声写声、以形写声、侧面烘托等多种方法来表现声音的写法。

第十三讲　元白诗派与新乐府写作

元白诗派以元稹、白居易为代表的诗歌流派，发起了新乐府运动，提出了“文章合为时而著，歌诗合为事而作”的创作宗旨，强调诗歌惩恶扬善、补察时政的功能，语言方面则力求通俗易解。他们重写实、尚通俗，走了一条与韩孟诗派不同的创作道路，其实质都是为了创新。清人赵翼《瓯北诗话》说：“中唐诗以韩、孟、元、白为最。韩、孟尚奇警，务言人所不敢言；元、白尚坦易，务言人所共欲言。试平心论之，诗本性情，当以性情为主……坦易者多触景生情，因事起意，眼前景，口头语，自能沁人心脾，耐人咀嚼。”

一、白居易

白居易(772—846)，字乐天，原籍太原，生于河南新郑。自幼聪颖，读书刻苦。806 年，试才识兼茂明于体用科，及第。元和时曾任翰林学士、左赞善大夫，因上书缉凶而遭讥谤写《赏花》《新井》诗，未顾念其母因看花坠井身亡，被贬为江州司马。转任杭州、苏州刺史，官至太子少傅。武宗会昌六年卒于洛阳香山，享年七十五，谥号文。晚年好佛，自号香山居士，又号醉吟先生，世称白傅、白文公、白香山。

少年白居易即表现出杰出的诗才，习作《赋得古原草送别》："离离原上草，一岁一枯荣。野火烧不尽，春风吹又生。远芳侵古道，晴翠接荒城。又送王孙去，萋萋满别情。"描绘古原上野草生命的历时之美，抒发分别时的依依惜别之情，自然流畅，对仗工整，尤以前四句抓住野草生命力旺盛的特征，秋枯春荣，岁岁循环，富有韧劲。据唐人张固《幽闲鼓吹》记载，白居易初入长安时投此诗给顾况，顾况拿其名字调侃："米价方贵，居亦弗易。"及读至"野火烧不尽"两句，不禁大为嗟赏："道得个语，居亦易矣。""野火"两句对仗工致天然，唱叹有韵味，卓绝千古。

白居易与元稹共同倡导新乐府运动，人称元白；二人次韵相酬，所写"铺陈故实、排比声韵"的长篇排律和吟咏杯酒光景、艳情风月的零篇碎章，时人复相效仿，称之为"元和体"，苏轼有"元轻白俗"之评。晚年多在洛阳的履道里第度过，与刘禹锡唱和；先后结"七老会""九老会"，以诗文酒相会，请画工绘图。白居易一生有意识诗歌创作和保存作品，手订《白氏长庆集》，存诗近3000首，题材广泛，形式多样，以元和十年(815)44岁时贬江州司马为界，前期诗作以讽喻为主，后期诗作以感伤、闲适为主。

白居易的讽喻诗题材集中在感叹时世、反映民生疾苦，代表作有《秦中吟》《新乐府五十首》(包括《卖炭翁》《上阳白发人》《新丰折臂翁》等)，一诗吟咏一事，主题明确，叙事性强，人物形象生动，语言通俗易懂，被称为"老妪能解"。《秦中吟》是诗人于贞元、元和之际在长安闻见之"有足悲者，因直歌其事"，共有十首组诗，内容涉及当时社会的方方面面。一为《议婚》，开篇指出贫家女与富家女外貌差别不大，婚娶方面的待遇差距悬殊，"天下无正声，悦耳即为娱。人间无正色，悦目即为姝。颜色非相远，贫富则有殊。贫为时所弃，富为时所趋"，接着对两者展开比较，从而批评当时重财轻人、攀高结富的恶俗。二为《重赋》，揭露统治集团对劳动人民大肆搜刮、聚敛财物的赋税制度，人民饥寒交迫，困苦不堪，对比鲜明，"幼者形不蔽，老者体无温。悲端与寒气，并入鼻中辛。昨日输残税，因窥官库门：缯帛如山积，丝絮似云屯。号为羡余物，随月献至尊。夺我身上暖，买尔眼前恩。进入琼林库，岁久化为尘"。三为《伤宅》，讽刺达官贵人大兴土木，营造园第，应捐资救济贫民，"如何奉一身，直欲保千年？不见马家宅，今作奉诚园"。四为《伤友》，伤感朋友之道今不如古，"今日长安道，对面隔云泥”。五为《不致仕》，讽刺爱富贵、恋君恩而年高不退休者，“谁不爱富贵？谁不恋君恩？年高须告老，名遂合退身”。六为《立碑》，讽刺立碑以夸耀门第、歌功颂德之风，赞颂有仁政的地方官才真正得民心，“在官有仁政，名不闻京师。身殁欲归葬，百姓遮路岐。攀辕不得归，留葬此江湄。至今道其名，男女涕皆垂。无人立碑碣，唯有邑人知”。七为《轻肥》，以轻裘肥马借指达官贵人，揭露内臣生活的豪奢和社会矛盾的尖锐，“是岁江南旱，衢州人食人”。八为《五弦》，用多种手法描写赵叟的高超琴艺却俗人不赏，“嗟嗟俗人耳，好今不好古。所以绿窗琴，日日生尘土”。九为《歌舞》，描述朱门穷奢极侈，囚犯冻死狱中，“日中为一乐，夜半不能休。岂知阌乡狱，中有冻死囚”。最后一首是《买花》，从买花这个小角度落墨，揭露贵族官僚豪奢游荡，一掷千金，“一丛深色花，十户中人赋”。这组诗歌巧用比较，深刻反映了剥削与被剥削之间的矛盾，对比鲜明，讽刺辛辣，意义深刻，可令“权豪贵近者相目而变色”。

名篇《卖炭翁》序言“苦宫市”，诗歌声音谐和，朗朗上口，细节生动细致，人物形象立体，诗曰：

> 卖炭翁，伐薪烧炭南山中。
> 满面尘灰烟火色，两鬓苍苍十指黑。
> 卖炭得钱何所营？身上衣裳口中食。
> 可怜身上衣正单，心忧炭贱愿天寒。
> 夜来城外一尺雪，晓驾炭车辗（niǎn）冰辙。
> 牛困人饥日已高，市南门外泥中歇。
> 翩翩两骑来是谁？黄衣使者白衫儿。
> 手把文书口称敕（chì），回车叱牛牵向北。
> 一车炭，千余斤，宫使驱将惜不得。
> 半匹红纱一丈绫，系（xì）向牛头充炭直。

这是《新乐府》组诗中的第三十二首，描绘了卖炭老人谋生的困苦，揭露“宫市”的腐败本质是统治者对人民的公开掠夺，加以有力的鞭挞与抨击。诗歌在人物细节和心理的刻画上有独到之处，具体生动，历历如绘。结尾在矛盾冲突的高潮中戛然而止，更加含蓄有力。

白居易的思想综合儒、佛、道三家，经历仕宦风波之后，“兼济天下”之心渐收，“独善其身”之心渐长，并吸取了老庄的知足、齐物、逍遥观念和佛家的解脱思想，创作了大量“知足保和，吟玩性情”的闲适诗，语言浅切平易，情调淡泊悠闲，佳作迭出，为人称道。如《不如来饮酒七首》的每首诗第七句皆为“不如来饮酒”，这是诗人在描述尘世各种劳碌之后的劝告，有愤激无奈之意，有勘破世俗之意，其七的“相争两蜗角，所得一牛毛。且灭嗔中火，休磨笑里刀”颇有人生道理。再如《对酒五首》，借醉酒来忘机，豁达笑对人生，其二：“蜗牛角上争何事，石火光中寄此身。随富随贫且欢乐，不开口笑是痴人。”言简意赅，理味绵长。白居易一生漂泊，对待人生变故能坦然豁达，《初出城留别》：“我生本无乡，心安是归处”；陶然于自然山水景物中，《暮江吟》：“一道残阳铺水中，半江瑟瑟半江红。可怜九月初三夜，露似真珠月似弓。”两幅绝美图画：夕阳映照江水，半红半青；弯月升，秋露起，夜色朦胧。诗人在游宦途中，看到这两幅幽美迷人的景致，沉醉喜悦。

元和十二年(817)初夏，白居易上庐山大林寺，见寺内桃花盛开，而山下芳菲已尽，即景吟成七绝《大林寺桃花》：“人间四月芳菲尽，山寺桃花始盛开。长恨春归无觅处，不知转入此中来。”用拟人化的手法写春光顽皮可爱，躲入深山寺庙，惹诗人惊喜异常，诗歌立意新颖，趣味横生，是闲适诗的佳作。另一首闲适诗名篇《钱塘湖春行》，写于白居易杭州刺史任上。诗曰：

孤山寺北贾亭西，水面初平云脚低。
几处早莺争暖树，谁家新燕啄春泥。
乱花渐欲迷人眼，浅草才能没马蹄。
最爱湖东行不足，绿杨阴里白沙堤。

首联写诗人行至孤山寺北部贾公亭西畔，见湖水荡漾，云幕低垂；中间两联写西湖早春景色：黄莺争相飞去向阳枝条，谁家的燕子衔泥筑巢，鲜花缤纷迷乱人的眼神，小草青青刚刚遮没马蹄，处处生机盎然，明媚可爱，使人着迷；尾联点出湖东景色最让诗人流连忘返的是绿杨掩映的白沙堤。全诗语言浅近而活泼，对仗精工而自然，气质清新而雅致。诗人的一支生花妙笔，令读诗者如亲到西湖，饱览湖光山色之美，心旷神怡。

白居易日常生活中常以诗为笺，以诗寄情，以诗唱酬，多有情深意厚的真淳之作，如《问刘十九》：

绿蚁新醅酒，红泥小火炉。
晚来天欲雪，能饮一杯无？

绿蚁是没有过滤过的新酿米酒上浮的绿色泡沫。傍晚大雪就要飘飞，诗人家里有新酿的米酒，烧红的小泥炉，特写诗邀请友人前来小酌，共叙衷肠。全诗寥寥二十字，朴素简洁的语言，如叙家常的语气，温馨暖和，体现了白居易对嵩阳处士刘十九的诚恳真朴的友情和把酒共饮、欢聚对谈的渴望。《同李十一醉忆元九》："花时同醉破春愁，醉折花枝作酒筹。忽忆故人天际去，计程今日到梁州。"春暖花开，诗人与李健对饮消愁，以花枝作酒筹，欢畅酣醉之中，念起共同的好友元稹此番远行，以日程计算，今日当到梁州。即席之作，信手拈来，朴素而情真。时元稹在梁州，如心灵感应般，亦写下《梁州梦》："梦君同绕曲江头，也向慈恩院院游。亭吏呼人排去马，忽惊身在古梁州。"自序言明此诗因"梦与杓直（李健）、乐天同游曲江，兼入慈恩寺诸院，倏然而寤"而作，梦中与两位友人同游，醒来却是梁州汉川驿站。可见他们交谊之笃厚，二诗分作于两人之手，相隔两地，却同时同韵，确为两人相思之情的感应之作，具有至真至美的艺术魅力。《自河南经乱，关内阻饥，兄弟离散，各在一处，因望月有感，聊书所怀，寄上浮梁大兄、於潜七兄、乌江十五兄，兼示符离及下邽弟妹》一诗则抒发了动乱时期诗人对兄弟姐妹的深切思念。诗曰：

时难年荒世业空，弟兄羁旅各西东。
田园寥落干戈后，骨肉流离道路中。
吊影分为千里雁，辞根散作九秋蓬。
共看明月应垂泪，一夜乡心五处同。

首两联写战争年代，田园荒芜，骨肉分离，各散西东，流离失所；后两联写相隔千里，如孤雁断蓬，飘转孤独，望月怀远，思念亲人。阻饥：遭受饥荒等困难。此诗约作于贞元十五年（799）秋至贞元十六年（800）春之间，时河南战乱，诗人回到符离（今安徽宿州），见家业寥落，兄弟离散，触目伤情，忧国思亲，思念在浮梁（今江西景德镇）当主簿的大哥白幼文、在於潜（今浙江临安）当县尉的七哥，在乌江（今安徽和县）当主簿的堂哥白逸，以及在符离、下邽（今陕西渭南）的弟弟妹妹，有感而作。诗歌比喻贴切，感情浓郁，语言平易而意蕴深醇，尤其末句“一夜乡心五处同”，用常语而得奇境，营构出一幅五地共望明月思亲怀远的图景，情思绵邈，情韵动人。

白居易的长篇叙事诗中，《长恨歌》与《琵琶行》最负盛名。二诗的艺术特点是简化了事件的叙述，而强化了抒情因素，主要着墨于人物心理描写和环境气氛渲染上。先看《长恨歌》：

汉皇重色思倾国，御宇多年求不得。
杨家有女初长成，养在深闺人未识。
天生丽质难自弃，一朝选在君王侧。
回眸一笑百媚生，六宫粉黛无颜色。
春寒赐浴华清池，温泉水滑洗凝脂。
侍儿扶起娇无力，始是新承恩泽时。
云鬓花颜金步摇，芙蓉帐暖度春宵。
春宵苦短日高起，从此君王不早朝。
承欢侍宴无闲暇，春从春游夜专夜。
后宫佳丽三千人，三千宠爱在一身。
金屋妆成娇侍夜，玉楼宴罢醉和春。
姊妹弟兄皆列土，可怜光彩生门户。
遂令天下父母心，不重生男重生女。
骊宫高处入青云，仙乐风飘处处闻。
缓歌慢舞凝丝竹，尽日君王看不足。
渔阳鼙（pí）鼓动地来，惊破霓裳羽衣曲。
九重城阙烟尘生，千乘万骑西南行。
翠华摇摇行复止，西出都门百余里。
六军不发无奈何，宛转蛾眉马前死。
花钿委地无人收，翠翘金雀玉搔头。

君王掩面救不得，回看血泪相和流。
黄埃散漫风萧索，云栈萦纡登剑阁。
峨嵋山下少人行，旌旗无光日色薄。
蜀江水碧蜀山青，圣主朝朝暮暮情。
行宫见月伤心色，夜雨闻铃肠断声。
天旋地转回龙驭，到此踌躇不能去。
马嵬坡下泥土中，不见玉颜空死处。
君臣相顾尽沾衣，东望都门信马归。
归来池苑皆依旧，太液芙蓉未央柳。
芙蓉如面柳如眉，对此如何不泪垂？
春风桃李花开日，秋雨梧桐叶落时。
西宫南内多秋草，落叶满阶红不扫。
梨园弟子白发新，椒房阿监青娥老。
夕殿萤飞思悄然，孤灯挑尽未成眠。
迟迟钟鼓初长夜，耿耿星河欲曙天。
鸳鸯瓦冷霜华重，翡翠衾寒谁与共。
悠悠生死别经年，魂魄不曾来入梦。
临邛(qióng)道士鸿都客，能以精诚致魂魄。
为感君王辗转思，遂教方士殷勤觅。
排空驭气奔如电，升天入地求之遍。
上穷碧落下黄泉，两处茫茫皆不见。
忽闻海上有仙山，山在虚无缥渺间。
楼阁玲珑五云起，其中绰约多仙子。
中有一人字太真，雪肤花貌参差是。
金阙西厢叩玉扃(jiōng)，转教小玉报双成。
闻道汉家天子使，九华帐里梦魂惊。
揽衣推枕起徘徊，珠箔银屏迤逦开。
云鬓半偏新睡觉，花冠不整下堂来。
风吹仙袂飘飘举，犹似霓裳羽衣舞。
玉容寂寞泪阑干，梨花一枝春带雨。

含情凝睇谢君王，一别音容两渺茫。
昭阳殿里恩爱绝，蓬莱宫中日月长。
回头下望人寰处，不见长安见尘雾。
惟将旧物表深情，钿(diàn)合金钗寄将去。
钗留一股合一扇，钗擘(bò)黄金合分钿。
但教心似金钿坚，天上人间会相见。
临别殷勤重寄词，词中有誓两心知。
七月七日长生殿，夜半无人私语时。
在天愿作比翼鸟，在地愿为连理枝。
天长地久有时尽，此恨绵绵无绝期。

这是一首七言歌行体长篇，全诗共有一百二十句、八百四十字，叙述事件的发展从开篇至“尽日君王看不足”，是写杨贵妃美貌，获唐玄宗专宠；再从“渔阳鼙鼓动地来”到“魂魄不曾来入梦”，是写安史之乱的爆发，贵妃在马嵬驿被赐死及此后玄宗的思念；再从“临邛道士鸿都客”至结尾，写道士帮助玄宗到仙山寻觅贵妃，二人重逢后的爱情回忆，用“天长地久有时尽，此恨绵绵无绝期”结笔，渲染“长恨”的主题。元和元年(806)，白居易与友人陈鸿、王质夫到马嵬驿附近的仙游寺游览，谈及唐玄宗与杨贵妃事，王质夫鼓励“深于诗，多于情”的白居易作诗以歌之，抒情色彩浓郁；陈鸿写了一篇传奇《长恨歌传》，重在史事记载。白居易此诗以描述李杨情事为主，暗含讽喻，叙事富于传奇性，波澜起伏，回环曲折，又以景物烘托和心理描绘，使得故事宛转多变，人物情意绵长，语言优美动人。

《琵琶行》是白居易又一首长篇叙事诗杰作，也是唐人音乐诗三绝之一。诗前有自序，指出作诗的时间、地点、缘由：元和十一年(816)秋，时任九江郡司马的白居易送客湓浦口，闻舟中夜弹琵琶者，遂邀酒弹曲；曲罢，琵琶女自叙身世，漂沦江湖，令诗人有迁谪意，歌以赠之。

浔阳江头夜送客，枫叶荻花秋瑟瑟。
主人下马客在船，举酒欲饮无管弦。
醉不成欢惨将别，别时茫茫江浸月。

忽闻水上琵琶声，主人忘归客不发。
寻声暗问弹者谁？琵琶声停欲语迟。
移船相近邀相见，添酒回灯重开宴。
千呼万唤始出来，犹抱琵琶半遮面。
转轴拨弦三两声，未成曲调先有情。
弦弦掩抑声声思，似诉平生不得志。
低眉信手续续弹，说尽心中无限事。
轻拢慢捻(niǎn)抹复挑，初为霓裳后六幺。
大弦嘈嘈如急雨，小弦切切如私语。
嘈嘈切切错杂弹，大珠小珠落玉盘。
间关莺语花底滑，幽咽泉流冰下难。
冰泉冷涩弦凝绝，凝绝不通声暂歇。
别有幽愁暗恨生，此时无声胜有声。
银瓶乍破水浆迸，铁骑突出刀枪鸣。
曲终收拨当心画，四弦一声如裂帛。
东船西舫悄无言，唯见江心秋月白。
沉吟放拨插弦中，整顿衣裳起敛容。
自言本是京城女，家在虾蟆(há má)陵下住。
十三学得琵琶成，名属教坊第一部。
曲罢曾教善才服，妆成每被秋娘妒。
五陵年少争缠头，一曲红绡不知数。
钿头银篦击节碎，血色罗裙翻酒污。
今年欢笑复明年，秋月春风等闲度。
弟走从军阿姨死，暮去朝来颜色故。
门前冷落车马稀，老大嫁作商人妇。
商人重利轻别离，前月浮梁买茶去。
去来江口守空船，绕船月明江水寒。
夜深忽梦少年事，梦啼妆泪红阑干。
我闻琵琶已叹息，又闻此语重唧唧。
同是天涯沦落人，相逢何必曾相识！

我从去年辞帝京，谪居卧病浔阳城。
浔阳地僻无音乐，终岁不闻丝竹声。
住近湓城地低湿，黄芦苦竹绕宅生。
其间旦暮闻何物？杜鹃啼血猿哀鸣。
春江花朝秋月夜，往往取酒还独倾。
岂无山歌与村笛？呕哑嘲哳(zhāo zhā)难为听。
今夜闻君琵琶语，如听仙乐耳暂明。
莫辞更坐弹一曲，为君翻作琵琶行。
感我此言良久立，却坐促弦弦转急。
凄凄不似向前声，满座重闻皆掩泣。
座中泣下谁最多？江州司马青衫湿。

浔阳江是流经江西九江的长江一段。唐宪宗元和十年(815)六月，宰相武元衡被刺客谋杀，御史中丞裴度受伤，朝野大哗，但涉及藩镇割据的势力之争，无人敢言，只有白居易上表主张严缉凶手，得罪权贵，被贬为江州司马。次年秋天，贬居此地两年的白居易送客浔阳江头，偶遇琵琶女，在那凄清萧瑟的秋夜，听凄怆动听的琵琶，闻伤感悲婉的故事，怎不令人凄楚感叹，心灵摇荡，不能自已。诗人开头至“犹抱琵琶半遮面”，交待故事背景和人物形象，以秋江、枫叶、夜月烘托出一种凄凉的氛围和落寞的情绪；从“转轴拨弦三两声”至“唯见江心秋月白”，用一系列的比喻来摹写琵琶女的技艺与曲调，曲中有情，旋律多变，视觉与听觉相结合，声音大小快慢疾缓高低的变化，令人耳不暇接，急雨、私语、珠落玉盘、莺语、泉流、银瓶乍破、铁骑突出、裂帛等等，意境迭出，荡气回肠；再从“沉吟放拨插弦中”至“梦啼妆泪红阑干”，写琵琶女自述身世，由京都少女嫁作商人妇，转徙江湖，经历曲折，如怨如诉；再从“我闻琵琶已叹息”到结尾，抒发诗人同病相怜的深沉感慨，“同是天涯沦落人，相逢何必曾相识”，同病相怜的共鸣惹诗人泪流满怀，湿透青衫。全诗结构严谨，错落有致，通过对琵琶女形象的塑造和秋夜闻曲的描绘，表达诗人内心对社会乱象的愤懑与人才埋没的同情，叙事与抒情相结合，人物形象生动，语言优美和谐，巧妙地描绘了琵琶曲的旋律，比喻贴切，以实写虚。

二、元稹

元稹(779—831),字微之,别字威明,河南洛阳人。少有才名,十五岁明经及第,又登才识兼茂明于体用科第一名,授左拾遗,历监察御史。因得罪宦官,贬江陵士曹参军。后靠宦官崔潭峻援引,擢祠部郎中、知制诰。长庆二年(822)拜相,三月后出为同州刺史、浙东观察使。大和三年(829)为尚书左丞,五年,逝于武昌军节度使任上,卒年五十三。与白居易同科及第,同倡新乐府运动,并称"元白"。有《元氏长庆集》。存诗八百三十余首,辞浅意哀,有时流于僻涩,有的精警清峭,有的诗风浮艳,"善状咏风态物色",号为"元和体",有"元轻白俗"之说。

元稹在政治上肃清吏治,整顿法度,兴政爱民,颇有政绩;生活上与妻子韦丛恩爱情深,但他早年与一位远亲少女双文(莺莺的原型)相恋后抛弃,后又与才女薛涛、艺人刘采春先后相恋又抛弃,喜新厌旧,风评不佳。元稹的传奇《莺莺传》(又名《会真记》)叙述张生与崔莺莺的爱情悲剧故事,文笔优美,刻画细致,寄托其内心深处对早年情事的追忆与愧疚,陈寅恪《元白诗笺证稿》、鲁迅《中国小说史略》皆肯定元稹以张生自寓,自叙生平之作。贞元十八年(802),元稹娶太子少保韦夏卿的小女儿韦丛为妻,七年后,贤惠的韦丛病卒,年仅二十七岁。元稹悲痛地写下悼亡诗《遣悲怀三首》:

其一

谢公最小偏怜女,自嫁黔娄百事乖。
顾我无衣搜荩箧,泥(nì)他沽酒拔金钗。
野蔬充膳甘长藿,落叶添薪仰古槐。
今日俸钱过十万,与君营奠复营斋。

其二

昔日戏言身后意,今朝都到眼前来。
衣裳已施行看尽,针线犹存未忍开。
尚想旧情怜婢仆,也曾因梦送钱财。
诚知此恨人人有,贫贱夫妻百事哀。

其三

闲坐悲君亦自悲，百年都是几多时。
邓攸无子寻知命，潘岳悼亡犹费词。
同穴窅(yǎo)冥何所望，他生缘会更难期。
惟将终夜长开眼，报答平生未展眉。

这组诗朴素真挚，缠绵哀痛，是元稹伤悼结发妻子韦丛的悼亡诗绝唱。第一首先用谢安偏爱的侄女谢道韫的典故，强调韦丛出身显贵，下嫁于我，如贫士黔娄家穷，过着艰难困苦的日子，却温柔体贴，贤良淑德；如今我俸禄不菲，却只能给去世的你祭奠斋戒，表达贫贱与共、富贵未享的遗憾。第二首追忆妻子死后，昔日两人你侬我侬时戏言谁先离开的情景，如今一一浮现眼前，你的旧衣快施舍尽，针线盒还珍藏不用，怀念你而怜惜婢仆，梦到你便焚烧纸钱，夫妻永诀的沉痛，人人都会感怀，你我共度艰困的贫贱生活，留下难以弥补的遗憾，令人悲哀。第三首抒发妻子早逝的悲哀，悲妻伤己，叹人生之短暂，用邓攸无子、潘岳悼亡的典故，感慨命运无常，悲痛难诉，死去未必能同穴，来世更难再结缘，惟有长夜不眠思念你，以报答你平生未能舒展的眉头。三诗将夫妻之深情娓娓道来，质朴感人，情真意切，哀痛欲绝。周咏棠《唐贤小三昧续集》评元稹三诗："字字真挚，声与泪俱。骑省(潘岳)《悼亡》之后，仅见此制。"悼亡之诗，始于潘岳《悼亡诗三首》，情意深挚，用典浅近，造句工整，如其一的"望庐思其人，入室想所历。帏屏无髣髴，翰墨有余迹。流芳未及歇，遗挂犹在壁"，"如彼翰林鸟，双栖一朝只。如彼游川鱼，比目中路析"。自潘诗之后，"悼亡"遂成为专悼亡妻之诗题。

陈寅恪在《元白诗笺证稿》中指出："微之以绝代之才华，抒写男女生死离别悲欢之感情，其哀艳缠绵不仅在唐人诗中不多见而影响及于后来之文学者尤巨。"元稹擅写男女爱情，其艳诗和悼亡诗铺叙曲折，细致生动，缠绵感人，如《离思五首》其四：

曾经沧海难为水，除却巫山不是云。
取次花丛懒回顾，半缘修道半缘君。

首句典出《孟子·尽心上》:“观于海者难为水。”次句化用宋玉《高唐赋》“巫山云雨”的典故。这两句巧用比喻,以沧海之水、巫山之云来比喻心中的她,曾见过浩瀚的沧海,其他的水都难称为水了;领略过巫山的云彩,别处的云都算不上云了。这种对比的写法,尽情表达了诗人对情人的偏爱。此诗写于元和四年(809),应是丧妻不久的元稹为追悼亡妻韦丛而作,用沧海之水和巫山之云来比喻亡妻,寓托夫妻感情之深厚、美好。接着三、四句写自己从花丛中走过,也懒于顾视,一半是因为修身养性,一半是因为你啊!联系元稹后来的行为,仍不时流连花丛,并非如诗中所言之深情、专情。但不能否认的是,这首诗曲折委婉,意境朦胧,含而不露,耐人寻味,首两句尤其脍炙人口。

开元、天宝年间的盛世繁华,以及唐明皇与杨贵妃的爱情故事,在安史之乱后,成为中晚唐诗人心中一个不断萦绕的梦,一种集体追忆的情结。如元稹的五绝《行宫》:

寥落古行宫,宫花寂寞红。
白头宫女在,闲坐说玄宗。

此诗篇幅短小而意味隽永,首两句描绘了行宫冷落寂寥的氛围,三、四句描述几个白头宫女闲谈着玄宗年间的宫廷遗事。此诗语言精练、浅近,而意境深邃,诗味丰厚,宫花红喻示着宫女曾有过的青春娇美,在行宫的寂寞岁月中虚度而白头,人物形象形成强烈对比,相互反衬,画面感强,短短二十个字,倾诉了宫女心中无限凄怨之情,抒发了诗人对历史盛衰变化之感,低回哀伤,惆怅不已。这首小诗可与白居易的长篇《上阳白发人》参互并观,白诗写了天宝末年被潜配到上阳宫的一位宫女,幽闭冷宫四十多年,成了白发宫人。元诗精警含蓄,概括力强,视角独特,语少意足;白诗语言平易,词浅意深,朗朗上口。《行宫》一诗还可以参读元稹另一首长篇叙事诗《连昌宫词》,清代潘德舆《养一斋诗话》:“‘寥落古行宫’二十字,足赅《连昌宫词》六百余字,尤为妙境。”连昌宫建在唐高宗年间,位于河南寿安(今宜阳)西十九里,元和十三年(818),元稹写诗描述了连昌宫的盛衰变迁,巧用老翁对我的述说及二人对话,“我闻此语心骨悲,太平谁致乱者谁。翁言野父何分别,耳闻眼见为君说”,总结了安史之乱爆发的缘由和教训,表达对政治中兴的期望,针砭时弊,有现实针对性和意义。

元稹的咏物诗写得亲切有味，如《夜池》：“荷叶团圆茎削(xuē)削，绿萍面上红衣落。满池明月思啼螿，高屋无人风张幕。”夜色中的池塘，圆圆的荷叶纤弱的茎，红色花瓣飘落在水中绿萍上；明月光映满池塘，夜蝉鸣叫，高楼无人，风扬起帘幕；抓住景物的形状、色彩、光照、动态来写，立体感强。再如《菊花》：“秋丛绕舍似陶家，遍绕篱边日渐斜。不是花中偏爱菊，此花开尽更无花。”盛唐社会世俗尚牡丹，而文人自陶渊明后多爱菊咏菊，元稹此诗就是一首赏菊之作。诗人流连于屋舍周边的菊花丛中，直至夕阳西下，闲情逸致，喜爱之至，末两句用否定句式，别出心裁地指出自己爱菊是因为深秋时节百花凋尽而菊花凌霜独傲，满含赞美之意，意趣盎然。

三、张籍、王建、李绅等诗人

有意创作新乐府的中唐杰出诗人还有张籍、王建、李绅等人，前二者的乐府诗合称“张王乐府”。

张籍(约766—830)，字文昌，安徽和州乌江人。贞元初，与王建同在魏州学诗；十四年，经孟郊介绍，张籍在汴州认识韩愈，入其门为大弟子；十五年，获韩愈荐举，进士及第。元和元年(806)调补太常寺太祝，与白居易结识，多所切磋。任太祝十年间几乎目盲，被称“穷瞎张太祝”。后转国子监助教、秘书郎、国子博士，迁水部员外郎、主客郎中、国子司业，世称“张水部”“张司业”。其诗文集初名《木铎集》，宋时编为《张司业集》《张文昌文集》，明有嘉靖万历间刻本《唐张司业诗集》八卷，收诗四百五十多首。

张籍迷恋杜诗，据唐人冯贽的《云仙杂记》记载他把杜诗一首首烧成灰，拌上蜂蜜，每天吃三匙。张籍诗多真情之作，如《没藩故人》写故友戍月支而死，诗人“欲祭疑君在，天涯哭此时”；《秋思》：“洛阳城里见秋风，欲作家书意万重。复恐匆匆说不尽，行人临发又开封。”秋风起，思亲情浓，捎信人临行之时，诗人忍不住又拆开封缄来添改家书，诗意新颖，语浅而意厚。乐府诗的代表作《节妇吟寄东平李司空师道》：

君知妾有夫，赠妾双明珠。
感君缠绵意，系在红罗襦。

妾家高楼连苑起，良人执戟明光里。
知君用心如日月，事夫誓拟同生死。
还君明珠双泪垂，何不相逢未嫁时。

李师道时任平卢淄青节度使，加检校司空、同中书门下平章事的头衔，权倾一时，并用各种手段勾结、拉拢文人、官吏，韩愈作《送董邵南序》来劝阻众人的依附。张籍立场一如其师，作此诗以节妇自喻，委婉拒绝。首两句写“君”待“妾”之情意：明知我是有夫之妇，还要送一对明珠这么贵重的礼物；三、四句写“妾”对“君”之回应：感激你的缠绵情意，我把明珠系在红罗短衣上；五、六句意思一转，指出自家的富贵气派、丈夫是执戟明光殿的卫士；七、八句感谢对方的诚意，表达对丈夫的忠贞；九、十句为人熟知，常用作婉拒之辞，“妾”边垂泪边还珠，感叹结识太晚的遗憾，言辞委婉而心意坚决。此诗通篇运用比兴手法，婉转曲折，细腻含蓄，富于民歌风味。再如《野老歌》：

老农家贫在山住，耕种山田三四亩。
苗疏税多不得食，输入官仓化为土。
岁暮锄犁傍空室，呼儿登山收橡实。
西江贾客珠百斛，船中养犬长食肉。

前六句写老农辛勤耕种山田、苗少税多家人无粮可吃、粮食交纳官府腐烂成土、唯靠儿子登山拾橡实来果腹的悲惨生活；后两句则写在九江一带做船贸的富商大贾的奢侈生活，有珍珠百斛，船中养的狗总有肉吃。在这种强烈对比下，揭露了统治阶级横征暴敛的罪行，抨击不合理的社会现实。诗歌言浅讽深，语言朴实而感情沉郁，饱含血泪。

王建（765—830），字仲初，河南许州颍川（今许昌）人。出身寒微，家境贫穷。贞元十三年（797），辞家从戎，游历边疆。中年入仕，历任昭应县丞、太府寺丞、秘书郎、太常寺丞，累迁陕州司马，世称“王司马”。与张籍、韩愈、白居易、刘禹锡、杨巨源等交往较多。王建的七绝写得好，善用比兴、白描的手法，名篇《十五夜望月寄杜郎中》：

中庭地白树栖鸦，冷露无声湿桂花。
今夜月明人尽望，不知秋思落谁家。

中秋佳节聚会之时，诗人想起友人杜元颖不在场，特写诗表达思念之情。前两句写月色如霜、寒树栖鸦、夜冷花香的氛围；后两句写望月怀人、思绪兴起的心情，以“落”字来形容秋思之动感，颇为出新。诗歌以景起，以情结，富有想象与韵味，展现了一幅静谧寥落的中秋夜图景，带些朦胧、迷茫的情调，意境很美。

王建有《宫词一百首》，首开以“宫词”作诗题。现得一百零二首，以皇帝、后妃及宫女的宫廷生活为题材，语言、风格委曲深挚，亦多清新明快之作，如第二十九首写宫中女乐“琵琶先抹六幺头，小管丁宁侧调愁。半夜美人双唱起，一声声出凤凰楼”，第九十首写宫怨“树头树底觅残红，一片西飞一片东。自是桃花贪结子，错教人恨五更风”，皆语言浅近，朗朗上口，明快中见委曲，流利中寓顿挫。王建的五绝亦多可诵之作，或清新婉约，或朴素天然，如《新嫁娘词三首》其三：“三日入厨下，洗手做羹汤。未谙姑食性，先遣小姑尝。”新娘子嫁入夫家三天后开始厨房劳作，不熟悉婆婆的口味，做好羹汤让小姑先尝尝，展现其聪慧、细心和巧黠，刻画其有心讨好婆婆的小心思。人物形象跃然纸上，语言质朴生动。

王建的乐府诗与张籍齐名，善于运用比兴、白描、对比、映衬等手法，反映社会现实和民间疾苦，塑造的人物形象有田家、水夫、海人、蚕农、织妇等各种劳动者，描绘他们辛劳而深受压迫的痛苦生活，饱含同情，揭露黑暗。如《水夫谣》：“苦哉生长当驿边，官家使我牵驿船。辛苦日多乐日少，水宿沙行如海鸟。逆风上水万斛重，前驿迢迢后淼淼。半夜缘堤雪和雨，受他驱遣还复去。夜寒衣湿披短蓑，肌穿足裂忍痛何。到明辛苦无处说，齐声腾踏牵船歌。一间茅屋何所值，父母之乡去不得。我愿此水作平田，长使水夫不怨天。”通过水夫的自白来刻画其心理变化：哀叹、怨恨、无奈、幻想，首句的“苦哉”为全诗定调，再一一展开牵船之苦、生活之苦、环境之苦、心情之苦，充分展现了水夫心理世界的痛苦，语言通俗、凝练，富有民歌谣谚的色彩。再如《羽林行》：

长安恶少出名字，楼下劫商楼上醉。
天明下直明光宫，散入五陵松柏中。

百回杀人身合死，赦书尚有收城功。
九衢一日消息定，乡吏籍中重改姓。
出来依旧属羽林，立在殿前射飞禽。

大胆揭露了羽林军的作恶多端，矛头直指背后为他们撑腰的最高统治者。长安城里的恶少臭名昭著，在酒楼下行劫商人后就跑到楼上狂欢醉饮；天亮时从明光宫结束当值，便散开藏身于五陵一带的松柏中；他们多次杀人，按律当处死刑，皇帝却下赦书释放，还说他们有收城之功；长安城某日传来赦放的消息被证实后，他们即刻在乡吏簿籍中重新恢复姓名；大摇大摆地出现，依旧当他们的羽林郎，站立在宫殿前弯弓搭箭射杀飞鸟。这些恶少敢于堂而皇之地行凶作恶，目无法纪，是因为有皇帝的撑腰，可以横行无忌，恣意妄为，末句把羽林恶少逍遥法外、得宠骄纵的得意之态写得惟妙惟肖。诗歌大力抨击了中唐时期羽林军的黑暗和朝纲的混乱，富有辛辣的讽刺意味，表达诗人对现实的失望和愤慨。

李绅(772—846)，字公垂，安徽亳州人，六岁丧父，随母迁居无锡。元和元年(806)中进士，补国子监助教，转任多个地方官职，官至宰相。李绅卷入牛李党争，属李德裕党。他幼年家贫，入仕后生活日渐豪奢，蜕变成贪官酷吏，韩愈、贾岛、刘禹锡、李贺等人对其嗤之以鼻。刘禹锡任苏州刺史时，应邀参加时任扬州节度使李绅的宴会，见其家妓成群，写诗《赠李司空妓》："高髻云鬟宫样妆，春风一曲杜韦娘。司空见惯浑闲事，断尽苏州刺史肠。"加以讽刺。会昌六年(846)，李绅病逝扬州，终年七十四岁，谥"文肃"。

李绅为人短小精悍，时号"短李"。他是新乐府运动的干将，创作了《乐府新题二十首》《悯农二首》等，后者成为人们日常的格言而传诵不衰。我们来看《悯农》：

其一

春种一粒粟，秋收万颗子。
四海无闲田，农夫犹饿死。

其二

锄禾日当午，汗滴禾下土。
谁知盘中餐，粒粒皆辛苦。

其一写农民辛勤劳动、获得丰收却惨遭饿死的残酷社会现实，以对比的手法来突出社会存在严重的不平等；其二写农民在烈日当空的正午勤苦劳作的景象，指出每一粒粮食都是农民的辛劳结晶。二诗以语近意深的句子，通过强烈的对比和细节的描绘，表达了诗人对农民悲惨命运的同情之心，揭露了封建王朝中统治阶级对底层农民的无情剥削。诗歌的语言通俗质朴，音节谐和，寓意深刻，流传极广。

朱庆馀，生卒年不详，名可久，字庆馀，以字行，越州（今浙江绍兴）人。宝历二年(826)进士，官至秘书省校书郎。应试前呈诗《近试上张水部》给张籍，获赞赏后成名。《全唐诗》收诗两卷，共一百七十七首，工于近体，多写日常生活，细致清新。宫怨诗《宫中词》：

寂寂花时闭院门，美人相并立琼轩。
含情欲说宫中事，鹦鹉前头不敢言。

首两句写时间、地点、环境和人物，花开时节，宫院寂静幽深，美丽的宫女们并肩站立在廊台；三、四句写她们心中郁闷，欲诉说宫中秘事，却恐身前的鹦鹉学舌，不敢交谈。此诗以春花盛开的乐景来反衬寂冷的心情和哀怨，末句写宫女们避忌鹦鹉而不敢私语，构思新颖独特，独辟蹊径地表达了宫女幽居深宫的愁怨，含蓄蕴藉，深妙有味。

金昌绪，生卒年不详，大中以前在世。浙江余杭人，仅存诗一首《春怨》：

打起黄莺儿，莫教枝上啼。
啼时惊妾梦，不得到辽西。

首句即勾起读者的好奇心，为何要赶走那叫声悦耳动听的黄莺呢？次句解释了此举的目的是不让它在枝上鸣叫；三、四句进一步说明黄莺的鸣叫声会让这位春闺少妇突然惊醒，不能在梦中与征戍辽河以西的良人相会面。诗歌巧妙使用了层层倒叙的手法，怕惊梦而不教莺啼，为此要把莺打起，倒着写，更能强调这个梦的重要性；春闺之怨并非怨黄莺啼叫惊梦，而是怨良人被迫远征辽阳。

诗歌语言活泼生动，构思精巧奇妙，结构环环相扣，一气蝉联，而层层剥笋，扫处还生，篇法圆紧。诗歌具有民歌色彩，以闺怨怀人的主题，写出了当时民众困于兵役制度的痛苦。

专　题

唐诗与舞蹈

唐代盛行乐舞，种类繁多，主要有两类：一类是健舞，雄健豪爽，节奏明快，有《阿辽》《柘枝》《拂林》《大渭州》《黄獐》《阿连》《剑器》《胡旋》《胡腾》《杨柳枝》等多种。杜甫《观公孙大娘剑器行》一诗对公孙大娘的剑器舞有惟妙惟肖的描绘："耀如羿射九日落，矫如群帝骖龙翔。来如雷霆收震怒，罢如江海凝清光。"胡旋舞采用一种昂首望上、双脚原地急转如旋风的动作，因来源西域，谓之"胡旋"，舞者动作轻盈而快速旋转，安禄山身胖却矫健灵活，极擅此舞。岑参《田使君美人舞如莲花北鋋歌》："回裾转袖若飞雪，左鋋右鋋生旋风。"白居易《胡旋女》："胡旋女，胡旋女，心应弦，手应鼓。弦鼓一声双袖举，迴雪飘遥转蓬舞。左旋右旋不知疲，千匝万周无已时。"描绘了胡旋舞的舞姿特点。另一类是软舞，优美柔婉，节奏舒缓，有《绿腰》《凉州》《春莺啭》《屈柘枝》《回波乐》《乌夜啼》《甘州》等。李群玉《长沙九日登东楼观舞》："南国有佳人，轻盈绿腰舞。华筵九秋暮，飞袂拂云雨。翩如兰苕翠，婉如游龙举。越艳罢前溪，吴姬停白纻。慢态不能穷，繁姿曲向终。低回莲破浪，凌乱雪萦风。坠珥时流盼，修裾欲溯空。唯愁捉不住，飞去逐惊鸿。"描写女子独舞《绿腰》时挥动舞袖，舞姿轻盈飘逸，节奏先慢后快。

在唐代，《霓裳羽衣舞》最负盛名。唐玄宗将西凉总督杨敬述敬献的国外乐曲加以润色，配上清歌曼舞，舞者的衣饰缀上很多羽毛，故名为"霓裳羽衣舞"。白居易有《霓裳羽衣舞歌》，描绘舞者的服饰"虹裳霞帔步摇冠，钿璎累累佩珊珊"；舞曲节奏是"散序六奏未动衣，阳台宿云慵不飞。中序擘騞（bò huō）初入拍，秋竹竿裂春冰坼（chè）"；舞姿是"飘然转旋回雪轻，嫣然纵送游龙惊。小垂手后柳无力，斜曳裙时云欲生。烟蛾敛略不胜态，风袖低昂如有情"，显得婀娜多姿，优美动人。

唐玄宗时，根据表演情况，将燕乐分为"坐部伎"和"立部伎"，演奏时配上相应的舞蹈。坐部伎是在堂上坐奏，舞者较少，最多不过十二人；立部伎是在堂下立奏，舞蹈规模宏大，如有名的《破阵乐》就是由一百二十人组成的大型战舞，如元稹《和李校书新题乐府十二首·立部伎》写道："太宗庙乐传子孙，取类群凶阵初破。戢戢攒枪霜雪耀，腾腾击鼓云雷磨。"描绘出此舞的磅礴气势和战斗气氛。此外，唐代还流行字舞、花舞、马舞、兽舞等舞蹈。其中字舞是用舞人组成字，或以舞人亚身于地布成字，或用队形排列成字，或通过衣服变换颜色交组成字，或扛着字牌出现于舞队之中。王建《宫词一百首》其十七："罗衫叶叶绣重重，金凤银鹅各一丛。每遍舞时分两向，太平万岁字当中。"描写了字舞的情景，通过舞者的服饰、队形的变化来表现歌颂盛世的主题。

第十四讲　晚唐风韵:小李杜

唐文宗开成元年(836)至唐哀帝天祐四年(907)在历史上划分为晚唐时期,宦官专权、藩镇割据和牛李党争如三座大山,压得唐王朝不可避免地走向衰亡。面对政治上不可收拾的局面,诗人们在心态上蒙上一层暗淡、伤感的色调。这一时期出现了一批杰出的文人,杜牧、李商隐为其中的翘楚,世称"小李杜"。

一、杜牧

杜牧(803—852),字牧之,号樊川居士,京兆万年(今陕西西安)人。出身官宦世家,宰相杜佑之孙、杜从郁之子,在家族中排行十三。唐文宗大和二年(828)进士,授宏文馆校书郎。杜牧与牛僧孺私交甚好,牛的政敌李德裕却与杜家为世交,杜牧在牛李党争中处境微妙,或受到李的排挤,会昌二年(842),外放为黄州刺史。后辗转各地任职,任地方官颇有政声,清廉爱民,兴学教士。官至中书舍人。晚年居长安城南樊川别墅,后世称"杜樊川"。为人刚直,不拘小节,旷放不羁,有抱负,好言兵,工行草书。唐宣宗大中六年(852)冬病逝。著有《樊川文集》。擅长文、赋，代表作《阿房宫赋》。古体诗受杜甫、韩愈影响，题材广阔，笔力峭健；近体诗以七绝著称，俊朗飘逸，风华流美而又神韵疏朗，气势豪宕而又情致缠绵。

杜牧十四五岁时，父亲病逝，全家生活陷入贫寒悲苦之中。二十六岁中进士后，他颇有带兵立功的志向，而风流不羁的本性也逐渐张扬。三十一岁时，被淮南节度使牛僧孺授予推官一职，他在扬州沉迷宴游，好酒，上青楼，会佳人，度过了两三年的自由放浪生活。离开之时，他与相恋的歌妓道别，依依不舍，情意绵长，有《赠别二首》：

其一

娉娉袅袅十三余，豆蔻梢头二月初。
春风十里扬州路，卷上珠帘总不如。

其二

多情却似总无情，唯觉樽前笑不成。
蜡烛有心还惜别，替人垂泪到天明。

前一首以花喻人，称赞扬州妙龄歌伎的青春美丽，娉婷袅娜，迷人身姿，如二月豆蔻初开时的娇嫩；城中繁华的十里长街，珠帘翠幕中美女如云，都不如她。后一首写惜别，一、二句写临别时的似无情、实多情，举杯却难开怀，三、四句用拟人的手法，以蜡烛滴蜡来比拟人之垂泪，显示出二人间难舍难分的感情。二诗形象生动，情真意切，委婉有味。离开之后，杜牧与昔日同僚诗书往来时，仍然怀念扬州的美好，《寄扬州韩绰判官》：“青山隐隐水迢迢，秋尽江南草未凋。二十四桥明月夜，玉人何处教吹箫。”怀想扬州的绿水青山、草木葱茏，明月映照下，二十四桥飘荡着悠扬的箫声，不知是哪位美人在轻启朱唇？浪漫唯美，情趣盎然。回到长安任职监察御史的杜牧，依然不改风流之本色。《兵部尚书席上作》：“华堂今日绮筵开，谁唤分司御史来？忽发狂言惊满座，两行红粉一时回。”这首在兵部尚书李司徒筵席上的即兴之作，背后有一个故事，记载于唐代孟棨的《本事诗》。李愿以声色豪奢著称，府上华堂盛宴，不敢相邀时任的杜牧；而杜牧主动要求参加，南向独坐饮酒，见盛筵上侍立有百名绝色歌伎，借酒兴语惊四座，开口讨要“紫云”姑娘，其狂放疏脱的性情、大胆直率之举动，引起在座客人的惊诧与红楼佳人的侧目。诗歌前两句写不获邀请之不满,后两句写语出惊人之大胆,叙事分明,语言直白,略带谐趣。经历多年仕宦沉浮后,杜牧对于壮年流连酒楼歌馆的行为,心有愧悔,《遣怀》诗追忆与反思这段扬州往事:“落魄江湖载酒行,楚腰纤细掌中轻。十年一觉扬州梦,赢得青楼薄幸名。”在放荡不羁的背后,是诗人对人生境遇的感慨与愤懑。他在黄州刺史任上追忆:落魄江湖,以酒为伴,美人细腰,歌舞轻盈;忽忽十年已过,昔日的扬州生活恍如一场梦,只赢得青楼里薄情寡幸的名声。“赢得”二字,调侃中含有辛酸、自嘲、悔疚之情。

杜牧生性浪漫,而对女性较为同情,曾创作两首五言长篇,分写两位历经沧桑的女子,一是《张好好诗》,张好好十三岁为歌伎,较早与杜牧相识、相知,为人妾后,两人多年不见,再相遇时,张好好在洛阳东城的酒店卖酒,杜牧同情其被薄情的丈夫抛弃、沦落至当垆卖酒的遭遇,写相赠,颇有“同是天涯沦落人”之感:“怪我苦何事,少年垂白须。朋游今在否,落拓更能无。”另一是《杜秋娘诗》,杜秋娘颇有才,蘅塘退士所选《唐诗三百首》的末篇即其诗《金缕衣》:“劝君莫惜金缕衣,劝君惜取少年时。花开堪折直须折,莫待无花空折枝。”当是秋娘身为歌伎时所唱名作。杜秋娘经历曲折,曾为宪宗的秋妃,穆宗时卷入权力斗争中,被撵回金陵老家,杜牧见其衰老穷困,有感而发。二诗叙事、议论、抒情三者融为一体,气格劲健,古朴醇厚。女子颇有同情心。杜牧曾在湖州对一个十来岁的小女孩一见钟情,约定十年后来娶,却十三年后才去,女孩已经出嫁生子,故写诗《叹春》:“自是寻春去较迟,不须惆怅怨芳时。狂风落尽花底色,绿叶成阴子满枝。”叹息错过姻缘。他笔下的女性形象温婉动人,《秋夕》:

银烛秋光冷画屏,轻罗小扇扑流萤。
天阶夜色凉如水,卧看牵牛织女星。

写秋夜清冷的宫室环境和氛围,一名宫女拿着小罗扇在扑流萤,无聊中带点活泼;这是一名妙龄女郎,坐在清凉的石阶上抬头仰望,见牛郎织女于今晚的七夕之夜相会,从而显示宫女身处深宫的孤单寂寞,词浓意婉,含蓄有韵味,寄托有思致。

杜牧的七绝佳作甚多,他善于写景如画,情景交融,《清明》是著名的节日诗：

清明时节雨纷纷，路上行人欲断魂。
借问酒家何处有，牧童遥指杏花村。

诗写清明时节，行人遇雨所作。首句写路上情景，雨密人疏；次句引出行人之境况，凄冷困窘；三、四句写行人只好问路边的牧童，何处有酒家可避雨、饮酒暖身，牧童遥指远处答“杏花村”。此诗收入文献，目前最早的是南宋中期的类书《合璧事类》和《锦绣万花谷》，均未言作者，后者只说是唐诗；列名杜牧的是南宋末年的刻本《分门纂类唐宋时贤千家诗选》，因此有学者认为此诗非杜牧之作。鉴于唐诗在流传过程中的散佚情况和口耳传播方式的不稳定性，以及当今学界文献考证方式存在的逻辑缺陷与疏漏和证据薄弱、结论武断的特点，笔者认为：未有铁证指明《清明》诗的其他确切作者之前，此诗仍应系于杜牧名下。杏花村在何处，历来有多种说法，最早有宋初乐史《太平寰宇记》卷九十“昇州”所记：“杏花村在（江宁）县理西，相传为杜牧之沽酒处。”即南京说，另有山西汾阳、湖北黄州、池州贵池西郊等说法，其实诗中不必是实指。此诗一气呵成，叙事性强，又具画面感，情景交融，易引起人们的心灵共鸣，广为传诵。另一首名篇《山行》：

远上寒山石径斜，白云生处有人家。
停车坐爱枫林晚，霜叶红于二月花。

诗人将秋日山行所见景色娓娓道来，远处的寒山为大背景，石路弯曲、白云缭绕、山居人家、枫林红叶，构成一幅色彩明丽、动静交融的山林赏秋图，布局精巧，构思奇特，末句道出诗人在枫林流连忘返的原因：经霜的枫叶比二月的春花更加绚烂红艳。诗歌意境优美，情韵悠扬，精神发越，展现出秋日如春天般的蓬勃生命力，清人黄叔灿《唐诗笺注》：“‘霜叶红于二月花’，真名句。诗写山行，景色幽邃，而致也豪荡。”一经道出，即成留诵千口的好诗！

他的咏物诗也是形象生动，美丽如画，如《鹭鸶》：

雪衣雪发青玉觜，群捕鱼儿溪影中。
惊飞远映碧山去，一树梨花落晚风。

首句写鹭鸶（即白鹭）雪白的羽毛、淡青黄色的嘴，外形雅洁高贵；它们成群结队站在小溪中捕鱼，身姿优美，倒映水中；三、四句描绘鹭鸶惊飞远去的画面，山之青色与鸟之白色相互映衬，色彩鲜明，动静兼备，鹭鸶渐飞渐远，洁白的身影宛如飘落的梨花在晚风中飞舞。诗人抓住鹭鸶的形象、姿态来描写，巧用比喻，清丽新颖，美妙空灵，极具画面感和立体感。《紫薇花》："晓迎秋露一枝新，不占园中最上春。桃李无言又何在，向风偏笑艳阳人。"赞美清晨初开的紫薇花娇艳带露，不与百花争春，秋天的桃李花早已凋零，只有紫薇花在秋风中绽放笑脸。此诗用拟人的手法，设想奇妙，对比鲜明，突出表现了紫薇花的高洁风骨和谦逊品格；花之绽放，如在眼前，以花喻己，含有寄托。

中晚唐咏史诗蔚为大观，对历史的反思与缅怀，结合个人抒怀与景物描写，咏史、怀古之作在立意取境上都有了新的开拓。杜牧就是擅长写咏史诗的佼佼者之一，他多采用七绝诗体来描绘历史陈迹，感悟古今变迁，如《赤壁》：

折戟沉沙铁未销，自将磨洗认前朝。
东风不与周郎便，铜雀春深锁二乔。

赤壁是三国时期孙、刘联军大败曹军的著名战场，原址在今天的湖北省赤壁市内，这是武赤壁。而湖北黄冈市有赤壁山，山之最西端状如鼻梁，颜色赭赤，形成矶头，称赤鼻矶，当地误传为赤壁，宋代苏轼《赤壁赋》即书写此地，后人遂有文赤壁之称。杜牧此诗或作于黄州（今黄冈）刺史任上，游览之地或为赤鼻矶。诗人看见一支折断的铁戟，辨认出是当年赤壁之战遗留下来的残损兵器，有感于三国英雄的成败得失，遂发议论：假如没有那场东风给周瑜带来火攻的优势，江南美女大小乔就会被收入曹操的铜雀台了。此诗托物咏史，翻出新意。《题乌江亭》：

胜败兵家事不期，包羞忍耻是男儿。
江东子弟多才俊，卷土重来未可知。

首两句言胜败乃兵家常事，兵败时要忍辱负重，才是大丈夫所为；后两句设想项羽回江东重整旗鼓，或能卷土重来。杜牧以兵家的眼光来讨论战争成败之理，惋惜西楚霸王项羽在乌江亭负气自刎，批评他未能忍受兵败耻辱而放弃东渡、东山再起。诗人对已有结果的历史提出个人推想，显示其史识卓越、不落窠臼，而这种永不言败、不气馁的精神，有着积极的意义。再如《过华清宫三首》，诗人路过骊山时怀想起唐玄宗与杨贵妃的前尘往事，有感而写，其一写玄宗为博贵妃开心、倾力运送荔枝之事，“长安回望绣成堆，山顶千门次第开。一骑红尘妃子笑，无人知是荔枝来”，暗含讽喻，立意出奇；其二：“新丰绿树起黄埃，数骑渔阳探使回。霓裳一曲千峰上，舞破中原始下来。”其三：“万国笙歌醉太平，倚天楼殿月分明。云中乱拍禄山舞，风过重峦下笑声。”二诗皆讽刺玄宗耽于玩乐，荒废朝政：前一首刺其对安禄山谋反懵然不知，宠信依旧，战火骤起，惊破霓裳羽衣舞；后一首嘲所谓太平盛世，安禄山的胡旋舞引发贵妃的开怀大笑，通过场景的描写来表达辛辣的讽刺。

杜牧的咏史怀古往往与写景抒情相结合，意境幽美，宛如图画，含蓄精练，韵味隽永，如名篇《泊秦淮》：

烟笼寒水月笼沙，夜泊秦淮近酒家。
商女不知亡国恨，隔江犹唱后庭花。

秦淮河源出南京溧水区东北，传为秦始皇南巡时开凿，通淮水，故称秦淮河，流入长江。杜牧此诗是夜泊秦淮时的见闻和感想，首句用互文，描绘了冷月、轻烟笼罩下的河水、沙洲，那朦胧凄迷的夜景；次句写诗人在秦淮河边的酒家附近停舟；三、四句用典，南朝陈后主宠幸贵妃张丽华、孔贵嫔等人，荒淫享乐，作《玉树后庭花》等艳词来取乐，终至亡国，杜牧用此典故来讽喻统治者醉生梦死，抒发对国家命运的深切忧虑。此诗情景事有机结合，如绘制一幅朦胧月夜泊舟图，意境凄美而悲凉，情感悲痛中含讥讽，感慨甚深而寄托甚微，音节神韵皆至妙境，不愧为唐人七绝的压卷之作。《登乐游原》：

长空澹澹孤鸟没，万古销沉向此中。
看取汉家何事业，五陵无树起秋风。

乐游原在长安城南，曲江北面的高原上，可俯视京城。诗人秋日登上乐游原，看见天空清旷高阔，孤鸟远飞，消失天际，悠悠历史，销沉无迹；望着远处西北方向的五陵，那是埋葬汉高祖刘邦的长陵、汉惠帝刘盈的安陵、汉景帝刘启的阳陵、汉武帝刘彻的茂陵、汉昭帝刘弗陵的平陵，诗人感慨：这些西汉王朝的统治者生前建立了何等强大的功业，如今也不过是长埋黄土，陵墓上的树在秋风吹拂下摇晃萧瑟。诗人把历史兴亡、人世盛衰之感托寓在景色的描写当中。《江南春》一诗写明媚美丽的江南春光和烟雨凄迷的楼台景色，仿佛江南春色图的几幅剪影："千里莺啼绿映红，水村山郭酒旗风。南朝四百八十寺，多少楼台烟雨中。"蕴含在景物描写之中，是诗人对南朝统治者佞佛误国的感讽，委婉含蓄，意味悠长。《金谷园》一诗是杜牧路过金谷园遗址所作。诗人想象当年的极尽奢丽，园主人西晋石崇富甲天下，他的爱妾绿珠忠心不贰，拒绝孙秀的求取而决然坠楼自尽，忍不住叹息："繁华事散逐香尘，流水无情草自春。日暮东风怨啼鸟，落花犹似坠楼人。"如今繁华不再，人事全非，只有流水依然，春草郁郁；斜阳映照，怨鸟哀鸣，风吹落花，片片坠地如绿珠坠楼，芳香尽销。句句景，声声情，层层入，意味隽永，哀婉凄清。

杜牧颇得牛僧孺的赏识，但杜家与牛之政敌李德裕的李家为世交。身处牛李党争的倾轧之中，杜牧的处境复杂微妙，其政治仕途几度沉浮，投闲置散成为常态，心中抑郁苦闷也多，如《将赴吴兴登乐游原一绝》：

清时有味是无能，闲爱孤云静爱僧。
欲把一麾江海去，乐游原上望昭陵。

诗人即将离开长安、奔赴浙江湖州，先到乐游原上散散心，登高寄慨。前两句自嘲清闲时有趣味却无作为，如孤云般自在，如和尚般清静；后两句写不如手持旌麾，远去江海，临近出发，在乐游原上远望太宗的昭陵，不舍、郁闷、慷慨等复杂情绪萦绕心头。诗歌深刻又简练，沉郁又含蓄，得风人遗意。《书怀》："满眼青山未得过，镜中无那鬓丝何。只言旋老转无事，欲到中年事更多。"抒发岁月流逝、尘事繁杂的无奈。《读韩杜集》:“杜诗韩集愁来读,似倩麻姑痒处搔。天外凤凰谁得髓?无人解合续弦胶。”写自己在愁闷时读杜甫诗、韩愈文集,如请麻姑搔痒般舒爽;谁能获取天外凤凰的精髓呢?可叹无人可解续弦胶是用凤喙与麟角合煎而成的做法了。诗人的愁闷来自国家的内忧外患及抱负成空的抑郁,从杜诗韩笔中获取精神力量,流露对杜、二人的钦佩,后两句用比喻来表达对现实颓势难以挽回的无奈。起结皆以愁,首尾相应,巧设问答,错落有致,饶有意味。《送隐者一绝》:“无媒径路草萧萧,自古云林远市朝。公道世间唯白发,贵人头上不曾饶。”前两句写隐者无人援引,遁迹云林,萧疏荒凉;后两句发议论,指出世间最公道的是人人年老皆生白发,富贵之人亦不例外,从而鞭挞社会扼杀人才之不公。诗人颇有共鸣之心,故后两句富有批判力量,劲健昂扬,痛快淋漓,又机趣幽默。

杜牧的律诗约有170首,时有古调、拗句,表现出劲直峭健、古朴潇洒的风格。五律《题扬州禅智寺》:

雨过一蝉噪,飘萧松桂秋。
青苔满阶砌,白鸟故迟留。
暮霭生深树,斜阳下小楼。
谁知竹西路,歌吹是扬州。

时在洛阳任监察御史的杜牧为治其弟杜顗的眼疾,告假带眼医前去扬州城东的禅智寺探视。此诗写雨后蝉噪、松桂摇曳的初秋景色,绿苔满台阶,白鸟来回飞,树林深处,暮色渐浓,夕阳映照,小楼影斜,谁知这条寂静的竹西路,通向歌舞喧闹的扬州城,诗人身处静寂之中,悲凄伤感,油然而起。诗歌动静结合,视听兼备,明暗转换,冷寂与繁华对比,禅智寺的幽静与热闹的扬州城相互映衬,构思精巧,珠联璧合。七律咏物诗《早雁》:

金河秋半虏弦开,云外惊飞四散哀。
仙掌月明孤影过,长门灯暗数声来。
须知胡骑纷纷在,岂逐春风一一回?
莫厌潇湘少人处,水多菰米岸莓苔。

首联写秋飞的雁群被回鹘士兵拉弓射箭，惊飞四散，哀鸣不已；颔联写夜月映照孤飞的雁儿，影子掠过承露仙人的手掌，哀鸣传到昏暗的长门宫；颈联写胡人侵略北边，春回大地时也不能归还；尾联感叹雁儿只能栖息荒凉少人的潇湘一带，尚有水边的菰米绿苔可充饥。全诗采用比兴象征手法，描写细腻，生动传神，借明月孤影、暗灯哀鸣来烘托出清冷孤寂的氛围，以雁儿不能归还、流落他乡来比喻战争中流离失所的人民，寄予深切的同情，风格婉曲悲凉，清丽柔厚。七律名篇《九日齐山登高》：

江涵秋影雁初飞，与客携壶上翠微。
尘世难逢开口笑，菊花须插满头归。
但将酩酊酬佳节，不用登临恨落晖。
古往今来只如此，牛山何必独沾衣。

诗人在重阳节与友人登高望远。首联写秋景清旷，江水倒映，大雁南飞，携友挈酒，共上翠微山；颔联写衰乱的尘世中，难得畅怀大笑，菊花盛开时节，要插满头而归；颈联写重阳佳节，适宜纵酒大醉，登临远眺时，不必叹恨落日余晖；尾联写自古至今，兴衰变化是必然，何必像齐景公一样牛山涕泣呢。杜牧此诗为安抚友人张祜的失意情绪而作，宽慰中有悲哀，旷达中含不平。此诗诗意曾被当代歌曲《中华民谣》化用，“朝花夕拾杯中酒，寂寞的人在风雨后；醉人的笑容你有没有，大雁飞过菊花插满头”，引用颔联的含意和意象。

二、李商隐

李商隐（约813—858），字义山，号玉谿生、樊南生，怀州河内（今河南沁阳）人。十岁丧父，家境清贫。十七岁得到令狐楚的赏识，学习骈文，后成为骈体文大家。二十五岁登第，入泾原节度使王茂元幕，王将小女儿许配与他。令狐楚属牛党，王茂元与李德裕交好，李商隐卷入牛李党争的政治漩涡，倍受排挤，一生沉沦下僚，穷愁潦倒。他曾在王屋山学道两三年，对其思想、创作有一定影响。大中元年（847），随桂管观察使郑亚赴桂林一年。大中五年（851）春夏，其妻王晏媄病逝；秋天，入四川梓州任西川节度使柳仲郢的参军，对佛教产生兴趣。大中末年，病逝于郑州，年仅四十六岁。李商隐有《樊南集》《玉谿生诗》《李义山诗集》等，传诗约六百首，以反映家国民生的时政题材和抒发个人情感为主，咏史诗成就高。善于用典，构思缜密，语言清丽，形式优美，诗歌章法跳跃多变，情意委婉曲折，营造出朦胧的意境和复杂的心灵世界。尤擅于七律，深情绵邈，绮丽精工，寄托遥深，“秾丽中时带沉郁”。

李商隐心思细腻，才思灵敏，笔调柔婉，其爱情诗独具特色，包括展现夫妻情感的诗歌和对象不明的无题诗。他与妻子王晏媄伉俪情深，王氏出身富贵，聪慧美丽，温良贤惠，悉心照料家庭。名作《夜雨寄北》即两人聚少离多的生活反映，李商隐通过写巴山夜雨的秋景，表达客居异乡的寂寞和对妻子的深切思念。

君问归期未有期，巴山夜雨涨秋池。
何当共剪西窗烛，却话巴山夜雨时。

这是一封回复妻子的信件。开篇以问答的形式，告诉对方归期难定，动人心弦；次句写今夜的巴山秋雨连绵，雨水涨满了池塘；三、四句展望来日，夫妻团圆之时共在西窗下剪烛花，所谈的却是此时此刻我们的相思之情，如巴山夜雨般不绝如缕。在诗里，雨为成意象，既是阻隔夫妻团聚的象征，又有思念连绵的寓意。诗人身在今日此地，而想他日彼地之忆今日此地，时空转换、回环往复十分巧妙，融合无间。桂馥《札朴》说：“眼前景反作后日怀想，此意更深。”此诗构思新巧，虚实相生，语短情长，质朴自然而深婉隽永，抒发了孤寂的情怀和对妻子的深深思念。李商隐三十八岁那年，比他小十岁的王氏去世了，他用血泪写成的悼亡诗《悼伤后赴东蜀辟至散关遇雪》：

剑外从军远，无家与寄衣。
散关三尺雪，回梦旧鸳机。

诗人奔赴东川任职途中遇上大雪，漂泊苦寒之中，想起妻子的亡故，悲痛万分，凄戚地感叹：我要到僻远的剑阁之外从军，却不再有家中的你给我寄寒衣了;大散关的雪足足有三尺这么厚,我只有在梦里才见到你坐在织机旁为我制衣。隆冬行旅,诗人孑然一身,衣衫单薄,已无家而作有家之想,“悲在一‘旧’字”(姚培谦语),“旧鸳机”的意象入梦,恍惚见妻子仍在家中劳作,以梦中重见妻子之乐景更衬现实的丧妻之痛,万般凄苦,不忍卒读。诗歌朴素洗练,深情绵邈,倾泻了诗人内心无比的哀痛和悲思。洪迈《唐人万首绝句选评》曰:“此悼亡诗也。情深语婉,意味不尽,义山五绝中压卷之作。”

李商隐创作了一系列以无题为诗题的爱情诗,旨意隐秘,具有朦胧美,广受世人喜爱。集中以《无题》为名的诗歌约二十首,其中五首或因失题而冠以“无题”之作;又有近三十首取句首二字为题,堪称“准无题”诗;部分有题目的诗,从意境、风格来看,可视为“类无题”诗。这些诗歌部分有寄托,寄寓政治失意,感慨人生;大部分属于情诗,书写男女之间暧昧、短暂、迷惘、相思、离恨的情感。无题诗有的用五古或五律的形式,五古的如《无题二首》其一:

八岁偷照镜,长眉已能画。
十岁去踏青,芙蓉作裙衩。
十二学弹筝,银甲不曾卸。
十四藏六亲,悬知犹未嫁。
十五泣春风,背面秋千下。

诗人按时间顺序描绘一个少女从童年到青年的典型事例,寄寓青春流逝、无人欣赏的悲哀。八岁时喜欢偷偷照镜子,能给自己画长眉了;十岁到野外踏青,以芙蓉花来装饰裙衩;十二岁学弹筝,拨弦的银甲不舍得脱下;十四岁怀春羞涩,躲避家族男子,猜想何时能出嫁;十五岁在春风中哭泣,背对着秋千,忧虑年华易逝、前途未卜。诗人善于描绘女性的心理,少女成长中的爱美之心,以及长大后怀春待嫁之幽怨苦闷,都刻画生动。这位少女的形象,实质上是融入了诗人的形象,以此来寄寓自己富于才华、渴求仕进遇合的想法。其二“幽人不倦赏”则是一首五律,写秋暑之景虽美,幽人亦觉惆怅、寂寥,故不邀宾客同游,“此地如携手,兼君不自聊”,以免对方也跟着一起烦愁。《无题》“照梁初有情”亦是五律,写女子之相思情切,“锦长书郑重,眉细恨分明。莫近弹棋局,中心最不平”。《无题》:“紫府仙人号宝灯,云浆未饮结成冰。如何雪月交光夜,更在瑶台十二层。”则是一首七绝，刻画了一位名叫宝灯的仙子，在云浆结冰、雪月交辉的寒夜里，却站到了瑶台的最高层，不知在期盼什么？冰雪飘缈，冷月映照，孤独凄美的仙子，构成凄冷幽清的意境。

更多的无题诗采用精工的七律形式，如《无题二首》其一：

昨夜星辰昨夜风，画楼西畔桂堂东。
身无彩凤双飞翼，心有灵犀一点通。
隔座送钩春酒暖，分曹射覆蜡灯红。
嗟余听鼓应官去，走马兰台类转蓬。

这首名篇为人传诵，尤其是颔联，成为形容恋人间心灵感应的绝妙句子。此诗首联点出故事发生的时间、地点，但指向却含糊，时间是昨夜，地点在画楼的西边、桂堂的东边，氛围有星光闪耀、春风吹拂，温馨旖旎，正是约会的好时节。颔联点出恋人间的心迹，身体不像彩凤凰那般长有双翼可瞬间飞至，心却和犀角中心的髓质一样如一条白线贯通上下与你相通；此二句对仗工整，比喻贴切，生动传神，一无一有的对比，相互生发。颈联写两人在宴会中玩藏钩传送、猜物的游戏，隔着座位，不同分组，却默默传递着情意，喝着暖暖的春酒，两颗心如红彤彤的蜡灯心。尾联叹息自己听到卯时（凌晨5时至7时）官府召集僚属的鼓声，只能如蓬草飞转般离去，到秘书省上任了。这首诗开头用倒叙的手法，昨夜与情人相见的温馨一幕已成为回忆，连用“昨夜”，复迭成韵，形成唱叹；两人之间存在隔阻与传送，宴会上灯红酒绿，觥筹交错，两人不同组，却通过游戏而暗通，送钩是传钩于某人手中藏着让对方猜，射覆是藏物于巾盂之下让人猜，不中者罚酒；两人在间隔中有契合，显示出苦闷中的欣喜，寂寞中的慰藉，又有凤凰鸟和犀牛角的加持，两者皆为神圣灵异之物，更增添了神异色彩。这种爱情阻隔的主题直到今天仍然十分流行，举两首歌，一是迪克牛仔《三万英尺》：“远离地面，快接近三万英尺的距离，思念像黏着身体的引力，还拉着泪不停地往下滴。”张学友的《这么近那么远》：“我，留着你在身边，心，仍然很远。……我想伸手拉近点，竟触不到那边。”前者是时空的阻隔，后者是心灵的阻隔。

《无题四首》的前两首也是七律名篇：

其一

来是空言去绝踪，月斜楼上五更钟。
梦为远别啼难唤，书被催成墨未浓。
蜡照半笼金翡翠，麝熏微度绣芙蓉。
刘郎已恨蓬山远，更隔蓬山一万重！

其二

飒飒东风细雨来，芙蓉塘外有轻雷。
金蟾齧(niè)鏁(suǒ)烧香入，玉虎牵丝汲井回。
贾氏窥帘韩掾(yuàn)少，宓(fú)妃留枕魏王才。
春心莫共花争发，一寸相思一寸灰。

两诗都是书写刻骨相思之情。前一首的主人公开口即埋怨：你说过来看我，原来只是一句空话，一走之后就杳无踪影；让我彻夜等待，直到月斜天际，五更钟响。接着展开写晚上守候产生的种种感觉：恍惚入梦，却是你我离别之际，我如何叫唤，你头也不回；奋笔疾书，倾诉心中的情意，却发现墨还未磨好；残烛的余光半照着用金线绣有翡翠鸟的帷帐上，烧剩的麝香依稀浮动在芙蓉被上。尾联用刘晨、阮肇重返天台山寻访仙侣不遇的故事，来抒发渺然难见的遗恨：刘郎叹恨仙女所在的仙山遥不可及，何况你我之间还隔着一万重的蓬莱仙山！点出爱情阻隔的主题。整首诗用倒叙法来写，从梦醒写起，把梦境与实境、虚幻与现实交错糅合，营造出疑梦疑真、半梦半真的朦胧意境，迷离惝恍，动人情怀。后一首从屋外环境入手，飒飒东风吹来阵阵细雨，雨丝缠绕如心绪凄迷；轻轻的雷声从芙蓉塘外传来，如车轱辘转动的声音。颔联写人物的举动：开启金蟾口咬的鼻钮，把香料放入香炉；转动玉虎形状的辘轳，缠绕井索，汲上井水；两句的"香""丝"谐音"相""思"，暗示的意蕴很明显。颈联连用两个浪漫的典故：对应诗的第三句烧香，第五句用韩寿偷香之典，西晋贾充的女儿在帘后窥见韩寿貌美，暗通款曲，盗父亲的西域异香赠寿，贾充知后，将女儿下嫁；对应诗的第四句汲井，第六句用甄后留枕之典，曹植离京回封国途中，宿于洛水边，洛神宓妃爱慕其才，梦中相会，植遂作《洛神赋》。尾联发出内心的呼喊：爱情萌动的春心不要和春花争荣竞发，因为每一寸相思都化成了灰烬！这种美好的向往却在寂寞的等待中变成无望、痛苦。前一首诗是夜思情人远去，无法相聚而感叹不已;后一首则是白天久候不至,期待相聚却终究绝望。两诗构思精巧,意境朦胧,情思沉挚。

《无题二首》亦是描写相思的七律佳篇:

其一

凤尾香罗薄几重,碧文圆顶夜深缝。
扇裁月魄羞难掩,车走雷声语未通。
曾是寂寥金烬暗,断无消息石榴红。
斑骓只系垂杨岸,何处西南待好风?

其二

重帏深下莫愁堂,卧后清宵细细长。
神女生涯原是梦,小姑居处本无郎。
风波不信菱枝弱,月露谁教桂叶香?
直道相思了无益,未妨惆怅是清狂。

第一首开篇写室内挂着几重织有凤纹的薄罗帷,香气氤氲,烛光映照,身影摇动,原来是一名闺中女子深夜里仍在缝制青碧花纹的圆帐顶,如一幅深夜缝制图,环境和时间、人物皆有,却不明确,显得隐晦、迷蒙。颔联应是回忆别离之际,手中的团扇裁成圆月之形,却难以遮掩娇羞的面容,你乘的车子渐渐走远,如雷声隐隐,此后片语难通。颈联回到现实,已是长夜寂寥,铜灯盏上的残烬渐暗,石榴花又已绯红,而你依然渺无音讯。尾联感叹未来,斑骓马儿啊,只应系在垂杨岸上,不知何时,才能等到西南吹来的好风,就是你回来的时候啊!第二首也是从环境入手,层层帷幕,深垂闺房,莫愁女深宵独卧,长夜漫漫;居室中弥漫着一层幽怨。颔联用典事来抒发女子内心的感叹:巫山神女得与楚王相会,原只是一场梦,真实的生涯像小姑那样独处,本没有情郎。接下来用比喻的手法来描写,菱枝柔弱,怎敌风波险恶?桂叶飘香,岂因月露凄冷?诗人用菱枝与桂叶来比拟,柔美玉质,偏遇上爱情的摧折和冷漠,却自带怜惜与孤傲。尾联劝慰自己,即便相思了无益处,不妨为爱惆怅,如痴似狂。二诗都追忆了短暂的甜蜜相会,一笔带过,更多着墨在空闺寂寞的氛围、心理、情绪上,表达对爱情的渴望与惆怅,内涵丰富,婉转深远。

《无题》是爱情诗的名篇,尤以第一句的见、别"两难"最为脍炙人口,颔联写春蚕吐丝、蜡炬燃烧的奉献精神,在当代社会常用来比拟教师之高尚情操。

相见时难别亦难,东风无力百花残。
春蚕到死丝方尽,蜡炬成灰泪始干。
晓镜但愁云鬓改,夜吟应觉月光寒。
蓬山此去无多路,青鸟殷勤为探看。

首联写离别场景,古人所重"别易会难",李商隐此处说:相见不易,离别尤难。在古代交通、通讯困难的条件下,天涯海角,会聚到一起须经历许多周折;临别之际,互道珍重后即刻渺然相隔,故别易会难;诗人则因相见难,强调离别的不舍,故难,在古语的含意更翻进一层新意;离别之时的黯然神伤,对周围事物的感知也就变得零落伤感了,东风无力,百花凋残。颔联用象征的手法,以春蚕、蜡炬自喻,情思至死方吐尽,燃烧成灰泪才干,从而抒发挚诚至深的爱情。颈联写晨起梳妆,对镜自伤年华逝去,云鬓渐斑;夜晚吟读,久站应觉月寒露冷,清辉洒身;前一句是女子的口吻,后一句应是女子想象对方。尾联接着前面诗意,表达女子遥想对方的所在,以蓬莱仙山来代表,离这儿有多远呢?先派信使青鸟前去探路吧。从诗当是久别思念所写,情感千回万转,从开篇的基调低沉,情绪低落,再写痴情苦恋之深重,进而抒发年华渐去的愁绪,再想像对方的日常情景,又设想两人间的距离,表达前去相见的愿望。全诗情感绵缈深沉,语言华丽自然,意境凄清优美,深情丽藻,千古无双,言情至此,真可以惊天地而泣鬼神!

李商隐的"准无题"诗也写得相当出色。《锦瑟》最享盛名:

锦瑟无端五十弦,一弦一柱思华年。
沧海月明珠有泪,蓝田日暖玉生烟。
庄生晓梦迷蝴蝶,望帝春心托杜鹃。
此情可待成追忆,只是当时已惘然。

《汉书·郊祀志》载:"太帝命素女鼓五十弦瑟,悲,帝禁不能止,故破其瑟为二十五弦。”可知瑟最早是五十弦，乐音悲，后世弦通常为二十五弦。诗人开篇质疑：手中这具精美的瑟为何是五十弦呢？每一弦每一柱都让人追忆青春年华啊。接下来四句连续用典，对仗精工，描绘了庄生梦蝶、杜鹃啼血、沧海珠泪、良玉生烟这四幅富有意境的图景：庄周梦中化为蝴蝶翩翩起舞，醒来不知是庄周梦蝶还是蝶梦庄周，迷幻之景；望帝杜宇禅位后隐居西山，后化作杜鹃鸟，二三月时啼血悲泣，幽怨之景；茫茫沧海，明月映照，鲛人泣泪，颗颗成珠，哀怜之景；暖日融融，蓝田玉石生出阵阵青烟，朦胧之景；四景如电影分镜头般一帧帧播放，往日种种情景浮现眼前，表现出诗人内心复杂多变的情感。最后一联感慨往日的恩爱情义早已过去，只剩下追忆，皆因为当时人在其中，心中惘然一片，不懂珍惜。此诗借咏物来咏怀，采用比兴、象征、典故等多种手法，展现人生的忧伤、抑郁之情，词藻华美，情真意长，意境优美。

关于此诗的主旨，素有“一篇《锦瑟》解人难”的概叹，现有十几种说法，其中较有代表性的有：1. 宋人胡仔《苕溪渔隐丛话》记载黄朝英假托苏轼之名说是描绘音乐的咏物诗，锦瑟有适、怨、清、和四种声调，颔联、颈联每句各咏一调；或是听瑟曲之说。2. 恋情说。宋人刘攽认为“锦瑟”是令狐楚家婢女名；清人屈复《玉溪生诗意》将其定为“男女慕悦之词”。3. 悼亡说。清人姚莹《论诗绝句》：“《锦瑟》分明是悼亡，后人枉自费平章。”清人冯浩认为是追怀亡妻王氏所作，是悼亡诗；何焯《义门读书记 · 李义山诗集》亦持此观点，首特借素女鼓五十弦之瑟而悲、泰帝禁不可止以发端，言悲思之情有不可得而止者；次悲其遽化为异物；复悲其不能复起之九原；思华年，追忆。4. 寄托说。清人多用比兴寓托来解说，朱鹤龄态度矜慎，不作强解，不牵扯具体人事以实之。吴乔从牛李党争的政治背景出发，结合义山的仕途，将无题诗说成为令狐绹所作。张孟劬《玉溪生年谱会笺》：沧海句言李德裕已与珠海同枯；蓝田句言令狐绹如玉田不冷。寄托痕迹明显的无题诗有“何处哀筝”“八岁”“照梁”等。5. 伤唐室残破说或忧伤国运说。晚清吴汝伦：“此诗疑为感国祚兴衰而作。五十弦，一弦一柱，则百年矣。盖自安史之乱至义山作诗，时几百年也。‘梦迷蝴蝶’，谓天宝政治昏乱也；‘望帝春心’，谓上皇失势之乱也；‘沧海明珠’，谓利尽南海；‘蓝玉生烟’，谓贤人憔悴也。结言不但后人感悼，即当时识者已有颠覆之忧也。”岑仲勉《隋唐史》：“余颇疑此诗是伤唐室之残破，与恋爱无关。”6. 自题诗集说。程湘衡谓此义山自题其诗以开集首者，次联言作诗之旨趣，中联又自明其匠巧也。钱锺书先生认为是李商隐总结生平创作体验的论诗诗,自述生平创作甘苦的诗论。无端就是无来由。首两句言景光虽逝,篇什犹留,毕世心力,平生欢戚,“清和适怨”,开卷历历,犹所谓“自有恨”,而“借此中传”。三、四句言作诗之法也。心之所思,情之所感,寓言假物,譬喻拟象;如庄生逸兴之见形于飞蝶,望帝沉哀之结体为啼鹃,均词出比方,无取质言。五、六句言诗之风格或境界,犹司空图之形容诗品。末两句言前尘回首,怅触万端,顾当年行乐之时,即已觉世事无常,搏沙转烛,黯然于好梦易醒,盛筵必散。登场而预有下场之感,热闹中早含萧索矣。钱锺书《谈艺录》:“《锦瑟》一篇借比兴之绝妙好词,究风骚之甚深密旨,而一唱三叹,遗音远籁,亦吾国此体(指以诗评诗)绝群超伦者也。”7. 自伤身世或自叙平生说。张采田的《李义山诗辨正》以“悼亡诗定论”,《玉溪生年谱会笺》又提出“自伤身世说”,强调“斯真定论”。此外有不可知说,近年有学者强调咏物说:所咏之物(锦瑟)—所比之人(怀人)—所托之情(悼亡)—结合自身(自况),又有性梦说等等。以上说法各有一定道理,笔者认为自伤身世、感慨人生更切合诗的主旨,诗人听瑟音,忆往事,各种人生意绪涌上心头,写下此诗。

李商隐一生经历坎坷,有难言之痛、至苦之情郁结心中,发而为诗,幽渺凄伤,反复低回。《锦瑟》与其他无题诗、准无题诗皆具有意旨难定的特点,诗的内容往往隐去具体意象和情感的特指性,从而拓宽了诗的情绪,增大了审美上的随意性。爱情是人类永恒的主题,爱情诗会产生一种共时效应,对一件作品的读解接受,不同时代的读者却得出大致相同的看法,这是经典作品的魅力。同时也有着强大的历时效应,不同时代的读者对同一件作品可能会得出不同的理解。“一千个读者就有一千个哈姆雷特。”我国批评史上的“诗无达诂”萌芽于春秋时代,《左传·襄公二十八》载卢蒲癸语:“赋《诗》断章,余取所求焉。”当时的大夫们在与别的国家进行外交活动时,多取《诗经》中的句子作为外交辞令,往往只取某句话的意思。作为一种理论,始见于董仲舒《春秋繁露·精华》:“《诗》无达诂,《易》无达占,《春秋》无达辞。”诂,指训诂或解释,即以今言释古语;达,指统一、一致;诗无达诂指诗的字词无通释,语义无定解。清人谭献:“作者之用心未必然,而读者之用心何必不然?”作品诞生之后具有其独立性;读者的阅读感受未必完全符合作者原意,这当中存在误读。仁者见仁,智者见智。李商隐无题诗的意旨是纯写爱情还是别有寄托,千百年来众说纷纭,莫衷一是。其爱情对象是妻子王氏还是其他人,解读也存在差异性,清代程梦星、冯浩等人考索李商隐与道姑、女冠的恋爱事迹,现代女作家苏雪林《李义山恋爱事迹考》(又名《玉谿诗谜》)考证其恋爱对象有宫嫔飞鸾、轻凤,有原为宫女后入道观的女道士宋华阳,娼伎等。陈贻焮、葛晓音分别撰写长文,详细考证李商隐与女冠恋爱的经过。李诗中频频出现与道教、仙界有关的人物与意象,月姊、紫姑、桃树、仙子、王母等,如《月夜重寄宋华阳姊妹》:"偷桃窃药事难兼,十二城中锁彩蟾。应共三英同夜赏,玉楼仍是水精帘。"借用东方朔偷吃西王母仙桃、嫦娥偷吃不死仙药的典事,写入道后体验到清规戒律对爱情生活的束缚而产生的精神苦闷。名篇《嫦娥》:"云母屏风烛影深,长河渐落晓星沉。嫦娥应悔偷灵药,碧海青天夜夜心。"写嫦娥偷吃灵药后奔入月宫,长年处于凄清孤寂之中,内心悔恨、自伤。此诗或咏意中人,或诗人自比,皆抒发孤独者对境遇的感受与心灵的感伤。

读李诗,除了欣赏其中的意境美、形象美、典事美、语言美、形式美,还要从诗境的多面性、多层次性着眼,关注诗人复杂的心境:没落的时世,衰败的家世,仕途的失意,爱情的痛苦,各种情绪牵连渗透,难解难分。元好问《论诗三十首》其十二:"望帝春心托杜鹃,佳人锦瑟怨华年。诗家总爱西昆好,独恨无人作郑笺。"以《锦瑟》为例,指出李诗的隐晦迷离,难于索解。清代有文人尝试重组《锦瑟》的文字,当代作家王蒙在《重组的诱惑》中重组为一首七律:"锦瑟蝴蝶已惘然,无端珠玉是华弦。庄生追忆春心泪,望帝迷托晓梦烟。日有一弦生一柱,当时沧海五十年。月明可待蓝田暖,只是此情思杜鹃。"一首词:"杜鹃、明月、蝴蝶,成无端惘然追忆。日暖蓝田晓梦,春心迷。沧海生烟玉。　托此情,思锦瑟,可待庄生望帝。当时一弦一柱,五十弦,只是有珠泪,华年已。"一副对联:"此情无端,只是晓梦庄生望帝。月明日暖,生成玉烟珠泪,思一弦一柱已。　春心惘然,追忆当时蝴蝶锦瑟。沧海蓝田,可待有五十弦,托华生杜鹃迷。"虽有炫弄文字之嫌,但也可知李商隐爱情诗的文字具有一种张力,这种张力来自于诗歌具有的特点:1. 寄托的不确定性。李诗略去具体的爱情细节,隐去主人公的身份,看不出具体的人与事,创作背景模糊。2. 情感基调的一致性。李诗表现出"浓厚的感伤",惘然、无奈、寥落、凄凉、漂泊、遥远和阻隔带来的痛苦,情感的执著与力量。3. 叙事上的模糊性,找不到明显的时空与逻辑顺序,表现的是作者的心灵活动,多是一种情绪、体验、想像、追忆、梦境。4. 意象与典事的统一,营造出幽约、绮丽、深沉的风格美,相似的意境、风格,呈现忧伤而朦胧、雅致又无奈、艳丽又梦幻的特点。5. 形式上的统一性，多采用七律或七绝形式，七律精工，尤其是对仗工整的颔联与颈联，结构具有可更替性，可重组性，可解构之后再重建。李商隐的七律继承了杜甫锤炼谨严、沉郁顿挫的特色，又学习屈原、阮籍、"徐庾"、李贺等人，汲取了香草美人的寄托、悲怆哀怨的情思、诗歌意旨的遥深、精工艳丽的形式、幽约奇丽的象征等创作技巧和风格，形成了深情绵邈、绮丽精工的独特风格，在唐代七律的发展史上成为继杜甫之后的第二座丰碑。他创作的吟咏爱情等主题的无题诗，遂使"无题"几乎成为这类诗的专用诗题。

李商隐在政治上是个悲剧人物，友人崔珏在其死后写诗《哭李商隐》："虚负凌云万丈才，一生襟抱未曾开。"他对功名的追求与蝇营狗苟之辈不同，胸怀社稷苍生，却长期失意，《有感》："中路因循我所长，古来才命两相妨。"《初食笋呈座中》："皇都陆海应无数，忍剪凌云一寸心？"他对挫折敏感，但内心仍有着追求与美好的愿望，《宿骆氏亭寄怀崔雍崔衮》："秋阴不散霜飞晚，留得枯荷听雨声。"《花下醉》："客散酒醒夜深后，更持红烛赏残花。"他的仕途不顺，一方面与其风流不羁有关，更重要的原因是卷入牛李党争之中，清人朱鹤龄、张采田认为其背叛牛党而归李党；清人冯浩提出无党说，当代学者岑仲勉、谢无量等人亦持此观点，认为李商隐对人只重品行，不问党派，主观上无心介入党争；陈寅恪、陈伯海等人则认为其出入两党之间，当时有"放利偷合""诡薄无行"的苛责；陈贻焮对此认为，前人或要求李商隐忠于某一封建主子以致富贵，并根据这一观点去责备他，或惋惜他未能飞黄腾达，都是不正确的。

李商隐写了一百首左右的政治诗，指陈时局，哀叹王朝的衰败，抒发自己的不平与愤慨，如《韩碑》《行次西郊作一百韵》《随师东》《有感二首》等。七律名篇《安定城楼》：

迢递高城百尺楼，绿杨枝外尽汀洲。
贾生年少虚垂涕，王粲春来更远游。
永忆江湖归白发，欲回天地入扁舟。
不知腐鼠成滋味，猜意鹓雏竟未休。

隋代称泾原为安定郡，安定城楼指泾原府治所泾州（今甘肃泾川县北）的城楼。诗歌首句从远处仰望,远处是高耸的百尺城楼;次句从高处俯瞰,翠绿的杨柳枝外尽是水边沙渚。颔联以贾谊、王粲自比,抒发怀才不遇的抑郁。西汉贾谊年少才高,因遭嫉妒,未能获汉文帝重用;李商隐另有咏史诗《贾生》:"宣室求贤访逐臣,贾生才调更无伦。可怜夜半虚前席,不问苍生问鬼神。"西汉贾谊才调绝伦,汉文帝把他从长沙王太傅征召回京,于未央宫祭神的宣室接见,一直听贾谊高论直至深夜,不觉移坐到席子前端,原来是向贾谊询问鬼神的原本,而非治国的良策啊! 诗人感慨贾谊之不遇,33 岁郁郁而亡。东汉王粲才华横溢,流寓荆州时欲依附刘表,却因貌陋而不得志,于春日作《登楼赋》云:"虽信美而非吾土兮,曾何足以少留?"抒发寄人篱下、不受重用的郁郁寡欢之情。颈联表达了年老时归隐江湖的愿望,用范蠡功成名就后携西施泛舟五湖的典事来比拟。尾联用《庄子·秋水》的典事,庄子自比鹓雏,"非梧桐不止,非练实不食,非醴泉不饮",而讽惠子恐庄子代其相位,如鸱得腐鼠;李商隐自拟庄子、鹓雏,志向高远,鄙视、嘲笑那些毁谤中伤的谗佞小人。诗歌语言含蓄犀利,沉着痛快,结构严谨,笔力健举,风骨清峻。

李商隐的咏史诗多借历史题材来讽喻当世,抓住讽刺对象的本质或典型事物来描写,构思巧妙,意味深长,寓意深刻。如《北齐二首》其一:"一笑相倾国便亡,何劳荆棘始堪伤。小怜玉体横陈夜,已报周师入晋阳。"用北齐后主高纬宠幸淑妃冯小怜以至于亡国的历史,来讽喻唐武宗喜畋猎、宠女色的乱政。首句突出小怜之美,典出《汉书·外戚传》李延年歌:"北方有佳人,绝世而独立。一顾倾人城,再顾倾人国。"君主被美色所迷,种下祸根。次句接上句诗意,写不用等到宫殿长满荆棘才开始悲伤;此处用西晋索靖预见天下将乱之典,索靖有先识远量,曾指着洛阳宫门的铜驼叹道:"会见汝在荆棘中耳!"后两句剪裁史材,把时间相隔甚远的两件事拼合在一起,造成一种节奏紧张、因果明显的感觉;小怜进御侍候君主,玉体横陈之夜,战报传来,北周的军队已经攻入晋阳城。诗人借古鉴今,叙事、议论相结合,人物形象生动,对比色彩强烈,把一个香艳镜头与一个危急的镜头组接在一起,产生惊心动魄的效果,警戒的意味浓厚。

统治集团的奢侈生活往往会造成政治腐败、国事混乱,李商隐对此保持清醒、警惕和劝诫的态度,他的《咏史》开篇就发出感慨:"历览前贤国与家,成由勤俭破由奢。"因此,前朝隋炀帝杨广纵侈豪奢,三游江都,行宫极尽奢华,更成为李商隐借古鉴今的吟咏对象,其七绝《隋宫》:

乘兴南游不戒严，九重谁省谏书函。
春风举国裁宫锦，半作障泥半作帆。

前两句写隋炀帝乘兴南游，骄横任性，自以为太平无事，不加戒严；朝廷之中，劝谏的官员已经被杀，有谁还会写谏书去劝阻皇帝南游呢？后两句从正面来铺写杨广南巡的盛况，声势浩大，穷奢极欲，举国上下织制宫锦，一半裁作马鞯，一半制成船帆，耗尽民力。诗歌构思精巧，寓意深刻，富有讽刺力度。李商隐晚年又有七律《隋宫》：

紫泉宫殿锁烟霞，欲取芜城作帝家。
玉玺不缘归日角，锦帆应是到天涯。
于今腐草无萤火，终古垂杨有暮鸦。
地下若逢陈后主，岂宜重问后庭花！

长安的紫泉宫殿空有烟云缭绕，隋炀帝直想把广陵当作帝都。假如不是皇帝的玉玺落到唐高祖李渊手中，隋炀帝乘坐的龙舟还会游遍天涯海角。炀帝曾将景华宫的萤火尽抓，夜出游山放之照明，故诗人感慨：如今隋朝的宫苑已无萤火虫；炀帝命人种植柳树于御道，赐姓杨称杨柳，故诗人叹息：至此只有低垂的杨柳和归巢的乌鸦。陈亡于隋，隋炀帝为太子时与降隋的陈后主叔宝相熟，却没有吸取陈叔宝荒淫亡国的教训，当了天子游江都时，梦中与亡故的陈叔宝相逢，请其宠妃张丽华舞了一曲《玉树后庭花》。李商隐用此典，讽喻隋炀帝：如果在地下重逢陈叔宝的话，还会不会再请张丽华舞《玉树后庭花》吗？此曲绮艳，被人斥为亡国之音，诗人此处特意提起，即讽杨广目睹陈之亡国，仍纵情游玩，终蹈陈叔宝的覆辙，身死国灭。诗人吊古喻今，景色描写与叙事、议论相结合，揭露隋炀帝贪图享乐、任性妄为的本性，昔日宫殿的雄伟、龙舟的华美、游玩的壮举，已烟消云散，留下的是寂冷灰败、凄清荒凉的景色，诗歌虚实结合，对比鲜明，铿锵有力，又含蓄蕴藉，余味无穷。

《马嵬二首》是咏唐朝历史，以李杨爱情悲剧为题材。其一是一首七绝：

冀马燕犀动地来，自埋红粉自成灰。
君王若道能倾国，玉辇何由过马嵬？

前两句写安史之乱爆发，冀州产的马、燕地造的犀甲惊天动地而来，唐玄宗被迫下令缢死杨贵妃，亲手埋葬于马嵬坡，红粉终变灰，自己的心也成灰；后两句议论：君王如果说贵妃真有倾覆邦国之能，他乘坐的玉辇为何还要仓皇出逃马嵬呢？当时人将国家动乱的责任归咎于贵妃身上，却不敢向玄宗问责；诗人认为，真正需要担责的是好色荒淫、疏于朝政的玄宗，故有后两句的设问，把矛头直指君王。其二用七律的形式，对玄宗身为皇帝而众叛亲离的可悲结局加以讽刺和嘲弄。

海外徒闻更九州，他生未卜此生休。
空闻虎旅传宵柝(tuò)，无复鸡人报晓筹。
此日六军同驻马，当时七夕笑牵牛。
如何四纪为天子，不及卢家有莫愁？

徒然闻说海外还有九大州，来世未能预料，今生就这样休止了。空听到随行禁军巡更的刁斗声，不再是宫中安眠时听候的卫士鸡唱报晓。六军停驻在马嵬坡要求玄宗赐死贵妃，哪知道当年玄宗贵妃在七夕夜讥笑牛郎织女分隔两地。为何玄宗身为皇帝四十多年，竟不如卢家夫婿能长伴莫愁！诗人大胆嘲讽玄宗身为天子，却不能保存心爱的贵妃，反不如民间夫妻能相守到老，语调含蓄而指意辛辣，意在言外，尖锐冷峻。此诗用倒叙法，先从白居易《长恨歌》中贵妃死后在海上仙山成仙说起，开篇起得妙，再写玄宗独存的孤凄；五、六句用逆挽法，先写六军驻马、贵妃缢死，再回溯玄宗贵妃在七夕夜长生殿的密誓，排宕工巧。前六句铺写人物故事，末两句议论骤起，批判的锋芒毕露，产生了前后跌宕而浑然一体的奇妙效果。

李商隐的写景、咏物诗也多有佳作，《乐游原》精简浅白而意蕴丰富，美丽如画而哲理深刻，一直广为人们喜爱。

向晚意不适,驱车登古原。
夕阳无限好,只是近黄昏。

诗人在傍晚时分觉得心情不悦,于是驾驭马车登上乐游原;彩霞满天,余晖斜照,眼前的风光绮丽无比,只是接近太阳下山,美景过于短暂。古往今来,写傍晚美景的诗句以此篇末两句为最胜,没有直接铺写的景色,而是以明白如话的叹惜来反衬黄昏景色之美好,毫无雕饰,富于哲理。古人登高望远,临风送目,既赏景散心,又会触景生情。李商隐登原后看见那美丽无限的夕阳晚景,不禁热烈赞美,“只是”表示轻微的转折,诗人在赞赏之余,轻轻喟叹:美景当前,就是接近黄昏。而后世的解读更强调“只是”的转折意味,理解为对美好事物无力挽留的深沉慨叹,李商隐一生怀才不遇,驱车登古原的目的本就为了排遣心中的意不适,见美景后触动思绪,家国之情、身世之感和时空之思相互交织,惆怅万千,那无比的美好就代表着无穷的遗憾!这两句诗蕴含的哲理博大精深,引起人们广泛而热烈的共鸣。

《晚晴》写初夏雨后晚晴,一派清新明净的境界和生意盎然的景象。

深居俯夹城,春去夏犹清。
天意怜幽草,人间重晚晴。
并添高阁迥,微注小窗明。
越鸟巢干后,归飞体更轻。

诗人的视角是自上而下而远,俯瞰城门外的曲城,一派清朗的初夏景象;上天怜爱那幽暗处的小草,傍晚时分,雨后晴明,夕阳映照人间;余晖洒落在高迥的楼阁上,斜映入窗棂,明亮一片;树上的鸟巢晒干了,回巢鸟儿的体态也更轻盈。此诗作于李商隐跟随郑亚到广西桂林当幕僚时,更换了新环境,诗人表现出欣喜、明朗、乐观的心境。颔联选取不被人注意的小草入诗,见小草久遭雨潦后得沾沐余晖,平添生意,而生出天意怜爱之奇想,抒发人间晚晴之美好;这两句用拟人的手法,写出诗人对目前处境的幸遇与欣慰,浑融概括,深有托寓,易引起人们的共鸣而为人喜爱。

李商隐善于以乐景写哀情,如《天涯》:

春日在天涯，天涯日又斜。
莺啼如有泪，为湿最高花。

这首五绝写景咏怀，虽写春日，却伤感凄婉。诗人身在天涯，又值日暮，春色尚在，却满眼凄凉，满耳哀伤，故听闻莺啼如泣，则洒落的泪会打湿最高枝的花儿。诗的首句平直叙起，春日与天涯并提，旖旎的春光与羁旅的愁思相交织，更加深愁思之深重；次句用顶针格，重复天涯二字，强调人在远乡，再进一步指出此刻暮色降临，愁思更浓；三、四句用拟人手法，鸟无意而人有情，故鸟儿也有情有意了，听莺之啼，见最高花，感花之湿，听觉、视觉、触觉等多种感觉并用，移情于物，宛转而奇警，哀艳而动人。此诗“意极悲，语极艳”，明白如话而宛转多姿，语浅而情深，极有韵致和风味。《春日寄怀》同样是一首写春日来抒愁怀之诗，闲居在家的诗人，有花、有月、有春景，但无酒、无人、白发增，诗人仕进无路，蹉跎岁月，心中满是寂寞苦闷和伤感抑郁。

世间荣落重逡巡，我独丘园坐四春。
纵使有花兼有月，可堪无酒又无人。
青袍似草年年定，白发如丝日日新。
欲逐风波千万里，未知何路到龙津。

世间的荣显和衰落本就变化迅捷，独我在家乡徒然空看四度春去春来；即使有花有月相伴，怎奈无酒消愁，无人慰藉；所穿青袍如每年春天的青草颜色不变，头上白发如丝缕丛生每天都有增加；一心想去追逐风波历经千万里，却不知哪条路才能跃过龙门啊！会昌五年(845)秋，李商隐在家服丧四年后准备返京，仍居九品的秘书省正字旧职，时年三十五岁的诗人心怀郁结，借此诗尽抒汲引无门、无人援助的悲哀与痛苦，诗歌情景交融，低回唱叹。咏物诗《流莺》借物抒怀，“流莺漂荡复参差，度陌临流不自持。巧啭岂能无本意？良辰未必有佳期”，寄托自己漂泊无依、命途多舛、抱负难展、佳期难遇的苦闷之情，情思深婉。

专　题

唐诗与唐代女子妆扮文化

唐代女子以丰腴端丽为美，妆扮、服饰都繁复华美，追求时尚和奢华。杜甫《丽人行》、白居易《长恨歌》等诗篇都对女子的妆扮、服饰描绘细致。唐代女子妆扮风气不断改变，贞元、元和年间流行赭面妆，白居易《时世妆》谓："元和妆梳君记取，髻椎面赭非华风。"

唐代女子发式有数十种之多，其中"倭堕髻"最引人注目。倭堕髻亦称堕马髻，源于东汉梁冀之妻孙寿，此女"色美而善为妖态。作愁眉，啼妆，堕马髻，折腰步，龋齿笑，以为媚惑"。堕马髻就是发髻侧在一边，好像人要从马上堕下。白居易《和春深二十首》其七："宋家宫样髻，一片绿云斜。"说明了髻的歪斜特点。刘禹锡《同乐天和微之深春二十首》其十五："追逐同游伴，平章贵价车。从来不堕马，故遣髻鬟斜。"堕马髻的发式易产生媚态。又有高髻，高耸于头上的髻式，也是汉代就出现，唐代从宫廷到民间皆流行，万楚《茱萸女》描绘民间女子形象"山阴柳家女，九日采茱萸。复得东邻伴，双为陌上姝。插枝着高髻，结子置长裾"，刘禹锡《赠李司空妓》描绘高官家妓"高髻云鬟宫样妆，春风一曲杜韦娘"。高髻之长度可高达一尺，元稹《句》："髻鬟峨峨高一尺，门前立地看春风。"陆龟蒙《古态》："古态日渐薄，新妆心更劳。城中皆一尺，非妾髻鬟高。"而这高髻或为假发所制，可以抛掉，如讥讽杨贵妃的民谣《天宝初语》："义髻抛河里，黄裙逐水流。"在梳好的高髻上簪凤钗的称凤髻，簪花的称花髻；形容发髻如云称髻或云鬓；形容髻的形状如鸟儿飞翔的称飞髻。年轻女子多梳鬟，唐诗中多用黄鹂、鸦、蝉来形容飞髻或高鬟，如孟简《咏欧阳行周事》："高髻若黄鹂，危鬓如玉蝉。"曹邺《恃宠》："三十六宫女，髻鬟各如鸦。"未婚的年轻女子多梳双鬟，显得天真烂漫、活泼可爱，刘禹锡《同乐天和微之深春二十首》其十六："何处深春好，春深幼女家。双鬟梳顶髻，两面绣裙花。"

唐代女子化妆有明确的顺序，依次为敷铅粉、抹胭脂、画黛眉、贴花钿、点面靥、描斜红、涂口脂，和现代女性化妆的步骤相似。薛能《吴姬十首》其九："冠剪黄绡帔紫罗，薄施铅粉画青娥。"铅粉敷面，用来增白。如果铅粉加上香料，会散发香气，杜牧《闺情》：“娟娟却月眉，新鬓学鸦飞。暗砌匀檀粉，晴窗画夹衣。”檀粉泛指加了香料的铅粉，细细均匀涂抹。

敷粉后是抹胭脂，古代的胭脂提取自红蓝花的花汁，再配以猪脂、牛髓制成膏状，有滋润皮肤的作用，滑嫩娇艳。如果不涂胭脂，则为白妆；涂胭脂最艳者数“酒晕妆”，白居易《长恨歌》“芙蓉如面柳如眉”即形容抹了胭脂的娇美面容。桃花面也是以桃花之红艳来比喻，徐贤妃《赋得北方有佳》：“柳叶眉间发，桃花脸上生。”

眉之于女性美起重要作用。《诗·卫风·硕人》：“螓首蛾眉，巧笑倩兮。”蛾眉指如蚕蛾触须般细长而弯曲的眉。从《楚辞》开始，“蛾眉”用以指代美女。汉代流行青黛画眉，延续至唐，眉形的式样甚多，玄宗曾命画工完成《十眉图》，含鸳鸯、小山、五岳、三峰、垂珠、月棱、分梢、涵烟、拂云、倒晕眉等十种眉形。眉有长、短、宽、窄、浓、淡、直、弯之别，张籍《倡女词》写“轻鬓丛梳阔扫眉”，元稹《有所教》写“莫画长眉画短眉”。不同时期画眉的风气有所变化，唐初尚宽、浓的阔眉；至开元、天宝年间的细长眉，尚细淡的画法；再到蝴蝶眉、蛾眉等；中唐流行八字眉以配合啼妆，纤细低颦；晚唐化妆趋于怪诞，以悲、怪为美。如果眉形新颖好看，会成为当时女子追逐的风尚，刘方平《京兆眉》写道：“新作蛾眉样，谁将月里同。有来凡几日，相效满城中。”勾勒出当时长安城女子竞相描画新颖眉样的风气。徐凝《宫中曲》云：“一日新妆抛旧样，六宫争画黑烟眉。”罗隐的《宫词》更夸张，“巧画蛾眉独出群，当时人道便承恩”，直接把擅长画眉与君王宠爱挂钩。唐代女子最常画的是柳叶眉，桃花面、柳叶眉成为一种经典；还有就是月棱眉，也称却月眉，眉形弯曲如新月，李白《越女词》：“长干吴儿女，眉目艳新月。”比喻贴切。

画眉之后则是贴花钿，花钿是贴在女子眉间以作装饰的各种花朵形状，又叫花子或媚子，增添风韵和妩媚之感。花钿源于南朝寿阳公主倦卧于殿庭屋檐下时，梅花飘落额上，美丽异常，宫人们纷纷效仿，称“梅花妆”；亦有追溯至三国时吴国宠姬邓夫人用以遮脸上伤疤。唐代十分盛行贴花钿，据说上官婉儿因触怒武则天而被判在额上刺字，特意用花钿来掩饰。《长恨歌》写贵妃赐死后“花钿委地无人收”。简单的花钿是一个小圆点，复杂的有各种各样的花形，以梅花形最常见；还有各式小鸟、小鱼、小鸭等形状；常见的颜色有红、绿、黄等。花钿的材料可用金箔、螺钿、云母、纸、鱼鳞、茶油花饼、蜻蜓翅膀等，背面涂有黏性材料,用时蘸水湿润后再贴上,赵光远《咏手二首》其二写道“舌头轻点贴金钿”;取下的时候也要用水湿润,五代时的花蕊夫人《宫词》有“岸头相唤洗花钿”的描绘。

花钿还可以贴在颊边酒窝处,称之为面靥。面靥起源于后宫妃嫔用以告知自己来月事了,在酒窝处点妆。有酒窝的女子笑起来甜美动人,称为笑靥;贴花钿可起到酒窝的作用。盛唐以前,多用黄豆大小的圆点;盛唐以后,形状多样,形如钱币称为“钱点”,形如杏核称为“杏靥”,饰以各种花卉的谓“花靥”;晚唐五代以后,还增加了鸟兽图形,贴得满脸皆是。描画的材料可用胭脂或颜料点染,元稹《恨妆成》:“当面施圆靥。”也可用金箔、翠羽等各种材料剪成。

接着是描斜红。所谓斜红,是在眼尾接近太阳穴处以胭脂染绘两道红色的纹饰,一般是月牙形,色泽鲜红。三国时,魏文帝曹丕宠爱的宫女薛夜来撞伤面颊后留下了两道伤痕,而恩宠不改,宫女们效仿描画,演变成斜红。中晚唐女子多画斜红,元稹《有所教》写“斜红伤竖莫伤垂”。

最后是涂口脂,即今天的口红。唐代的口脂用蜡加入朱砂粉制成,女子涂于唇上,即朱唇,岑参《醉戏窦子美人》:“朱唇一点桃花殷,宿妆娇羞偏髻鬟。”描画了盛唐女子的妆容。涂口脂时不必沿着唇的轮廓涂满,而是在唇吻中间点上一点,显得小巧动人,即樱桃小口,方干《赠美人四首》其一:“朱唇深浅假樱桃。”唐诗中亦出现“绛唇”,这是在蜡中加入紫草,红色略带紫色,杜甫《观公孙大娘弟子舞剑器行》:“绛唇珠袖两寂寞。”

唐代女子的服装艳丽华美,款式多样。上衣为襦,下衣为裙。襦是常服,多用纯色,也可刺绣花鸟图案。张籍《节妇吟》:“感君缠绵意,系在红罗襦。”下身的裙有长裙、轻薄裙、幅裙、破裙等款式,当时女子喜穿短襦长裙,上窄下宽;长裙的长度要长,甚至曳地,易显华贵。孟浩然《春情》:“坐时衣带萦纤草,行即裙裾扫落梅。”描绘的就是穿长裙的女子。穿的时候要把裙带系在腰线以上,在胸下或齐胸襦裙,有飘逸的效果。宫廷女子流行半臂,这是一种宽口短袖的对襟上衣,没有纽袢,在胸前用缀在衣襟上的带子系住,穿在襦外。张祜《五弦》:“小小月轮中,斜抽半袖红。”半袖即半臂。贵族或宫廷女子多穿以纱罗做的服装,纱衣长裙,尽显曼妙身姿;不穿内衣,轻纱蔽体,或酥胸半露,显示出唐朝的开放性,但不能露出肩膀和后背。唐式大袖衫,特别宽大,或披或系,大气飘逸。还有胡服,是塞外民族西戎和东胡的服装,贴身短衣,翻领、对襟、窄袖,穿着活动便利。

唐诗里出现的袜子多是绫罗袜子,如李白《玉阶怨》的“夜久侵罗袜”;而平民百姓穿的是布袜,如杜甫《奉先刘少府新画山水障歌》:“吾独胡为在泥滓,青鞋布袜从此始。”唐代袜子的样式是大脚趾和其他四趾分开,形成丫字形,故称丫头袜或鸦头袜。李白《越女词》:“长干吴儿女。眉目艳新月。屐上足如霜,不着鸦头袜。”

第十五讲　末世才调:其他晚唐诗人诗歌

晚唐的诗人诗作主要分为三种类型:一是张祜、许浑、马戴、李群玉、司空图、郑谷等人,多以羁旅行迹、怀古伤今、避世隐居、感叹身世为创作主题,染上了浓厚的感伤色彩;二是罗隐、皮日休、陆龟蒙、杜荀鹤、聂夷中、黄巢等人,继承了中唐新乐府传统,反映民生疾苦,直指现实,讽喻诗为主,部分诗人在唐末战乱中发挥了自己的作用;三是陈陶、韩偓、温庭筠、韦庄等人,在艳情绮思为主题的诗作上有所突破与创新。

一、善写景物之诗人诗作

1. 张祜

张祜(约785—849),字承吉,清河(今河北邢台市清河县)人。家世显赫,人称“张公子”,誉之为海内名士。他为人清高,喜爱游山玩水,曾寓居姑苏。令狐楚表荐之,受排挤,至淮南寓居,后隐丹阳曲阿地以终。存诗约三百五十首。内容上题材多样,以行旅山水、送别寄赠题材为主,题佛寺诗数量不少,风格绮丽的宫词、艳诗也多有佳作。形式上众体兼备,五绝、七绝精思俊逸,音调谐美,五律本色自然而韵味隽永,五古讲讽怨谲，章法井然。

《唐才子传》记载张祜于元和、长庆年间，得到令狐楚的器重，写奏章荐举；他到京城后，却因元稹对皇帝说其为“雕虫小巧”、不利于风俗教化而不被任用，寂寞归乡。张祜在长安等待时，有诗《京城寓怀》：

三十年持一钓竿，偶随书荐入长安。
由来不是求名者，唯待春风看牡丹。

诗中记述自己隐居多年、获荐入京之事，自言并非求名逐利之辈，而因将到三月中旬牡丹盛开之际，特在长安等候。字里行间隐含着诗人的清高品格与淡泊情怀。遭嫉不遇之后，诗人寓居淮南，有诗《纵游淮南》：“十里长街市井连，月明桥上看神仙。人生只合扬州死，禅智山光好墓田。”流连扬州，寄情抒怀，却隐含心中之不平。《书愤》一诗更直接抒发对小人之愤恨，“三十未封侯，颠狂遍九州。平生镆铘剑，不报小人雠”，但坚守自己不羁个性与孤傲自尊。

行旅诗的代表作《题金陵渡》：

金陵津渡小山楼，一宿行人自可愁。
潮落夜江斜月里，两三星火是瓜洲。

诗人夜宿金陵渡口的小山楼，客愁满怀，一宿难眠；江潮渐退，月斜照，夜已残，对岸两三点星火闪烁，便是瓜洲渡口。诗人内心孤寂落寞，人虽愁，眼中的景却美，从听觉写江潮声小，从视觉写斜月渔火，意境悠远凄迷，语言朴素自然，用笔潇洒空灵。

张祜擅长写景，佳句甚多，五言的有《西江行》“晴空一鸟渡，万里秋江碧”、《江城晚眺》“河流出郭静，山色对楼寒”、《题松汀驿》“海明先见日，江白迥闻风”、《登广武原》“地盘山入海，河绕国连天”、《题虎丘东寺》“仰砌池光动，登楼海气来”、《送韦整尉长沙》“风帆彭蠡疾，云水洞庭宽”、《送苏绍之归岭南》“夜月江流阔，春云岭路深”、《旅次石头岸》“水声寒不尽，山色暮相依”、《禅智寺》“远景窗中岫，孤烟竹里村”、《寄题商洛王隐居》“草阁平春水，柴门掩夕阳”、《题上饶亭》“早霜红叶静，新雨碧潭深”等；七言的有《题灵彻上人旧房》

"秋风吹叶古廊下，一半绳床灯影深"、《经旧游》"斜日照溪云影断，水葓花穗倒空潭"，景色或壮丽开阔，或清新高远，或凄清寂寥。他把景色与声音相结合，营造视听兼备的诗境，如《东山寺》"半夜四山钟磬尽，水精宫殿月玲珑"、《峰顶寺》"夜半深廊人语定，一枝松动鹤来声"、《秋夜登润州慈和寺上方》"楼影半连深岸水，钟声寒彻远林烟"。

又有音乐诗，苍凉的乐声与环境氛围相烘托、映衬，增添悠远清幽之意，有女子的筝声《听筝》"分明似说长城苦，水咽云寒一夜风"，宴席上的箜篌声《楚州韦中丞箜篌》"千重钩锁撼金铃，万颗真珠泻玉瓶"，边塞飘扬的笛声《塞上闻笛》"一夜梅花笛里飞，冷沙晴槛月光辉。北风吹尽向何处，高入塞云燕雁稀"，高僧的芦管声《听简上人吹芦管三首其二》"吹到耳边声尽处，一条丝断碧云心"和《其三》"月落江城树绕鸦，一声芦管是天涯"，边塞之人的歌声《边上逢歌者》"垂老秋歌出塞庭，遏云相付旧秦青"。

咏物诗《杨花》："散乱随风处处匀，庭前几日雪花新。无端惹着潘郎鬓，惊杀绿窗红粉人。"杨花随风而飘，如雪花降落；无意中沾到情郎的发鬓上，绿窗下的女子不禁惊呼起来。用比拟的手法、生动的场景来写杨花之飘荡、雪白及青年男女间的调皮、有趣，构思精巧，别具匠心。

张祜擅长写情，宫词写得好，《宫词二首》其一：

故国三千里，深宫二十年。
一声《何满子》，双泪落君前。

此诗写一位离乡三千里、居深宫二十年的宫女，唱一曲《何满子》，忍不住在君主面前落泪。诗的本事出自《唐诗纪事》所载，深得宠信的孟才人愿为唐武宗殉死，于武宗病榻前歌《何满子》，声调凄咽，闻者涕零。张祜此诗简短精巧，情真意切，哀怨动人，前两句把宫人远离故乡、幽闭深宫的人生高度浓缩，语言精练而含蕴丰厚；后两句抒发命运无法掌握的无奈与悲怨之情，一声而双泪落，动人心怀。何满子为开元年间一位沧州歌者，临刑前，作曲以赎死。中晚唐诗人多以此事作诗，白居易《何满子》曰："世传满子是人名，临就刑时曲始成。一曲四词歌八叠，从头便是断肠声。"此诗序言何满子不得免死。而元稹的《何满子歌》则言其获赦承恩，"何满能歌声婉转，天宝年中世称罕。婴刑系在囹圄间，水调哀音歌愤懑。梨园子弟奏玄宗，一唱承恩羁网缓。便将何满为曲名，御府亲题乐府纂”。

张祜的咏史诗别具一格，把历史题材与宫词的写作特点结合起来，通过描绘女性的姿色美，隐含讽刺的意味，如《集灵台二首》：

其一

日光斜照集灵台，红树花迎晓露开。
昨夜上皇新授箓，太真含笑入帘来。

其二

虢国夫人承主恩，平明骑马入宫门。
却嫌脂粉污颜色，淡扫蛾眉朝至尊。

其一写长生殿笼罩在夕阳余晖中，殿前的红花带露绽放；昨夜唐玄宗刚授予杨玉环道箓，这位美丽的女道徒太真盈盈笑着走入帘内。通过写唐玄宗安排杨玉环入道后纳入后宫的荒唐事，暗讽帝王的私欲和贵妃的轻佻。其二写虢国夫人清晨骑马入宫门，素颜淡妆觐见唐玄宗，嘲讽虢国夫人的骄纵风骚及两人之间的暧昧关系。这两首诗采用似褒实贬、明扬实抑的手法，借史事来讽戒，含蓄蕴藉，别有风味。

2. 许浑

许浑（约791—858），字用晦，又作仲晦，润州丹阳（今江苏丹阳）人。武后朝宰相许圉师六世孙。文宗大和六年（832）进士及第。曾入岭南节度使卢钧的幕府，后任当涂令、太平令、监察御史、润州司马、虞部员外郎、睦州和郢州刺史。晚年归隐家乡丁卯桥村舍，自编诗集为《丁卯集》，以怀古、田园题材为佳。存诗五百首左右，皆为近体，五、七律尤多，偶对缜密，诗律纯熟，自成一格，人称“丁卯体”。善写水、雨之景，后世有“许浑千首湿，杜甫一生愁”之说。

许浑在行旅宦游途中，多触景生情，伤今吊古，追抚山河陈迹，俯仰古今兴废，颇有苍凉悲慨之致。如《咸阳城东楼》：

一上高城万里愁，蒹葭杨柳似汀洲。
溪云初起日沉阁，山雨欲来风满楼。
鸟下绿芜秦苑夕，蝉鸣黄叶汉宫秋。
行人莫问当年事，故国东来渭水流。

这是一首登临怀古之作，诗人登上长安西北的咸阳城东楼，隔着渭水东望长安。首联写登上高高的城楼，离家万里的乡愁顿生，渭水边的蒹葭苍苍，杨柳依依，如江南水乡。颔联写暮色渐起，烟云初升，日沉阁外，风吹高楼，山雨欲来；此联最有名，生动描绘了一幅傍晚时分风云变幻的场景，寓托着诗人眼中的唐王朝已处于风雨飘摇之中。颈联写傍晚，脚下的秦苑和渭水那边的汉宫，都是杂草丛生，鸟儿扑飞，黄叶萧瑟，秋蝉嘶鸣，一派荒凉。尾联劝来往过客不必追问过去的历史，兴亡都随着咸阳故城边的渭河水向东流去。此诗借秦苑汉宫的荒废，抒发了对家国衰败的无限感慨，情景交融，意境凄凉，风格清妙。再如《金陵怀古》：

《玉树》歌残王气终，景阳兵合戍楼空。
松楸远近千官冢，禾黍高低六代宫。
石燕拂云晴亦雨，江豚吹浪夜还风。
英雄一去豪华尽，惟有青山似洛中。

陈后主所制乐曲《玉树后庭花》已成遗音，金陵的王气黯然终结；景阳宫中隋兵集合，边防的瞭望楼早已空无守卫。远远近近的松树楸树下掩埋着无数大小官员的坟墓，高高低低的稻禾麦苗掩盖了六朝宫殿的断井颓垣。石燕鸟挥动着翅膀拂开云朵，时晴时雨；江豚游动在大江中吹起波浪，深夜刮风。昔日的英雄一去不复返，豪华富贵荡然无存，只有四周的青山和洛阳的地理环境相似，郁郁葱葱。诗人慨叹六朝建都的金陵随着陈的覆灭而王气黯淡，昔日的繁华已成陈迹，宫殿残破，千官坟冢，风云变幻，只有青山依旧，不改当年。诗歌首尾相应，对偶精工，气象雄浑，感慨遥深。

诗人辗转于行旅宦游中，其内心却向往着田园隐居，《秋日赴阙题潼关驿楼》：

红叶晚萧萧，长亭酒一瓢。
残云归太华，疏雨过中条。
树色随山迥，河声入海遥。
帝乡明日到，犹自梦渔樵。

潼关位于陕西省渭南市潼关县北，北临黄河，南踞山腰，扼长安至洛阳驿道的要冲，是进出三秦之锁钥。诗中的潼关驿楼应是东门关楼，许浑登临此楼，脚下是滔滔黄河，身后是高耸的麒麟山，河对岸是风陵渡口，隔河而望的东北处是中条山，潼关往西南方向的是华山。诗人秋日赶赴入京，途中在潼关城楼留宿，望秋日晚景：晚风吹着红叶，萧萧瑟瑟，我在十里长亭歇息、饮酒；天边的残云往华山飘去，疏落的雨点洒落在中条山上；树林的秋色随着关山绵延而上，黄河的波涛奔涌向海声音渐远；明天就要抵达长安城了，而我仍回梦故乡，追忆那渔樵耕读的悠闲自在。此诗描景如画，展开了一幅秋日行旅图，意境苍凉凄清，语言精练出新，风格高华雄浑，颇有风致。

许浑的行旅、寄赠、伤悼诗较多写景佳句，如《送同年崔先辈》“菊艳含秋水，荷花递雨声。扣舷滩鸟没，移棹草虫鸣”、《忆长洲》“鱼沉秋水静，鸟宿暮山空。荷叶桥边雨，芦花海上风”、《早秋》“高树晓还密，远山晴更多。淮南一叶下，自觉洞庭波”、《登洛阳故城》“水声东去市朝变，山势北来宫殿高。鸦噪暮云归古堞（dié），雁迷寒雨下空壕”、《暮宿东溪》“马上折残江北柳，舟中开尽岭南花”、《郑秀才东归凭达家书》“两岩花落夜风急，一径草荒春雨多”、《姑苏怀古》“荒台麋鹿争新草，空苑凫鹜占浅莎。吴岫雨来虚槛冷，楚江风急远帆多”、《凌歊（xiāo）台》“湘潭云尽暮山出，巴蜀雪消春水来。行殿有基荒荠合，寝园无主野棠开”等，在景色描写中寓托情思，工巧衬贴，景致多姿，清婉可讽。乐府诗《塞下曲》简短而有情，“夜战桑干北，秦兵半不归。朝来有乡信，犹自寄寒衣”，以夜里秦兵战死过半与清晨家人捎来书信寒衣作对比，富有感染力，风格含蓄而意味丰厚。

3. 马戴

马戴（799—869），字虞臣，定州曲阳（今河北曲阳）人，或曰陕西华州人。

早年屡试不中三十年不第。性喜游，耽幽趣，结茅屋隐于华山玉女峰下。武宗会昌四年(844)进士，与项斯、赵嘏同榜。宣宗大中元年(847)为太原幕府掌书记，以直言获罪，贬为龙阳(今湖南汉寿)尉。懿宗咸通末年，佐大同军幕；后擢太常博士。与贾岛、姚合、薛能、顾非熊等人有诗歌唱酬。马戴擅写诗文，其诗善于抒发羁旅之思和失意之慨，凝练秀朗，含思蕴藉，尤以五律较受推崇。

马戴诗歌善于融情入景，如《楚江怀古三首》其一“猿啼洞庭树，人在木兰舟”“云中君不见，竟夕自悲秋”；其二“惊鸟去无际，寒蛩鸣我傍”；其三“阴霓侵晚景，海树入回潮”，写洞庭湖风光，借景抒怀，清微婉约。《送人游蜀》：“别离杨柳陌，迢递蜀门行。若听清猿后，应多白发生。虹霓侵栈道，风雨杂江声。过尽愁人处，烟花是锦城。”送友人入蜀，诗人不舍与难过，念此生白发，愁远道，景中有情，情寓景中，凝练深挚。再如《落日怅望》：

孤云与归鸟，千里片时间。
念我一何滞，辞家久未还。
微阳下乔木，远色隐秋山。
临水不敢照，恐惊平昔颜。

从诗题可知，这是诗人沐浴在落日余晖中怅然眺望而作的五律。首联从高处着眼，孤独漂浮的云朵中，归巢的鸟儿时隐时现，片刻间已经飞到千里之外了。颔联从归鸟联想到自己，我滞留此地，辞别家乡，是何等长久啊！颈联转到四周景色，斜阳的余晖洒落在高大的树木上，远处的彩霞隐没在秋天的山岭外。尾联又回到自身，临近水边，我却不敢照影，惊怕见到那不复从前的容颜。诗人沿用游子思乡的传统主题，却巧妙地抓住了秋天日落的美景与自己微妙复杂的心理，有景有情，动静结合，虚实相应，结构新颖，意格高朗，情意深长。再看《灞上秋居》：

灞原风雨定，晚见雁行(háng)频。
落叶他乡树，寒灯独夜人。
空园白露滴，孤壁野僧邻。
寄卧郊扉久，何年致此身。

灞上即霸上，在今天陕西西安市东部，因地处灞陵高原而得名，唐代求功名的人多寄居此处。诗作于马戴客居灞上，见一阵秋风秋雨肃杀过后，傍晚的天空一行行大雁频繁飞过；周围的树木纷纷落叶，寒夜里一盏孤灯映照着这个孤独的异乡人；空旷的园子里白露在滴，隔着土壁为邻的是位山野僧人；我寄身此地已经很久了，不知何年才能成功登第、入仕为官啊！诗歌情景萧瑟，画面感强，语言朴实无华，情感真切动人，写出诗人客居异乡、寒夜独处的悲凄渺茫和屡试屡败、长年不遇的痛苦酸楚，结尾抒发了那种怀才不遇、悲中带愤的情感，富于感染力。

马戴的边塞诗数量不少，风格慷慨激昂，沉雄悲壮，在晚唐诗人的诗作当中骨格最高。如《边将》："玉榼(kē)酒频倾，论功笑李陵。红缰跑骏马，金镞掣秋鹰。塞迥连天雪，河深彻底冰。谁言提一剑，勤苦事中兴。"刻画一位豪爽矫健、骁勇善战、勤苦功高的边塞武将，形象生动立体，语言铿锵有力。再如《出塞词》："金带连环束战袍，马头冲雪度临洮。卷旗夜劫单于帐，乱斫胡儿缺宝刀。"将军威风凛凛，勇猛杀敌，带领士兵连夜作战，却兵器不够精良。《塞下曲二首》《关山曲二首》《射雕骑》等，都是晚唐较好的边塞诗。另有悲远征的《征妇叹》："稚子在我抱，送君登远道。稚子今已行，念君上边城。蓬根既无定，蓬子焉用生。但见请防胡，不闻言罢兵。及老能得归，少者还长征。"以对比、比拟的手法来写良人远征，等丈夫年老能生还之时，儿子也已远征而去了，叙事、抒情、议论相结合，情深悲慨，哀伤惨恻。也有写边塞寂寥风光的《陇上独望》：

斜日挂边树，萧萧独望间。
阴云藏汉垒，飞火照胡山。
陇首行人绝，河源夕鸟还。
谁为立勋者，可惜宝刀闲。

开篇即扣题，独望边塞的傍晚景色，夕阳斜照，如挂边疆树上，萧萧瑟瑟；接着写边塞的荒凉，阴沉的云朵下藏着汉代士兵留下的堡垒，升起的火星照着胡人的高山；此时的边塞没有出征的士兵，河流发源地陆续有鸟儿归巢；结尾诗人发议论，这个时代谁是建立功勋的人呢，可惜宝刀空闲，无用武之地。诗人借景抒怀，感慨唐王朝的国力衰微，无力守边。

4. 赵嘏

赵嘏（gǔ）（约806—853），字承佑，楚州山阳（今江苏淮安）人。性情豪迈爽达，年轻时好游历。太和七年（833）下第后寓居长安，会昌四年（844）进士。他仕途屹兀，入仕为渭南尉，卒于任上。有《渭南集》，存诗二百多首，七律、七绝数量多且较出色。代表作《江楼感旧》：

独上江楼思渺然，月光如水水如天。
同来望月人何处？风景依稀似去年。

诗人独上江楼，思绪渺茫，月华如水，水色如天，相互辉映；触景生情，追忆起去年结伴望月，今夜风景依旧，相伴的人儿却杳然无踪。诗歌意境优美，玲珑剔透，水波熠熠，月影闪动，如此良辰美景，赏月者只有自己，不禁惆怅伤感。全诗的语言淡雅洗练，首句点出诗人的寂寞心境，第二句巧妙运用了叠字回环，营构出幽美恬静的意境和声韵谐和的节奏；第三句的“同来”与首句的“独上”相呼应，引出第四句的今昔对比，情味隽永，富有余味。

赵嘏为人不拘小节，好饮酒，有诗《寄卢中丞》：“叶覆清溪滟滟红，路横秋色马嘶风。独携一榼郡斋酒，吟对青山忆谢公。”这是一首寄赠诗，对象是卢中丞，字子强，任歙州刺史，与杜牧也有交情。此诗通过美丽的秋景来寓托忆友之情，秋叶飘落清溪，水面浮动着片片红色；道路横穿树林，奔马在秋风中嘶鸣；我独自携带一壶合您口味的美酒，对着青山吟诗来思念您啊！末句以宣城太守谢朓指代友人。诗歌景色瑰丽，情意深厚。赵嘏因长年离家，写思归之诗尤能真切感人，如《长安晚秋》：

云物凄凉拂曙流，汉家宫阙动高秋。
残星几点雁横塞，长笛一声人倚楼。
紫艳半开篱菊静，红衣落尽渚莲愁。
鲈鱼正美不归去，空戴南冠学楚囚。

首联紧扣诗题,写长安晚秋的清晨景色,凄凉的云雾缓慢流动,曙光渐露,宫阙浮现,高耸入云,眼前的景象迷蒙而壮阔。颔联从视觉和听觉两方面来捕捉景物和声音的细微变化,仰望见残星几点散落天空,鸿雁飞度越过关塞;忽听得长笛一声悠然传来,应是那位独自倚楼的人在吹奏。颈联视角下移,着眼于花的颜色和姿态,诗人移情于物,俯看篱笆旁边的紫艳菊花,半绽半放,恬静闲雅;水塘里的红莲花瓣落尽,枯枝败叶,皱如愁容。尾联借典故抒发自己的羁旅思归之情,正是鲈鱼肥美之时,不能归家,像钟仪一样被迫离楚入晋,空戴着南冠思乡。诗的颔联历来为人赞叹,目见残星,耳闻长笛,视听结合,雁飞动,人倚楼,动静兼备,景致凄美,乐音清扬,富有韵味,据说杜牧甚为激赏,因有"赵倚楼"之称。此诗格高调响,思远意深,清幽峻美,情景交融,寄寓着诗人欲归而不得的愁苦郁闷之情。《寒塘》诗亦写秋天客思:

晓发梳临水,寒塘坐见秋。
乡心正无限,一雁度南楼。

这首五绝小诗写诗人早起临水梳发,见寒塘秋景,勾起乡心无限,忽听到雁哀鸣,抬头见一孤雁飞过南楼,如自己之孤身只影,寂寥心境。诗歌语言清浅有味,风格清冷高迥,意境与"倚楼"句相近。又有《长安月夜与友人话归故山》一诗,颔联:"杨柳风多潮未落,蒹葭霜在雁初飞。"人谓可与"倚楼"句相并美。

5. 李群玉

李群玉(808—862),字文山,澧州(今属湖南常德)人,诗才高,学屈宋,诗笔妍丽,才力遒健。好游,足迹遍及大江南北。曾在杜牧的劝说下参加科举考试,只一考则止。后得宰相裴休荐举,进京给皇帝奉诗三百首,获嘉奖,授弘文馆校书郎。三年后辞官回乡,死后追赐进士及第。李群玉存诗二百六十多首,与齐己、胡曾被列为唐代湖南三诗人。

李群玉一生襟抱未开,《自澧浦东游江表,途出巴丘,投员外从公虞》一诗自言生平遭际穷困潦倒:"小子书代耕,束发颇自强。艰哉水投石,壮志空摧藏。十年侣龟鱼,垂头在沅湘。巴歌掩白雪,鲍肆埋兰芳。骚雅道未丧,何忧名不彰。饥寒束困厄,默塞飞星霜。百志不成一,东波掷年光。"他的诗歌写穷愁哀

困的意绪较多,如《湖寺清明夜遣怀》:

柳暗花香愁不眠,独凭危槛思凄然。
野云将雨渡微月,沙鸟带声飞远天。
久向饥寒抛弟妹,每因时节忆团圆。
饧(xíng)餐冷酒明年在,未定萍蓬何处边。

首联扣诗题展开,诗人清明夜宿于湖寺,心中愁绪萦绕,难以入眠,独倚高楼栏杆,见柳暗,闻花香,思凄然。颔联写景,对仗精工,一阵乌云飞来,夹杂着雨滴,遮蔽月光,沙鸥惊起,鸣叫着飞向高空。这鸟叫声把诗人的思亲愁绪引发出来,颈联接着写自己因家中穷困而出外,剩弟妹在家挨饿,一到节日就想起他们想念家,渴望团圆。尾联继续写自己漂泊不定的生活,明年此时又是喝糖粥冷酒之际,我仍像浮萍飞蓬般漂转不定,不知身在何处。诗人心境落寞,诗歌意境凄清,语真情挚。

远客的形象与孤灯的意象常常出现在李群玉笔下,五绝小诗《火炉前坐》:

孤灯照不寐,风雨满西林。
多少关心事,书灰到夜深。

寒夜孤灯火光摇曳,照着难以入眠的诗人;窗外风雨大作,吹打着西边林子;多少事情齐涌心头,引起思绪万端;站起执笔在灰上漫写,直到深夜未停。诗人勾勒了一幅雨夜写字动态图,孤灯孤人,风声雨声,人从静坐到起动,室内的孤清寂静与室外的疾风骤雨形成鲜明对比,风雨之杂乱与心绪之繁乱相应,心潮澎湃与挥毫书写合拍,画面的氛围感强,人物内心的孤愤通过起身书灰的动作透露出来,语言精练而含蕴丰厚,欲吐辄止而意味深长。《雨夜呈长官》又是一首远客在孤灯冷雨夜有感之作,用比喻来写离家孤独落寞之愁怨:“远客坐长夜,雨声孤寺秋。请量东海水,看取浅深愁。愁穷重于山,终年压人头。”写周围环境之寂冷:“孤灯冷素艳,虫响寒房幽。”《寄韦秀才》:“荆台兰渚客,寥落共含情。空馆相思夜,孤灯照雨声。”雨夜孤灯,思念友人。《闻笛》诗写诗人听到竹笛声,“望乡台上望乡时,不独落梅兼落泪”,抒发远客思乡之深情。《乌夜号》用拟人的手法写母鸟因亲子失散而发出夜啼悲吟："有鸟在其间，达晓自悲吟。是时月黑天，四野烟雨深。如闻生离哭，其声痛人心。悄悄夜正长，空山响哀音。"令诗人这位"远客不可听，坐愁华发侵"，勾起心中的思亲哀怨之情。

李群玉的写景诗多哀景，多为凄清的雨夜或秋冬季节，如《登章华楼》观章华台前云水相接的秋景："征鸿引乡心，一去何悠悠。晴湖碧云晚，暝色空高楼。迢递趋远峤，微茫入孤舟。"《湘西寺霁夜》写雨后清爽寂冷的夜景："雨过琉璃宫，佳兴浩清绝。松风冷晴滩，竹路踏碎月。月波荡如水，气爽星朗灭。皓夜千树寒，峥嵘万岩雪。后山鹤唳断，前池荷香发。境寂凉夜深，神思空飞越。"《北亭》写秋日残荷的景色："斜雨飞丝织晓空，疏帘半卷野亭风。荷花开尽秋光晚，零落残红绿沼中。"偶有春天的乐景，如《洞庭入澧江寄巴丘故人》，诗人与老朋友欢聚后离开，赠诗以水之绵长来表达相思之情，"四月桑半枝，吴蚕初弄丝。江行好风日，燕舞轻波时。去事旋成梦，来欢难预期。唯凭东流水，日夜寄相思"，四月风和日丽，舟行轻快，虽已分别，欢聚如梦，会面难料，而拥有朋友情谊的诗人心境和眼前景色都一片和暖。也有壮阔之景，《汉阳太白楼》是诗人春日登太白楼之作："江上层楼翠霭间，满帘春水满窗山。青枫绿草将愁去，远入吴云暝不还。"从楼的地势写到楼前风光，巍巍青山，滔滔长江，青枫绿草，白云悠悠，暮色渐深；景物生机勃勃，境界壮阔悠远，诗人登楼缅怀李白，淡淡的愁绪渐起。

其他题材类别的诗歌也有个人特点，如咏物诗《书院二小松》："一双幽色出凡尘，数粒秋烟二尺鳞。从此静窗闻细韵，琴声长伴读书人。"前两句写二小松之姿态、形象；后两句以拟人手法写松韵如琴声，与诗人长为伴，有情有味。咏舞诗《长沙九日登东楼观舞》写南国佳人表演的绿腰舞，舞姿轻盈优美，变化多端，"翩如兰苕翠，婉如游龙举"，"慢态不能穷，繁姿曲向终。低回莲破浪，凌乱雪萦风"，"唯愁捉不住，飞去逐惊鸿"。七律咏怀诗《自遣》中的前四句："翻覆升沉百岁中，前途一半已成空。浮生暂寄梦中梦，世事如闻风里风。"叙事、议论、抒情相结合，叹惜自己半生浮沉，前途成空，浮生若梦，世事如风，颇为精辟。《感兴四首》其一评价扬雄因《剧秦美新》而有瑕，其二咏嫦娥和织女之孤洁，其三写新婚女子的闲愁，其四写思边闺妇之哀愁："天边无书来，相思泪成海。"

6. 司空图

司空图（837—907），字表圣，号知非子、耐辱居士，河中虞乡（今山西运城永济）人。唐懿宗咸通十年（869）进士。曾任殿中侍御史、光禄寺主簿、礼部员外郎、郎中、知制诰、中书舍人等。后辞归，隐居在中条山王官谷别墅，修休休亭。与齐己交往较密，多酬唱。司空图家有藏书7400卷，佛道之书数量多。唐末，饱经丧乱，七十一岁卒。司空图存诗多首，多写隐逸生活与日常感怀，部分诗歌寄托甚深，喜用同题的组诗形式。

正值唐王朝危乱之际，司空图眼见国事之不堪与社会之日变，他十分感慨。《河湟有感》一诗是诗人悲叹黄河与湟水一带的河西、陇右地区，在安史之乱后被吐蕃侵占，阻断了当地汉人与故国的联系达百年之久，以致形成民不思归、汉蕃生聚的局面，令人痛心。

一自萧关起战尘，河湟隔断异乡春。
汉儿尽作胡儿语，却向城头骂汉人。

自从萧关一带战尘扬起，萧关沦陷，河湟地区沦入吐蕃之手，华夏的春风被隔断，吹不到那儿了；而今汉家儿郎都说胡人语，向着城头骂汉族的同胞。此诗寓叙事、抒情、议论于一体，表达了诗人对唐王朝腐朽无能、无力收复河湟的失望，以及对国家长期分裂、同族人处于敌对状态的沉痛，发人深省。司空图有诗《有感》："国事皆须救未然，汉家高阁漫凌烟。功臣尽遣词人赞，不省沧洲画鲁连。"抒发国事缺乏真正的能人志士来挽救。当想起人生和国事，诗人别有伤心怀抱，只能寄情于诗与酒，《漫题》"无宦无名拘逸兴，有歌有酒任他乡"，《狂题二首》其一"惆怅故山归未得，酒狂叫断暮天云"；也会对人世有所感悟，《狂题十八首》其三"交疏自古戒言深，肝胆徒倾致铄金"，其十六"有是有非还有虑，无心无迹亦无猜"。在外任官的司空图孤独寂寞，多抒发思乡之念，如《华下》：

故国春归未有涯，小栏高槛别人家。
五更惆怅回孤枕，犹自残灯照落花。

诗人身在陕西华州，春来思家却未有归期，深夜徘徊庭院看邻家，直至五更时分惆怅回床，依旧孤枕难眠，卧看残灯映照落花。幕幕场景，孤清寂寥。

唐僖宗光启三年（887，丁未），司空图辞官归隐，有诗《丁未岁归王官谷》言

“将取一壶闲日月，长歌深入武陵溪”。隐居王官谷的诗人依然孤独，与山、树、花、鸟相为伴，《独望》：

绿树连村暗，黄花出陌稀。
远陂(bēi)春草绿，犹有水禽飞。

诗人独自眺望，见村边一棵连一棵的绿树遮蔽了阳光，陌路边黄色的花儿稀稀落落；远处池塘边的春草绿油油的，不时有水鸟飞起扑腾着翅膀。四句诗如四幅清新宜人的春景图，明暗、色彩、动静兼备，构图精巧，鲜明生动。《王官二首》：

其一

风荷似醉和花舞，沙鸟无情伴客闲。
总是此中皆有恨，更堪微雨半遮山。

其二

荷塘烟罩小斋虚，景物皆宜入画图。
尽日无人只高卧，一双白鸟隔纱厨。

二诗写诗人的隐逸生活，抒发闲情逸致，风格清新悠然。既有山中景物的闲雅宜人，风吹荷动，沙鸟为伴，微雨飘洒；也有孤独无伴的遗憾，花鸟无情，小斋虚空，无人作陪，闲来无事。

司空图视隐逸诗人之宗陶渊明为偶像，他的日常生活和陶渊明一样，有诗有酒，深爱菊花，诗中出现菊花的意象特别频繁，如在华州时所做的《华下对菊》：“清香裛露对高斋，泛酒偏能浣旅怀。”赞颂菊之清香高雅，品格高尚，不在春天逞红艳；喝的菊花酒可以疏瀹旅人的心怀。白菊的清白洁净之美，尤让诗人喜爱，《白菊三首》其一表达对陶渊明的欣羡，“不疑陶令是狂生，作赋其如有定情”；其二则指出诗人与诗歌之关系，蕴含淡泊闲静的诗学观，“自古诗人少显荣，逃名何用更题名。诗中有虑犹须戒，莫向诗中著不平”，议论自古以来诗人多穷困少通达，隐居后不必再追求功名，不必心怀忧虑，不必在诗中流露不平之气；其三指出这是自己度过的第七十个重阳节，“白菊堆边鬓似霜”，以白菊与霜鬓相映衬。又有《白菊三首》，写菊花在秋霜摧打前的迷人姿态及不畏霜寒的坚韧,其二“不辞暂被霜寒挫,舞袖招香即却回”。《白菊杂书四首》其一“黄昏寒立更披襟,露浥清香悦道心”,写白菊独立黄昏的寒风中,花瓣绽放,清香带露,可愉悦道心;其二“此生只是偿诗债,白菊开时最不眠”,写出自己对诗和白菊的极度喜爱;其四“黄鹂啭处谁同听,白菊开时且剩过”,写听黄鹂鸟鸣叫、赏白菊花开的闲逸生活。因好酒爱菊,司空图对于重阳节的感受也较深,重阳诗数量也多,如《重阳阻雨》:

重阳阻雨独衔杯,移得山家菊未开。
犹胜登高闲望断,孤烟残照马嘶回。

开头点出重阳节遇雨,只能独自在家喝酒;看见门前移栽自山家的菊花尚未绽放;犹胜过登高闲眺,孤烟升起,斜阳残照,归马嘶鸣。又有《重阳四首》,其一“檐前减燕菊添芳,燕尽庭前菊又荒”,其二“雨寒莫待菊花催,须怕晴空暖并开。开却一枝开却尽,且随幽蝶更徘徊”,其三“黄菊新开乞酒难”,其四“黄花晴日照初开”“篱头应是蝶相报,已被邻家携酒来”,皆扣住菊花与酒来写;《喜王驾小仪重阳相访》“白菊初开卧内明,闻君相访病身轻”,见白菊绽放,恰友人过访,诗人心情愉快。又有七律《重阳山居》,写逃难回乡后,在山中度过了八个重阳节,过节时是“篱菊乱来成烂熳,家僮常得解登攀”,“醉伴浮生一片闲”。

诗人闲来赏景,早春看草,《早春》“草嫩侵沙短,冰轻著雨消”;仲春看花,《力疾山下吴村看杏花十九首》其一“春来渐觉一川明,马上繁花作阵迎”,其四“折来未尽不须休,年少争来莫与留。更愿狂风知我意,一时吹向海西头”,其五“才情百巧斗风光,却笑雕花刻叶忙”,其十“秾艳三千临粉镜,独悲掩面李夫人”,其十一“能艳能芳自一家,胜鸾胜凤胜烟霞”,其十四“闲步偏宜舞袖迎,春光何事独无情”,其十九“起来闻道风飘却,犹拟教人扫取来”,运用拟人、夸张、比喻与典事等手法,从各个角度来写杏花之灿烂、秾艳、娇美、多姿、凋零。夏吹荷风,赏芭蕉,《偶书五首》其二“自有池荷作扇摇,不关风动爱芭蕉”。有时喝喝茶,赏竹赏雪,《偶诗五首》其五:“中宵茶鼎沸时惊,正是寒窗竹雪明。甘得寂寥能到老,一生心地亦应平。”晚上看看灯花,《灯花三首》其一“剪断香魂一缕愁”,其二“明朝斗草多应喜,剪得灯花自扫眉”。有时写诗,《偶诗五首》其一:“闲韵虽高不炫才,偶抛猿鸟乍归来。夕阳照个新红叶,似要题诗落砚台。”偶尔听听歌,《歌者十二首》其五:“十年逃难别云林,暂辍狂歌且听琴。转觉淡交言有味,此声知是古人心。”过节时感慨一番,如《中秋》:“闲吟秋景外,万事觉悠悠。此夜若无月,一年虚过秋。”《元日》:“甲子今重数,生涯只自怜。殷勤元日日,欹午又明年。”

避乱隐居之中的司空图随着唐末战乱,生活日渐困顿,家国忧思深重,这种状态反映到诗歌里,《秋思》:

身病时亦危,逢秋多恸哭。
风波一摇荡,天地几翻覆。
孤萤出荒池,落叶穿破屋。
势利长草草,何人访幽独。

诗人身体多病,时世危乱,寒秋来临,不禁恸哭;风波几番摇荡,天地几次翻覆;一只萤火虫从荒废的池塘飞出,飘落的叶子穿过破烂的房屋;势利之人长处于仓促劳神之中,谁会来寻访这静寂孤独的人呢?陪伴他的有藏剑,有琴,《即事九首》其二“匣涩休看剑,窗明复上琴”;有磬,有灯,其三“疏磬和吟断,残灯照卧幽”;有庭前小松,其六“庭前长小松”;还有鸟、云、花和邻翁,其九“幽鸟穿篱去,邻翁采药回。云从潭底出,花向佛前开”,可知司空图的隐逸生活中除了日常风物与山中人家,时常从大自然与经书中悟来的佛道思想和佛旨禅趣。

司空图论诗重视辨味,读诗要了解文字的表面意思之外的含蕴,把握诗歌的韵味和精神层面。《与李生论诗书》:“愚以为辨味而后可以言诗也。”以吃盐梅为例,指出好诗要在咸酸之外有醇美,“近而不浮,远而不尽,然后可以言韵外之致耳”。他对写诗、赏诗有一种痴迷沉醉和责任使命,《山中》:“凡鸟爱喧人静处,闲云似妒月明时。世间万事非吾事,只愧秋来未有诗。”明确指出写诗是“吾事”。《力疾山下吴村看杏花十九首》其六:“浮世荣枯总不知,且忧花阵被风欺。侬家自有麒麟阁,第一功名只赏诗。”自豪地肯定:家中自有麒麟阁,若论我的功名,第一者在于“赏诗”。从这点来看,《二十四诗品》成于司空图之手也是顺理成章。从文体学的角度看,《二十四诗品》其实是一组论诗诗,采用四言诗的体制,每首诗皆押韵,共二十四首。

近三十年来,学界对于《二十四诗品》的作者存在争议,部分学者认为:此书与司空图的诗论、诗歌创作异趣;苏轼《书黄子思诗集后》所说"盖自列其诗之有得于文字之表者二十四韵"并非指《二十四诗品》,而是指《与李生论诗书》所举的二十四联诗;从司空图去世到明万历的七百年间,从未有人看到或引录过此书;又找到最早收录此书的《诗家一指》或《虞侍书诗法》,认为作者是明代嘉兴人怀悦或元人虞集。笔者认为,《二十四诗品》在司空图的诗作中是一个特别的存在,其文体性质实际上是组诗形式的论诗诗,并非一开始就单独成书;故宋元书目未有著录书名,并不奇怪。苏轼所说的"二十四韵",韵指韵脚或韵部,古人会用一"韵"来指代一首"诗",或格律诗的一联,这是可以肯定的;那是否就是司空图在书信中自举的诗例呢?且不说不同版本的《与李生论诗书》有二十一、二十四、二十五、甚至是二十七八联诗之别;苏轼在为他人写"书后",感慨司空图的诗文高雅、诗论高妙之时,不可能去翻看、细数《与李生论诗书》一文中举了多少个诗例,他之所以明确提出二十四这个数字,只能是《二十四诗品》这组二十四首的论诗诗,而不是记起曾读过司空图这封书信中举了二十多联诗;与这些写景联诗相比,无疑《二十四诗品》更能引起苏轼这位大文豪对于发现珍宝太晚的遗憾:"恨当时不识其妙,予三复其言而悲之。"

南宋陈振孙《直斋书录解题》"别集类上·《一鸣集》一卷"的提要指出:"蜀本有杂著,无诗。自有诗十卷,别行,诗格尤非晚唐诸子所可望也。"此处的"诗格"显然是指诗法类的作品,或采用诗体,归属于十卷诗中。作为一组分量不大的论诗诗,《二十四诗品》在后世的接受情况,从刚开始作为诗格名言,到后来成为专书单行,这需要一个漫长的过程,无论是在宋元时期没有收入《小学绀珠》等类书中,或在元明时期才收入诗法汇编类的作品中,这都不足为奇。更遑论《诗家一指》和《虞侍书诗法》的作者也存疑,前者并非怀悦所编,后者题名虞集也有待考证。而且,从文体、意象、思想、风格、用韵等方面来看,《二十四诗品》与司空图的诗歌创作实有高度一致性,包括采用组诗形式,佛道思想的深刻影响及对陶渊明之敬慕、追求味外之旨的醇美思想。且司空图的《诗赋赞》一文用四言韵语的形式论诗,与《二十四诗品》在义理上多有相关性,如《诗赋赞》中的"神而不知,知而难状",与《劲健》之"天地与立,神化攸同"、《含蓄》之"是有真宰,与之沉浮"、《精神》之"妙造自然,伊谁与裁"、《缜密》之"是有真迹,如不可知"、《疏野》之"惟性所宅,真取不羁"、《清奇》之"神出古异,淡不可收"、

《实境》之“情性所至，妙不自寻”、《形容》之“俱似大道，妙契同尘”、《流动》之“超超神明，返返冥无”等意蕴相合，皆强调“神”（真、自然）之玄妙境界；而“挥之八垠，卷之万象”，与《雄浑》之“具备万物，横绝太空”、《劲健》之“行神如空，行气如虹”、《豪放》之“真力弥满，万象在旁”、《精神》之“欲返不尽，相期与来”、《飘逸》之“御风蓬叶，泛彼无垠”、《流动》之“荒荒坤轴，悠悠天枢”等意蕴相合，皆形容“力”之饱满、劲健的状态。两者在思维方式、表达方式、诗学思想和观念、所描绘的风格意境之间存在高度的相似性，这并非巧合。故此，我们不必一口咬定《二十四诗品》是伪托之作，在没有直接证据来证明此书署名他人的情况下，笔者主张作者仍是明清两代学者均无争议的司空图。

《二十四诗品》分别描绘了雄浑、冲淡、纤秾、沉着、高古、典雅、洗练、劲健、绮丽、自然、含蓄、豪放、精神、缜密、疏野、清奇、委曲、实境、悲慨、形容、超诣、飘逸、旷达、流动等二十四品，每品用十二句四言韵语来加以描述，多采用哲理性的语言、形象化的比喻、立体式的图景来说明。如第一则《雄浑》：

大用外腓（féi），真体内充。
反虚入浑，积健为雄。
具备万物，横绝太空。
荒荒油云，寥寥长风。
超以象外，得其环中。
持之匪强，来之无穷。

前四句先勾勒出雄浑之“体”，用玄言式的诗句来书写：大功用庇护于外，真体质充实于内；返回虚空浑然的境界，日积月累达到刚健雄壮。中间四句描绘雄浑之“象”，用形象化的比拟来书写：具备了天地万物，横越了宇宙太空，如天际行云翻滚，寥落长风呼啸。后四句指出雄浑之“理”，用动词句式的哲理化书写：超脱出具体物象以外，得到其中潜藏的奥妙；掌握它不是出于牵强，到来的就会无穷尽。诗歌的语言十分简练而含蕴非常精妙，描绘了雄浑风格具有的力量与境界。再看第六则《典雅》：

玉壶买春，赏雨茅屋。

坐中佳士，左右修竹。
白云初晴，幽鸟相逐。
眠琴绿阴，上有飞瀑。
落花无言，人淡如菊。
书之岁华，其曰可读。

前四句用佳士的生活方式和环境来说明典雅之方式，用玉制酒壶来沽酒，在山中茅屋中赏雨；同坐的是嘉宾雅士，周围是修长的翠竹。中间四句以优美的自然环境来描绘典雅之表现，雨霁天晴白云朵朵，山中幽鸟欢快追逐；绿荫中飘出久已沉寂的琴音，上面传来的是阵阵高山飞瀑的响声。后四句用比拟的手法指出典雅之品格，凋零的花朵静悄悄地飘落，嘉宾雅士如菊花般恬淡；书写下时光的芳华，赞许具有可读性。诗歌语言优美，形象生动，风格和意境高贵闲雅，如画如乐，品流超凡。

《二十四诗品》含括了二十四种诗歌风格，展现了多种不同美学风格的境界，可分为两类：一是归属于力量美的有雄浑、劲健、豪放、悲慨、流动等数品，二是以自然淡远为意趣的柔静美，较有代表性的有冲淡、典雅、自然、含蓄、疏野、清奇、委曲、飘逸、旷达等数品，其他诗品亦可归属于此类。这与司空图隐居王官谷的生活旨求相一致。他寄情于花鸟山水之间，追求怡然自得之乐，疏野冲淡之境。他善于运用比兴修辞手法将诗歌风格境界进行具体形象化，如《冲淡》“饮之太和，独鹤与飞”、《纤秾》“窈窕深谷，时见美人”、《高古》“畸人乘真，手把芙蓉”、《劲健》“行神如空，行气如虹”、《豪放》“天风浪浪，海山苍苍”、《疏野》“筑室松下，脱帽看诗”、《悲慨》“壮士拂剑，浩然弥哀”等；用精炼高妙的诗句将诗歌风格特点进行高度哲理化，如《冲淡》“脱有形似，握手已违”、《自然》“俯拾即是，不取诸邻”、《含蓄》“不着一字，尽得风流”、《精神》“生气远出，不着死灰”、《实境》“情性所至，妙不自寻”等。此书对二十四种诗品的划分精细微约，是古代诗歌风格意境的高度概括和理论财富，对后世诗论的影响极为深远。

7. 郑谷

郑谷（约 851—910），字守愚，江西宜春人。七岁能诗，随父郑史在柳州，父亲同僚司空图见而奇之。及冠，应进士第，凡十六年不中。因黄巢乱，奔西蜀。僖宗光启三年(887)中进士，先后任京兆鄠县尉、右拾遗补阙等职。乾宁四年(897)为都官郎中，人称郑都官。天复三年(903)左右，归隐宜春仰山书屋。卒于北岩别墅。今宜春建有郑谷读书堂。郑谷以《鹧鸪诗》知名，有“郑鹧鸪”之称。诗多写景、咏物、闲适之作。风格清新，浅率明白。与许棠、张乔等唱和往还，号“芳林十哲”(即“咸通十哲”)。存诗三百二十多首，风格以清婉浅近为主，绝句尤风神绵邈，词意婉约，为人知赏。

郑谷写诗讲究锤炼字句，僧齐己有诗《早梅》：“万木冻欲折，孤根暖独回。前村深雪里，昨夜数枝开。风递幽香去，禽窥素艳来。明年如应律，先发映春台。”郑谷指出：“‘数枝’非早也，未若‘一枝’佳。”齐己拜倒曰：“我‘一字师’也。”遂成诗坛佳话流传。郑谷以七律《鹧鸪》知名，诗曰：

暖戏烟芜锦翼齐，品流应得近山鸡。
雨昏青草湖边过，花落黄陵庙里啼。
游子乍闻征袖湿，佳人才唱翠眉低。
相呼相应湘江阔，苦竹丛深日向西。

鹧鸪的羽色斑斓，形如雌雉，主要生活在中国南方，鸣叫声似唤“行不得也，哥哥”，古人借鹧鸪的鸣叫声来抒发迁客孤寂、游子思乡之情。郑谷此诗脍炙人口，开篇写鹧鸪的习性、羽色和形貌，暖日笼烟草芜间，鹧鸪鸟锦翅齐展，形态、体貌与山鸡相近；中间两联将鹧鸪的鸣叫声与思妇游子的愁苦之情巧妙结合起来，暗用典事，描绘了四帧情景交融的图画：鹧鸪鸟穿过暮雨飞过青草湖边，如花般飘落在黄陵庙里啼叫，游子乍一闻声泪湿衣袖，佳人才听鸣唱愁眉垂低；末联写鹧鸪鸟相呼相应，在宽阔的湘江水面低回，在苦竹的深丛间啼唤，直到太阳西下。诗歌从形到声，以声为主，着意表现出鹧鸪鸟啼声的哀怨凄切及引发人们的联想与感受。青草湖即巴丘湖，在洞庭湖东南；黄陵庙在湘阴县北洞庭湖畔，为舜帝妃子娥皇、女英而立，二妃寻夫途中溺于湘江；这一带的环境易营造出凄迷伤感的气氛，黄昏雨，青草湖，飘落花，黄陵庙，在鹧鸪的啼叫声中，引出游子泪，思妇愁，如听一曲天涯游子断肠歌、高楼少妇相思曲，鸟之哀啼与人之哀情相结合，虚实相生，各臻其妙。诗歌以景结尾，江阔水冷，苦竹日暮，鹧鸪鸣叫声越发凄厉。全诗情韵凄惋,意境幽远,令人黯然销魂。元代辛文房称赞此诗“警绝”,清人段如锦到读书故址游玩,有诗:“读书堂侧老松枝,故址荒凉唱鹧鸪。”

另一首作于宴席上的即兴之作,郑谷再次用鹧鸪意象,借歌女之口表达了客居异乡的羁旅之情,《席上贻歌者》曰:

花月楼台近九衢,清歌一曲倒金壶。
座中亦有江南客,莫向春风唱鹧鸪。

夜月辉映下的楼台花团锦簇,临靠着城中大道,清歌欢饮,热闹非凡;独有座中的诗人自江南来京城漂泊,听歌女唱一支鹧鸪清曲在春风中飘扬,思乡情切不忍倾听。诗人的视角从远至近,由外及内,步步引入;诗歌词简意丰,有虚有实,酒楼里灯红酒绿、觥筹交错的热闹场面用虚处着笔,实写歌女之清歌妙曲,突出其技艺之高超、乐曲之动人,借此表现了宴席上歌助酒兴的欢悦气氛。《鹧鸪曲》哀婉清怨,撩动诗人的乡情别怨,故有莫唱鹧鸪之请求;赠诗之举,是诗人与歌者心声交流的表现;此诗辞浅意深,曲折感人。

咏物诗除《鹧鸪》外,咏花草有《莲叶》:“移舟水溅差差绿,倚槛风摆柄柄香。多谢浣纱人未折,雨中留得盖鸳鸯。”《菊》:“王孙莫把比蓬蒿,九日枝枝近鬓毛。露湿秋香满池岸,由来不羡瓦松高。”《海棠》:“春风用意匀颜色,销得携觞与赋诗。秾丽最宜新著雨,娇娆全在欲开时。莫愁粉黛临窗懒,梁广丹青点笔迟。朝醉暮吟看不足,羡他蝴蝶宿深枝。”用白描、拟人手法来勾勒花叶的特点,也用工笔细致描摹花叶的姿态、颜色、香味,清新流利,语言工丽。

郑谷科途坎坷,在外游宦,又经丧乱,晚年归隐。他的行旅、送别、感遇、寄赠等诗既抒发个人际遇的感慨,也有山水景物的摄入,如《下第退居》二首:

其一

年来还未上丹梯,且著渔蓑谢故溪。
落尽梨花春又了,破篱残雨晚莺啼。

其二

未尝青杏出长安,豪士应疑怕牡丹。

只有退耕耕不得，茫然村落水吹残。

诗歌描写了诗人下第而归的惆怅、茫然、失落的心境，将失意之情融入乡村春景之中。郑谷书写的山水景物清新奇巧，《七祖院小山》："小巧功成雨藓斑，轩车日日扣松关。峨嵋咫尺无人去，却向僧窗看假山。"写僧院中的假山小巧玲珑，比峨眉山更吸引诗人。因时常寄居寺院，与僧人相为伴，郑谷诗中多有僧人形象出现，"僧"字凡四十余处。《东蜀春晚》写诗人在他乡送别朋友及所见晚春江景："如此浮生更别离，可堪长恸送春归。潼江水上杨花雪，刚逐孤舟缭绕飞。"《下峡》："忆子啼猿绕树哀，雨随孤棹过阳台。波头未白人头白，瞥见春风滟滪堆。"《渭阳楼闲望》写眼前景"细雨不藏秦树色，夕阳空照渭河流"，发心中意"后车宁见前车覆，今日难忘昨日忧"。人到中年，过新年时尤多感慨，《中年》："漠漠秦云淡淡天，新年景象入中年。情多最恨花无语，愁破方知酒有权。苔色满墙寻故第，雨声一夜忆旧田。衰迟自喜添诗学，更把前题改数联。"情多入心，花却难以言表；愁满盘肠，酒却无法消解；诗人只能避居乡间，以诗为伴，虽老亦喜。

在行旅、游宦、访旧途中，郑谷见社会乱离和时局变化的景况，写入诗中，如《久不得张乔消息》：

天末去程孤，沿淮复向吴。
乱离何处甚，安稳到家无？
树尽云垂野，樯稀月满湖。
伤心绕村落，应少旧耕夫。

张乔是安徽池州人，"咸通十哲"之一，与郑谷为诗友。此诗开篇暗用杜甫《天末怀李白》的典故，表达诗人对友人的牵挂：你这番孤独旅程如去天尽头，从长安出发，再沿着淮水奔向吴地；处处兵燹（xiǎn）战乱，不知道你能否平安到家？眼前景色荒凉，树林尽头，云幕低垂田野，船的桅杆稀疏，月光溢满湖；我心怀悲伤，绕着村落转，见乡间农田少了耕夫。此诗把怀友与乱离结合在一起，反映了战乱后乡村的凋敝景象，感念甚深，情思曲挚，用语形象贴切，风格清婉悲凉。这类涉及社会现实的诗歌近百首，如《峡中寓止二首》其一"荆州未解围，小县结茅茨。强对官人笑，甘为野鹤欺”，秦宗权的军队围困荆州，自己避居小县，困苦受欺；其二“传闻殊不定，銮辂几时还”，写僖宗因受强藩威胁出逃之事。《访姨兄王斌渭口别墅》：“少小曾来此，悲凉不可言。访邻多指冢，问路半移原。”以儿时记忆对比战乱后的新冢累累、陵谷变迁，感慨不已，悲凉难言。

郑谷的七绝水平较高，风调流利，思致婉转，韵味深长，如《淮上与友人别》：

扬子江头杨柳春，杨花愁杀渡江人。
数声风笛离亭晚，君向潇湘我向秦。

唐代长江的入海口在镇江、扬州一带，《镇江府志》记载：“焦山东北有二岛对峙，谓之海门。”长江入海段与钱塘江入海段相似，呈喇叭状，下游宽达数十公里，海潮可直达扬州城外的扬子津；扬州在江淮之间，亦属淮上地区。郑谷与友人在扬州分别，两人各奔前程，南北殊途，黯然伤魂。首句写江头春色的乐景，扬子江头杨柳青青，点出分别的地点、时间，反衬出次句的哀情，柳絮飞舞，渡江人临别愁苦；第三句以笛声悠扬引出离思悠远，两人离亭饯别直至日暮，随着船只渐远，风中隐约传来笛声，夕阳斜照着离亭；第四句指出两人各向天涯，你要南下潇湘，我要北上长安。郑谷此诗写景如画，疏朗有致，别具风韵；抒情深挚，景中寓情，借柳丝之长条、杨花之乱絮，比拟两人漂泊天涯的羁旅伤情和深重愁绪。诗的开篇别开生面，语言优美动听，“扬子江头”“杨柳春”“杨花”等同音字回环反复，轻爽流利而声韵谐和；结尾富于情韵，以叙事来结束，使诗歌的写景抒情突然停止而余味深长。后人称赞此诗格调高逸而清音有余，自然意厚而风韵绝佳，类盛唐风格，足堪压卷。

另一首七绝佳作《淮上渔者》，用白描的手法来写渔民的生活，饶有风味。

白头波上白头翁，家逐船移江浦风。
一尺鲈鱼新钓得，儿孙吹火荻花中。

前两句写白发渔翁驾船在白浪里钓鱼，以船为家，随江风漂浮移动；刚好钓上一条尺多长的肥美鲈鱼，儿孙们赶忙用荻花吹燃火苗。诗歌开篇用叠字句式，呈现一种朗朗上口的音节流转之美；全诗的语言质朴自然，明白晓畅，描绘了老渔翁一家常年住在渔船上逐水而居的生活，写儿孙们引火煮鱼的忙碌，颇得渔家生活的野趣，形象鲜明生动，诗风清新活泼，有南方民歌的味道。

二、写实讽世之诗人诗作

1. 罗隐

罗隐(833—910)，原名罗横，字昭谏，杭州人。少时英敏，文笔俊拔。应进士试凡十多次，皆落第，史称“十上不第”，改名罗隐，自号江东生，隐居九华山。光启三年(887)，归依吴越王钱镠，历任钱塘令、司勋郎中、给事中等职，人称罗给事。卒年七十八。罗隐具有强烈的现实关怀和批判精神，他的《谗书》《两同书》等，揭露当时社会，提出仁政思想；《说天鸡》《汉武山呼》《三闾大夫意》《叙二狂生》《梅先生碑》等杂文，嬉笑怒骂，涉笔成趣；诗歌颇有讽刺现实之作，有的诗句精警通俗，如“时来天地皆同力，运去英雄不自由”“家财不为子孙谋”“今朝有酒今朝醉”等，在民间流传甚广，成为经典名言。

作为一个拥有鲜明个性和独特思想的人，罗隐的诗歌表现出一种与众不同的新意与深刻的力量，如咏史诗采用翻案的写法，《西施》：“家国兴亡自有时，吴人何苦怨西施。西施若解倾吴国，越国亡来又是谁?”首两句指出国家兴替在于时势的变化，不在于“红颜祸水”，吴国灭亡的责任不在西施；接着提出假设和疑问，吴亡归罪于西施的话，越国灭亡又能归罪谁呢？诗人通过逻辑的推进，指出传统看法的谬误，对历史成见作了一次有力的翻案。《筹笔驿》感怀诸葛亮的时运不济：

抛掷南阳为主忧，北征东讨尽良筹，
时来天地皆同力，运去英雄不自由。
千里山河轻孺子，两朝冠剑恨谯周，
惟余岩下多情水，犹解年年傍驿流。

四川广元的筹笔驿是诸葛亮出兵伐魏时的驻军筹划之处，诗人在此地感怀史事：首联写诸葛亮的苦心孤诣，别离南阳出山，为刘备分忧，北攻曹操，东打孙权，筹谋计策；颔联议论天时运力对英雄的影响，指出诸葛亮得天时地利之助力而成就大业，惋惜后来时运不济、英雄末路时的无奈；颈联叹恨诸葛亮死后，谯周劝后主刘禅（孺子阿斗）降魏，断送了蜀国的千里山河，蜀国两朝文臣武将为之遗恨；尾联归结到眼前的筹笔驿景色，只有山岩下的水如在倾诉往事，年年傍着驿亭而奔流不息。罗隐称赞诸葛亮的政治军事才能和忠心勤苦，将其功业成败归于天命时运，惋惜蜀国短暂兴亡，并对懦弱昏庸的刘禅和主降苟安的奸臣加以贬斥，诗歌的叙事、议论、写景、抒情相结合，语言简练有力，自然流畅。罗隐关心边疆国事，在《夏州胡常侍》赞许胡常侍的英勇雄姿，比之为“大刀长戟汉诸侯”，称其“国计已推肝胆许，家财不为子孙谋”的忠义为国，表达敬仰与期许：“仍闻陇蜀由多事，深喜将军未白头。”

在四川广元，罗隐想起同游锦江城的蔡氏兄弟，写诗《魏城逢故人》（又题《绵谷回寄蔡氏昆仲》）以寄远思。

一年两度锦城游，前值东风后值秋。
芳草有情皆碍马，好云无处不遮楼。
山将别恨和心断，水带离声入梦流。
今日因君试回首，淡烟乔木隔绵州。

首联点出时间、地点、事件，诗人在春天、秋天两次游玩锦江城；接着两联展开景色描写，融情入景，情景交融，芳草萋萋，阻碍马的奔跑，似有情意，白云片片，遮掩楼阁，若隐若现；青山高耸，隔断交流，心恨别离，绿水长流，倾诉心声，相思入梦；尾联点出写诗的因由，诗人来到绵谷（今四川广元），回首看见绵州（今四川绵阳）隐没在淡淡的烟雾和高大的树木之中，特意写诗给两度同游的蔡氏兄弟，表达对他们的怀念和留恋。诗歌结构精巧，物我交融，含蓄有味，情韵悠长。

罗隐善于嘲世，又富有幽默感地自嘲，在失意的表象下，骨子里是傲世独立的精神。他在写给妓女的诗里开玩笑，《赠妓云英》：“钟陵醉别十余春，重见云英掌上轻。我未成名卿未嫁，可能俱是不如人。”对认识多年的妓女云英仍操旧业而加以嘲笑，兼自嘲落魄，实际是重情重义之人的一种同病相怜的知己情感，以及对世道的不满。《赠渔翁》:“叶艇悠扬鹤发垂,生涯空托一纶丝。是非不向眼前起,寒暑任从波上移。风漾长歌笼月里,梦和春雨昼眠时。逍遥此意谁人会,应有青山渌水知。”称赞老渔翁居舟钓鱼、任运自然、逍遥度日的生涯与形象,寄寓着诗人的向往。《自遣》一诗似随口道出:

得即高歌失即休,多愁多恨亦悠悠。
今朝有酒今朝醉,明日愁来明日愁。

诗人用日常口语描绘了自己的生活、心理状态:得到时欢喜高歌,失去时也坦然面对,愁恨虽多,心也悠然,今天有酒暂且喝醉,明天的烦恼留等明日。诗的语言浅显通俗而朗朗上口,诗意有哲理,有滋味。罗隐的咏物诗往往抓住物的特点来展开描写和议论,有理致,有新意,如讽刺小诗《雪》:“尽道丰年瑞,丰年事若何?长安有贫者,为瑞不宜多!”一反“大雪兆丰年”的传统说法,下雪不宜过多,皆因长安城的贫苦百姓会遭遇冬季大雪的寒冷困苦。《蜂》一诗含意深刻:

不论平地与山尖,无限风光尽被占。
采得百花成蜜后,为谁辛苦为谁甜。

蜜蜂飞越平地、高山寻找花朵,见过无限美丽的风景,采得百花酿成蜜,却不知最后是为了谁。诗歌语言简练,浅显易懂,却富含生活哲理和深刻的社会意义。《鹭鸶》:“斜阳淡淡柳阴阴,风袅寒丝映水深。不要向人夸洁白,也知常有羡鱼心。”描绘了鹭鸶的洁白优美之姿和自由的向往,以之自喻。唐人喜爱牡丹,罗隐有《牡丹》诗,盛赞牡丹之天姿国色:“若教解语应倾国,任是无情亦动人。芍药与君为近侍,芙蓉何处避芳尘。”诗句亦为人称赏。

2. 皮日休

皮日休(约838—883),字逸少,后改袭美,曾隐居襄阳鹿门山,道号鹿门子,又自号间气布衣、醉吟先生、醉士等,湖北竟陵(今天门)人。为人耿介不随,才华出众,因貌丑、左目似眇而以榜末中咸通八年进士。历任苏州从事、著作佐郎、太常博士、毗陵副使等职。后参加黄巢起义，或言“陷巢贼中”（辛文房《唐才子传》），任翰林学士，兵败失踪。诗文多抨击时弊、同情民间疾苦，兼得奇、朴两种风格。咸通十年（869 年），皮日休任苏州刺史崔璞的从事，与陆龟蒙结识，彼此唱和，并称“皮陆”。

皮日休的诗歌主要揭露唐末社会的现实黑暗，反映人民疾苦。如《橡媪叹》：

> 秋深橡子熟，散落榛芜冈。伛偻（yǔ lǚ）黄发媪（ǎo），拾之践晨霜。
> 移时始盈掬（jū），尽日方满筐。几曝复几蒸，用作三冬粮。
> 山前有熟稻，紫穗袭人香。细获又精舂，粒粒如玉珰。
> 持之纳于官，私室无仓箱。如何一石余，只作五斗量！
> 狡吏不畏刑，贪官不避赃。农时作私债，农毕归官仓。
> 自冬及于春，橡实诳饥肠。吾闻田成子，诈仁犹自王。
> 吁嗟逢橡媪，不觉泪沾裳。

诗歌刻画了一个拾橡子充饥的老妇人形象，表达诗人对官府盘剥克扣农民的愤慨和对下层人民苦难的深切同情。前八句写老妇人艰辛拾橡子，以作口粮；中间十四句写官府对农民种出的稻米搜刮殆尽，老妇人只好拾橡子维生；后四句抒发内心的慨恨与同情。橡子是橡树的果实，苦涩难食，老妇人却要靠秋天捡拾得来做过冬的口粮，辛勤种植、收割的粮食却被贪官狡吏盘剥而去，目睹此情形，皮日休想起春秋时齐国宰相田常，以大斗贷出、小斗收进粮食，收买人心，子孙后来夺了齐王之位，而现在的官吏剥削百姓不屑于假装仁义，眼前这位悲惨的老妇人，令人伤心落泪。此诗将描写、叙事、议论、抒情相结合，语言质朴通俗，刚健有力，诗的开篇寥寥数语，勾勒出一幅老妇人清晨冒着秋霜在荒山拾橡的动态图，形象生动；诗中写贪官污吏对农民敲诈勒索的凶残狡诈和肆无忌惮，入木三分。诗人对统治者残酷本性的揭露与批判，以及对民众的同情与哀伤，显示他关心国事、关怀人民的优秀品格。

他善于思考，写诗能出新意，如咏史诗《汴河怀古二首》，其一：“万艘龙舸（gě）绿丝间，载到扬州尽不还。应是天教开汴水，一千余里地无山。”写隋炀帝南下扬州的庞大龙舟船队以及一去不复返的灭亡，突出汴河的畅通无阻。其二是名篇：

尽道隋亡为此河，至今千里赖通波。
若无水殿龙舟事，共禹论功不较多。

诗歌先说隋亡于大运河的论调，接着肯定大运河的巨大作用，然后从反面设难，认为隋炀帝如果没有大兴龙舟纵情享乐之豪举，他修筑大运河的功绩堪与大禹治水相媲美。皮日休批驳了传统的观点，从功过是非两方面对隋炀帝重新评价，立意新奇，议论精辟，让人耳目一新。作者使用翻案法，明为隋炀帝洗刷罪名，实际上谴责其暴虐无道，因为历史事实不能改变，假设是不存在的，功绩无法抵消罪孽，昏君也不可能与圣人相提并论，这种批判的手段就更为巧妙与严厉。《馆娃宫怀古》写吴国馆娃宫的破败景象，发奢华成空的怀古幽情："艳骨已成兰麝土，宫墙依旧压层崖。弩台雨坏逢金镞（zú），香径泥销露玉钗。砚沼只留溪鸟浴，屧（xiè）廊空信野花埋。姑苏麋鹿真闲事，须为当时一怆怀。"馆娃宫是吴王夫差于灵岩山为西施而建，如今美人早已香消玉殒，宫苑一片荒芜，麋鹿在姑苏台游荡，想起伍子胥对吴亡命运的预言，令人伤怀。末两句暗用"荒台麋鹿"的典故，抒发朝代兴废的无常之感。诗歌寓情于景，托古讽今。

皮日休的日常生活主要是读书作诗、赏花看景，如《读书》一诗写"家资是何物，积帙列梁梠。高斋晓开卷，独共圣人语。英贤虽异世，自古心相许。案头见蠹鱼，犹胜凡俦侣。"闲来写诗，如《初冬偶作》："豹皮茵下百余钱，刘堕闲沽尽醉眠。酒病校来无一事，鹤亡松老似经年。"友人来访，共谈心事，作诗言志，如《润卿鲁望寒夜见访，各惜其志，遂成一绝》："世外为交不是亲，醉吟俱岸白纶巾。清风月白更三点，未放华阳鹤上人。"避世隐居中有两位知交好友相醉吟，虽同为失意之人，不失为赏心乐事。润卿应是南阳的许道士，鲁望即陆龟蒙，皮日休在苏州时常与陆龟蒙相过从，共酬唱，笔下颇多描写吴中山水的篇章，如《奉和鲁望四明山九题》，所摄景物清奇幽逸，如《青棂子》"衔来多野鹤，落处半灵泉"，《过云》"以杖探虚翠，将襟惹薄明"；再如《奉和鲁望樵人十咏》其一《樵溪》的"橡实养山禽，藤花蒙涧鹿"。到周边景点游玩，《惠山听松庵》："千叶莲花旧有香，半山金刹照方塘。殿前日暮高风起，松子声声打石床。"抓住寺庙中的松树松子落下打石床的声音来写，颇有意趣。其他还有《寄题天台国清寺齐梁体》"怪来烟雨落晴天，元是海风吹瀑布"，写晴天飘来烟雨的奇特景观；《西塞山泊渔家》写渔家的生活"白纶巾下发如丝，静倚枫根坐钓矶。中妇桑村挑叶去，小儿沙市买蓑归。雨来莼菜流船滑，春后鲈鱼坠钓肥。西塞山前终日客，隔波相羡尽依依"，令诗人心生欣羡之意；《初冬章上人院》写寺院僧人的闲静生活"寒到无妨睡，僧吟不废禅"；除夕夜仍在外漂荡时，难以入眠，"挑灯犹故岁，听角已新年"（皮日休《旅舍除夜》）；过函谷关时，见"破落古关城，犹能扼帝京。今朝行客过，不待晓鸡鸣"（皮日休《古函关》）。

他的日常闲适诗有自己的独特情趣，如《闲夜酒醒》：

醒来山月高，孤枕琴书里。
酒渴谩思茶，山童呼不起。

酒醒后见山月高挂，相伴而眠的只有琴书，口渴欲喝茶水，山童酣然大睡，呼叫不起。诗人把夜半酒醒渴而醒、欲呼山童备茶的一件小事写得颇有趣味，语言浅显，却描绘出一幅生动的山居生活图，表现了朴实、淡泊的隐居生活之趣。又有《春夕酒醒》见残余的红烛在滴蜡，"夜半醒来红蜡短，一枝寒泪作珊瑚"。《钓侣二章》写垂纶生活的平凡而有趣之事，其一"惊怪儿童呼不得，尽冲烟雨漉车螯"，其二"烟浪溅篷寒不睡，更将枯蚌点渔灯"。他的咏物诗也颇有意趣，如《咏蟹》：

未游沧海早知名，有骨还从肉上生。
莫道无心畏雷电，海龙王处也横行。

从螃蟹的生长特征来写，内肉外壳，横行沧海，这样的特性被视为横行霸道的典型，皮日休却赋予了新的解读，称赞蟹的铮铮之骨和不畏强权的反抗精神。赏花咏花之作，如《天竺寺八月十五日夜桂子》："玉颗珊珊下月轮，殿前拾得露华新。至今不会天中事，应是嫦娥掷与人。"奇想妙得。其他如《重题蔷薇》"可怜细丽难胜日，照得深红作浅红"，《夜看樱桃花》"纤枝瑶月弄圆霜，半入邻家半入墙"，《金钱花》"莫向人间逞颜色，不知还解济贫无"，都风格清新，匠心独具。

3. 陆龟蒙

陆龟蒙（? —881），字鲁望，自号天随子、江湖散人、甫里先生等，江苏长洲（今苏州）人。自小聪明，善谈笑，举进士不第，曾作湖州、苏州刺史幕僚。后隐居松江甫里（今江苏吴县角（lù）直）。其诗求讲博奥险怪，七绝较爽利。其文《登高文》《记稻鼠》《野碑庙》等忧时愤世之作，批判效果强烈；亦有《幽居赋》《杞菊赋》等闲情逸致之作，自成一家。

陆龟蒙有部分诗歌愤慨世事，忧念生民，如《杂讽九首》，用上古神话等典事、奇特动物和器物等意象，来讽喻当时社会的动乱，诗风高古、险峻，如其一：

红蚕缘枯桑，青茧大如瓮。
人争捩其臂，羿矢亦不中。
微微待贤禄，一一希入梦。
纵操上古言，口噤难即贡。
蛟龙在怒水，拔取牙角弄。
丹穴如可游，家家畜孤凤。
凶门尚儿戏，战血波澒溶。
社鬼苟有灵，谁能遏秋恸。

从诗中描绘的红蚕、青茧、蛟龙、孤凤等奇特意象，托喻了诗人看到的种种乱象与不安，战争的残酷与民众的悲恸。其九抒发壮士心苦之悲歌："朝为壮士歌，暮为壮士歌。壮士心独苦，傍人谓之何。古铁久不快，倚天无处磨。将来易水上，犹足生寒波。"以及诗人目睹碧天染血的叹嗟。《村夜二篇》其一写诗人在初冬天寒之际客居孤村，又值生病，顿起思乡之念，吟诗抒怀，"幽忧废长剑，憔悴惭清镜。只会鱼鸟情，讵知时俗性"，继而写当时乡村之贫困，"吾家在田野，家事苦辽敻。耕稼一以微，囷仓自然罄。愁襟风叶乱，独坐灯花迸。明发成浩歌，谁能少倾听"；其二从自己归耕田园写起，中间进行贫富对比，目睹此况却无用武之地，进而叹息自己的怀才不遇之孤愤，"世既贱文章，归来事耕稼。伊人著农道，我亦赋田舍……万户膏血穷，一筵歌舞价。安知勤播植，卒岁无闲暇……平生守仁义，所疾唯狙诈。上诵周孔书，沉溟至酣藉。岂无致君术，尧舜不上下。岂无活国方,颇牧齐教化……长吟倚清瑟,孤愤生遥夜。自古有遗贤,吾容偏称谢”。《丁隐君歌》写华阳道士丁翰之南游归来,其居所最为奇秀,隐居生活十分闲适,“盘烧天竺春笋肥,琴倚洞庭秋石瘦。草堂暗引龙泓溜,老树根株若蹲兽。霜浓果熟未容收,往往儿童杂猿狖”,接着写到黄巢起义引起的社会动乱,唯有丁隐君从容淡定,“去岁猖狂有黄寇,官军解散无人斗。满城奔迸翰之闲,只把枯松塞圭窦”。

陆龟蒙的古体诗风格多奇峭,表现为铺张扬厉的手法,纵横捭阖的气势,峭拔险怪的境界,僻字险韵的运用。如《奉酬袭美先辈吴中苦雨一百韵》,酬和皮日休之作,明写吴中苦雨,实写战争带给人民之悲苦,中间充分铺展民众生活困顿,抒发自己内心的悲愤,再归结到自己的苦痛,再扩大到三吴人民的苦痛,向三吴太守进言,称赞皮日休之才干,“宵旰悯烝黎,谟明问征伐。王师虽继下,贼垒未即拔。此时淮海波,半是生人血。霜戈驱少壮,败屋弃羸耋。践蹋比尘埃,焚烧同稿秸……幽忧和愤懑,忽愁自惊蹶。文兮乏寸毫,武也无尺铁。平生所韬蓄,到死不开豁。念此令人悲,翕然生内热……其时心力愤,益使气息辍。永夜更呻吟,空床但皮骨……看花虽眼晕,见酒忘肺渴。隐几还自怡,蓬卢亦争喝……三吴明太守,左右皆儒哲。有力即扶危,怀仁过救暍。鹿门皮夫子,气调真俊逸。截海上云鹰,横空下霜鹘。文坛如命将,可以持玉钺。不独扆羲轩,便当城老佛……古来愁霖赋,不是不清越。非君顿挫才,沴气难摧折。驰情扣虚寂,力尽无所掇。不足谢徽音,只令凋鬓发”。诗人借助想象、夸张、比喻手法,用神话与典故,反复刻画久雨及带来的困苦,淋漓尽致。他的长篇古体皆具有这种纵横捭阖、跌宕起伏的气势,如《江湖散人歌》写江湖散人之奇特形象,开篇:“江湖散人天骨奇,短发搔来蓬半垂。手提孤篁曳寒茧,口诵太古沧浪词。”一个任诞不羁的高古之人立于纸上,接着对比上古社会与现实,谴责现实的虚诈世风,抒发内心的郁愤:“所以头欲散,不散弁峨巍。所以腰欲散,不散佩陆离。”《奉和袭美古杉三十韵》写了古杉的奇特形象,意象峭拔险怪,“下连金粟固,高用铁菱披。挺若苻坚棰,浮于祖纳椎。峥嵘惊露鹤,趔趄阂云螭。傍宇将支压,撑霄欲抵隳。背交虫臂揭,相向鹘拳追。格笔差犹立,阶干卓未麾。鬼神应暗画,风雨恐潜移”,语言生僻,押险韵。

陆龟蒙的格律诗风格平淡,内容多写隐居、闲游、日常交游等,情感冲淡,语言平易,如退隐松江时的《自遣诗三十首》就是一组描写闲居生活的作品。

其二

雪下孤村淅淅鸣，病魂无睡洒来清。
心摇只待东窗晓，长愧寒鸡第一声。

其十

偶然携稚看微波，临水春寒一倍多。
便使笔精如逸少，懒能书字换群鹅。

其二十一

贤达垂竿小隐中，我来真作捕鱼翁。
前溪一夜春流急，已学严滩下钓筒。

第一首写雪夜无眠的彷徨和清醒；第二首写与童稚去看春水微波之景；第三首写垂竿钓鱼于春日溪水中。上述三诗皆是抒发隐居生活的日常感受，平凡、细碎、浅易，却耐人寻味、富有意味，诗风清新淡和。《新秋杂题六首》分咏六种行为：

倚

橘下凝情香染巾，竹边留思露摇身。
背烟垂首尽日立，忆得山中无事人。

坐

偶避蝉声来隙地，忽随鸿影入辽天。
闲僧不会寂寥意，道学西方人坐禅。

行

寻人直到月坞北，觅鹤便过云峰西。
只今犹有疏野调，但绕莓苔风雨畦。

吟

忆山摇膝石上晚，怀古掉头溪畔凉。
有时得句一声发，惊起鹭鹚和夕阳。

眠

一簟临窗薤叶秋，小帘风荡半离钩。
魂清雨急梦难到，身在五湖波上头。

食

日午空斋带睡痕，水蔬山药荐盘飧。
林鸟信我无机事，长到而今下石盆。

诗人把倚、坐、行、吟、眠、食这六种日常生活中的基本动作行为分别描绘出来，如六幅迅速勾勒出来的人物画，笔墨写意，背景疏淡，语言平易，倚之“背烟垂首尽日立”，坐之“道学西方人坐禅”，行之“但绕莓苔风雨畦”，吟之“有时得句一声发”，眠之“身在五湖波上头”，食之“水蔬山药荐盘飧”，反映出诗人随意、静寂、疏野、安适、萧散的生活状态，诗歌景物清新，情感冲淡，意境悠远。

他与皮日休的唱和之作中多写日常生活中的器具、景物、人事，围绕酒、茶、钓鱼、赏花、玩石等琐物碎事、闲情逸致展开，如《和袭美春夕酒醒》：

几年无事傍江湖，醉倒黄公旧酒垆。
觉后不知明月上，满身花影倩人扶。

写闲适生活与酒为伴，醉后见明月映花，自己东倒西歪的趣样。《和袭美木兰后池三咏》写三种水上植物：重台莲花、浮萍、白莲。其三《白莲》：

素花多蒙别艳欺，此花端合在瑶池。
无情有恨何人觉，月晓风清欲堕时。

素雅之花常被艳丽之花欺压，洁白莲花应该生长在瑶池之中；情感淡泊，心有遗恨，却无人发觉，直待明月映照、清风吹拂，即将凋落之时。此诗借白莲花之高雅脱俗却被压制，无人赏识、独自凋零的景况，来抒发自己内心隐藏的郁结。诗歌取神略形，从物的特点来吟咏其神韵、精神，用象征的手法将之人格化、个性化了，别有思致，宛然可掬。又有《玩金鸂鶒戏赠袭美》玩弄金鸂鶒“不知镂羽凝香雾，堪与鸳鸯觉后闻”，《正月十五惜春寄袭美》“见织短篷裁小楫，挐烟闲弄个渔舟”，富有生活意趣。他的写景诗风格冲淡幽深，有清逸之概，景物生动如画，如《晚渡》：

半波风雨半波晴，渔曲飘秋野调清。
各样莲船逗村去，笠檐蓑袂有残声。

勾勒出一幅傍晚渡口的风景画，江面半边晴云倒映，半边波浪翻涌，清新的渔歌飘荡在秋江上；各式莲船纷纷归岸成群，不时传来解下斗笠蓑衣的细碎声音。《冬柳》："柳汀斜对野人窗，零落衰条傍晓江。正是霜风飘断处，寒鸥惊起一双双。"写冬日隐士家窗外是一片柳林，柳树枝条被霜风折断，飘落清晨的江面，惊起一双双寒鸥，景物清丽，描写生动。

4. 黄巢

黄巢(820—884)，唐末农民起义军领袖，勇猛善战，胆识过人。曹州冤句县（今山东菏泽市牡丹区）人。出身盐商家庭，善于骑射，粗通笔墨，少有诗才。成年之后，没有通过科举考试。关东大旱时，积极收拢难民。乾符二年(875)六月，响应王仙芝起义，后王仙芝战死，黄巢成为起义军领袖，号称"冲天大将军"，年号"王霸"。乾符六年(879)，围攻广州。广明元年(880)，进入洛阳，突破潼关，进入长安，即位于含元殿，国号"大齐"，年号"金统"。在唐朝将领李克用、王重荣等人的猛烈进攻下，退出长安。中和四年(884)，战死于狼虎谷，时年六十五岁；一曰兵败逃亡为僧，《自题像》或出其手："记得当年草上飞，铁衣著尽著僧衣。天津桥上无人识，独倚栏干看落晖。"可信度不高。

黄巢为人有霸气，存两首菊花诗，一是《题菊花》：

飒飒西风满院栽，蕊寒香冷蝶难来。
他年我若为青帝，报与桃花一处开。

秋风飒飒吹院落，栽种的菊花此时盛开，花蕊花香带着寒意，难引蝴蝶蜜蜂前来；有朝一日我做了青帝，主司百花盛开时节，必定让菊花和桃花同在春天开放。诗人的大胆想象、豪迈精神和超强的掌控欲都一览无余。诗歌采用比兴手法，托物言志，一反传统对菊花孤高绝俗品格的解读，而立志于扭转这种不公平的待遇，从而抒发了一种勇于掌握、改变命运的雄胆伟略和飞扬跋扈的浪漫主义激情。

在应试进士科下第后，满怀愤恨的黄巢写了一首《不第后赋菊》：

待到秋来九月八，我花开后百花杀。
冲天香阵透长安，满城尽带黄金甲。

秋天来，百花凋零，独有菊花处处盛开，香透长安城，黄色花蕊铺满一地。诗人借菊花之傲霜而开的顽强精神，来比喻自己的果敢坚定、勇猛抗争。诗歌辞采壮丽，设喻新奇，气魄恢宏，境界豪迈，一位甲胄披身的英雄形象跃然纸上。

5. 杜荀鹤

杜荀鹤（约 846—904），字彦之，因居九华山，自号九华山人，安徽池州石埭（今石台县）人。他出身寒微，虽有诗名，屡试不第，游浙、闽、赣、湘诸地。中年始登进士第，因政局动荡未授官，返乡闲居。后得朱温表荐，授翰林学士、主客员外郎。因患重疾，旬日而卒。存诗三百余首，部分作品反映唐末社会灾难和民生疾苦，宫词也很有名；因诗歌语言通俗、风格清新，后人称杜荀鹤体。

《山中寡妇》通过一个失去丈夫的农家妇女之不幸遭遇，反映当时统治者的残酷剥削和民众的悲惨命运。

夫因兵死守蓬茅，麻苎（zhù）衣衫鬓发焦。
桑柘（zhè）废来犹纳税，田园荒后尚征苗。
时挑野菜和根煮，旋斫生柴带叶烧。
任是深山更深处，也应无计避征徭。

前两句写丈夫死于战乱，这个山中寡妇独守茅屋，身穿苎麻布衣衫，鬓发干涩发黄；三、四句写其受到官府的征缴，桑树柘树废毁了，仍要交纳蚕丝税，田地已荒芜，还要征税交青苗；五、六句写其生活之清苦贫困，时常外出挖野菜，连着根须同煮，随即四处砍生柴，带着叶子一起烧；末两句是诗人的议论，也是寡妇心中的感叹，任凭住在深山更深的偏僻处，也无法逃脱官府的赋税和徭役。诗歌语言朴实，情感沉郁悲愤，富于感人的力量。其他如《乱后逢林叟》“因供寨木无桑柘，为著乡兵绝子孙”、《题所居村舍》“蚕无夏织桑充寨，田废春耕犊劳军”、《旅泊遇郡中叛乱示同志》“握手相看谁敢言……乱杀平人不怕天”、《自江西归九华有感》“无衣织女桑犹小，阙食农夫麦未黄”、《再经胡城县》“去岁曾经此县城，县民无口不冤声。今来县宰加朱绂，便是生灵血染成”、《蚕妇》“年年道我蚕辛苦，底事浑身着苎麻”、《田翁》“官苗若不平平纳，任是丰年也受饥”、《雪》“拥袍公子休言冷，中有樵夫跣足行”等诗句，皆从各个角度反映了唐末的民瘼与世乱，深刻沉痛，时见冷峻，语言质朴有力，发人深省。

杜荀鹤描写行旅、游览、咏物、闲适的诗篇佳作，如《经青山吊李翰林》：

何为先生死，先生道日新。
青山明月夜，千古一诗人。
天地空销骨，声名不傍声。
谁移耒阳冢，来此作吟邻。

他在经过安徽省当涂县东南的青山李白墓时，凭吊这位伟大的诗人。诗歌写李白的肉体虽亡，其道德文章日隆；明月夜，青山中，自古以来你是第一流的诗人；骨体亡而声名在，不需倚傍别声；谁能迁移耒阳的杜甫墓到此？两人可以相邻吟诗作伴。作者盛赞李白的道德文章永垂青史，对李杜二人表达深深的敬佩和缅怀之情。又有《哭陈陶》一诗：“耒阳山下伤工部，采石江边吊翰林。两地荒坟各三尺，却成开解哭君心。”以凭吊杜甫、李白的方式，来缅怀亡友陈陶，掬一把伤心泪。杜荀鹤诗歌中的写景、咏物、记事、议论，构思精巧，或清新，或精辟，如《冬末同友人泛游湘》“就船买得鱼偏美，踏雪归来酒倍香”，《闽中秋思》“雨匀紫菊丛丛色，风弄红蕉叶叶声”，《小松》的“自小刺头生草丛，而今渐觉出蓬蒿。时人不识凌云木，直待凌云始道高”，《山居自遣》“无人开口不言利，只我白头空爱吟”，《空闲二公递以禅律相鄙因而解之》“象外空分空外象，无中有作有中无。有无无有师穷取，山到平来海亦枯”，《题江寺禅和》“行人莫问师宗旨，眼不浮华耳不喧”等。

他的宫词也受人称赏，《春宫怨》曾被誉为唐代宫词第一。

早被婵娟误，欲妆临镜慵。
承恩不在貌，教妾若谁容。

风暖鸟声碎，日高花影重。
年年越溪女，相忆采芙蓉。

这是一首代言诗，杜荀鹤代宫女之言，抒发冷落、孤寂的哀怨，对自由自在的向往。首联写早年因貌美入宫，耽误了青春年华，受尽孤寂，对镜慵懒，不愿梳妆；颔联指出原因，取宠不在于容貌娇美，不必为谁精心妆扮；颈联写景，和暖春风，传来清脆细碎的鸟鸣声，阳光明媚，映照繁花影子重叠，反衬出宫女之幽怨；尾联写宫女的回忆与想象，每年都与家乡女伴相约一起采芙蓉。诗歌从宫女晨起懒梳妆，再到目睹大好春光，追忆过去的自在幸福，来抒发入宫后不得自由、不得宠爱的忧怨，语言自然，情致深婉，意境浑成。此诗既是代宫女寄怨写恨，也是诗人自况，抒发当时社会对人才的摧残，以及诗人对官场的厌弃和对自由的憧憬。又有《春闺怨》："朝喜花艳春，暮悲花委尘。不悲花落早，悲妾似花身。"抒发闺中女子以落花自喻、自悲，抒发青春凋零、委身于尘的哀怨。

6. 秦韬玉

秦韬玉，生卒年不详，字中明，长安人，或郃阳（今陕西合阳）人。出生尚武世家，少有辞藻，工诗，累不第，后充当宦官田令孜的幕僚，官丞郎，判盐铁。中和二年（882）特赐进士及第，编入春榜；又擢为工部侍郎、神策军判官，时人戏为"巧宦"，战乱不知所终。存诗约三十六首，皆七言，构思奇巧，语言清雅，意境浑然，多有佳句。代表作《贫女》：

蓬门未识绮罗香，拟托良媒益自伤。
谁爱风流高格调，共怜时世俭梳妆。
敢将十指夸针巧，不把双眉斗画长。
苦恨年年压金线，为他人作嫁衣裳。

前四句写贫家女出身穷困，未见识过绮罗衣裳的华丽芬芳，想托良媒说亲寻户好人家却更觉伤心；谁会喜爱我高雅的品格和情调，都去欣赏当世流行的奇特妆扮。后四句写贫家女敢于夸口自己十指灵巧善做针线，不会时时想着描画眉毛与人争短长；深深懊恼于年年手里拿着金线刺绣，都是为富人家的小姐作嫁衣裳。贫女的心理从自伤自怜，转为自夸自信，再到恼恨自叹，变化细腻，情真意哀；诗人借贫女的处境与苦痛来自况，寄寓着心中的感慨和不平。诗歌语言简丽，寄寓深刻，富有生活哲理，尤以结句“为他人作嫁衣裳”被世人所熟诵。

《长安书怀》：“凉风吹雨滴寒更，乡思欺人拨不平。长有归心悬马首，可堪无寐枕蛩声。岚收楚岫和空碧，秋染湘江到底清。早晚身闲著蓑去，橘香深处钓船横。”首联构思精巧，“乡思欺人”的说法无理而妙；诗歌写景如画，情融入景。《桧树》先用四句“翠云交干瘦轮囷，啸雨吟风几百春。深盖屈盘青麈尾，老皮张展黑龙鳞”写树之外形、姿态，后四句写树之品格脱俗、淡定，“唯堆寒色资琴兴，不放秋声染俗尘。岁月如波事如梦，竟留苍翠待何人”。其他如《题竹》“卷帘阴薄漏山色，欹枕韵寒宜雨声。斜对酒缸偏觉好，静笼棋局最多情”、《对花》“长与韶光暗有期，可怜蜂蝶却先知”、《边将》“剑光如电马如风，百捷长轻是掌中”、《钓翁》“潭定静悬丝影直，风高斜飐浪纹开。朝携轻棹穿云去，暮背寒塘戴月回”、《天街》“宝马竞随朝暮客，香车争碾古今尘”、《燕子》“曾与佳人并头语，几回抛却绣工夫”、《独坐吟》“客愁不尽本如水，草色含情更无已。又觉春愁似草生，何人种在情田里”、《读五侯传》“专国只夸兄弟贵，举家谁念子孙危”、《问古》“无门雪向头中出，得路云从脚下生”等，都是用心构思、对仗工整的佳句。

三、偏好倚艳之诗人诗作

1. 陈陶

陈陶（约 812—885），字嵩伯，自号三教布衣，福建剑浦（今南平）人，或江西鄱阳人或岭南人。早年游学长安，善天文历象，工诗，以平淡见称。屡举进士不第，遂恣游名山，隐居不仕，自称三教布衣。避乱入洪州西山（今江西新建），后不知所终。

边塞诗《陇西行四首》其一写所谓的战果，“纵饶夺得林胡塞，碛地桑麻种不生”，盐碱地价值不大；其三写一茬茬兵士替换，哀战争之苦，“同来死者伤离别，一夜孤魂哭旧营”；其四写胡汉两族经历战争与民族融合，“自从贵主和亲后，一半胡风似汉家”。其二是代表作，传诵最广，在上述第六讲分析王维的《少年行四首》其二时，笔者将二诗进行比较分析。陈陶此诗以汉代李陵伐匈奴而全军覆没的史实，反映战争给人民带来的痛苦和灾难，用“无定河边骨”和“春闺梦里人”的鲜明对比，把残酷现实与少妇美梦用蒙太奇手法剪接起来，虚实相对，造意工妙，形成了一种强烈的视觉效果和艺术感染力，读之令人凄然泪下。七绝组诗《水调词十首》也是以征人思妇为主题，其一“谁家不结空闺恨，玉箸阑干妾最多”，其二“羽管慵调怨别离，西园新月伴愁眉。容华不分随年去，独有妆楼明镜知”，其四“惆怅江南早雁飞，年年辛苦寄寒衣”，其七“长夜孤眠倦锦衾，秦楼霜月苦边心。征衣一倍装绵厚，犹虑交河雪冻深”，其九“沙塞依稀落日边，寒宵魂梦怯山川。离居渐觉笙歌懒，君逐嫖姚已十年”，皆抓住闺中少妇思念征人、独守空房、年华易逝的哀怨来写，言简意深，情感细腻真切，深婉动人。

陈陶漫游浙江、福建、广东等地时，写下一些诗歌，《旅次铜山途中先寄温州韩使君》写了行旅之中所见险峻景物，“束马过铜梁，苕华坐堪老。鸠鸣高崖裂，熊斗深树倒”“跻攀寡俦侣”“梯穷闻戍鼓，魂续赖丘祷。敞豁天地归，萦纡村落好”“驰想永嘉侯，应伤此怀抱”等诗句，透露诗人独自一路走来的所见所闻所感，从心境的忧愁到孤独、惊魂、豁朗，再到遥想、思念的变化，情感曲折，融情入景。《泉州刺桐花咏兼呈赵使君》先写刺桐花之灿烂，“仿佛三株植世间，风光满地赤城闲”，借以表达对赵使君之思念，“故国春风归去尽，何人堪寄一枝花”。

闲居于家的陈陶有《闲居杂兴五首》，其二的“中原莫道无麟凤，自是皇家结网疏”写下第之后对个人才能的肯定与自信，以及对当时人才选拔制度的批评，不要以为中国没有麒麟、凤凰般的杰出人才，只是朝廷选拔机制出现疏漏和讹误。其五“云堆西望贼连营，分阃（kǔn）何当举义兵。莫道羔裘无壮节，古来成事尽书生。”诗人见唐末流寇结寨连营，渴望将帅带领义军平定战乱；后两句议论、抒情相结合，指出士大夫并非没有壮烈节操，古来今往取得成功的都是书生。一反古代社会文人常常自叹无用武之地的说法，而肯定自我的才能与壮志。

2. 韩偓

韩偓（844—923），字致光，号致尧，小字冬郎，号玉山樵人，京兆万年（今西安)人。聪敏好学,得到姨父李商隐称赞。龙纪元年(889)进士及第,出佐河中节度使幕府。后为左拾遗、谏议大夫、度支副使、中书舍人等职。曾寓居泉州九日山延福寺。后梁龙德三年(923),病逝于龙兴寺,葬于葵山。存诗二百八十多首。他善写宫词,有《香奁集》,文笔细腻,辞藻艳丽,人称“香奁体”。佳篇如《宫词》:

绣裙斜立正销魂,侍女移灯掩殿门。
燕子不来花著雨,春风应自怨黄昏。

写一个宫中妃嫔独立黄昏,侍女召唤入殿,移灯掩门;正是春来花开之时,细雨飘洒,燕子不来,今晚又是一个独眠夜。淡淡的哀怨融化在黄昏细雨中,笔触细腻,含蓄有韵。《已凉》:

碧阑干外绣帘垂,猩血屏风画折枝。
八尺龙须方锦褥,已凉天气未寒时。

前三句用细致的工笔来描画了一位女子的闺房陈设用品,碧绿阑干外绣帘低垂,红色屏风上画着曲折的花枝,八尺长的龙须草席上摆着方形织锦被褥;最后一句点出正是已凉未寒的时节。从室外的华美到室内的典雅,诗人的镜头穿过绣帘、屏风,到达大床、锦被,一一出现的皆是物,而没有人,隐喻这个精美闺房之中缺少人气;秋意清凉,年华易逝,女子淡淡的闺怨,如凉热得宜的气温,却与红绿鲜明对比的环境形成反差。诗歌缛丽婉约而耐人寻味,不露情思而委婉含蓄,烘托出女子内心深处强烈的孤独感和火热情怀。

韩偓善用藻词丽句来细致刻画女性美与心理变化,显示出他风流多情的一面,如《偶见背面是夕兼梦》写偶然见到女子的迷人玉背,当晚难以入眠,直到某夜梦中相见,兴奋不已,“此夜分明来入梦,当时惆怅不成眠。眼波向我无端艳,心火因君特地燃”,心理刻画很细致。《偶见》写一个正在打秋千的少女,“见客人来和笑走,手搓梅子映中门”,娇羞又活泼的样子惹人喜爱;《中庭》写女子晨起慵懒,太阳升高才走出房门,也没忘记摘青梅子装饰发型,“中庭自摘青梅子,先向钗头戴一双”,颇为可爱;《天凉》写女子在寒夜里深感孤寂愁闷,

“向灯弯尽一双眉”；《五更》秋雨夜深的孤冷，“空楼雁一声，远屏灯半灭。绣被拥娇寒，眉山正愁绝”；这些诗篇都善构女性形象，生动立体。他曾与一位女子相识相恋于寒食节，同游李氏园亭，荡秋千嬉戏；却无奈分隔，数年后仍思深情重，有《寒食日重游李氏园亭有怀》：“往年同在鸾桥上，见倚朱阑咏柳绵。今日独来香径里，更无人迹有苔钱。伤心阔别三千里，屈指思量四五年。料得他乡遇佳节，亦应怀抱暗凄然。”重回当年的相恋之地，韩偓不禁今昔对比，悲从中来，直接抒发了与佳人相隔千里、离别数年的伤心。又有《夜深》（又名《寒食夜》）：

恻恻轻寒翦翦风，小梅飘雪杏花红。
夜深斜搭秋千索，楼阁朦胧细雨中。

凄恻的寒风刺人肌肤，梅花凋零如雪飘落，而红杏花正在绽放；深夜庭院，秋千索斜搭在木架上，楼阁掩映在朦胧烟雨中。四句写景，却景中见意，篇内有人，一个春色浓艳而凄迷怅惘的寒食夜，诗人触景生情，秋千仍在，佳人难觅，追念往昔。另一首同题之作透露两人分隔的孤独无伴：“清江碧草两悠悠，各自风流一种愁。正是落花寒食夜，夜深无伴倚南楼。”分别之后，韩偓每当寒食节，相思情重，《寒食夜有寄》：“风流大抵是伥伥，此际相思必断肠。云薄月昏寒食夜，隔帘微雨杏花香。”

转徙各地的韩偓目击唐末社会乱离，写于笔下，如《自沙县抵龙溪县值泉州军过后村落皆空因有一绝》：

水自潺湲日自斜，尽无鸡犬有鸣鸦。
千村万落如寒食，不见人烟空见花。

首句写河水慢慢流淌，太阳渐渐西下；这句诗中景物的节奏之缓慢，似写岁月静好之时。次句写周围听不到鸡犬之声，只有乌鸦在低哑鸣叫；诗意的转折引起读者的悬念。第三、四句，千万个村落如过寒食节之时，不见炊烟袅袅，只见野花在开；诗人巧用寒食节不开灶火的冷寂来譬喻，写出军队过后，村落百姓遭受劫掳残害的荒凉与苦难。此诗写于韩偓自赣入闽后，见战乱后农村人烟灭绝的悲惨景象，诉诸笔端，以控诉战争的罪恶，抒发忧国忧民的情怀。首句连用两个“自”字，增强了文字的表现力，水之自流，无舟往来，日之自斜，无人耕作，恬静表象下是无人活动的荒凉；故次句写声，点明了村落唯有鸦鸣，无鸡犬之声；三、四句进一步写空无人烟的死寂。诗人巧妙地写所见所闻，写“有”写“无”，以“有”衬“无”，描绘出一幅万千村落荒凉破败的图画，荒寒凄冷，见之令人千古同悲也。又有《伤乱》哀叹自己与亲人离散，流落在外，“交亲流落身羸病，谁在谁亡两不知”；《乱后春日途经野塘》思念故乡亲友，“世乱他乡见落梅，野塘晴暖独裴回”；《即目二首》其二回顾自己的宦途起伏，“动非求进静非禅，咋舌吞声过十年”；《家书后批二十八字（在醴陵，时闻家在登州）》写诗人收到家书后感慨万千，即兴做了一首七绝写于书信背后，“四序风光总是愁，鬓毛衰飒涕横流。此书未到心先到，想在孤城海岸头”，抒发思念家人的愁怨。

韩偓善于勾勒风光景物，如描画长安城外曲江风景，《曲江晚思》：

云物阴寂历，竹木寒青苍。
水冷鹭鸶立，烟月愁昏黄。

二十字绘出一幅秋阴暮寒、竹木青苍、鹭鸶独立、月笼烟水的曲江夜景图。《曲江夜思》中的幽独美景：鼓鸣月斜，园门半掩，红莲凝露，青草暝照，“林塘阒寂偏宜夜，烟火稀疏便似村”，最能勾起人的“诗思与离魂”。《曲江秋日》：“斜烟缕缕鹭鸶栖，藕叶枯香折野泥。有个高僧入图画，把经吟立水塘西。”前两句写自然景物，后两句将僧人持经吟立写入这幅曲江秋日的图画中，人、物动静相宜，构思精巧。《故都》的前四句“故都遥想草萋萋，上帝深疑亦自迷。塞雁已侵池籞宿，宫鸦犹恋女墙啼”，诗人怀念故都，展开丰富的联想，用“草萋萋”三字来写昔日繁华京城变成废台荒草，上帝见了也会深感迷惑，塞外飞来的大雁已侵入池籞栖息，宫中的乌鸦犹自傍着女墙哑哑啼唤，全景与特写剪接在一起，点面结合，融情入景，展示了一个寥落荒凉的故都今貌，如在眼前。他有意识地以画景入诗，《冬日》一诗前四句刻画冬日萧索景色：“萧条古木衔斜日，戚沥晴寒滞早梅。愁处雪烟连野起，静时风竹过墙来。”然后指出自己有心“景状入诗兼入画，言情不尽恨无才”。其他如《夏日》的夏天景色“庭树新阴叶未成，玉阶人静一蝉声”，《野塘》的夜月景色“卷荷忽被微风触，泻下清香露一杯”，《秋村》的“稻垄蓼红沟水清,荻园叶白秋日明”,《雨村》的“雁行斜拂雨村楼”,《夜船》的一夜无眠迎来清晨“诚知不觉天将曙,几簇青山雁一行”,《晚岸》的“野花和雨冷修修”,《闲步》的“庄南纵步游荒野,独鸟寒烟轻惹惹。傍山疏雨湿秋花,僻路浅泉浮败果”,《野钓》的“细雨桃花水,轻鸥逆浪飞”等等,以白描手法描写景物,构思新巧,设色疏淡,具体形象,如水墨画卷,或清丽,或荒寒。

晚年隐居的韩偓多以景物、闲适为诗歌题材,也会流露出对时世和个人的感怀,如《秋深闲兴》:

此心兼笑野云忙,甘得贫闲味甚长。
病起乍尝新橘柚,秋深初换旧衣裳。
晴来喜鹊无穷语,雨后寒花特地香。
把钓覆棋兼举白,不离名教可颠狂。

首联写甘愿过贫寒而悠闲的生活,开心有味;颔联深秋病好,尝了刚摘的橘柚,换上旧衣裳;颈联写晴天时喜鹊叫喳喳,秋雨后花儿分外香;尾联写隐居的生活主要是钓鱼、下棋与饮酒,既不失为行为规范又可放浪不羁。诗歌对仗工整,语言朴实而有味。《醉著》:

万里清江万里天,一村桑柘一村烟。
渔翁醉著无人唤,过午醒来雪满船。

辽阔万里的天空,清澈的江水万里流淌,两岸的村落一个又一个,掩映在青葱的桑树柘树中或烟云笼罩下;渔翁喝醉了躺卧船中,没有人唤醒他,过了午时醒来一看,白雪已铺满了船头船尾和船篷。诗的前两句如一幅开阔清新的江村图,诗人着意于平远的画面,连用了两个“万里”和两个“一村”,天空广阔,江流绵延,村落处处,点缀着桑柘树和烟云袅袅,画面明朗,构图精巧,色泽自然;后两句巧妙嵌入渔翁、小舟和大雪,抓住渔翁酣醉后悠闲自得之态与午后醒来方知下雪的恍然来写,趣味盎然,动静有致,十分传神。大雪突如其来,令人在惊诧之余有一丝的迷惘与遐思,似寓示着现实的变化之不可预期。诗歌语言平易而景物鲜明,文字凝练而寓意深长。又有《半醉》,前四句“水向东流竟不回,红颜白发递相催。壮心暗逐高歌尽,往事空因半醉来”,抒发时间永逝、红颜易老、壮心销尽、往事重现的慨叹;后四句融情入景,写霜月寒、秋雁飞、莺啼晓、雨落梅、西楼怅望、斜阳映草的一串串景象,画面一一呈现。《惜花》一诗以花之凋零来喻离恨之痛,前四句对景伤情,“皱白离情高处切,腻香愁态静中深。眼随片片沿流去,恨满枝枝被雨淋”,高处的花浅白枯皱,将要面对凋零的命运,下面的花粉腻带香,于寂静中等待离别,诗人目睹花枝遭遇冷雨的摧折,落花片片随水漂流,满怀怅恨;后四句诗意转折,“总得苔遮犹慰意,若教泥污更伤心。临轩一盏悲春酒,明日池塘是绿阴”,落花如有苍苔遮掩,总比掉入泥污好,诗人临窗把酒,叹惜春去花落,想象明日池塘的水面,倒影只有绿色的树荫。此诗从残花、落花、花落后的遭遇来吟咏,逐层推进,刻画精微,构思新巧,融情入景,寄寓个人情思与会心。后世对此诗的解读,认为这种悼惜花落春去的情感交织着诗人的身世之感和亡国之恨。又有《残花》首联写枝头仍有大片红色白色的香花,却被清明节的风雨给扫荡几尽,中间两联描绘细致,“黄昏月下惆怅白,清明雨后寥梢红。树底草齐千片净,墙头风急数枝空”,诗人目睹西园花残景象,伤心高歌,感时伤世。

3. 温庭筠

温庭筠(约812—866),原名岐,又名庭云,字飞卿,山西太原祁县人。唐初宰相温彦博后裔。天赋高,文思敏捷,每入试,八叉手而成八韵,故有“温八叉”“温八吟”之称。因恃才不羁,又好讥刺,得罪权贵,屡试不第,坎坷一生,纵酒放浪。唐宣宗时,试博学宏词科,代人作赋,被贬为隋县尉。此后辗转下僚,官终国子助教。他精通音律,工书法,兼擅诗词。诗与李商隐齐名,时称“温李”;词注重文采、声情,为花间派鼻祖,与韦庄齐名,并称“温韦”;骈文精工典丽,情韵并美,与李商隐、段成式齐名,三人都排行十六,合称“三十六体”;又撰有小说《乾巽子》。其诗存三百一十多首,内容丰富,闺情、行旅、咏史、抒怀皆有佳篇。

温庭筠有情诗《新添声杨柳枝词二首》,巧妙利用谐音双关的手法来写女子的细腻情感。

其一

一尺深红蒙曲尘，天生旧物不如新。
合欢桃核终堪恨，里许元来别有人。

其二

井底点灯深烛伊，共郎长行莫围棋。
玲珑骰(tóu)子安红豆，入骨相思知不知？

这两首诗采用七绝的形式。第一首的前两句写一尺长的深红色丝绸布蒙上了酒曲色的黄尘，意指女子出嫁时所用的红盖头被冷落，故有自古以来旧东西不如新东西更讨人喜欢的感叹；后两句叹惜两人关系，本应像合欢桃核一样两心如一，谁料你心里原来已有了别人，终究让我心生恨意。第二首的前两句写女子对情郎的深情叮咛，我像在井底下点蜡烛那样深深地嘱咐你：此次出行远游，我心长伴，切莫违期晚归；后两句代女子发言，抒发内心的情思，玲珑骰子上的红点就像代表相思的一颗颗红豆，我这种深入骨中的相思情意，你知不知道？这两首诗巧用双关隐语，"核"与"合"，"仁"与"人"，"烛"与"嘱"，"围棋"和"违期"谐音，妙取"合欢""长行""入骨"之意；"桃"为心形，"合欢桃核"喻夫妇恩爱两心好合之意，谁料你的桃核原来"别有人"；"井底点灯"，所以是"深烛"，"长行"即远行，化用唐代民间流行的一种赌博游戏"长行局"，用掷骰子来玩。两诗语言兼有直白和含蓄的特点，设想新颖而古趣盎然，情思幽怨而诗境深婉，富有民间的生活气息，表现了极高的艺术水平。又有七绝组诗《杨柳八首》，借咏柳来抒发离别怀人之情，如第一首："宜春苑外最长条，闲袅春风伴舞腰。正是玉人肠断处，一渠春水赤阑桥。"吟咏长安城宜春苑外的春柳，柳条细长，随风轻飏，如舞女纤弱的腰肢；柳树生长的地方，正是玉人伤心断肠处，赤阑桥下春水荡漾，如离人泪不停奔流。诗歌咏物与人融为一体，格调婉转，情韵悠长，风格优雅。上述两组诗都显示出了晚唐时期的诗歌作品从诗到词过渡的特征。

温庭筠的行旅、写景、咏史、抒怀、寄赠等诗歌多融情入景，情景相生，如《商山早行》：

晨起动征铎，客行悲故乡。
鸡声茅店月，人迹板桥霜。
槲(hú)叶落山路，枳(zhǐ)花明驿墙。
因思杜陵梦，凫雁满回塘。

这首行旅诗因颔联的景物描写而为人熟知。商山又名尚阪、楚山，在陕西商洛市东南山阳县与丹凤县辖区交会处，诗人于大中十三年(859)离开长安赴襄阳时路经此地，见清晨景色，动思乡悲情。首联以马颈下的铃铛震动，来点明清晨出行，旅人身在外地，思念故乡，心有悲伤。颔联连用鸡声、茅店、月、人迹、板桥、霜这六个意象来刻画商山黎明特有的景色，十个字都是名词，却富有动感，鸡声有鸣之意，月含照之意，人迹有行走之意，生动细腻地描绘了旅人夜宿茅店、听见鸡声、乘着月明赶路、走过板桥、霜上留行迹等一系列的行为动作，扣住诗题“商山早行”来展开，旅人于雄鸡报晓、残月未落之时匆匆赶路的情景宛然在目，意象具足，成为脍炙人口的名句。颈联继续写商山景色，槲的枯叶要在春天树枝发芽时才落下，枳在春天开白花；槲叶飘落在山路上，明艳的枳花映照了驿站的墙。尾联写诗人触景生情，忆起昨夜梦回长安杜陵的场景，一群群凫雁在弯曲的池塘里嬉戏。此诗写景生动，情景融浑，语言明净，音韵铿锵，含蓄有致，通过早行的见闻和感受很好地表达了诗人在外的思乡之情，羁旅愁思，见于言外。七律《利洲南渡》也是一首行旅诗：

澹然空水对斜晖，曲岛苍茫接翠微。
波上马嘶看棹去，柳边人歇待船归。
数丛沙草群鸥散，万顷江田一鹭飞。
谁解乘舟寻范蠡(lǐ)，五湖烟水独忘机。

利州在今天的四川广元，嘉陵江流经其西北面。此诗为温庭筠渡江时，见眼前烟水苍茫、景致迷人，以清新、生动的笔调描绘了这幅声色并茂的日暮渡江图。首联写静景，江水空阔，在夕阳余晖下波光闪动，弯曲的岛屿烟渺迷蒙，连接青山；颔联转而写动景，江面船儿传来马鸣声，随波远去，柳荫下人们在歇息，等待船儿返回；颈联的景物摄取是自下而上、由近及远地变化，船儿行过，数丛沙草中群鸥受惊四散，万顷水田上孤鹭挥翅飞旋；尾联借典事来抒怀，有谁如我一样懂得乘舟寻觅范蠡的踪迹，陶醉于五湖烟水间独自逍遥自在。诗人渡江南下，实际上是漂泊无奈的心境，但见眼前美好景色，他的心情也随之变化，淡化孤独失意而陶然忘机，诗中景物声色兼备，动静相宜，明朗清丽，意境开阔，层次清晰，画面感强，语言自然朴实，风格清淡旷远，给读者一种闲适淡泊的审美体验。

温庭筠科宦失意，落拓江湖，其诗多抒发个人感慨，如《春日将欲东归寄新及第苗绅先辈》：

几年辛苦与君同，得丧悲欢尽是空。
犹喜故人先折桂，自怜羁客尚飘蓬。
三春月照千山道，十日花开一夜风。
知有杏园无路入，马前惆怅满枝红。

开篇感叹自己科考落空，为友人高中而喜，怜自己失路而悲，见花开十日而遇风骤落之景来喻己之辛苦一场空，满怀惆怅。以议论开篇，以写景结尾，抒情巧妙融入字里行间。《送人东游》则是一首送别他人的五律：

荒戍落黄叶，浩然离故关。
高风汉阳渡，初日郢门山。
江上几人在，天涯孤棹还。
何当重相见？樽酒慰离颜。

荒废的营垒上黄叶纷纷飘落，友人意气豪迈告别古关塞，飒飒秋风中离开汉阳渡口，初升的太阳映照着郢门山；江上的几位亲友翘首以待，等候你的孤舟从天涯返还，期待着再见的一天，举杯畅饮以抚慰分离的愁颜。诗歌的起句格调高，通篇气势不凡，景色悲凉开阔，情感慷慨真挚，意境雄浑壮阔。其他写景抒怀的有《河中陪帅游亭》，诗人徘徊亭间，愁看河景，见“满座山光摇剑戟，绕城波色动楼台。鸟飞天外斜阳尽，人过桥心倒影来”，景物入诗，气势雄伟，角度新颖，山似剑戟，波动楼台，鸟飞尽，人影来，可窥见诗人心境之纷乱与摇动；《杏花》咏花之盛开,“红花初绽雪花繁,重叠高低满小园”,抒发议论“情为世累诗千首,醉是吾乡酒一樽”,以乐景而衬托哀情,流露诗人内心的失意彷徨;《鄠郊别墅寄所知》写周围清新的环境“南塘遇新雨,百草生容姿”;《李羽处士故里》叹惜故友永去之悲,融情入景,“愁肠断处春何限,病眼开时月正圆。花若有情还怅望,水应无事莫潺湲”;《西江上送渔父》描写渔父寄舟漂泊、逐水而居的形象和生活,“三秋梅雨愁枫叶,一夜篷舟宿苇花。不见水云应有梦,偶随鸥鹭便成家”;《过分水岭》:“溪水无情似有情,入山三日得同行。岭头便是分头处,惜别潺湲一夜声。”诗人入山三日,得溪水相伴同行,在翻越岭头时惜别,语言朴素而富有情趣,立意新颖,构思独特。《咸阳值雨》描写雨景,想象力丰富,“咸阳桥上雨如悬,万点空濛隔钓船”;《瑶瑟怨》的月夜意境十分优美,“雁声远过潇湘去,十二楼中月自明”;《晚坐寄友人》写深夜等待的场景“遗簪可惜三秋白,蜡烛犹残一寸红”,凄清孤寂;《寄山中友人》:“啸歌成往事,风雨坐凉轩。”感叹往昔,独坐思念;《西江贻钓叟骞生》描写月下送客,江景迷人,“晴江如镜月如钩,泛滟苍茫送客愁”,感慨良多,融情入景,“夜泪潜生竹枝曲,春潮遥上木兰舟。事随云去身难到,梦逐烟销水自流。昨日欢娱竟何在,一枝梅谢楚江头”,末句以一枝凋谢的梅花置于广阔的楚江之上,对比强烈,给人无可奈何的飘零之感。

他的边塞诗抓住边塞特有的景物来写,如《回中作》中的首联“苍莽寒空远色愁,呜呜戍角上高楼”,尾联“夜来霜重西风起,陇水无声冻不流”,语言爽利,格调悲壮,寓情于景。咏史怀古诗则把个人感慨融入古迹、古人与古事中,《过陈琳墓》:

曾于青史见遗文,今日飘蓬过此坟。
词客有灵应识我,霸才无主始怜君。
石麟埋没藏春草,铜雀荒凉对暮云。
莫怪临风倍惆怅,欲将书剑学从军。

陈琳以文才获曹操恩遇,其墓址在江苏省邳州市,温庭筠东下江淮路过有感而发。诗意是我曾在史书上读过陈琳的文章,今日飘转路经他的坟墓;假如这位词人地下有灵应该会了解我,有杰出经济之才却不遇明主我对你心生怜慕;当年的石麒麟埋没在野草中,铜雀台荒凉一片对着暮云;别诧异于我临风凭吊倍感惆怅,我也想要弃文从武持剑从军啊。温庭筠将陈琳与自己的不同际遇相对比,自伤身世,寄托遥深,文采斐然,读之感人。另一首怀古咏史诗《苏武庙》,前两联着眼在写景,诗人眼前的景色是"古祠高树两茫然",遥想苏武牧羊时的边塞风光:"云边雁断胡天月,陇上羊归塞草烟。"后两联议论加抒情,指出苏武出使匈奴时正壮年,回来时武帝已薨,君臣不能再见,只能空对秋水哭吊先皇,"茂陵不见封侯印,空向秋波哭逝川"。温庭筠赞颂了苏武被扣留在匈奴而坚贞不屈、被流放到北海牧羊而心怀故国的精神与气节,感慨苏武丁年奉使、幽禁匈奴、与汉使相见、皓首归国、哭吊茂陵等一生事迹,表达自己的崇敬追思之情。其他还有《过五丈原》《赠蜀府将》《马嵬驿》等咏史诗,皆借典事来发表感慨、议论,寓意深明,气韵清新,犹存风骨。因接触到唐末混乱社会中的下层民众,温庭筠的乐府诗直接反映了他们的生活苦痛,《锦城曲》描写了蜀地丝织女工远别家乡、入山织锦的哀怨,开篇写蜀山之高峻深密,山峦九曲萦回,再以杜鹃鸟的意象来托喻哀情,"江风吹巧剪霞绡,花上千枝杜鹃血。杜鹃飞入岩下丛,夜叫思归山月中。巴水漾情情不尽,文君织得春机红。怨魄未归芳草死,江头学种相思子",末两句抒发思乡之念。诗的写作手法婉约曲折,形象哀怨,情感悲切。

4. 韦庄

韦庄(约836—910),字端己,京兆杜陵(今陕西西安)人,韦应物四世孙。早年屡试不第,乾宁元年(894)进士及第,出任校书郎,后入蜀为掌书记。天祐四年(907),朱全忠灭唐建梁,韦庄劝王建称帝,任左散骑常侍,判中书门下事,定开国制度,次年升任宰相。武成三年(910)八月逝世,年七十五,谥"文靖"。韦庄善诗词,其词词风清丽,与温庭筠并称;其诗存三百一十六首,律诗圆稳整赡、音调浏亮,绝句情致深婉、包蕴丰厚。

代表作《秦妇吟》既是乐府诗,也是长篇叙事诗,共有二百三十八句,借一位逃难的妇女之口描述了唐末战争给人民带来的深重灾难。唐僖宗广明元年(880)冬到中和三年(883)春,黄巢起义军进驻长安超过两年之久,在这段时间里,长安城的百姓遭遇了社会巨变,蒙受着惨重的苦难和折磨。韦庄当时因应举羁留长安,卧病在床,弟妹失散,目击种种乱象的他在中和三年离开长安后创

作此诗,反映当时的社会现实,堪称史诗。全诗可分四个段落:

第一段由开头到“妾亦与君停玉趾”是全诗的引子,描述诗人在洛阳城外与一位女郎(即秦妇)相遇、交谈的情形,先写时间、地点、周围环境,女郎独在柳荫下歇息,匆忙赶路后妆发零乱,愁容满面,“凤侧鸾欹鬓脚斜,红攒黛敛眉心折”,诗人的询问引起女郎的未语先悲。

第二段从“前年庚子腊月五”到“六亲自此无寻处”,层层深入地叙写黄巢军队占据长安城后的乱象。先是秦妇回忆前年庚子腊月五之时,正在闺房教鹦鹉学舌,刚起床慵懒闲散,谁料变故骤起,从“忽看门外起红尘,已见街中擂金鼓”到“是时西面官军入,拟向潼关为警急”,再到“适逢紫盖去蒙尘,已见白旗来匝地”,形势越来越危急;紧接着,对百姓躲避战火的纷乱景象展开铺叙:

扶羸携幼竞相呼,上屋缘墙不知次。
南邻走入北邻藏,东邻走向西邻避。
北邻诸妇咸相凑,户外崩腾如走兽。

老百姓东躲西藏,家家流血,处处冤声,“舞伎歌姬尽暗捐,婴儿稚女皆生弃”,小孩子都被活活抛弃;再接着写四邻女子的受难情况:

东邻有女眉新画,倾国倾城不知价。
长戈拥得上戎车,回首香闺泪盈把。
旋抽金线学缝旗,才上雕鞍教走马。
有时马上见良人,不敢回眸空泪下。
西邻有女真仙子,一寸横波剪秋水。
妆成只对镜中春,年幼不知门外事。
一夫跳跃上金阶,斜袒半肩欲相耻。
牵衣不肯出朱门,红粉香脂刀下死。
南邻有女不记姓,昨日良媒新纳聘。
琉璃阶上不闻行,翡翠帘间空见影。
忽看庭际刀刃鸣,身首支离在俄顷。
仰天掩面哭一声,女弟女兄同入井。

北邻少妇行相促，旋拆云鬟拭眉绿。
已闻击托坏高门，不觉攀缘上重屋。
须臾四面火光来，欲下回梯梯又摧。
烟中大叫犹求救，梁上悬尸已作灰。
妾身幸得全刀锯，不敢踟蹰久回顾。
旋梳蝉鬓逐军行，强展蛾眉出门去。
旧里从兹不得归，六亲自此无寻处。

诗歌用对比的手法刻画了四邻女子的美丽明艳与不幸遭遇，笔调细腻，细致生动，更突显悲剧的感染力。秦妇的追忆，先描述东邻美女被掳掠，西邻女子死于刀下，南邻女子入井亡，北邻少妇被火焚；然后自述自己侥幸未死、沦入黄巢军中随行、从此与亲人离散的遭遇。这一系列民间女子的不幸遭际，展示了战乱中长安女子痛苦挣扎的群像，是老百姓惨遭屠戮和迫害的典型。

第三段从“一从陷贼经三载”到“天街踏尽公卿骨”，接着上一段来写女子陷入黄巢军中之后的见闻以及两军交战后对长安城的巨大改变。这位口述见闻的秦妇被迫跟从黄巢部下后的三年惊惶生活，夜不成寐，食不知味，郁郁寡欢，她见到这些农民将领不识礼仪、贪功得意的情形：

衣裳颠倒语言异，面上夸功雕作字。
柏台多半是狐精，兰省诸郎皆鼠魅。
还将短发戴华簪，不脱朝衣缠绣被。
翻持象笏作三公，倒佩金鱼为两史。
朝闻奏对入朝堂，暮见喧呼来酒市。

运用漫画式的笔墨，把农民军无知而可笑的样子刻画得十分生动，情态毕现，入木三分，闹剧有足悲者。接着写唐王朝的官军与黄巢起义军对长安城的拉锯战，官军退出长安后，从四面包围，阻挡粮草入城，致使城内米价飞涨，城中人断粮饿死，一批批丢去填埋沟壑，军营满是饿殍，街市寂寥冷清，花木砍伐烧光，宫宇荒废破败，内库珍宝成灰烬，豪贵骸骨扔天街，处处都是令人悲惨景象：

四面从兹多厄束，一斗黄金一斗粟。
尚让厨中食木皮，黄巢机上刲(kuī)人肉。
东南断绝无粮道，沟壑渐平人渐少。
六军门外倚僵尸，七架营中填饿殍。
长安寂寂今何有？废市荒街麦苗秀。
采樵斫尽杏园花，修寨诛残御沟柳。
华轩绣毂皆销散，甲第朱门无一半。
含元殿上狐兔行，花萼楼前荆棘满。
昔时繁盛皆埋没，举目凄凉无故物。
内库烧为锦绣灰，天街踏尽公卿骨！

京城饱受兵燹之祸，在封城后粮尽人亡，尸横遍地，惨不忍睹，破败不堪，尤其“内库烧为锦绣灰，天街踏尽公卿骨”，堪称警策之句，广为流传。

第四段从“来时晓出城东陌”到“何须责望东诸侯”，写秦妇从长安城逃脱出来后的路上见闻。

来时晓出城东陌，城外风烟如塞色。
路旁时见游奕军，坡下寂无迎送客。
霸陵东望人烟绝，树锁骊山金翠灭。
大道俱成棘子林，行人夜宿墙匡月。
明朝晓至三峰路，百万人家无一户。
破落田园但有蒿，摧残竹树皆无主。

秦妇清晨踏上长安城东边的道路，城外风光如塞上一般荒凉，只有巡逻兵不时出现，田园破落，寂无人烟。接着她写往东走，过华山，见路旁华岳神庙，问金天神为何不显灵？金天神无言以对，惭愧自己身为神灵，却未能显神通，助力解危，只能避匿山中，眼见百姓遭逢诛剥。秦妇听闻后更为发愁，感叹：神犹避难，就不必责难潼关以东的节度使了！这段诗运用了想象和拟人的手法，借金天神来讽刺那些拥兵自保的节度使们，不在国家危难之际出来扶助，陷老百姓于水深火热之中，“闲日徒歆奠飨恩，危时不助神通力。我今愧恧拙为神，且向山中深避匿。寰中箫管不曾闻,筵上牺牲无处觅。旋教魇鬼傍乡村,诛剥生灵过朝夕”。

第五段从“前年又出杨震关”到“夜宿霜中卧荻花”,接着写秦妇东出潼关后,一路上沉寂平安,“朝携宝货无人问,暮插金钗唯独行”,因为节度使们固守城池,拒不参战。次日清晨,秦妇走到新安东郊,讨水喝时遇到一老翁,苍老的面容带苔藓色,躲藏在芦花堆里,不禁好奇问他哪里人?为何寒天露宿?

老翁暂起欲陈辞,却坐支颐仰天哭。
乡园本贯东畿县,岁岁耕桑临近甸。
岁种良田二百廛(chán),年输户税三千万。
小姑惯织褐絁(shī)袍,中妇能炊红黍饭。
千间仓兮万丝箱,黄巢过后犹残半。
自从洛下屯师旅,日夜巡兵入村坞。
匣中秋水拔青蛇,旗上高风吹白虎。
入门下马若旋风,罄室倾囊如卷土。
家财既尽骨肉离,今日垂年一身苦。
一身苦兮何足嗟,山中更有千万家。
朝饥山上寻蓬子,夜宿霜中卧荻花!

老翁欲起身陈辞,却跌坐在地,托着下巴仰天大哭,倾诉自己家有良田三百亩,每年纳税三千万,勤劳富足,千仓粮万箱丝,却被黄巢军劫掠过半;自从唐军驻扎在洛阳,日夜派巡逻兵入村,拔出青蛇剑,挥舞白虎旗,下马入门如旋风,扫荡殆尽若卷土。老翁痛心疾首地控诉了战争的罪恶和对百姓的盘剥,自己家破人亡,垂老孤苦,而同样遭遇的百姓千千万,和我一样白天上山采集蓬子充饥,夜晚露宿芦苇中躺卧。

第六段从“妾闻此老伤心语”到全诗结束,写秦妇听了老翁的伤心之语后,泪如雨下,出门只见枭鸣,不见人迹,想继续往东走却不知投奔何处,听闻去开封的路断了,彭城又在内乱,尸横遍野,血流河津,“野色徒销战士魂,河津半是冤人血”;正好有客从金陵来,说江南的景况大不相同,黄巢军进犯中原,四边却没有战事,江南的主帅诛灭盗贼如有神助,惠爱百姓如同子女,城池固若金汤,给军队的赋税如云至;无奈天下纷乱如洪水滔滔,独有江南一域平坦如砥。最后抒发心愿:“避难徒为阙下人,怀安却羡江南鬼。愿君举棹东复东,咏此长歌献相公。”叹自己身为京城之人,却只有逃亡避难,渴望平安,反而羡慕别人可以做江南的鬼;希望你赶快乘船朝东去,把这首长诗献给江南的相公。

整首长诗将秦妇的大段回忆,以倒叙的方式穿插在中间,把女子的命运与国家的衰亡相结合,通过红颜薄命的美女命运及悲惨遭遇寄托诗人深挚的故国之思和沉郁的亡国之痛。诗的情节曲折丰富,结构宏大严密,语言流丽精工,融议论、抒情于叙事之中,艺术水平高,与汉乐府《孔雀东南飞》、北朝乐府《木兰辞》并称为“乐府三绝”;韦庄因此被人称为“秦妇吟秀才”,与白居易被称为“长恨歌主”并称佳话。此诗虽曾盛传一时,但诗中刻画的社会乱象和阶级剧变太过触目惊心,使得韦庄晚年有意避祸,刻意禁止它的流传,其弟韦蔼给他编的《浣花集》亦不收录。之后失传,直到1923年,伯希和从敦煌莫高窟的古写经抄录了两种《秦妇吟》卷文:天复五年(905)张龟写本(法国国家图书馆)、梁贞明五年(919)安友盛写本(英国国家图书馆),寄回中国给王国维,经王国维、罗振玉整理之后复见于世,这也是诗歌传播史上的一个传奇。

韦庄笔下多有忧时伤乱之作,如《喻东军》:

四年龙驭守峨嵋,铁马西来步步迟。
五运未教移汉鼎,六韬何必待秦师。
几时鸾凤归丹阙,到处乌鸢从白旗。
独把一樽和泪酒,隔云遥奠武侯祠。

诗人叹惜皇帝御驾驻扎四川,迟迟未能回归长安,汉鼎未移而秦师不至,期盼看到鸾凤回归、叛军投降的景象,但现实如此,不禁落泪,独自举杯,遥祭诸葛亮。战争不断,带给社会巨大创伤,百姓悲苦,诗人目睹惨象,心情沉重,《汴堤行》写路上见闻:“朝见西来为过客,暮看东去作浮尸。绿杨千里无飞鸟,日落空投旧店基。”战争灾难深重,民众生命倏忽,处处破败荒凉,触目惊心。对百姓的悲惨命运,诗人满怀同情,《悯耕者》:

何代何王不战争，尽从离乱见清平。
如今暴骨多于土，犹点乡兵作戍兵。

诗人怜悯农民在封建乱世的悲苦，不管哪个朝代哪个帝王都兴兵打仗，经历过战乱才清明安定的太平盛世；如今曝于荒野的尸骨比泥土还多，朝廷仍在不断征集乡兵上战场。全诗语言平易而有力，控诉了封建王朝的战争罪恶。感时伤世的代表作还有《和郑拾遗秋日感事一百韵》："祸乱天心厌，流离客思伤。有家抛上国，无罪谪遐方。负笈将辞越，扬帆欲泛湘。避时难驻足，感事易回肠。……"《绥州作》写绥州途中见到肃杀、凄凉的边塞景象："雕阴无树水南流，雉堞连云古帝州。带雨晚驼鸣远戍，望乡孤客倚高楼。明妃去日花应笑，蔡琰归时鬓已秋。一曲单于暮烽起，扶苏城上月如钩。"孤身在塞外，感归期渺渺，吊古伤今，悲婉凄怆。还有《宿泊孟津寄三堂友人》叹息自己"只恐愁苗生两鬓，不堪离恨入双眉。分明昨夜南池梦，还把渔竿咏《楚词》"，《家叔南游却归因献贺》庆贺家叔的平安归来"缭绕江南一岁归，归来行色满戎衣"。

韦庄生逢唐末乱世，既有匡扶天下的大志，又有隐居避世的理想，在《关河道中》诗中言志抒怀：

槐陌蝉声柳市风，驿楼高倚夕阳东。
往来千里路长在，聚散十年人不同。
但见时光流似箭，岂知天道曲如弓。
平生志业匡尧舜，又拟沧浪学钓翁。

首联写景，清新、壮丽而浪漫，诗人走在关河道上，路边的槐树上传来阵阵蝉鸣，柳枝随风摇摆，驿楼高耸在东，倚靠着西沉的夕阳。颔联对仗工整，往来的路依然绵延千里，不同的人十年间聚散离合，感叹旅途漫漫而聚散匆匆；颈联叹息时光流逝如箭飞射，天道曲折如弓弯曲。尾联点出自己的高远志向和企羡，希望辅助像尧舜那样的明君来匡济苍生，又想要效仿沧浪水边的渔夫独自逍遥。他渴求避世闲居，《赠渔翁》一诗细细描绘渔翁隐居五湖、忘怀人事的生活："草衣荷笠鬓如霜，自说家编楚水阳。满岸秋风吹枳橘，绕陂烟雨种菰蒋。芦刀夜鲙红鳞腻，水甑朝蒸紫芋香。曾向五湖期范蠡，尔来空阔久相忘。"细节的生动，颇显诗人创作之用心，亦见其对隐逸之向往。

韦庄在咏史、怀古、送别、行旅、闲居、咏物等题材的诗歌中，善写山水景物，语言自然，融情于景。他采用七绝体式来写景，深婉有情，风光无限，如名篇《台城》：

江雨霏霏江草齐，六朝如梦鸟空啼。
无情最是台城柳，依旧烟笼十里堤。

台城也称苑城，南京鸡鸣山南的建康宫，原是三国时代吴国的后苑城，东晋成帝时改建，是朝廷台省和皇宫所在地。诗人凭吊古迹，见江上春雨霏霏，春草齐长，感慨六朝历史如梦，只剩鸟儿悲啼，台城上无情的柳树枝条随风摆动，依旧在轻烟缭绕中笼罩着十里长堤。诗歌通过霏霏雨丝、碧草如茵、鸟儿啼叫、柳枝轻摇等江南风物，营造出一种如梦似幻、空灵蕴藉的情调氛围，江南春天的雨景反衬六朝历史的如梦成空，台城柳的无情反衬诗人的感伤怅惘。诗的情景交融，虚处传神，极富画面感，语言含蓄，感慨深沉，寓托兴亡之感。再如《金陵图》：

谁谓伤心画不成？画人心逐世人情。
君看六幅南朝事，老木寒云满故城。

这首是题画诗，诗人在观赏六幅摹绘南朝史事的画之后有感而作。谁说六朝古都的伤心事不能画出来？只是画家迎合世人的喜好而有意回避。你看这六幅描摹南朝往事的图画，枯老的树木和寒凉的云朵满布在金陵城，一片凄凉衰败。晚唐诗人高蟾曾有诗《金陵晚望》："曾伴浮云归晚翠，犹陪落日泛秋声。世间无限丹青手，一片伤心画不成。"浮云渐隐，落日西沉，秋意萧瑟，诗人远眺金陵暮色，有感唐王朝如末日黄昏，感慨万千，把眼前景归结为"一片伤心"，画家难以描摹出来。其后，韦庄看了《金陵图》，认为南朝史事并非不能画出来，只是普通画家迎合世人的庸俗心理，只画些粉饰太平的东西；他一反高蟾的诗意来写，赞赏这幅画的意境荒寒，古木枯凋，寒云笼罩，尽显六朝祚命短促的伤心史事。高、韦二诗对读，有异曲同工之妙，耐人寻味。《古别离》："晴烟漠漠柳毵(sān)毵,不那离情酒半酣。更把玉鞭云外指,断肠春色在江南。”毵毵是柳枝浓密下垂的样子。诗的首句写晴烟漠漠,杨柳依依,风和日丽,一派美景;次句诗意忽转,正与挚友离别,酒至半酣,离别的无奈之感屡上心头;三、四句更进一层,临别时拿出玉鞭指向云外,令人断肠的是这明媚动人的江南春色。诗人用美景衬托离愁,用离愁点染美景,更显别离之不舍,诗的开头与结尾呼应,美景与别情形成鲜明对比,却又和谐统一,音节和谐,语言华美,有盛唐风韵,别开生面。《登咸阳县楼望雨》写一场秋雨降临的变化:“乱云如兽出山前,细雨和风满渭川。尽日空濛无所见,雁行斜去字联联。”诗歌意境空濛,勾勒了乱云密布、和风细雨、雁行当空的景致,营构了一幅迷茫冷落的秋雨飞雁图。

韦庄用七绝来写人,也是情思深婉,清韵温馥,如《春愁》:

自有春愁正断魂,不堪芳草思王孙。
落花寂寂黄昏雨,深院无人独倚门。

春愁黯黯,正自哀怨,芳草渐长,思念盈心,落花无声,黄昏飘雨,庭院深寂,独倚门扉。如歌如诉,情意深长,一位满怀心事的女子独守空闺、思念情切、倚门守候的形象如立纸上。《与小女》:“见人初解语呕哑,不肯归眠恋小车。一夜娇啼缘底事,为嫌衣少缕金华。”小女儿刚刚听懂人语,学着咿咿呀呀地发声,爱玩小车而不肯睡觉,一夜啼哭不停,因为衣服上少绣了一朵金线花。诗人通过几件生活琐事的描写,突出了小女儿天真可爱的形象,流露自己的爱女情深。《送日本国僧敬龙归》:

扶桑已在渺茫中,家在扶桑东更东。
此去与师谁共到?一船明月一帆风。

日本国僧敬龙返回位于扶桑东部的家,茫茫归途,与大师作伴的,是一船明月和一帆清风。诗歌语言质朴清新,情感真挚动人,末句以明月和风的意象,表达了诗人对高僧的美好祝愿,描绘出一幅美妙、壮阔的海月行舟图。

韦庄的律诗工整,声调流利。有抒发思乡之情的,如五律《章台夜思》:

清瑟怨遥夜，绕弦风雨哀。
孤灯闻楚角，残月下章台。
芳草已云暮，故人殊未来。
乡书不可寄，秋雁又南回。

章台即章华台，楚灵王于公元前535年，在云梦泽腹地(今湖北潜江龙湾镇瞄新村和郑家湖村)修建的一座离宫。诗人夜处章华台，听到凄清的瑟声在长夜回荡，弦音悲切似凄风苦雨缭绕；孤灯映照，楚地的号角响起，残月沉落，隐没在章华台下；芳草衰暮，故人未来，乡书不达，秋雁南飞。此诗先从音乐写起，烘托出一种凄清哀怨的氛围，再抒发自己孤寂怀亲的情感，以景象寓情，曲尽奇妙。有怀古写景的，如七律《登汉高庙闲眺》：

独寻仙境上高原，云雨深藏古帝坛。
天畔晚峰青簇簇，槛前春树碧团团。
参差郭外楼台小，断续风中鼓角残。
一带远光何处水，钓舟闲系夕阳滩。

诗人登上汉高庙，悠闲地看着四周围的黄昏景色，远望天边青色的山峰一簇簇，近见栏杆前的春树抽新芽一团团；城郭外的楼台显得小小的，高低错落，晚风中传来鼓角声，断断续续；远处一带泛着波光的河流，钓鱼小船停泊在夕阳下的河滩。诗人采用深远与平远的透视法，视角远近高低变化，景物描写细致鲜明，声色光影兼备，构成一幅登高眺春图，画面有密有疏，错落有致。有与友人离别的，如《鄜州留别张员外》：

江南相送君山下，塞北相逢朔漠中。
三楚故人皆是梦，十年陈事只如风。
莫言身世他时异，且喜琴尊数日同。
惆怅却愁明日别，马嘶山店雨蒙蒙。

诗人要离开鄜州，与张员外分别之际赠诗，首先追忆起两人在江南离别时的依依不舍，点出今日竟然相逢在塞北朔漠之中；当年在楚地结交的故人和往事，十年后的回忆如梦如风般飘忽；不必感慨你我身世已不同于昔时，暂且以弹琴饮酒来欢喜度过这几日；想到明天就要再次分别，满怀惆怅，听到马儿在山中客店外嘶叫，雨下蒙蒙。此诗巧用对比的方式，写诗人与故友在塞北重逢的欣喜与短暂相聚后分别的惆怅，写法颇有意趣，而情真意挚。有咏物以言志抒情的，《庭前桃》：

曾向桃源烂漫游，也同渔父泛仙舟。
皆言洞里千株好，未胜庭前一树幽。
带露似垂湘女泪，无言如伴息妫愁。
五陵公子饶春恨，莫引香风上酒楼。

前四句带着戏说的口吻，写自己曾到桃花源游玩，和渔父泛湖乘仙舟，观赏过千万株人人叫好的桃花，却比不上自家庭前这树孤秀幽静的桃花；接着两句用湘妃、息夫人的典故，形容桃花带露似湘女垂泪，默默无言如息妫愁怨；末两句叹五陵公子的伤春情怀太丰富，莫要把桃花的香气招引到酒楼里啊，寄寓了王朝末世贵族子弟"英雄无用武之地"的感伤情绪。此诗托物言志，借花寓情，风格典雅绮丽，声韵清婉流利。

经历朝代变迁的动荡，韦庄写诗常通过时空交错的记忆书写，抒发一种往事如梦的感怀。如《忆昔》一诗：

昔年曾向五陵游，子夜歌清月满楼。
银烛树前长似昼，露桃花里不知秋。
西园公子名无忌，南国佳人号莫愁。
今日乱离俱是梦，夕阳唯见水东流。

追忆当年五陵游玩的欢乐，倍觉今日乱离如梦幻，抚今伤昔，感慨遥深。诗人巧用典事来突显昔年的欢乐，颔联分取费昶《思公子》"夕宴银为烛"、王昌龄《春宫曲》"昨夜风开露井桃"的诗意，火树银花，长明无夜，桃花红艳，不知有秋，写出追欢逐乐的昼夜不停、春秋不分；颈联巧用人名谐音作对仗，采用魏国公子曹丕在邺都西园（即铜雀园）集文学侍从之臣游宴赏月之事，以及楚国女子莫愁善歌舞的典故，无忌、莫愁，指当年游宴之人的无忌惮与不知愁，尽现欢宴之盛景，更反衬出今日之寥落，胜迹之消沉，耐人寻味。《过渼陂怀旧》也是追忆感怀之作："辛勤曾寄玉峰前，一别云溪二十年。三径荒凉迷竹树，四邻凋谢变桑田。渼陂可是当时事，紫阁空余旧日烟。多少乱离无处问，夕阳吟罢涕潸然。"诗人分隔二十年后回渼陂，见人烟桑田之变化，感慨昔日盛事遭逢乱离后化烟消散，夕阳西下，吟诗落泪。而《洛北村居》一诗先指明自己隐居洛北归来时大战初起，"十亩松篁百亩田，归来方属大兵年"；中间两联写景写诗人时的田园风光，"岩边石室低临水，云外岚峰半入天。鸟势去投金谷树，钟声遥出上阳烟"，由近及远，由下而上，由静而动，由实而虚；眼前景引心中静，末两句感慨"无人说得中兴事，独倚斜晖忆仲宣"，诗人在斜晖下抚昔伤今，想起王粲当年生逢乱世、客居他乡的怀才不遇之忧和思乡怀国之情。

参考文献

1. (清)彭定求等编:《全唐诗》,中华书局,1960 年版。

2. 闻一多:《唐诗杂论》,上海古籍出版社,1998 年版。

3. 陈寅恪:《元白诗笺证稿》,上海古籍出版社,1978 年版。

4. 林庚:《唐诗综论》,清华大学出版社,2006 年版。

5. 钱锺书:《谈艺录》,中华书局,1984 年版。

6. 程千帆:《古诗考索》,上海古籍出版社,1994 年版。

7. 陈贻焮:《唐诗论丛》,湖南人民出版社,1980 年版。

8. 周振甫:《诗词例话》,中国青年出版社,1979 年版。

9. 霍松林:《唐诗举要》,安徽师范大学出版社,2014 年版。

10. 傅璇琮:《唐诗论学丛稿》,京华出版社,1999 年版。

11. 陈伯海:《唐诗学引论》,东方出版社,2007 年版。

12. 余恕诚:《唐诗风貌》,中华书局,2010 年版。

13. 刘学锴:《李商隐诗歌研究》,安徽大学出版社,1998 年版。

14. 叶嘉莹:《杜甫秋兴八首集说》,河北教育出版社,1997 年版。

15. 张明非:《唐诗咀华》,上海古籍出版社,1996 年版。

16. 葛晓音:《诗国高潮与盛唐文化》,北京大学出版社,

1998 年版。

17. 莫砺锋:《莫砺锋说唐诗》,凤凰出版社,2021 年版。

18. 王昆吾:《唐代酒令艺术:关于敦煌舞谱、早期文人词及其文化背景的研究》,知识出版社,1995 年版。

19. 蒋述卓:《诗词小札》,羊城晚报出版社,2013 年版。

20. 蒋寅:《大历诗人研究》,北京大学出版社,2007 年版。

21. 戴伟华:《唐代使府与文学研究》,广西师范大学出版社,1998 年版。

22. 张海沙:《初盛唐佛教禅学与诗歌研究》,中国社会科学出版社,2001 年版。